Ostsee
DEUTSCHER ORDEN
RUSSISCHE FÜRSTENTÜMER
Warschau
KGR. POLEN
N
W
O
Kiew
Krakau
Prag
Wien
Ofen
Pest
KGR. UNGARN
Donau
Schwarzes Meer
KGR. SERBIEN
KGR. BULGARIEN
Adria
Konstantinopel
Benevent
KAISERREICH NIKAIA
DESPOTAT EPIRUS
Ägäisches Meer
KGR. SIZILIEN
Ionisches Meer
Athen
Fsm. Achaia
Mittelmeer
Rhodos
0 100 200 300 km
Karte: ©Peter Palm, Berlin
Kreta

PIERPAOLO BRUNOLDI
ANTONIO SANTORO

Im Zeichen der Reliquie

PIERPAOLO
BRUNOLDI

ANTONIO
SANTORO

IM ZEICHEN DER RELIQUIE

Historischer Roman

Aus dem Italienischen
von Verena v. Koskull

C. Bertelsmann

Die Originalausgabe erschien 2018 unter dem Titel
La fortezza del castigo bei Newton Compton, Rom

Verlagsgruppe Random House FSC® N001967

1. Auflage

This edition is published in agreement with the MalaTesta Lit. Ag. Milano
Umschlag: www.buerosued.de, München, unter Verwendung
einer Abbildung von: Arcangel Images/Alison Burford
Satz: Uhl & Massopust, Aalen
Herstellung: Inka Hagen
Druck und Bindung: GGP Media GmbH, Pößneck
Printed in Germany
ISBN 978-3-570-10375-3

www.cbertelsmann.de

INHALT

PROLOG

KLOSTER VON MANTES, 1266

Eine Tiefe ruft die andere

Ein kalter, roter Mond zerrann im dunklen Flusswasser, auf dem der kleine Kahn lautlos dahinglitt. Obwohl der März bereits fortgeschritten war, machte der Winter keinerlei Anstalten, sich heim ins ewige Eis zurückzuziehen. Tags zuvor hatte es geschneit, und die Straßen hatten sich in einen sulzigen Morast aus Schlamm, Exkrementen und schmutzigem Schnee verwandelt. Man hörte die Fuhrleute fluchen, wenn die Räder ihrer Karren darin versanken. Des Nachts jedoch unterbrach nur der düstere Ruf der Rohrdommel die Stille. Die Mauern von Paris waren nunmehr fern. Um den schroffen Felsen in Ufernähe nicht zu nahe zu kommen, hielt sich der Bootsführer in der Mitte des Wasserlaufs und stemmte sich mit dem Stechpaddel durch den trägen Strom. Der alte Mönch im Heck beobachtete den stämmigen Mann, der mit bedächtig ausholenden, ewig gleichen Bewegungen das Paddel führte. Vor ihnen tauchte ein kleines, goldflimmerndes Licht auf. Es gehörte zur Brücke von Épône, nur wenige Meilen unweit des Klosters, zu dem sie unterwegs waren. Leichter Dunst wallte auf, der die Ufer verhüllte und ihre Konturen schluckte. Ein junger Mönch verließ den Bug und gesellte sich zu dem älteren. Er hatte blaue Augen und eine blasse, von hellen und dunklen rostfarbenen Sprenkeln übersäte Haut, was in seiner Heimat Schottland keine Seltenheit war.

»Meister Bonaventura, es ist kalt. Nehmt diese Decke.«

Der alte Mann mit dem weißen Bartschatten und den unwirklich blauen Augen in dem von tiefen Falten durchfurchten Gesicht löste sich aus seinen Gedanken.

»Danke, mein Sohn, aber mit den Unbilden des Wetters haben sich meine morschen Knochen längst abgefunden. Gewiss wird es nicht mehr lange dauern, bis meine alternden Gelenke nach Rache schreien. Doch bis dahin kannst du die Decke ruhig behalten.«

»Ich habe bereits eine. Dort, wo ich herkomme, sind die Decken dünn und grobmaschig. Da muss man sich früh ans garstige Klima gewöhnen.«

»Dann werden wir auch diesen Nebel, den uns der Herr schickt, mit Freuden annehmen.«

Sie hatten sich der Brücke genähert. Bonaventura d'Iseo erinnerte sich, wie er diesen Flussabschnitt zum ersten Mal befahren hatte, um nach Paris zu gelangen. Damals war er voller Hoffnung gewesen und begierig darauf, die Straßen der Welt zu durchwandern. Er konnte sich noch an die Pracht der Kirchen und die lärmenden Märkte erinnern, besonders aber an die ehrwürdigen Aulen der Theologie, wo er in den vom großen Averroës kommentierten Werken des Aristoteles geblättert hatte. Wie weit lagen diese fiebrigen Zeiten nun zurück. Wie viele theologische Dispute hatte er geführt, stets unter strenger Anwendung der Prinzipien der Dialektik; wie viele Feinde hatte er sich innerhalb und außerhalb des Ordens gemacht. Zu allem waren sie bereit, um die hehren Ideale des Franziskus anzufechten und seine Lehren zu verdrehen, bis sie dem Herzen dessen, der ihnen sein Leben verschrieben hatte, fremd wurden. Er richtete den Blick auf seinen Schüler.

»Was siehst du?«

»Was ich sehe, Meister?«

»Ja, worauf ruht dein Blick?«

»Auf den Bögen der Brücke, Meister.«

»Und was siehst du?«

»Ich sehe die Könnerschaft des Menschen, der dieses Wunderwerk dank seines gottgegebenen Verstandes erbaut hat.«

»Und wo erkennst du darin den Willen Gottes?«

»Gott hat es dem Menschen in seiner unendlichen Güte erlaubt, die Natur für seine edlen Zwecke zu nutzen. Auf diese Weise sind große Kirchen und Kathedralen entstanden, Steine und Holz werden über jeden Fluss der Erde transportiert, und Brücken wie diese bringen die Pilger zu ihrem Ziel.«

»Dennoch können dieselben Werke dazu dienen, Soldaten und Waffen zu bewegen, Kriege zu führen oder, schlimmer noch, Ungläubigen und Ketzern das Fortkommen zu erleichtern. Einzig die Kontemplation Gottes lässt die Erkenntnis zur Harmonie gelangen und beugt sie dem höchsten Ziel, seinem Willen zu gehorchen.«

Am Fuße eines mächtigen Baumstamms, der kurz hinter der Brücke von Mantes als Anleger für die Boote zum Kloster diente, lauerte ein schwarzer Schatten in der Dunkelheit. Er gehörte zu einer von Verbrennungen entstellten Gestalt, die bei Tageslicht ein langer, schwarzer Umhang verhüllte. Das auf wundersame Weise vom Feuer verschonte Gesicht war das eines griechischen Gottes. Dennoch hatten nur wenige es aus der Nähe gesehen, und kaum jemand hatte die Begegnung überlebt, um davon erzählen zu können. Stets verdunkelte eine Kapuze die Züge, und trotz der wuchtigen Statur bewegte sich der Schemen mit der Geschmeidigkeit eines Kriegers. Er konnte sich in all seiner furchteinflößenden Brutalität zeigen oder gänzlich unbemerkt im Schatten der Häuser entlangstreichen, gerade so, als wäre ihm das träge Dahinfließen des Flusses in Fleisch und Blut übergegangen. Nur in wenigen seiner Gliedmaßen verspürte er, genesen von der Flammengier, noch Empfindungen. Eine davon war der rechte Arm, mit dem er das Schwert führte. Langsam streifte er den schwarzen Lederhandschuh ab, tauchte die Hand in das eisige Wasser und erschauderte. So erging es ihm bei vielen Sinnesreizen, die anderen selbstverständlich waren, während sie ihm nahezu verwehrt blieben. Der Mann hob den Blick zum Mond, seinem nächtlichen Begleiter, dem frostigen König der Finsternis. Einen Moment lang verharrte er reglos und lauschte den Geräuschen ringsum. Das ferne Kläffen eines streunenden Hundes. Das Knarren eines Fensterflügels. Eine Kette, die gegen einen Baumstumpf schlug. Seine Hand nahm die rhythmischen Schwingungen des von Rudern bewegten Wassers wahr, eine kaum merkliche Regung, die sich zu einem sanften Schwappen steigerte. Das Boot mit dem alten Bonaventura und seinem Schüler an Bord kam näher.

Nicht weit von jener Stelle lagen, als der erste Glockenschlag ertönte, die Gänge des Klosters von Mantes in Dunkelheit getaucht. Ein Licht löste sich aus der Finsternis und ließ die Schemen zweier Mönche hervortreten. Der größere, mit einem Kerzenleuchter in der Hand, trug die helle Tracht eines Novizen und ging dem zweiten in seiner dunklen Kutte durch die Flure der Abtei voran. Ihre Schritte waren ebenso lautlos wie ihre an die steinernen Wände geworfenen Schatten. Der Novize blieb vor einer dunklen Holztür stehen und drehte sich zu seinem Begleiter um. Der nickte kurz mit dem Kopf, zog einen großen Bund schmiedeeiserner Schlüssel hervor, schloss auf und trat zur Seite, um den schwarz gekleideten Mönch einzulassen. Der überschritt die Schwelle und hielt einen Moment inne, damit sich die Augen an das matte, durch eine Öffnung in der gegenüberliegenden Wand fallende Mondlicht gewöhnten. Als der Novize nach und nach die Fackeln entzündete, zeigte sich der Saal in seiner ganzen Pracht. Deckenhohe Eichenregale waren mit Büchern jeglicher Größe und Dicke gefüllt. Der ältere Mönch streckte die Hand nach dem nächstbesten Band aus, eine seltsam schlanke, zarte und faltenlose Hand mit schmalen, grazilen, fast weiblichen Fingern, weder schwielig von Feldarbeit, noch versehrt von Frost oder in klammen Zellen verbrachten Nächten. Der Novize hatte ein Feuer entfacht, das im großen Alabasterkamin am Ende des Saales knisterte, und trat nun zu dem Alten, der seine Hand noch immer über die Bücherreihen gleiten ließ.

»Meister, braucht Ihr mich noch?«

»Wer kümmert sich um die Katalogisierung der Bücher?«

»Bruder Nicodemo, Meister.«

»Und wer außer ihm und dem Rektor hat außerhalb der Skriptoriumszeiten Zutritt zu diesem Raum?«

»Die Klostergäste, die jedoch stets von einem der älteren Mönche begleitet werden müssen.«

»Ohne Ausnahme?«

»Soweit ich weiß, dürfen keine Ausnahmen gemacht werden.«

Meister Marcus drehte sich um, streifte bedächtig die Kapuze ab und zeigte sich seinem Begleiter zum ersten Mal. Er hatte fein geschnittene Züge und durchscheinende Haut. Die Nase war schmal und zierlich, der Mund klein und voll, die eigentümlichen Augen von unterschiedlicher Farbe, das eine blau und so klar wie das Wasser eines Bergsees, das andere dunkelgrün. Es war, als könnten diese Augen bis auf den Grund der Seele blicken und ihre verborgensten Geheimnisse erspähen. In seinen gesetzten, undurchschaubaren Gesten lag eine schmeichlerische Verschlagenheit, die weniger an einen Kirchenmann denn an ein teuflisches Wesen denken ließ, schoss es dem Novizen durch den Kopf. Er hoffte, sich seinem Gegenüber schnellstmöglich entziehen zu können.

»Das sind keine Fangfragen, Bruder«, sagte der Meister. »Wenn du die Wahrheit sagst, musst du nichts fürchten als das gütige Urteil unseres Herrn.«

»Also gut. Es gibt einen Bruder, der die Erlaubnis hat, auch ohne Begleitung hierherzukommen.«

»Wie lautet sein Name?« Marcus war näher getreten und ließ die Finger über das Gesicht seines Gegenübers gleiten. Eine eisige Berührung.

»Meister Bonaventura«, entgegnete der Novize, der die Tränen nur mühsam unterdrücken konnte.

Vom Kahn aus, der sich langsam dem Anleger von Mantes näherte, konnte Bonaventura das spärliche Licht der Fackeln ausmachen, die entlang der Stadtmauer brannten. Trotz seines Alters hatte seine Sehkraft lediglich bei der Nahsicht nachgelassen, gerade so, als wäre nur noch die Ferne für seine Augen von Belang.

Ihre Ankunft war in unheilschwangerer Totenstille erfolgt, als harrte man im Nebel einer heranrückenden Armee oder eines Angriffs hungriger Wölfe. Der Fährmann murmelte etwas, bekreuzigte sich und reckte sich aus dem Boot, um es an den Kai zu ziehen. Der Junge stieg als Erster aus, reichte Bonaventura die Hand und half ihm auf den hölzernen Steg. Ein Gefühl banger Verlorenheit beschlich die beiden. Bonaventura spürte die bedrohliche Gegenwart des Mannes, der sich gleich darauf aus dem grabesschwarzen Dunkel löste.

»Meister Bonaventura aus Iseo. So begegnen wir uns wieder.«

Die Stimme war unverkennbar. Scharf wie ein stählernes Schwert und tief wie ein Donnergrollen, das sich mit harmloser Trägheit nähert, um binnen weniger Augenblicke in ein Gewitter umzuschlagen, das alles Leben niederpeitscht. Der Klang dieser Stimme riss sämtliche Wunden auf, und Bonaventuras Rückgrat krümmte sich vor Pein. Es war, als hätte ihn die Vergangenheit überfallen und zöge ihn in den eisigen Strudel der Erinnerung hinab. Die Jahre hatten das Bild seiner blutenden, mit Stricken gefesselten und in die Höhe gezerrten Handgelenke nicht getilgt. Das Gefühl zu ersticken kehrte mit aller Wucht zurück und beschwor den Schmerz des zusammengequetschten Brustkorbs wieder herauf. Der Namenlose war sein Peiniger, der Wach- und Apportierhund eines weitaus gefährlicheren Mannes: Marcus des Inquisitors.

»Ich bezweifele, dass es der Zufall ist, der dich erneut meinen Weg hat kreuzen lassen. Wo ist dein Herr?«

»Ich habe keine Herrn. Ich diene der heiligen Mutter Kirche.«

»Eine seltsame Art zu dienen.«

»Teilst du sie nicht, Meister Bonaventura?«

»Es ist nicht an mir, darüber zu urteilen, das weißt du genau.«

»Meister Marcus wartet in der Bibliothek auf dich. Er will mit dir über eine wichtige Angelegenheit sprechen.«

»Meister Marcus' Angelegenheiten sind immer wichtig. Schließlich dient keiner der Kirche besser als er.«

»Ich führe dich zu ihm.«

Bonaventura hatte keinen Führer nötig. Und gewiss hätte sein Folterknecht den Überraschungseffekt besser genutzt, hätte er geahnt, was Bonaventura versteckte. Doch Marcus' verschlagener Verstand hatte derlei Überlegungen womöglich vorausgesehen. All das ging Bonaventura durch den Kopf, als er dem schmalen Weg zum Kloster folgte. Noch während er durch das schwere, von den vier steinernen Evangelisten gekrönte Tor trat, das von einem verschlafenen Mönch aufgezogen worden war, grübelte er über den Grund dieses Besuchs nach. Seine Gedanken waren jedoch zu langsam, um mit dem Schritttempo mitzuhalten und einen Plan zu fassen. Ehe er es sich versah, hatten sie die dunklen Flure des Klosters durchlaufen und die Tür zur Bibliothek erreicht.

»Bitte, der Meister erwartet dich«, sagte sein bedrohlicher Begleiter, ehe das Dunkel ihn wieder verschluckte.

Noch einmal durchzuckte Bonaventura der Gedanke, ob Marcus sein Geheimnis wohl entdeckt haben könnte, doch er schob ihn beiseite und öffnete die Tür. Nachdem er stundenlang die eisige Winterluft geatmet hatte, schlug ihm der beißende Geruch der blakenden Kerzen umso unangenehmer entgegen. Konzentriert über ein Buch gebeugt, saß der Inquisitor am hinteren Ende des gemeinschaftlichen Lesetisches. Erst, als Bonaventura fast vor ihm stand, schlug er das Buch mit dem roten Einband zu und blickte ihn an.

»Bruder Bonaventura«, sagte er und erhob sich. »Komm und umarme mich. Es ist so viel Zeit vergangen.«

»Bruder Marcus, mein Erinnerungsvermögen ist noch überaus lebhaft. Unsere erste Begegnung ist mir nicht entfallen.«

»Sünde und Buße brennen sich besonders tief in unsere Seele ein, Bruder«, sagte der Inquisitor und schloss ihn in die Arme.

»Die Liebe Gottes nicht zu vergessen«, erwiderte Bonaventura und erschauerte in der Umarmung.

»Ich habe gerade dieses Manuskript begutachtet«, sagte der Inquisitor und setzte sich wieder. »Du kennst es gewiss. Es handelt sich um die *Physiognomik* von Aristoteles.«

»Ich habe davon gehört.«

»Du solltest es lesen. Es beschäftigt sich mit dem Zusammenhang zwischen dem menschlichen Äußeren und dem Charakter des Individuums. Angeblich kann man mit einiger Treffsicherheit die Zeichen der Kreatur Gottes oder den Makel des Teufels in den Zügen eines Menschen erkennen und interessante Rückschlüsse auf sein Handeln ziehen.«

»Hast du mich mitten in der Nacht gerufen, um mit mir über Philosophie zu diskutieren? Ich dachte, deine Zeit sei kostbar.«

»Wahrlich, das ist sie. Ich sehe allerdings, dass du bei deinen Worten errötet bist und mit leicht erregter Stimme sprichst. Für Aristoteles ist das ein Zeichen für ein schüchternes, wiewohl von unterdrückter Wut beherrschtes Temperament. Doch das sind alles nur Theorien. Ich beispielsweise neige eher dazu, ein solches Verhalten der Befangenheit zuzuschreiben. Mache ich dich befangen, Bruder Bonaventura?«

»Nein. Doch ich will nicht verhehlen, dass ich müde bin. Ohne unhöflich erscheinen zu wollen, würde ich meine kurze Ruhezeit gern nutzen, um mich zum Gebet zurückzuziehen und letzte Hand an die morgige Rede zu legen.«

»Aber gewiss, Meister Bonaventura, gewiss. Wie töricht von mir, dir deine wertvolle Zeit zu stehlen. Du kannst natürlich gehen. Ich hatte lediglich den Wunsch, dich zu umarmen, ehe ich wieder von hier aufbreche. Nur eines noch.«

»Ich höre, Bruder Marcus.«

»Könntest du mir das Buch dort oben links im Regal reichen? Das mit dem grünen Einband und den arabischen Schriftzeichen auf dem Rücken.«

Bonaventura wurde aschfahl. Marcus' Bitte, die wie ein Peitschenhieb auf ihn niedergegangen war, verlieh ihm das Gefühl, splitternackt vor ihm zu stehen. »Teufel von einem Inquisitor«, dachte er und zwang sich mit aller Macht, sich seine Verstörung nicht anmerken zu lassen. Marcus indes wirkte ungerührt. Einzig das hinterhältige Funkeln in den unheimlichen Augen verriet seine Genugtuung, ihn ertappt zu haben. Die Zungenspitze des Inquisitors schoss von einem Mundwinkel zum anderen, ehe er wieder das Wort ergriff.

»Ich weiß, was du dich fragst, Bruder. Tatsächlich hatte ich dich gewarnt, und vielleicht ist das ja genau der Grund, weshalb deine Miene und vor allem dein Blick deine Furcht verraten haben. Deine Klugheit hat dir zum Unauffälligsten und zugleich Heikelsten geraten: dein Manuskript an einem Ort zu verstecken, wo es gut sichtbar ist – in einem Traktat arabischer Sprache. Einem Traktat, das nur einsehen darf, wer die Genehmigung des Generalministers hat, vorausgesetzt, er ist des Arabischen mächtig. Und das trifft, wie du nur zu gut weißt, auf keinen Gast dieses Klosters zu.«

»Ich verstehe nicht.«

»Und ob du verstehst, lieber Bruder. Aber nun sei doch so gut und gib mir das Erbetene. Dann werde ich mein Bestes tun, es dir zu erklären.«

Bonaventura holte das kleine Bändchen und reichte es dem Inquisitor, der, ohne seinen Redefluss zu unterbrechen, danach griff.

»Als ich dich durch meinen Helfer habe rufen lassen, warst du bereits bemüht, deine Verstörung zu verbergen. Du wirst dich gefragt haben, weshalb ich, indem ich dich zu mir bestelle, auf den Überraschungseffekt verzichte. Die ganze Zeit über hast du dich vor der gefürchteten Frage zu drücken versucht, und so hat schließlich deine Körpersprache deine innere Verfassung verraten. Vor einiger Zeit erfuhr ich von der Existenz eines kleinen, rot eingebundenen, angeblich spurlos verschwundenen Manuskripts, das von Begebenheiten aus Franziskus' Leben erzählt, offenbar verfasst von seinem Gefährten Bonaventura. Von dir, lieber Bruder. Dass das Buch sich in Luft aufgelöst haben soll, erschien mir höchst fragwürdig. Wahrscheinlicher ist, dass es vor den Augen der Kirche versteckt wurde. Und wo hätte ein Mann von findigem und gleichzeitig niederträchtigem Verstand ein solches Manuskript verstecken sollen, wenn nicht im pulsierenden Herzen unseres Ordens? Für alle sichtbar und somit von allen übersehen? Während unseres Gesprächs ging dir nur eine Sorge durch den Kopf: Ob er es gefunden hat? Ob er es liest? Als du mich beim Eintreten gesehen hast, war das dein erster Gedanke, und als ich mein Buch zuschlug und dich die Farbe des Rückens sehen ließ, ist dein Blick sofort zum Regal gewandert. Genau dorthin, wo du es hingestellt hast.«

Bonaventura schwieg. Marcus zog das rote Manuskript aus der grünen Hülle und begann bedächtig darin zu blättern. Während er ohne die kleinste mimische Regung darin las, brannten die Kerzen zwei Fingerbreit herunter. Die Seiten waren mit einer winzigen Handschrift bedeckt. Ein großes, koloriertes Tau-Zeichen füllte die letzte Seite, dazu ein Name: Franziskus.

Der Inquisitor dachte an die überreichen Gottesgaben, die dem Menschen zuteilwurden und nun durch die fauligen Ausdünstungen des Teufels verseucht zu werden drohten: Magie, Alchemie, verderbte Philosophien. Angesichts dieser ebenso arglistigen wie tödlichen Gefahr konnte er nicht länger tatenlos bleiben. Marcus klappte das Manuskript zu und ließ seinen starren Blick durch Bonaventura hindurchgehen.

»Wer hat dieses Buch gesehen?«

»Wenige. Und ich glaube nicht, dass jemand darin gelesen hat.«

»Niemand außer dir. Wieso hast du es versteckt? Nein, antworte nicht. Das ist nicht nötig. Sag mir, was du von seinem Inhalt hältst.«

»Ich glaube, niemand sollte es lesen.«

»Und wieso nicht?«

»Es sind Hirngespinste. Auswüchse eines kranken Geistes.«

»Bist du denn krank, Bruder?«

»Ich habe es nicht geschrieben. Das ist zweifellos das Werk eines Schwindlers.«

Marcus lächelte in sich hinein, und ein bedrohlicher Ausdruck trat in sein Gesicht. Nun galt es für Bonaventura, jedes Wort und jede Geste genau abzuwägen und seine Furcht zu verbergen. »Was ist der Mensch doch für ein Lügner, wenn er seine Haut retten will«, dachte er. Mechanisch strich der Inquisitor mit dem linken Zeigefinger über den Rücken des Manuskripts und starrte ihn an.

»Bruder Bonaventura«, sagte er schließlich und trat lächelnd an den alten Mönch heran. »Wieso hast du Angst?«

»Ich habe keine Angst.«

»O doch, und ob. Angst vor mir. Du hast Angst vor diesem Buch. Vor den Dingen, die darin stehen. Die du geschrieben hast. Doch das ist nicht der Punkt. Diese Ängste sind menschlich und lässlich, zumal in einem greisen Körper und einem Geist, der jeden Tag den Gedanken an den dräuenden Tod zu verdrängen sucht.«

»Ich fürchte den Tod nicht.«

»Nun, das bezweifle ich nicht, Frater. Doch vielleicht solltest du dich vor etwas anderem fürchten, meinst du nicht auch? Vielleicht solltest du Angst vor dem Urteil Gottes haben.«

»Ich bitte jeden Tag um Vergebung meiner Sünden.«

»Großartig! Bestens! Aber der Punkt ist ein anderer. Wird Gott dir deine Sünden vergeben? Das, was du in diesem Buch geschrieben hast, das, was du angeblich getan und praktiziert hast, ist sehr viel mehr als eine schlichte Erzählung. Es ist eine Beichte.«

»Ich habe mit alledem nichts zu tun.«

»Lüge! Schwindel!«

»Wie kannst du so mit mir sprechen!«

»Es ist die heilige Mutter Kirche, die so spricht. Ich spreche in ihrem Namen.«

»Daran habe ich keinen Zweifel.«

»Und du tust gut daran. Die Grenzen zwischen Alchemie und Magie sind fließend, und die Magie ist des Teufels. Diese blasphemische, von dir verfasste Geschichte, in die unser Franziskus, der heiligste aller Menschen, hineingezogen wird, ist die übelste Ketzerei, die ich je in meinem ganzen Leben zu Gesicht bekommen habe. Doch ich will dir mit meinem Gerede nicht noch mehr Zeit stehlen. Nimm dieses Buch«, sagte der Inquisitor und hielt es Bonaventura hin, »und tu damit, was du für richtig hältst.«

Bonaventura griff nach dem Manuskript, das der Inquisitor noch einen winzigen Augenblick festhielt, ehe er es freigab. Dann trat er von dem großen Bibliothekstisch an den Kamin, dessen Glut finstere Schatten an die Wände warf, zögerte kurz und warf das Buch schließlich mit einer entschlossenen Bewegung hinein. Einen Augenblick lang geschah gar nichts. Irgendwo jaulte ein

Hund, ein schauriger, geradezu verzweifelter Ruf. Bonaventura begann, das *Vaterunser* zu flüstern. Eine jähe Flamme züngelte von dem Buch empor, erstarb, erhob sich erneut. Dann loderten weitere Flammen auf, bemächtigten sich der Seiten, verschlangen sie. Wenige Minuten darauf war von dem kleinen Bändchen nur noch Asche übrig. Seufzend kehrte Marcus dem Kamin den Rücken und wandte sich, ohne ihn anzusehen, an Bonaventura.

»Wir haben einiges zu bereden, alter Mann. Du wirst mir alles erzählen, und ehe die Sonne aufgeht, werden wir wissen, welches Schicksal dich erwartet.«

Mit einem Mal fürchtete der greise Mönch, dessen betagte Glieder noch immer voller jugendlicher Spannkraft waren und dessen wachsamer, flinker Blick selbst den verstecktesten Hintersinn von Worten und Gesten zu deuten wusste, sein Gegenüber und sein eigenes Schicksal nicht mehr. Vielleicht war dies der rechte Moment, um einen Teil der Geschichte preiszugeben und darin zu verstecken, was um keinen Preis ans Licht kommen durfte. Gleich einem Goldsplitter, der sich in einem braunen Eisenklumpen verbirgt und nur äußerst behutsam daraus lösen lässt, musste das Geheimnis so geschickt bemäntelt werden, dass sein Peiniger und sogar er selbst glauben mochten, die Wahrheit liege in den offenkundigen Tatsachen. Ein schwieriges, geradezu unmögliches Unterfangen. Und doch seine einzige Chance, die Nacht schadlos zu überstehen. Bonaventura räusperte sich und begann, seine Erinnerungen an jene fernen Jahre zu ordnen.

DER ANFANG

HOSPITAL VON ALTOPASCIO, 1214

Der Tod verfolgt auch den fliehenden Mann

Der dichte Dunst der noch finsteren Morgenstunden erhob sich von den Wassern des Sesto und hüllte die Mühle neben dem kleinen Hafen ein. Die dunklen Konturen des Sees verloren sich im Morast des Rieds. Bonaventura hob den Blick und nahm den Schattenriss des Waldes jenseits des kleinen Anlegers wahr. Über den torfschweren, von schlafenden Fröschen bevölkerten Sümpfen zwischen Wasser und Wald wucherten Brombeeren und Queller. Seine Jugend hatte Bonaventura an einem sehr viel größeren See verbracht, dem Sebino, der heute nach seiner Geburtsstadt Iseosee hieß. Wie auch die Fischer, deren Rufe von den zum Ankerplatz zurückkehrenden Booten herüberhallten, hatte das süße Wasser des Sebino ihn reich beschenkt: Schleien, Aale, Barben, Quappen, Karpfen, Grundeln, Hechte und Finten zappelten schillernd in den Netzen. Er liebte es, gemeinsam mit seinem Vormund, der ihn aufgezogen und ihm die nie gekannten Eltern ersetzt hatte, die schönsten herauszusuchen. Graf Giacomo Oldofredi war ein Mann des Schwertes und des Zorns, tagein, tagaus in Kriege und bewaffnete Waffenstillstände verwickelt. Er hatte Bonaventura nicht in seine Obhut genommen, um sich ein weiteres hungriges Maul an den Hof zu holen, sondern war der Empfehlung eines Mönches gefolgt, der in höfischen Kreisen verkehrte und auf das sprachliche Talent des Jungen aufmerksam geworden war. Schon im zarten Alter von sieben Jahren übersetzte er die griechischen und römischen Klassiker und war mit der Mundart Barbarossas und der Provenzalen ebenso vertraut wie mit der mannigfachen Flora in den Tälern oberhalb des Sees. Der Graf wusste diese Begabung zu schätzen, suchte er doch stets nach Vertrauensleuten, die Friedens- oder Bündnisverträge abfassen und ihm dabei den größtmöglichen Vorteil verschaffen konnten, dank der einen oder anderen nebulösen Formulierung, die es zu gebotener Zeit erlaubte, sich über die getroffenen Abmachungen hinwegzusetzen und vermeintliche Ansprüche einzufordern. Bonaventuras Dienst schloss ein, den Blick gen Himmel zu richten, um den Lauf der Gestirne und ihre zahllosen Einflüsse auf das Leben der Menschen zu studieren und Strategien anzuempfehlen und zu Vorsicht oder Kühnheit zu raten. Neben den Auspizien und dem Schwert galt die Leidenschaft des Grafen dem Gold, nach dem seine Augen und Hände am Ende der Eroberungsfeldzüge heftiger gierten als nach Frauen und Wollust. Wie so viele Menschen war auch Bonaventuras Herr ganz versessen auf das Geheimnis, mit dem sich schnödes Metall in Gold verwandeln ließ, und so war es unerlässlich, auf der Suche nach der perfekten alchemistischen Formel durch die Welt zu reisen und die Manuskripte großer Gelehrter wie Gerbert und Avicenna zu studieren. Bis in die Länder jenseits des Meeres gelangte der junge Bonaventura, wo ihm die Ungläubigen, die dort regierten, ihre jahrtausendealten Geheimnisse anvertrauten. Er umgab sich mit gelehrten Scharlatanen und beschlagenen Schwindlern und erweiterte sein Wissen auf jede denkbare Weise, lauter oder nicht. Bis zu jenem Tag, der alles veränderte und seine Weisheit in Frevel und seine Taten in Schmach verwandelte.

Ein Geräusch unterbrach den Fluss seiner Gedanken. Zwei Wanderer stapften den Uferpfad entlang, mit den Füßen im Schnee versinkend. Sie klammerten sich an zwei schwere Stöcke, die ihnen die letzten Schritte zum Ziel erleichtern sollten. Die

Straße, die zur Porta Fiorentina des Hospitals führte und genau an diesem Punkt vom Weg abzweigte, verlief dicht am Wasser. Eine ewige Flamme brannte auf dem höchsten Turm von Altopascio und sollte den Pilgern Hoffnung und Erleichterung schenken, wenn sie, erschöpft und wund gelaufen, den gefahrvollen Pfad verließen. Im Osten löste der grauende Morgen die Dunkelheit allmählich auf, und der düstere Ruf der Rohrdommel wich dem ersten Tschilpen der Sperlinge. Bonaventura trug den Habit der Franziskaner und hatte die Kapuze tief in die Stirn gezogen. Seine Gestalt glich noch immer der eines Soldaten, nicht der eines Predigers: Drill und Stählung der Muskeln waren bei Hofe Pflicht gewesen. Wenn es die Lage erforderte, und das war nicht selten der Fall, pflegte der Graf sämtliche fähigen Männer um sich zu scharen, um den Verlust dieser oder jener Festung wettzumachen oder seine Herrschaftsgebiete auszudehnen, weil der Verrat oder der Seitenwechsel eines Verbündeten die unverhoffte Gelegenheit dazu bot. Deshalb gehörte das Schwert ebenso zu Bonaventuras Vergangenheit wie die Bücher, die vielleicht allzu lang seine einzige Leidenschaft gewesen waren. Fasten und Buße hatten seine durch Leibesertüchtigung gestärkten Muskeln nicht aufzehren können. Mit der Zeit hatte er gelernt, seine Kräfte und Gesten sparsam einzusetzen, weshalb er bis auf das jähe Aufblitzen der durchdringenden, blauen Augen häufig reglos wie ein Fels erschien. Obwohl die Jugend weit hinter ihm lag, war er über den Zenit des Lebens, hinter dem jegliche Erinnerung fern und dennoch gegenwärtig dünkt, noch nicht hinaus. Er stand in der Lebensmitte, in der die Herrscher das Schwert den Siegreichen überlassen, um sich der heiklen Kunst des Regierens zu widmen, derweil sich die gewöhnlichen, von einem entbehrungsreichen und leidvollen Leben gezeichneten Menschen bereitmachen, diese Erde zu verlassen. Auf die Frage nach seinem Alter antwortete Bonaventura stets, er kenne seinen Geburtstag nicht, was Gerüchte nährte, er habe das Geheimnis ewiger Jugend entdeckt. Der dichte schwarze Bart, der sein Antlitz einrahmte, ließ die Züge eines Mannes erkennen, der bei Hofe von Frauen jeglichen Rangs begehrt worden war, ehe das Schicksal ihm die einzige Chance bot, sein Leben zu retten: den Glauben an Gott. Wäre Franziskus nicht gewesen, wäre er brüllend und wahnsinnig vor Schmerz durch den Wald geirrt, bis die Kälte sein Herz zum Stillstand gebracht und seinen Körper den aashungrigen Wölfen hinterlassen hätte. All das schien zu einem anderen, einem fremden Leben zu gehören. Niemals hätte er geglaubt, den Menschen vergessen zu können, der er einst war. Bisweilen spürte er ihn noch in sich, wie glimmende Glut unter der Asche eines erloschen geglaubten Feuers.

Für einen kurzen Moment zerriss der Nordost mit greisenhaft röchelnden Böen den Nebel über dem Hospital. Venus funkelte noch am Himmel, und über ihrem milchigen Schein rückte Mars, der zornige, rachsüchtige Planet, mit seinem kriegswütigen Tross in das Sternbild des Zwillings. Doch war es die besondere Anordnung der Konstellationen, die Bonaventura Anlass zu größter Besorgnis gab. Sie konnte nur eines bedeuten: Die Prophezeiung stand kurz davor, sich zu erfüllen.

Als er in die Hospitalmauern zurückkehrte, trat ein alter Mann zu ihm, der das Gewand der Tau-Ritter mit dem weißen Tau-Symbol auf dem schwarzen Umhang trug. Die Mitglieder dieses Ordens leiteten das Hospital mit strenger Disziplin und hatten Bonaventura aufgenommen, weil er es dank seiner außerordentlichen Fähigkeiten verstand, den Körpern der Kranken und den Seelen der Sterbenden Linderung zu verschaffen. Franziskus hatte daher befunden, dass dies der rechte Ort für seine Sühne sei.

»Bruder Bonaventura, dein Blick geht stets über die Grenzen unseres kleinen Refugiums hinaus. Was sehen deine Augen jenseits des Nebels?«

»Leider nicht viel, Pater Anselmo. Ich kann weder erkennen,

woher die Gefahr diesmal kommen wird, noch, ob die feindliche Klinge uns einen tödlichen Hieb versetzen wird oder uns erlaubt, den Schlag zu parieren.«

»Also ist der Moment gekommen. Bist du dir gewiss?«

»Leider ist dies die einzige Gewissheit, die ich habe.«

»Und du musst ihr ohne Franziskus entgegentreten.«

»So scheint es.«

»Ich weiß nicht, ob wir es mit einem weiteren Krieg im Winter aufnehmen können. Die Vorräte werden allmählich knapp, und die Pilger werden in Massen kommen.«

»Ich fürchte, in diesem Krieg gibt es weder Armeen noch Bataillone. Die Tücken lauern im Hinterhalt, und der Feind wird vor uns auftauchen, ohne dass man ihn hätte kommen sehen. Doch immerhin war die diesjährige Ernte reichlich, und die Reisenden werden erst im späten Frühling nach der Schneeschmelze zunehmen.«

»Das genügt mir nicht. Woher wird die Gefahr kommen? Wird es eine Hungersnot sein, eine unbekannte Seuche oder ein Freund, der sich als Feind entpuppt? Wenn wir das wüssten, könnten wir uns wappnen und die nötigen Vorkehrungen treffen, um Altopascio und die Pilger zu schützen.«

»Wie gern würde ich klarer sehen, lieber Bruder, aber die Sterne sprechen in Rätseln. Ich kann nur versuchen, sie zu lesen, doch nicht immer erschließt sich mir ihr Sinn. In den meisten Fällen lassen sie sich erst deuten, wenn sich das Los der Menschen bereits erfüllt hat.«

»Wenn es so ist, hoffe ich, dass du dich irrst, Bonaventura. Unser guter Leumund wächst. Nicht nur die Büßer finden in unseren Mauern Trost, sondern auch die Kranken, die dank unserer Gebete immer häufiger zu uns kommen. Wir stoßen bereits an unsere Grenzen.«

»Gott wird uns den Weg weisen, Meister Anselmo. Wie immer.«

»Gewiss. Wie immer. Willst du mich auf meiner Inspektion begleiten?«

»Aber gern. Geh du voran.«

Die beiden Männer stiegen die steilen Stufen zum Vorplatz hinab, überquerten ihn und erreichten ein Gebäude mit einem gitterbewehrten, von zwei Männern bewachten Kellereingang. Nachdem der Meister die Tür mit einem klobigen Schlüssel aufgeschlossen hatte, geleitete einer der beiden Wächter ihn mit einer Fackel hindurch. Dahinter lag ein weiter, von einem Tonnengewölbe überspannter Raum, an dessen Ende sich mehrere steinerne Vorratsluken befanden. Entlang der Wände reihten sich Krüge und Schläuche unterschiedlicher Größe aneinander. In einer Bodenkuhle lagerten dicke Eisblöcke, die für die nötige Kälte sorgten, um die Hinterviertel von Schweinen und Ziegen frisch zu halten: Delikatessen für besondere Gelegenheiten oder um die Kranken nobler Herkunft zu stärken. Auf ein Zeichen des Meisters hob der Wächter einen der Lukendeckel hoch und schob einen langen, dünnen Stab in die Öffnung.

»Du siehst, auf welchen Stand das Getreide gesunken ist, Bonaventura. Schon jetzt müssen wir dem Brot ein Viertel Kastanienmehl beimischen. In Kürze werden wir auf Wasserkastanien zurückgreifen müssen.«

»Dennoch darf ein gewisser Anteil Weißmehl nicht fehlen. Die Kranken und Wöchnerinnen müssen rasch wieder zu Kräften kommen. Das Mischbrot sollte an die Pilger gehen.«

»Auch dann wird es womöglich nicht bis Mai reichen.«

»Dann entsende Boten an die Herren von Lucca. Sie werden uns gewiss helfen.«

»Glaubst du, das habe ich nicht bereits getan? Von ihnen bekomme ich nur zu hören, sie steckten gerade in einem Feldzug oder müssten sich von einer Hungersnot oder einer verheerenden Cholera erholen.«

»Falls Krieg herrscht, werden früher oder später Verletzte von Rang bei uns eintreffen. Wenn wir sie nach Gottes Weisung aufnehmen, werden sie uns dafür belohnen.«

»Falls sie genesen.«

Das nächste Gebäude stand gleich neben der Kirche, deren schmucklose Sandsteinfassade im oberen Teil mit Kapitellen und Bögen aus grauem und weißem Marmor verziert war, als wollte man das nunmehr hohe Ansehen des Hospitals unterstreichen. Gleich nach dem Eintreten begannen die von den winterlichen Temperaturen durchgefrorenen Glieder zu schmerzen, da ein riesiger Backofen den Raum mit Gluthitze erfüllte. Zahlreiche Gehilfen waren emsig zugange, beaufsichtigt von den strengen Blicken eines fettleibigen Mönches, der seine Befehle in das vermeintliche Chaos zischte. An einer Wand reihten sich mehrere Regale mit riesigen rohen Brotlaiben aneinander, und gleich bei der Tür zogen zwei kräftige Gehilfen eine Schaufel voll dampfender Brote aus dem Ofen. Der Mönch trat näher, prüfte mit einem dünnen Metallspieß die Gare und grunzte zufrieden. Hinter den Küchen lag das Refektorium. Zu dieser Stunde war es noch leer, doch vor der Tür standen bereits die ersten Hungrigen in Erwartung einer Mahlzeit. Aus einem riesigen Topf, der fast so groß war wie eine Glocke der Kathedrale von Lucca, stieg nebeldicker, nach Festtagssuppe duftender Dampf. Ein schweißgebadeter Klosterbruder rührte mit einem paddelgroßen Kochlöffel darin herum, nach jedem von einem zweiten Mönch hineingekippten Eimer Gemüse die Richtung wechselnd.

»Wie geht es heute, Gesualdo?«, fragte Bonaventura.

»Es verspricht eine köstliche Suppe zu werden, Meister«, entgegnete der löffelschwingende Ordensmann.

»Dann werden wir alle Pilger sattkriegen?«

»Wir werden sie nicht nur sattkriegen. Wenn sie weiterziehen, wird ihr Geist vom Gebet gestärkt und ihr Körper von einer fürstlichen Mahlzeit gekräftigt sein. Seit du das Rezept um diese seltsamen Kräuter aus deinem Garten angereichert hast, sind selbst die hohen Herren einem Umweg nicht abgeneigt, um unsere Suppe zu kosten und das Brot von Altopascio zu essen.«

»Ich habe den köstlichen Geschmack lediglich mit dem Aroma jener fernen Länder abgerundet, die die Pilger auf ihrer Wanderung entlang der Via Francigena durchqueren werden.«

Jenseits des Kreuzgangs gelangte man auf den zentralen Platz, von dem aus eine schmale Gasse zu dem von Pferdeställen flankierten Hauptturm führte. An die Garnisonsställe schloss sich ein gedrungenes Gebäude an, das im Untergeschoss den Mönchen und Laienbrüdern Unterkunft bot, während im Obergeschoss die Gemächer des Hospitalmeisters lagen. Die beiden Mönche durchquerten die Stallungen, in denen soeben der Tag begann. Die Gehilfen putzten die Pferde, misteten das Stroh aus und warfen den Mist in das Gerinne. Plötzlich erscholl aus einem kleinen, leicht abseits stehenden Gebäude ein gellender Schrei, gefolgt von schwarzem Rauch, der aus einem Gitter am Boden quoll. Bonaventura rannte hinüber, hastete die Stufen hinab und riss eine schwere Holztür auf, aus der ihm Qualm entgegenblakte. Das Laboratorium war mit beißendem Nebel erfüllt, und nur mit Mühe konnte Bonaventura einen Schemen ausmachen, der sich vor dem Brennofen zu schaffen machte.

»Germano, was ist los?«

»Bist du das, Meister? Gott möge mir meine Ungeschicklichkeit vergeben!«

»Lass bloß unseren Herrn aus dem Spiel. Wenn er sich um deine Katastrophen kümmern sollte, hätte er keine Zeit mehr für den Rest der Welt.«

»Verzeih, Meister. Ich war abgelenkt und habe den Kolben mit der Lösung auf dem Feuer gelassen.«

»Abgelenkt? Du wirst wie immer eingenickt sein.«

»Höchstens einen klitzekleinen Moment. Die Glut war so mollig warm …«

»Weg da, sofort«, sagte Bonaventura und trat näher. Der junge Novize mit den kurzen krummen Beinen wollte gerade einen Eimer Wasser über den rußenden Destillierkolben auf dem Kohlebecken kippen.

»Halt. Tu das nicht!«, rief Bonaventura. Doch es war zu spät. Als die Flüssigkeit auf den Behälter traf, schoss eine blaue Stichflamme an die Decke, und eine heiße Druckwelle schleuderte die Mönche zur Tür hinaus.

ROM, PATRIARCHATSPALAST, SITZ DES PAPSTES

Es entflieht unwiederbringlich die Zeit

Er schlief immer weniger. Er hatte noch nie viel geschlafen, doch in letzter Zeit fand er immer schwerer in den Schlaf, und das kleinste Knacken der alten Intarsiendecke oder die Schritte der Wachen auf dem Korridor rissen ihn sofort wieder in einen unruhigen Wachzustand zurück. Dann verlor er sich in einem labyrinthischen Dickicht aus Bildern, Worten, Gedanken, Ahnungen und Mutmaßungen, aus dem er erst im einsetzenden Morgengrauen wieder herausfand. Wider die Anordnungen des Wachobersten hatte er die Gewohnheit entwickelt, mitten in der Nacht durch die Gänge des Palastes zu streifen, durch all die Bogengänge und Loggien, die von zahllosen Herrschern und Päpsten vor ihm durchschritten worden waren. Wie ein Toter musste er wirken, den es zu den alten Pfaden und dem immer gleichen Ziel zurückzog: der Treppe, die Christus vor über tausend Jahren emporgestiegen war, um sich von Pilatus verhören zu lassen. Wie viele Nächte waren seit jenem ersten Mal vergangen, da er die Stufen nach seiner Inthronisation erklommen hatte? Er wusste es nicht mehr. Und dennoch hatte jede einzelne seinen vorzeitig gealterten Leib gezeichnet. Eine Stufe, und das Haupt wurde schwer und sank herab. Noch eine Stufe, und der Rücken krümmte sich. Eine weitere, und der Geist verzagte und ein leichtes Zittern erfasste seine Hand. Die Bewegungen wurden schleppend, und es fiel ihm immer schwerer, bis ganz nach oben zu gelangen. Er blieb stehen, damit sein pochendes Herz sich beruhigen konnte, und sann darüber nach, wie schnell sein Leben dahingegangen war.

»Je mehr Stufen man erklimmt, desto weniger bleibt einem zu tun. Denn je weiter das Leben vorangeht, desto näher rückt man dem Ende«, murmelte er ins Dunkel.

Als er die *Sancta Sanctorum* betrat, wurde der Geruch nach Staub und altem Holz stärker. »Es gibt keinen heiligeren Ort als diesen«, dachte er. Im matten Licht der Kerzen lagen die Reliquien in den Schreinen ringsum, fremd und in Erwartung ihrer Auferstehung. Er strich mit den runzeligen Händen daran entlang, während er auf die nicht von Menschenhand gemalte Christusfigur zuschritt, um davor niederzuknien.

Ein plötzlicher Lufthauch drang in den kleinen, hohen Raum mit den schmalen, ihn wie Schießscharten bekrönenden Fenstern. Die Kerzen verloschen mit einem Schlag, und Finsternis umfing ihn. Er spürte eine Gegenwart: Es war noch jemand im Raum, das fühlte er deutlich. Keine Bewegung, kein Atmen, sondern das Pulsieren eines Herzens.

»Wer bist du?«, raunte er mit matter Stimme. »Wer bist du?«, sagte er noch einmal lauter, als wollte er sich vergewissern, dass sein Gefühl nicht trog.

»Bruder.« Eine tiefe, dunkle Stimme, deren Echo ihn umfing.

»Bruder?«

»Deine Zeit ist so gut wie abgelaufen.«

»Was bist du? Geist oder Körper? Zeige dich, damit ich dir in die Augen sehen kann.«

»Ich bin Geist und Körper. Geist und Stimme. Nur für einen Augenblick wurde mir gestattet, zu dir zu sprechen. Denn meine Zeit unter den Menschen ist kurz. Deshalb hör mich an. Und nimm dir meine Worte zu Herzen.«

»Ich träume also. Deine Worte sind Trug. Ich wäre töricht, sie zu befolgen.«

»Du träumst nicht. Du bist wach, und ich komme nicht aus dem Reich der Toten. Noch nicht.« Eine Hand packte Innozenz am Arm, ein fester, kalter Griff, der ihm sämtliche Haare zu Berge stehen ließ. Schauder rieselten ihm wie kribbelndes Gewürm den Nacken hinab.

»Ich habe nur diese eine Nachricht für dich. Hör gut zu und vergiss sie nicht. Unser Schicksal hängt davon ab, was für Konsequenzen du daraus ziehst.« Die Stimme raunte ihm ins Ohr, süß wie Honig, scharf wie eine Klinge.

»Bislang hast du deine Sache gut gemacht. Du wirst sie noch besser machen, wenn du deiner Stimme beim Konzil entschieden Gehör verschaffst. Im Orient hast du allerdings zu lang gezögert. Herrscher und Soldaten haben ihren Blick abgewendet. Das Grab Christi liegt unbewacht. Die Ungläubigen machen sich zum Schlag bereit. Du musst zurückkehren und Schwerter und Gottes Wort dorthin bringen, wo jetzt Blasphemie regiert. Finde die Blume, die den Adler mit dem Kreuz in den Fängen trägt. Oder es wird der kommen, dessen Erscheinen geweissagt wurde. Und dann werden wir alle verschwinden, verschluckt von der Hölle.«

Der Griff löste sich. Die Kerzen flammten auf. Zusammengekrümmt kauerte Innozenz am Boden, mit tränenüberströmtem Gesicht. Er blickte zum gemalten Christus auf. Aus seinen Wunden strömte lebendiges Blut.

HOSPITAL VON ALTOPASCIO

Hier Wölfe, dort Hunde

Hustend taumelte Bonaventura zur Tür des Laboratoriums hinaus, den jungen Novizen unter den Arm geklemmt. Kaum berührten die Knie des Knaben den Boden, spie er zur Belustigung der zusammengelaufenen Mönche die morgendliche Suppe aus.

»Was gibt es da zu lachen?«, rief Anselmo. »Geht sofort wieder an eure Arbeit!«

Bonaventura holte tief Luft. Der Geruch nach faulen Eiern hatte seinen ganzen Leib durchdrungen, und er fühlte sich wie ein verdorbener, im Keller eines Leprakranken vergessener Pfannkuchen.

»Geht es dir gut?«, fragte er Germano.

»Ja, Meister«, antwortete er, das Gesicht weiß wie der Mond.

»Das ist jetzt das dritte Mal in diesem Jahr, dass dein Laboratorium in Flammen aufgeht, Bonaventura«, herrschte Anselmo ihn an. »Wir können es uns nicht erlauben, wegen deiner Teufeleien das Hospital zu verlieren.«

»Experimentum solum certificat in talibus. Um die Natur der Dinge zu begreifen, bleibt nur das Experiment, lieber Bruder.«

»Verschone mich mit deinen Erklärungen. Ich will nicht, dass die Arbeit und das Werk Hunderter Menschen durch deine Experimente zerstört werden.«

»Beruhige dich, Anselmo, diesmal hat nur Rauch die Mauern bedroht. Die von unserem leichtsinnigen Bürschchen hervorgerufene Flamme hatte keine Seele. Beim Kontakt mit der Luft hat sie sich aufgelöst wie Irrlichter in den Sümpfen.«

»Das klingt ja überaus beruhigend. Irrlichter, Rauch und Höllenfeuer. Bonaventura, so kann es nicht weitergehen. Gerüchte reisen schnell, und in diesen Zeiten ist niemand sicher.«

Just in dem Moment erschollen die Wachtrompeten, und das Eingangstor öffnete sich, um einen stattlichen Reitertross mit den goldenen päpstlichen Insignien am Sattelzeug einzulassen. Eine gleichermaßen verzierte Sänfte folgte. Als sie in der Mitte des Platzes abgesetzt wurde, riss ein Diener den Schlag auf. Der goldverbrämte Fuß, der sich daraus hervorschob, tastete behutsam nach der Erde, als fürchtete er, im Morast des Styx zu versinken. Er gehörte dem päpstlichen Legaten. Während ein Diener ihm die schlammverkrusteten Kleider abklopfte, musterte der Gesandte das merkwürdige rußschwarze Duo, das ihm verlegen entgegenblickte. Eilfertig hastete Anselmo zu der Sänfte, um den Ring des Legaten zu küssen, dessen eisiger Blick nicht von Bonaventura und dem Novizen abließ.

»Bruder Anselmo, wie mir scheint, hat sich das heilsame Klima dieses Ortes merklich verschlechtert. Was ist das für ein Gestank?«

»Es handelt sich nur um einen winzigen Brand in einem Lager, der sofort gelöscht wurde. Kein Grund zur Sorge. Wir haben Euren Besuch gar nicht erwartet. Hätte man uns vorher verständigt …«

»Nicht immer kündigt sich die Stimme Gottes mit Fanfaren an«, erklärte der Legat und näherte sich der Baracke, aus der noch ein Rauchfähnchen aufstieg. »Unser Papst hat dringende Direktiven ausgegeben. Ich bin gekommen, um euch persönlich davon in Kenntnis zu setzen.«

»Das ehrt uns. Ich werde sofort das Gastquartier bereiten lassen.«

»Das ist nicht nötig. Ich muss so schnell wie möglich nach

Lucca. Ruf sofort den engsten Rat zusammen und stelle mir neue Pferde bereit«, sagte der Gesandte und wandte sich an Bonaventura.

»Wie lautet dein Name?«

»Nach Gottes Willen wurde ich als Bonaventura d'Iseo geboren.«

»Und was macht ein Bettelmönch wie du an einem solchen Ort?«

»Ich bemühe mich um ein Leben, das es mir jeden Tag erlaubt, die Vergebung meiner Sünden zu erlangen.«

»Du bemühst dich also. Und gelingt es dir?«

»Nicht immer, um ehrlich zu sein.«

»Nun denn. Bruder Anselmo, lass uns keine weitere Zeit verlieren.«

»Aber gewiss doch, wenn Ihr mir folgen wollt.«

»Ich will, dass auch Bonaventura bei unserer Sitzung zugegen ist. Das, was ich zu sagen habe, wird ihn womöglich interessieren.«

»Wie Ihr wünscht, Bruder«, entgegnete Anselmo säuerlich.

Als er wieder allein war, warf Bonaventura dem armen Novizen einen Blick zu, der noch vernichtender war als die Flammen, die ihm die Kleider versengt hatten.

»Dir ist es zu verdanken, dass wir dem päpstlichen Gesandten einen würdigen Empfang bereitet haben.«

»Ich bitte um Verzeihung, Meister. Ich will versuchen, es wiedergutzumachen.«

»Man kann ein Ei nicht in die zerbrochene Schale zurückstecken. Hör mir gut zu, ich muss zu der Sitzung. Du begibst dich ins Laboratorium und sorgst dafür, dass jede Lösung und jede Tinktur, die wir für unser Experiment verwendet haben, sofort verschwinden. Und das große Buch, das aufgeschlagen auf dem Tisch liegt, muss zusammen mit den anderen in die geheime Bibliothek zurück.«

»Du fürchtest also, die Sache könnte Konsequenzen haben?«
»Ich fürchte, die Konsequenzen sind bereits eingetreten.«

Bonaventura trat in den Sitzungssaal. Es war ein schmuckloser, hoher Raum. Der grau gesprenkelte rosa Marmor, der aus dem Steinbruch beim Meer stammte, war vom Ruß der Fackeln geschwärzt. Die nackten Wände schlossen mit einer schlichten Holzdecke ab, an der sich wie knochige Finger lange Kastanienbalken verschränkten. Der große Kamin erwärmte den Saal nur dürftig, weshalb die Alten, die ans Feuer gerückt waren, dennoch Mühe hatten, nicht mit ihren letzten verbliebenen Zähnen zu klappern. Das Murmeln der Versammelten verstummte jäh, als Bonaventura erschien und sich am Tisch umsah. Fragende und unverhohlen misstrauische Gesichter blickten ihm entgegen. Rasch taxierte er die Anwesenden. Neben dem Fenster stand Riccardo da Arezzo, der Anführer der Garnison. Über drei Ellen groß, hatte er einen dichten roten Bart, der sein hageres Gesicht umrahmte, und himmelblaue, wegen des empfindlichen Pigments stets blutunterlaufene Augen. Die adelige Familie, der er entstammte, hatte ihm den religiösen Werdegang auferlegt, dem er sich nur dank der Aussicht auf den bewaffneten Dienst gefügt hatte. Sein Mut kannte nicht das leiseste Zaudern, und sein Name genügte, um Pilgerstraßen sicherer zu machen und Wegelagerer abzuschrecken. An seiner Seite stand, klein und fast krüppelhaft krumm, Remigio da Cortona, der Schatzmeister des Hospitals. Auch er war adeliger Abstammung. Es hieß, er habe die Familienkasse um erkleckliche Summen erleichtert, weshalb er verstoßen worden sei. Er war ein verschlagener, diebischer Mann und somit wie geschaffen dafür, durch unredliche Praktiken an Geld zu gelangen. Man munkelte, er würde mit der stummen Billigung Anselmos selbst vor Wucher nicht zurückschrecken. Am Tisch saß Beregardo da Sorrento, das weltliche Oberhaupt der Mediziner und Wundärzte, und tauschte vielsagende Blicke mit seinen Sitznachbarn. Obwohl er kaum über dreißig war, hatte er gegerbte Haut und weißes Haar; seine schmalen, langfingerigen Hände waren geschickt darin, Körpersäfte aus Wunden zu drücken oder mit der Amputationssäge zu hantieren. Er war ein hochgelehrter Mann, der seine Bildung an der Schule von Salerno erlangt hatte, ehe er bis nach Bologna und dann nach Paris gereist war, um einen Kommentar zum Werk des großen Rogerio Frugardi über die in der *Ars chirurgica* anzuwendenden Techniken bei Kriegsverletzungen abzufassen. Der Mönch neben ihm war für die Pflege der Kranken und Verletzten verantwortlich. Nicodemo war dürr und schmerbäuchig, mit abwesendem, auf Glaubenssätze beschränktem Blick, der nicht erkennen mochte, dass der Weg der Heilung nicht allein über die Pflege der Seele, sondern auch über die des Körpers führt. Doch es war die um den Kamin gescharte Gruppe, die Bonaventuras Aufmerksamkeit erregte. Neben dem alten Großmeister des Hospitals und den beiden greisen Ratsmitgliedern stand der päpstliche Legat: klein und untersetzt, mit Hakennase, knochigen Fingern und ruhelosen Schweinsäuglein, die von einem zum anderen zuckten und niemanden wirklich zu sehen schienen. Erst, als Bonaventura den Saal betrat, öffneten sich seine Lippen zu einer Art Lächeln, das sich in seinem Blick jedoch nicht ansatzweise widerspiegelte. Als alle um den Tisch herum Platz genommen hatten, ergriff Anselmo das Wort.

»Brüder, seit geraumer Zeit schon ist unser Haus ein wichtiger Hafen für Pilger, die sich auf den heiligen Weg begeben. Doch so glücklich wir auch sind, diesen gottesfürchtigen Menschen Freude bereiten zu können, sorgt dies auch für zahlreiche Schwierigkeiten, die uns die tagtäglich zu leistende Arbeit immer mühsamer machen.«

Von sämtlichen Anwesenden war ein zustimmendes Raunen zu hören.

»Nichtsdestoweniger ist es in diesen unglückseligen Zeiten

unser aller Pflicht, uns gegen die tagtäglich erstarkenden Feinde der Christenheit so gut als möglich zu wappnen. Die Gottlosen sind eine stete Gefahr, und die Katharer halten unseren tapferen Kreuzrittern hartnäckig stand. Deshalb wird unser edler Gast, der uns den Segen von Papst Innozenz bringt, nun das Wort ergreifen, um uns wichtige Neuigkeiten mitzuteilen.«

»Meister, Brüder und Männer des guten Willens, unser Vater, Innozenz III., weiß die verdiente Arbeit dieses Hospitals und seiner Ordenshäuser entlang unserer geliebten Via Francigena seit Langem zu schätzen. Der Trost der Pilgerseelen und die Verteidigung der Straßen und Brücken gegen die Bedrohung durch Wegelagerer und Glaubensfeinde ist euch seit Langem anvertraut. Deshalb haben wir dank unserer Großzügigkeit und dem guten Willen des Bischofs von Lucca beschlossen, dass die Hälfte der Erträge der Ländereien von Cisterna, Chiusi und Alteana dieser Gemeinschaft zugutekommen soll.«

Lächelnde Gesichter und zustimmendes Murmeln erfüllten die Runde.

»Jedoch«, und hier legte der päpstliche Gesandte eine Pause ein, »ist es das Dafürhalten des Heiligen Vaters und somit das unsrige, dass nämliches Geld der Seelenlabung der Wanderer, dem Ausbau des Hospitals sowie der Errichtung neuer Brücken, die den Gläubigen die Überquerung der von Überschwemmungen bedrohten Gebiete erleichtern, dienen soll und nicht der Praxis der Chirurgie, die der Heilung der Seele nicht als ebenbürtig erachtet werden kann. Und ganz ohne Zweifel ist es nicht für Experimente zauberischer Natur bestimmt, sofern diese nicht ausdrücklich vom Bischofssitz genehmigt sind.«

»Da haben wir den vergifteten Köder«, dachte Bonaventura. Inzwischen hatte sich der Gestank der Ketzerei überall ausgebreitet. Er verschonte niemanden, denn wie alle diffusen Ängste nistete sie im Herzen der Menschen und ließ sich nicht mehr daraus tilgen.

»Darf ich den edlen Gesandten darauf aufmerksam machen, dass die medizinische Abteilung der Stolz unseres Hospitals ist und gegenwärtig Personal fehlt, um Arme und Reiche und selbst die Männer der Kirche zu pflegen«, erklärte Bonaventura hörbar gereizt.

»Bezweifelst du etwa die Worte des Heiligen Vaters?«

»Ich bezweifle gar nichts. Ich sage nur, dass meine Aufgabe nicht darin besteht, den Willen Gottes zu vertreten, sondern darin, Leiden zu lindern.«

»Und wie, wenn man erfahren darf? Indem du Arme und Füße absägst?«

»In diesem Hospital greifen wir auf solcherlei Mittel nur in Ausnahmefällen zurück, und das ausschließlich nach Verabreichung schlaffördernder Mittel.«

»Ich habe von magischen Gewürzen und Salben gehört, beschrieben von gottloser Hand in Büchern, die bis zu uns gelangt sind.«

»Der Bischof von Ravenna, der dem Tod mit unserer Hilfe entgehen wollte und offenbar nicht darauf vertraut hat, dass die Gebete seiner Brüder reichen, hat die Techniken der Gottlosen durchaus zu schätzen gewusst«, entgegnete Bonaventura mit einem sarkastischen Lächeln.

»Wie es scheint, lag ich nicht ganz falsch, als ich die Aufrichtigkeit deiner Buße bezweifelte, lieber Bruder. Ich fürchte, angesichts deines offenkundigen Widerwillens, den Anweisungen des Papstes Folge zu leisten, kann und muss das römische Gericht deine Ansichten prüfen.«

»Bonaventura, dies ist nicht der geeignete Moment, um über Chirurgie zu streiten. Wir alle müssen dem Heiligen Vater dankbar sein, dass er sein gütiges Auge auf uns gerichtet hat. Seine Ratschläge befolgen wir wie ein Kind jene seines Vaters«, mischte Anselmo sich ein.

»Nun gut, Bruder«, erwiderte der Gesandte. »Ich bin überzeugt, dass dein Wort von allen respektiert wird. Doch der eigentliche Punkt ist folgender. Der hohe Vater hat mich hierher geschickt, um eine Gefahr zu bannen, die die heilige Mutter Kirche bedroht.«

»Welche Art von Gefahr?«, fragte Bonaventura. Der Legat trat so dicht an ihn heran, dass er ihn fast berührte. Sein Atem war süßlich und modrig, typisch für einen Menschen, der mit Wein und Speisen über die Stränge schlägt, bis die Lebersäfte dick und faulig werden.

»Der Papst hat befunden, dass sämtliche Spuren magischer oder alchemistischer Praktiken in der Kirche schnellstmöglich auszumerzen sind. Wir gehen davon aus, dass diese schändlichen Gewohnheiten selbst im Inneren des heiligen Körpers der Christenheit Fuß gefasst haben. Innerhalb geheiligter Mauern frönen Mönche und Priester unter dem schützenden Gewand von Äbten und Pastoren heidnischen, wenn nicht gar teuflischen Praktiken.«

»›Unter all den Sterblichen nach Gott bin ich dankbar für das, was an Wissenschaft in mir ist‹«, zitierte Bonaventura. »Das sind Papst Silvesters Worte, der sich, wie Ihr wisst, lange Zeit dem Studium der Sterne und der gottlosen Schriften gewidmet hat, ehe er von Gott berufen wurde.«

»Ich bin mit der Geschichte von Papst Silvester wohlvertraut. Doch ich denke, dass ebendiese Mauern ungestraft Individuen beherbergen, die die Wissenschaft mit Zauberei verwechseln.«

»Ich weiß nicht, was ich sagen soll. Vielleicht wurde unser Heiliger Vater von einem dieser Individuen schlecht beraten.«

»Ich kann Euch versichern, dass wir hier nichts Unrechtmäßiges tun«, fiel Anselmo Bonaventura verärgert ins Wort.

»Ruhe!«, versetzte der Gesandte und rückte noch dichter an Bonaventura heran. »Erzähl mir von deinem Laboratorium.«

»Es ist ein einfaches Laboratorium für Aufgüsse und Kräuter. Dieselben, die wir seit Jahrzehnten unseren Pilgern verabreichen. Mariendistel, aufgegossen mit Minze und Löwenzahn, könnte beispielsweise für Eure Probleme genau das Richtige sein, Bruder.«

»Welche Probleme?«

»Wacht Ihr nie des Nachts mit einem schweren Magen auf? Mit dem Gefühl, verdauen zu müssen und es nicht zu können? Mit trockenem Schlund und dem drängenden Verlangen, Darmgase auszustoßen, die jedoch in den Eingeweiden stecken bleiben? Ich glaube, Ihr wisst, wovon ich rede, Bruder.«

Ehe der Gesandte, der puterrot geworden war, etwas erwidern konnte, platzte ein Diener mit verstörter Miene in den Saal.

»Mönch. Tod. Schnell!«, stammelte er.

Alle stürzten hinaus und eilten im Laufschritt die Stufen hinab, Bonaventura vorweg, gefolgt von Beregardo und den anderen. Im Hof standen drei entkräftete, mit den Insignien der Tau-Ritter versehene Pferde, die von verschreckt dreinblickenden Gehilfen gehalten wurden.

»Wo?«, fragte Bonaventura.

»Dort«, erwiderte einer und deutete auf den Behandlungssaal der Adeligen.

Bonaventura schritt auf den niedrigen roten Ziegelbau mit den riesigen Fenstern zu. Entgegen der vorherrschenden Meinung, Medizin müsse fern aller Blicke in feuchten, dunklen und schlecht belüfteten Räumen praktiziert werden, ging die Schule von Salerno davon aus, dass die medizinischen Künste nach einer hellen, vom Sonnenlicht erwärmten Umgebung verlangten. Bonaventura trat durch einen weiten Eingang und befand sich unversehens mitten im emsigen Treiben der Pfleger, die von einem Lager zum nächsten eilten. Männer jeden Alters lagen dort, schlafend, mit leidvoll geweiteten Augen oder mit dem wachen, aufmerksamen Blick Genesender, die es kaum erwarten können, sich endlich wieder unter die Menschen zu mischen. Sofort bemerkte Bonaventura das Grüppchen Tau-Ritter, das sich am Ende des Raumes um ein Lager versammelt hatte. Es waren Rolando, der Anführer des Spähtrupps, der die Straße schützte, über sechs Fuß groß und mit der üblichen goldenen Maske auf dem Gesicht, und seine Getreuen Giorgio und Davide. Als er zu ihnen trat, erkannte er auch den Mann im Bett, und sein Herz blieb stehen: Es war Giacomo, Franziskus' Reisegefährte. Rücklings lag er da, offenbar bewusstlos und seiner Kleider entblößt. In seinem Brustkorb ragte dort, wo der Heiland von einer Lanze durchbohrt worden war, ein Pfeilschaft aus einer tiefen Wunde, aus der schwarzes, zähes Blut quoll.

»Rolando, was in Gottes Namen ist geschehen?«

»Wir wurden angegriffen. Schwarz gekleidete Männer, rund ein Dutzend, vielleicht mehr. Wir hatten diesen Mönch bei uns, den wir in einem erbärmlichen Zustand am Straßenrand gefunden hatten. Wir konnten die Angreifer in die Flucht schlagen, doch ihn hat ein Pfeil getroffen.«

»Wo ist das passiert?«

»Einen halben Tag Fußmarsch von hier.«

Bonaventura beugte sich über den Verletzten. Die Wunde war tief. Der Pfeil hatte bereits verheerende Schäden angerichtet. »Er könnte mit einer tödlichen Substanz getränkt gewesen sein«, dachte er und nahm neben dem Rostgeruch des Blutes noch ein anderes, beißendes Aroma wahr. Der Atem des Mannes ging kurz und flach, aus seinem Mund drangen ein gurgelndes Röcheln und blutiger Speichel. Während er ihn noch inspizierte, schlug Giacomo plötzlich die Augen auf. Sie brauchten einen Moment, um das Gesicht des Freundes zu fokussieren.

»Bonaventura. Bist du das?«

»Ja, lieber Bruder. Nicht sprechen. Jetzt pflegen wir dich. Hier bist du in Sicherheit.« Giacomo umklammerte die Hand des Mönches.

»Ich werde es nicht schaffen. Nur du kannst mir helfen. Ich bitte dich, nimm das Pergament aus meinem Beutel. Traue niemandem. Zeig es niemandem. Übergib es Elia. Ich habe es nicht geschafft. Andere haben davon gewusst. Franziskus …«

»Franziskus?«, fragte Bonaventura ahnungsvoll.

»Er ist in Gefahr. Gefangen. Ihr müsst …«

»Lasst mich durch!«

Die Stimme gehörte dem leitenden Wundarzt, der Bonaventura zur Seite drängte und den Ernst der Lage mit einem Blick erfasste.

»Wir dürfen keine Zeit verlieren, ein sofortiger Eingriff ist unabdingbar. Bringt mir das Besteck. Bonaventura, du kümmerst dich um den Schlaf.«

Bonaventura schob die düsteren Ahnungen beiseite und rief nach seinem Diener Lentinio.

»Hol sofort ein Schlafschwämmchen, tränke es und bring es mir. Sofort, habe ich gesagt!«

»Was ist hier los?«

Anselmo tauchte auf, dicht gefolgt vom päpstlichen Gesandten.

»Ein verletzter Mönch«, entgegnete Bonaventura. »Wir müssen umgehend operieren.«

»Dann sollten wir nicht länger zugegen sein.«

»Und ob wir das sollten«, widersprach der Legat. »Ich habe die Absicht, diesem vielbesungenen Wunder höchstpersönlich beizuwohnen.«

Unter Anselmos besorgtem Blick trat der Gesandte ans Bett. Unterdessen kehrten die Helfer des Wundarztes zurück und brachten ihm einen Kasten mit verschiedenen wohlgeordneten Instrumenten. Elevatorien, Haken und Messer unterschiedlicher Ausführung und Größe. Auch Bonaventuras Helfer eilte keuchend herbei und trug eine mit einem Tuch bedeckte Schüssel, die er zu seinen Füßen abstellte. In dem Moment erwachte der Verletzte abermals aus seinem Dämmerzustand. Er stieß gellende Schreie aus, griff sich an die Brust und wand sich im Todeskampf.

»Schnell, Bonaventura, Beeilung!«

Bonaventura band sich einen breiten Streifen groben Leinentuchs vor das Gesicht, lupfte behutsam den Stoff von der Schüssel, griff einen großen, mit brauner Flüssigkeit getränkten Schwamm und drückte ihn auf das Gesicht des Verletzten. Der hörte sogleich auf, sich zu winden, und fiel in einen ebenso raschen wie unnatürlichen Schlaf.

»Was ist das für ein Zauber?«, fragte der Gesandte.

»Kein Zauber, Bruder. Reine Natur. Eine Lösung aus Kräutern, Opium, Bilsenkraut, Saft von unreifen Brombeeren, Brombeerblättern, Efeu, Blättern der Tollkirsche, Kopfsalat und Mohn. Ein Mittel, um Leiden zu lindern.«

»Leiden und Freuden kommen von Gott. Ihnen zuwiderzuhandeln ist gegen seinen Willen.«

»Dann wünsche ich Euch, dass Ihr niemals die Qualen unseres Bruders erleiden müsst.«

»Jetzt ist's genug«, ging der Wundarzt dazwischen. »Ich fange an.«

Er nahm ein dünnes, spitz zulaufendes Metallrohr, das er über den Pfeil stülpte, und ließ es langsam ins Fleisch eindringen. Gleichzeitig löste er die Haut rings um die Verletzung mit einem Messer, dessen Klinge so fein war, dass sie glatt eine Feder im Flug durchtrennen könnte. Das Blut quoll heftig hervor, während sich das Instrument immer tiefer ins Fleisch bohrte. Der Verletzte lag nunmehr im Tiefschlaf und verspürte keinerlei Schmerz. Irgendwann brachte der Wundarzt am oberen Ende seines Gerätes eine Art Kurbel an, die er langsam gegen den Uhrzeigersinn drehte, bis sich der Pfeil zum großen Staunen der Anwesenden aus der Wunde schob. Als schließlich das letzte Stück mit einem Ruck herausrutschte, schoss wie Quellwasser aus einem Felsen eine rote Fontäne empor.

»Ein Gefäß ist gerissen. Schnell, Nadel und Faden!«

Der Wundarzt kam ins Schwitzen, versenkte die Finger im

Blut und vernähte die Wunde hastig. Doch so schnell er auch reagiert hatte, der Atem des Verletzten war flach und matt geworden. Als der blutüberströmte Chirurg den Blutschwall gestillt hatte, war der arme Mönch bereits tot. Eine seltsame Stille legte sich über die Anwesenden, nur unterbrochen vom Klirren der Instrumente, die der Helfer in den Kasten zurücklegte, während der Arzt resigniert den Kopf senkte.

»Wie ihr alle habt sehen können, ist es sinnlos und womöglich gar schädlich, dem Willen Gottes zuwiderzuhandeln. Jene«, der Gesandte zeigte auf Bonaventura und den Wundarzt, »versuchen zu ändern, was längst geschrieben steht. Das einzig wirkungsvolle Heilmittel ist das Gebet.«

»Das Gebet ist hilfreich, macht die Toten aber nicht wieder lebendig«, knurrte Bonaventura.

»Du lästerst, Bruder. Dieser Mann darf nicht aus den Augen gelassen werden, bis der Papst über das, was sich hier abspielt, in Kenntnis gesetzt ist. Und deine Praktiken, Magier, werden von zuständiger Stelle untersucht werden.«

Bonaventura hielt dem Blick des Legaten stand. Dann griff er sich Giacomos Tasche und ging mit großen Schritten davon. Vor der Tür wurde er von Anselmo eingeholt.

»Was hast du dir dabei gedacht? Weißt du nicht, wer das ist?«

»Das interessiert mich nicht.«

»Das sollte es aber. Mit deinen Worten hast du dich und unsere Gemeinschaft in Gefahr gebracht.«

»Keine Sorge. Ich verschwinde. Sobald ich fort bin, wirst du keine Scherereien mehr haben.«

»Ich kann dich nicht gehen lassen. Hast du die Anordnungen des Gesandten nicht gehört?«

»Deshalb wirst du mich auch nicht gehen lassen. Du wirst erklären, dass ich geflohen bin, ehe du den Anweisungen Folge leisten konntest.«

»Ich habe schon immer geahnt, dass du dich früher oder später aus dem Staub machen würdest. In dir rumort etwas Unbändiges und Gefährliches.«

»Keine Sorge. Wenn ich hierbliebe, würde ich deiner Gemeinschaft nur schaden.«

»Du wirst nirgendwo sicher sein. Ich kann nichts mehr für dich tun, als dir Beschützer zur Seite zu stellen. Rolando und seine Gefährten werden dich begleiten, bis du dich weit genug von hier entfernt hast.«

»Dies ist ein Lebewohl, ist dir das klar?«

»Wieder einmal glaubst du, Gottes Willen im Voraus zu kennen. Nur er weiß, ob wir uns eines Tages wiedersehen.«

»Da hast du recht, Anselmo. Auf Wiedersehen, mein lieber Bruder.«

»Auf Wiedersehen, Bonaventura. Möge Gott über deine Schritte wachen. Ich werde dich schützen, so gut ich kann.«

DIE PORTIUNCOLA

Jener Tag wird die Welt in Asche kehren

Die Pferde kämpften sich durch den hohen Schnee, der die ganze Nacht und den Tag über gefallen war und den Waldpfad unter sich begrub. Hier, im Schutz der mächtigen Buchen und tausendjährigen Eichen, war der Weg, der zur Portiuncola führte, gerade noch zu erkennen. Flankiert von Rolando ritt Bonaventura voran. Hinter ihnen folgten die Tau-Ritter Giorgio und Davide, der eine wie ein brodelnder Kessel unablässig vor sich hin grummelnd, der andere mit starr auf den Mönch gerichtetem Blick.

»Wieso reiten wir zur Portiuncola?«, fragte der Ritter mit der goldenen Maske.

»Sie ist die erste Etappe auf Giacomos Karte. Wenn du wissen willst, wo ein Fluss hinfließt, musst du seinem Lauf von der Quelle an folgen«, entgegnete Bonaventura.

»Glaubst du, Franziskus ist in Gefahr?«

»Ich hoffe nicht. Doch die Vorfälle lassen mich das Schlimmste befürchten.« Auf einer Hügelkuppe machten die Pferde halt. Weiter unten konnte man die Gebäude ausmachen, die zur Portiuncola gehörten: in der Mitte die kleine Kirche und ringsum ein paar bescheidene Hütten und der größere Bau des Dormitoriums, das im Schutz eines Felsvorsprungs stand.

»Seit wann bist du nicht mehr hier gewesen?«, fragte Rolando.

»Seit langer, vielleicht allzu langer Zeit.«

»Es hat sich vieles verändert, seit Franziskus gegangen ist.«

»He, du!«, rief Bonaventura einem jungen Mönch zu, der am Rande der Portiuncola Holz zusammenklaubte.

»Was gibt es, Bruder?«, erwiderte der zögernd.

»Wo haben sie das Mädchen hingebracht?«

»Welches Mädchen?«

»Komm schon, du kannst mir nichts weismachen. Das, welches ihr der Hexerei bezichtigt und das heute früh zu fliehen versucht hat. Wo ist es jetzt?«

»In der Kirche. Die Alten machen ihm den Prozess«, antwortete der Junge, blass in seiner Verblüffung.

»Danke, Bruder. Das bedeutet, dass wir noch rechtzeitig gekommen sind.«

»Wie zum Teufel hast du das gemacht?«, raunte Rolando, während sie den Pferden die Sporen gaben und auf die Kirche zuritten.

»Ganz einfach: Hast du die Fußspuren auf der Ostseite der Hütten gesehen? Vereinzelte Abdrücke, klein und nicht besonders tief, wie die einer Frau. Sie beginnen bei dem Zaun, über den sie geklettert ist, verlaufen bis zur Hälfte des Pfades und kreuzen dort zahlreiche andere Fußspuren, die vom Eingang her kommen. Heute früh hat es aufgehört zu schneien, die Spuren sind also danach entstanden. Der Bruder, den wir getroffen haben, sammelte trockenes Holz, von dem sich schon einiges in der Mitte des Hofes stapelt. Genug für einen hübschen Scheiterhaufen. Ein rechtes Hexenfeuer.«

Im engen Innenraum der von Franziskus geliebten Kirche spürte das Mädchen die Blicke der Mönche auf sich ruhen, manche voller Furcht, andere zornig. Sie hätte auf Klara hören sollen. Die Oberin hatte erklärt, dass man ihr niemals glauben würde. Und doch hatte die Stimme, die ihr mitten in der Nacht etwas zugerufen hatte, zu einem aufrichtigen Gesicht gehört. Sie hatte gar nicht anders gekonnt, als ihr zu gehorchen. »Geh zu meinen Brüdern und sag ihnen, dass ich gefangen bin«, hatte sie dem Mädchen in seiner Zelle in San Damiano zugeraunt. Sie hatte dieses Gesicht noch nie zuvor gesehen, und dennoch war ihr, als würde sie es seit jeher kennen. Franziskus, hatte Klara sogleich gedacht, als ihr die junge Novizin von der nächtlichen Begegnung erzählt hatte. Doch jetzt wurde dem Mädchen klar, dass allein die Tatsache, eine Frau zu sein, in dieser Versammlung ein Frevel war und ihre Vision sie ins Verderben stürzte. Es wäre besser gewesen, mit den wenigen Nahrungsmitteln, die sie sich hatte beschaffen können, spurlos zu verschwinden. Fort von San Damiano, fort von der Portiuncola, fort von dem alten Leben, einer ungewissen Zukunft entgegen. Stattdessen hatte sie den Mund nicht halten können. *Hexe* hatten die Mönche gebrüllt, von denen nun manche in ihrer Gegenwart vor Angst zitterten und andere sie am liebsten auf der Stelle und ohne Prozess verbrennen würden. Sie hatten sich lange beraten, und jetzt standen die beiden Ältesten hinter dem hellen Steinaltar mit dem eingemeißelten Tau-Symbol, um über ihr Schicksal zu urteilen. Der eine war groß, mit eingefallenen Wangen und einem Wust weißer Haare, der andere gedrungen, mit Hakennase und riesigen pelzigen Ohren. Der Größere ergriff als Erster das Wort.

»Brüder, eure Worte und Ängste habe ich vernommen. Ich fordere euch zur Ruhe auf. Ich kann kein Anzeichen von Hexerei in diesem Mädchen finden«, sagte Elia.

»Wie nennst du ihre Visionen dann?«, erwiderte der Mönch an seiner Seite.

»Lieber Matteo, das, was wir Visionen nennen, könnte ebenso ein Kontakt mit dem Göttlichen sein wie ein Zeichen von Wahnsinn.«

»Oder eine Ausgeburt des Teufels.«

»Matteo hat recht, bringen wir sie auf den Scheiterhaufen«, sagte ein knollnasiger, rotblonder Mönch.

»Auf den Scheiterhaufen, sofort«, echote ein kleiner Glatzkopf.

»Ruhe«, herrschte Elia. »Ich lasse nicht zu, dass man in diesen Mauern derart herumkrakeelt.«

»Du willst die Versuchung und den Trug nicht sehen. Das Böse, das dieses Mädchen verkörpert.«

»Versuchung und Trug, mag sein, aber nicht so, wie du es meinst, Matteo. Das Mädchen glaubt, etwas gesehen zu haben, doch womöglich ist es verwirrt.«

»Ich bin kein bisschen verwirrt. Das, was ich sagte, ist wahr«, zischte Fleur.

»Hörst du, Elia? Habt ihr das vernommen? Wollt ihr etwa behaupten, das sei kein Teufelswerk?«

»Matteo, du übertreibst. Das Einzige, dessen diese Schwester sich schuldig gemacht hat, ist der Diebstahl aus unserer Vorratskammer. Vorausgesetzt, der Cellerar hat die Wahrheit gesagt.«

»Du wirst doch nicht an einem unserer Brüder zweifeln, um einer Frau Glauben zu schenken, Elia?«

»Schwer zu sagen. Bisweilen zweifle ich an mir selbst. Und du, Mädchen, könntest die ganze Sache durchaus vereinfachen, wenn du zugäbest, keine Vision gehabt zu haben.«

»Ich kann nicht lügen.«

»Dann beharrst du auf deinen Visionen?«, fragte Elia besorgt.

»Gewiss.«

»Wenn du Franziskus wirklich gesehen hast, wo war er?«

»Er war … Ich kann es nicht sagen, ich habe nur Bruchstücke gesehen, wirre Bilder.«

»Seht ihr, Brüder? Ihr müsst euch nicht fürchten. Das Mädchen befindet sich lediglich in einem Zustand der Verwirrung. Es ist nicht die Hexe, die Matteo in ihr erkennen will.«

»Ich habe nur gesagt, was ich gesehen habe.«

»Gütiger Gott, Mädchen, überlass diese Sache mir«, sagte Elia und warf Fleur einen warnenden Blick zu.

»Lass sie ausreden, Elia. Und wer soll dir erlaubt haben, diese Dinge zu sehen? Gott vielleicht?«

»Ich habe nie behauptet, dass es euer Gott war, der mir die Vision geschickt hat.«

»Na bitte, Brüder, habt ihr gehört? Wenn es nicht Gott war, kann nur Luzifer ihre gespaltene Zunge bewegt haben.«

»Lügen!«, zischte das Mädchen verächtlich und konnte von den beiden Mönchen an ihrer Seite nur mühsam festgehalten werden.

»Schweig! Deine Stimme ist die des Teufels, und dein Äußeres kann deine Absichten nicht verhehlen.«

»Ich werde reden, solange Atem in mir ist.«

»Wenn du den Mund nicht hältst, werde ich dich knebeln lassen.«

»Halt den Mund, du Schwein!«, brüllte das Mädchen und spuckte Matteo ins Gesicht. Der Mönch erstarrte und wich taumelnd ein paar Schritte zurück. Das Mädchen grinste höhnisch.

»Na los, Frater, worauf wartest du? Schlag mich!«

»Ich mache mir die Hände an einer dreckigen Hündin wie dir nicht schmutzig.«

»Obacht, die Hündin kann beißen.«

Matteo war blass im Gesicht. Er hatte es nicht fertiggebracht, das Mädchen zu schlagen, sosehr es ihn auch gejuckt hatte. Etwas in ihrem Blick hatte ihm das Blut in den Adern gefrieren lassen.

»Das Maß ist voll.« Er blickte, um Zustimmung heischend, in die Runde. »Nehmt dieses Weib. Wir bringen es hinaus und lassen die Flammen Gerechtigkeit üben.«

»Ja, bringen wir es hinaus!«, brüllten mehrere Mönche.

Vier von ihnen, die sich mit Matteo einig waren, wollten sich gerade in Bewegung setzen, als ein riesiger Schatten über die Schwelle fiel. Die stattliche, grau gewandete Gestalt des Ritters mit der goldenen Maske betrat die winzige Kirche. Ihm folgte

Bonaventura in seiner erdbraunen Kutte, einen Wanderstab in der Rechten. Obwohl auch er überdurchschnittlich groß war, wirkte er neben dem Ritter beinahe zierlich. Er streifte die Kapuze ab und zeigte sein Gesicht.

»Bonaventura! Was machst du hier?«, rief Elia verblüfft.

»Ich komme aus Altopascio, geleitet von Rolando und zwei weiteren edlen Rittern des Tau-Ordens.«

»Hocherfreut, dass du uns einen Besuch abstattest, Bonaventura. Im Moment gibt es allerdings eine Frage höchster Dringlichkeit zu klären«, zischte Matteo.

»Ständig bist du gehetzt und sorgenvoll, Matteo. Glaub mir, das ist nicht gut für deine Gesundheit.«

»Verlachst mich etwa?«

»Ganz im Gegenteil. Ich wüsste gern, worum es geht. Vielleicht könnte ich zur Lösung des Dilemmas beitragen.«

»Es handelt sich um die Gotteslästerung dieser Frau und um die Lügen, die sie uns aufgetischt hat.«

Bonaventura wandte sich dem zwischen zwei fülligen Mönchen eingeklemmten Mädchen zu. Es hatte dunkles Haar und smaragdgrüne Augen. Trotz der zerschlissenen Kleider war seine Haltung stolz. Obendrein war es bildschön, was zu jener Zeit und an solch einem Ort nicht von Vorteil war. Wie zu keiner Zeit, im Übrigen.

»Was kann diese holde, gottesfürchtige Novizin getan haben, um eure Anschuldigungen zu verdienen?«

Das Mädchen schien überrascht. Ihr stolzer, trotziger Blick ruhte zuerst auf Bonaventura und dann auf Rolandos Maske, als überlegte sie, wie sie die neue Situation zu ihrem Vorteil nutzen könnte.

»Du kennst dieses Weib also?«, knurrte Matteo.

»Lieber Bruder, wieso nennst du sie beharrlich Weib? Hast du etwa vergessen, was man dich gelehrt hat? Eher als Männer und Frauen sind wir Brüder und Schwestern im Herrn. Sie trägt die

Kleidung der Novizinnen von Schwester Klara und kann nur aus dem wenige Stunden Fußweg entfernten San Damiano hierhergekommen sein.«

»Diese Schwester, wie du sie zu nennen beliebst, hat gegen ihr Gelübde verstoßen und die Klausur verlassen.«

»Habt ihr nach den Gründen für ihr Verhalten geforscht?«

»Da gibt es wenig zu forschen. Sie hat sich heimlich hier eingeschlichen, um unsere Vorratskammer zu plündern. Als sie ertappt wurde, hat sie ihre Schuld nicht eingestanden, sondern wollte uns mit obszönen Visionen von Franziskus verwirren.«

»Was für Visionen?«, fragte Bonaventura ahnungsvoll.

»Er sei irgendwo gefangen und hätte ihr aufgetragen, hierherzukommen und um unsere Hilfe zu bitten. Sie spricht die Sprache des Teufels, um uns zu täuschen.«

»Das Mädchen ist verwirrt«, sagte Elia. »Und die Brüder, die vielleicht noch verwirrter sind als sie, sehen hinter jedem Stein und jedem Strauch das Böse lauern.«

Bonaventura war verblüfft. Wie konnte dieses Mädchen von Franziskus wissen? Dass sie bereit war, den Tod zu riskieren, um an ihren Worten festzuhalten, schien darauf hinzudeuten, dass sie sich der unwillkommenen Wahrheit näher wähnte als der Lüge. Wäre sein Freund Gervasius von Tilbury hier, würde er eine metaphysische Erklärung ins Spiel bringen. Doch jetzt, angesichts dieses armen Mädchens, das sich in der Gewalt ebenso zorniger wie ratloser Mönche befand, war er auf sich allein gestellt. Er glaubte an die Empfindungen, an das, was man mit Augen und Händen erfassen konnte. Die Sinnlichkeit des Mädchens war unübersehbar, und so war es kein Wunder, dass es die Gemeinschaft der entsagungsvollen Mönche erschüttert hatte. Fast musste er lachen. Gedankenverloren stemmte er die Hand in die Hüfte, zwirbelte sich den Bart und ließ seinen Blick zwischen dem zornesroten Gesicht Matteos und den feinen Zügen der Novizin, die einer angriffslustigen Wildkatze glich, hin- und herwandern. Dann schritt er mit langen, energischen Schritten auf sie zu, hob behutsam ihr Kinn und strich ihr langes Haar zur Seite. Was er sah, ließ seinen Herzschlag für einen Moment aussetzen. Ihre Lippen waren spröde und von der Kälte oder etwas Ärgerem aufgesprungen. Ein Auge war geschwollen und wie von Hieben bläulich verfärbt. Eine frisch vernarbte Verletzung zeichnete die Linie der schmalen Augenbraue nach und teilte sie fast perfekt in zwei Teile. Als schließlich sein Blick auf das Medaillon um ihren Hals fiel, stahl sich Verblüffung in sein Gesicht. Hastig verbarg das Mädchen das Schmuckstück unter seinem Gewand.

»Mein Kind, was ist dir geschehen?«

»Ich bin kein Kind.« Die Stimme des Mädchens war ein feines, messerscharfes Flüstern.

»Ist das euer Werk?«, fragte Bonaventura an die Mönche gewandt, während Rolando die Hand ans Schwert legte.

»Beruhige dich, Bonaventura«, erwiderte Elia, »wir haben der Magd kein Haar gekrümmt. Diese Blessuren trug sie bereits.«

»Sagt er die Wahrheit? Du brauchst keine Angst zu haben. Wir werden dich verteidigen.«

»Sie darf nicht sprechen! Ihre Stimme ist des Teufels!«, polterte Matteo.

»Elia, erlaube mir, das Mädchen zu befragen. Vertrau mir.«

»Nun denn«, schnaubte Elia unter dem Raunen der Mönche.

»Also, antworte auf meine Frage.«

»Diese Verletzungen hat mir der zugefügt, der mich gegen meinen Willen ins Kloster gesteckt hat.«

»Es stimmt also, dass du vor der Stimme Gottes davongelaufen bist?«

»Sollte sie mich gerufen haben, habe ich sie nicht gehört. Wer nach mir rief, verwendete andere Namen: Hure. Hexe. Unheilsbotin. Gift. Bestie. Hündin. Dämonin. Wechselbalg. Halbblut. Diese Worte habe ich sehr wohl gehört.«

»Und wer hat dir das angetan?«

»Mein Vater, ehe er mich in San Damiano einsperrte.«

»Keine Frau bleibt gegen ihren Willen im Kloster unserer Schwestern. Es gibt dort weder Schlösser noch Gräben oder eiserne Riegel. Wer bleibt, tut das mit dem Beschluss, Klaras Weg zu folgen.«

»Woanders könnte eine Frau nicht hin. Jedenfalls nicht unter dem eigenen Namen oder in eigenen Kleidern, geschweige denn unter Bewahrung ihrer vermeintlichen Jungfräulichkeit. Bestenfalls würde sie zur Hure, schlimmstenfalls sterben. Sie würde zur Dienerin Gottes oder der Männer. Das ist ihr Schicksal. Was mich betrifft, weiß ich nicht, welchem ich den Vorzug gebe.«

»Hast du gehört, Bonaventura? Sie lästert Gott. Der Scheiterhaufen ist ihr Schicksal.«

»Halt den Mund, du Narr.«

»Was erlaubst du dir!«

»In der Gemeinschaft des Franziskus wird es weder heute noch sonst jemals einen Scheiterhaufen geben. Die Portiuncola ist entstanden, um willkommen zu heißen, und nicht, um zu hetzen. Wäre Franziskus hier, würde er dich mit Fußtritten davonjagen. Doch sind es nicht deine Dummheiten, die hier zur Rede stehen. Auf uns lastet eine ganz andere Verantwortung.«

»Was willst du damit sagen?«, fragte Elia.

»Ich weiß nicht, wer dem Mädchen seine Stimme leiht und wer oder was es ihr erlaubt, diese Dinge zu sehen. Doch ich weiß, dass sie die Wahrheit sagt. Franziskus wurde gefasst und gefangen gesetzt.«

Ein heftiges Raunen ging durch die versammelten Mönche. In ihren Gesichtern spiegelten sich Fassungslosigkeit und Wut. Einige tuschelten, andere waren wie vor den Kopf geschlagen. Ihre Reaktion verriet, wie zerbrechlich die Gemeinschaft in Abwesenheit ihres Gründers war. Franziskus musste so bald wie möglich zurückkehren, um wieder die Führung seiner Herde zu übernehmen. Sein Stellvertreter Elia war wahrlich nicht zu beneiden, dachte Bonaventura.

»Franziskus gefangen genommen? Und von wem?«, fragte Elia.

»Ich weiß es nicht, Elia, ich weiß es nicht. Leider ist das nicht die einzige Hiobsbotschaft, die ich euch bringe.«

»Was soll das heißen? Rede!«

»Rolando und seine edlen Ritter haben unseren armen Bruder Giacomo in beklagenswertem Zustand an der Straße nach Altopascio gefunden. Sie haben ihn mitgenommen, aber ein von Unbekannten abgeschossener Pfeil hat ihn tödlich verletzt. Giacomo war es, der mir von Franziskus' Gefangennahme erzählte. Als er das Hospital erreichte, lag er bereits im Sterben. Es war nicht mehr möglich, ihn zu retten. Jetzt ist er bei unserem Vater im Himmel.«

»Giacomo, tot?«, fragte Elia erschüttert.

»Ehe er seinen letzten Atemzug tat, bat er mich, dir dies hier zu geben.«

Elia griff nach dem Pergament, das Bonaventura ihm hinhielt. Er betrachtete es aufmerksam, ließ den Blick mehrmals von oben nach unten und wieder zurück wandern und strich mit Zeigefinger und Daumen über den fransigen Rand.

»Das ist Franziskus' Handschrift«, sagte Elia. »Es sieht aus wie eine Art Karte.«

»Sie zeigt nicht viel mehr als die Straße bis Susa. Offenbar fehlt ein Stück. Verzeih, dass ich einen kurzen Blick darauf geworfen habe, ehe ich sie dir gab.«

»Es hätte mich überrascht, wenn du es nicht getan hättest, Bonaventura. Hat er etwas gesagt, als ihr ihn nach Altopascio gebracht habt?«, fragte Elia, an Rolando gewandt.

»So gut wie nichts. Er redete wirr. Er hat von einer Reise bis hinter Susa erzählt. Von Soldaten, die Franziskus gefasst haben, derweil er entkommen konnte«, erwiderte Rolando.

»Soldaten? Welches Fürsten?«

»Das weiß ich nicht. Aber …«

»Was noch?«

»Unzusammenhängende, unverständliche Worte. Worte in provenzalischer Sprache. Er hatte hohes Fieber und war die meiste Zeit bewusstlos.«

»Was bedeuten diese Worte: ›Finde die Blume, die den Adler mit dem Kreuz in den Fängen trägt‹?«, fragte Elia und tippte auf das Pergament.

»Ich habe keine Ahnung«, sagte Bonaventura, den Blick unverwandt auf Fleur gerichtet.

Elia schwieg. Er wirkte nachdenklich und besorgt.

»Brüder, wir müssen Franziskus suchen. Es geht um sein Leben«, befand der alte Mönch schließlich und verschaffte sich Gehör.

»Und was können wir tun?«, fragte einer der Brüder.

»Du willst diesen Dämon doch nicht entkommen lassen?«, blaffte Matteo. »Begreifst du nicht, dass das ein Vorzeichen ist? Was passiert ist, hat gewiss etwas mit dem Auftauchen dieser Hexe zu tun.«

Fleurs Gesicht loderte zornig auf. Sie wollte sich auf ihn stürzen, doch Bonaventuras warnender Blick hielt sie zurück.

»Wie ich bereits sagte, sie spricht die Wahrheit, und ich werde nicht zulassen, dass man sie weiterhin der Hexerei bezichtigt.«

»Das ist noch nicht alles.«

»Was gibt es noch?«, fragte Bonaventura.

»Diese Magd hat sich heimlich in unsere Unterkunft geschlichen, wollte einen unserer Brüder verführen, hat dann unsere Vorräte gestohlen und zu fliehen versucht.«

»Stimmt das?«, fragte Bonaventura das Mädchen.

»Das sind Lügen. Ich habe den Cellerar um etwas zu essen für die Reise gebeten. Er sagte, das bekäme ich nur im Austausch gegen meinen Körper. Am Ende habe ich eingewilligt und dann die Vorräte genommen, die er hinter dem Rücken eurer Gemeinschaft versteckt hat.«

»Lügnerin! Hexe und Lügnerin!«, brüllte Matteo, und andere stimmten mit ein.

»Ruhe!«, rief Bonaventura.

»Die Magd gehört uns, und du wirst uns bestimmt nicht davon abhalten, für Gerechtigkeit zu sorgen«, fauchte Matteo, während die beiden beleibten Mönche das widerspenstige Mädchen festhielten. Ein Blick von Bonaventura, und Rolando schritt mit der Hand an der Degenglocke auf das Trio zu. Die Mönche wichen verängstigt zurück.

»Ab jetzt werde ich mich um sie kümmern, verschwindet«, befahl Rolando und nahm das Mädchen in Gewahrsam.

»Gut. Jetzt, da wieder Ruhe eingekehrt ist, wollen wir zu klären versuchen, was sich zugetragen hat. Mädchen, wer ist der Mönch, von dem du sprichst?« Das Mädchen blickte in die Runde und deutete auf eine Gestalt, die ganz hinten im Halbdunkel stand.

»Der Fettwanst dort hinten.«

»Tritt vor, Bruder«, sagte Bonaventura. Ein dicker, gedrungener Mönch watschelte mit wabbelndem Schmerbauch auf Bonaventura zu.

»Stimmt es, was das Mädchen erzählt?«

»Keineswegs! Diese Hexe hat sich ins Refektorium geschlichen und mich zu verführen versucht. Als ich Widerstand geleistet habe, hat sie mich mit einem dicken Knüppel geschlagen, hierhin«, sagte er und deutete auf eine lilafarbene Beule auf seiner rechten Stirnseite. »Dann hat sie die Vorräte aus der Kammer geklaut.«

»Das ist nicht wahr! Dieses fette Schwein versteckt die Lebensmittel, die er aus der Vorratskammer stiehlt. Von dort habe ich sie genommen!«

»Hörst du?«, krähte Matteo. »Sie kommt und verbreitet mit ihrer Schlangenzunge Lügen wie der Teufel!«

»Halt den Mund, Matteo. Wenn du mich machen lässt, werden wir bald wissen, wer von den beiden die Wahrheit sagt.« Er wandte sich wieder an den Fettwanst.

»Bruder, wo genau warst du, als das Mädchen dich geschlagen hat?«

»Ich stand direkt vor ihr.«

»Bist du dir sicher?«

»Vollkommen.«

»Fang, Mädchen!«, sagte Bonaventura und warf ihr einen Beutel zu, den sie blitzschnell mit der Linken auffing.

»Wie ihr seht, ist das Mädchen Linkshänderin. Hätte sie einen Knüppel gehabt, hätte sie mit einem schwungvollen diagonalen Hieb die linke Stirnseite getroffen. Doch so war es nicht.«

»Versuch nicht, uns mit deinen Tricks in die Irre zu leiten, Bruder. Diese Magd benutzt die Hand des Teufels, welchen besseren Beweis für ihre Schuld könnte es geben!«

»Wirklich, Matteo? Dann wollen wir mal sehen: Wer unter euch ist mit einer linkshändigen Neigung geboren und gezwungen worden, die andere zu benutzen? Na los, oder muss ich meine Ritter bitten, es zu überprüfen?« Zögernd gingen ein paar linke Hände in die Luft.

»Jetzt, da wir festgestellt haben, dass der Teufel nichts damit zu tun hat, wollen wir versuchen, der Wahrheit auf den Grund zu gehen. Rolando, bring das Mädchen an den Ort, an dem sie die Lebensmittel genommen zu haben behauptet. Dann werden wir sehen, ob sie lügt.«

Unter dem Gegrummel der Mönche, die sich angesichts seiner imposanten Erscheinung jedoch nicht zu rühren wagten, führte der Ritter das Mädchen zur Kirchentür hinaus.

»Und jetzt kommen wir zu den wirklich dringenden Angelegenheiten. Wie Elia bereits sagte, müssen wir uns auf die Suche nach Franziskus machen. Wir können ihn nicht im Stich lassen, in Gefangenschaft von Gott weiß wem.«

»Wir wollten ihn von der irren Idee abbringen, nach Santiago zu wandern«, entgegnete Matteo.

»Du weißt ganz genau, wie Franziskus ist. Bisweilen grenzt seine Entschlossenheit an Unvernunft«, bemerkte ein blonder Mönch schlagfertig.

»Dass wir ihm nachspüren, ist zu viel verlangt«, setzte ein fülliger Bruder mit dröhnendem Bass hinzu.

»Diese von Gottlosen und Katharern durchreisten Länder sind für uns überaus gefährlich«, pflichtete ihm ein Weißhaariger mit Flüsterstimme bei.

»Ich werde gehen, Elia. Mit meinen Gefährten.«

»Nun denn, Bonaventura. Doch zumindest einer von uns wird dich begleiten müssen, um den Orden zu vertreten. Also, Brüder, wer meldet sich freiwillig? Ich möchte nicht, dass eure Vorsicht in Feigheit umschlägt.«

»Sollen wir wie Giacomo enden?«, fragte Matteo finster.

»Würde Franziskus nicht für jeden von uns das Gleiche tun?«, entgegnete Elia.

Niemand antwortete. Mit gesenkten Köpfen standen die Mönche da. Matteo wandte sich entrüstet ab.

»Ich nehme dieses Schweigen als ein Nein. In Ordnung. Wenn niemand vortritt, werde ich mich selbst auf den Weg machen.«

»Nein, Elia, unsere Brüder haben recht. Du kannst nicht etwas von ihnen verlangen, zu dem es ihnen an seelischer und körperlicher Stärke mangelt. Ich werde den Orden allein vertreten«, sagte Bonaventura.

»Ich komme mit«, erklärte ein junger Mönch und trat vor.

Neugierig blickte Bonaventura den Jungen an. Seine Tonsur umgab ein Kranz aus zerzaustem, aschblondem Kraushaar, sein Kiefer war kantig. Über den kurzen Beinen des kleinen Mönchs wölbte sich ein Bauchansatz. Trotz der wenig ritterlichen Figur glühte kämpferische Entschlossenheit in seinen Augen.

»Ich schließe mich Luca an«, sagte ein Zweiter, der völlig

anders war als sein Mitbruder. Das glatte Haar, ebenso schwarz wie seine Augen, fiel ihm als kurzer Pony in die breite Stirn. Er war groß und schlaksig und hatte lange Arme und knochige Hände. Dennoch wirkte er entschlossen und zupackend. Bonaventura befand das seltsame Gespann für würdig, an der Mission teilzunehmen.

»Nun denn, Luca und Angelo werden euch begleiten«, beschloss Elia.

»Haben wir deinen Segen?«, fragte Bonaventura.

»Aber gewiss. Findet Franziskus und versucht, am Leben zu bleiben.«

Die Kirchentür öffnete sich, und Rolando trat ein, gefolgt von dem Mädchen. In der Hand hielt er einen prallen Sack, den er mit theatralischer Geste vor den versammelten Mönchen ausleerte. Brotlaibe, Würste, Dörrfleisch und Süßigkeiten prasselten zu Boden.

»Das habe ich an dem Ort gefunden, den mir das Mädchen gezeigt hat. Versteckt unter dem Strohlager des Cellerars befindet sich ein mit Brettern verdecktes Loch.«

»Was hast du dazu zu sagen, Bruder?«, fragte Bonaventura mit fester Stimme und blickte dem Schuldigen in die Augen.

»Ich … ich weiß nicht, wovon ihr sprecht. Das ist das Werk des Teufels!«

»Elia, die nackten Tatsachen sprechen das Mädchen von der Anklage des Diebstahls frei. Es ist eure Aufgabe, über diesen Bruder zu richten, der eine schwere Sünde begangen hat. Was die überstürzte Flucht der Magd aus San Damiano betrifft, so sagte ich bereits, dass unsere Gemeinschaften keine Gefängnisse sind, sondern Familien, die uns mit offenen Armen aufnehmen und nicht gegen unseren Willen festhalten. Es ist allerdings nicht an mir, darüber zu richten, deshalb wird uns das Mädchen bis Perugia begleiten, wo der Bischof darüber urteilen wird. Ich glaube, darauf können wir uns alle einigen. Nicht wahr, Matteo?«

»Der Teufel kann dies und anderes bewerkstelligen, Elia. Überleg dir deine Entscheidung wohl«, entgegnete der in drohendem Ton.

»Der Teufel zeigt sich dort, wo es für Tatsachen keine weltliche Erklärung gibt. Der Cellerar hat sich mit einer schweren Schuld befleckt. Er hat die Gemeinschaft belogen und bestohlen. So lautet mein Urteil. Die Magd begleitet Bonaventura und seine Begleiter nach Perugia, wo sie sich für ihre Flucht aus dem Kloster vor dem Bischof verantworten wird.«

Rolando nahm das Mädchen beim Arm und verließ, gefolgt von Bonaventura und seinen Gefährten, die Kirche.

»Mach dir keine Sorgen. Ich habe nicht die geringste Absicht, dich zum Bischof zu bringen. Du wirst uns auf unserer Suche nach Franziskus begleiten. Ich habe dich noch gar nicht nach deinem Namen gefragt«, sagte Bonaventura.

»Ich heiße Fleur.«

»Blume«, murmelte Bonaventura, als hätte sich seine Vermutung bestätigt.

Vor der Portiuncola, in der die Mönche eine Gebetswache für den toten Giacomo hielten, blieb Bonaventura mit Fleur stehen. Das Mädchen war wachsam und schreckhaft wie ein junges Tier, das einem Jäger in die Falle gegangen ist. Seine Vision von Franziskus sowie der Halsschmuck, den es trug, fügten sich in Bonaventuras Kopf zu einem Bild zusammen. Dass sie seinen Weg gekreuzt hatte, konnte kein Zufall sein. Er musste dringend die Sterne dazu befragen. Doch zunächst musste er sie beruhigen und mehr über sie in Erfahrung bringen. Unerbittlich fegte der eisige Wind über den Vorplatz. Der Holzhaufen in der Mitte gemahnte an die Gefahr, der das Mädchen entronnen war. Nur ein einziges Mal hatte Bonaventura einer Verbrennung beigewohnt, und seit den Ereignissen dieses Morgens war plötzlich seine mühselig begrabene Vergangenheit wieder wach. Bis heute hatte er den beißenden Gestank verbrannten Fleisches in der Nase und hörte die markerschütternden Schreie, die seine Geliebte ausgestoßen hatte, als die Flammen an ihren Gliedmaßen zu lecken begannen.

Die Baumwipfel am Saum des dichten Waldes bogen sich unter den heftigen Böen der Tramontana. Ein Halbmond tauchte das steinerne Pflaster vor der Kirche in silbriges Licht. Etwas abseits der Gruppe hatte sich Rolando mit dem Rücken gegen einen Felsen gelehnt und schärfte seinen langen Degen mit dem goldenen, von einem Edelstein gekrönten Griff. Über ihm hockte sein Falke, eine lederne Haube auf dem Kopf. Die beiden anderen Tau-Ritter standen beim Feuer. Sie waren ebenfalls kräftig gebaut, jedoch nicht so hünenhaft wie Rolando. Der eine hatte kurzes, rotblondes Haar und wirkte schlanker als sein Gefährte mit der rabenschwarzen Mähne. Beide trugen dichte, gepflegte Bärte, die ihnen auf die breite Brust fielen. Der Stämmigere hatte so kräftige Arme, dass ihr Umfang es mit der Taille der jungen Novizin aufnehmen konnte. Als Bonaventura mit ihr auf den Vorplatz getreten war, waren ihm die begehrlichen Blicke der beiden Ritter nicht entgangen. Nachdem sie das Mädchen eindringlich gemustert hatten, war dem einen Mann eine zotige Bemerkung herausgerutscht, worauf der andere in schallendes Gelächter ausgebrochen war. Dann waren sie zu ihren Pferden gegangen, die an einer Steineiche festgebunden waren, und hatten ihr keinerlei Beachtung mehr geschenkt.

Bonaventura versuchte sich in das Mädchen hineinzuversetzen, das von den Ereignissen der letzten Stunden noch immer aufgewühlt war. Aus der Kirche drang das gedämpfte Gemurmel von Gebeten. Vor einer der Hütten ließ sich der Schemen des kleinen Mönchs erahnen, der sich bereit erklärt hatte, sie zu begleiten.

»Du da, tritt aus dem Schatten!«, rief Bonaventura.

»Meinst du mich, Bruder?«

»Los, beweg dich. Die Nacht eilt mit großen Schritten herbei, und meine Glieder werden langsam steif.«

Die Hände wegen der Kälte in den Ärmeln vergraben, kam der Junge mit wachem, neugierigem Blick auf sie zu.

»Ich vertraue dir dieses Mädchen an, sie heißt Fleur. Bring sie ins Warme und pass auf sie auf. Wenn irgendjemand ihr auch nur ein Haar krümmt, werde ich dich dafür verantwortlich machen und den Wölfen zum Fraß vorwerfen.«

Der Junge wurde weiß wie der mondbeschienene Schnee.

»Ich scherze nur, Bruder. Du darfst meine Worte nicht immer für bare Münze nehmen. Dies hier ist ein Aufguss.« Er hielt ihm ein Fläschchen mit einer grünlichen Flüssigkeit hin. »Gieß ihn in heißes Wasser. Das wird den Schmerz der Wunden an ihren Füßen ein wenig lindern. Und jetzt bring Fleur hinein, ehe die Wölfe doch noch kommen.«

»Wie du wünschst, Meister.« Der Mönch ließ dem Mädchen den Vortritt. Nachdem es ihm einen kurzen, misstrauischen Blick zugeworfen hatte, setzte es sich in Bewegung.

»Da sind wir«, sagte Luca und öffnete die kleine Hüttentür.

Zwei Kerzen auf einem wackeligen Holztisch erhellten den Raum. Auf dem Boden lagen grobe Laken, die den Mönchen als Bettstatt dienten. Zwischen den beiden Kerzen auf dem Tisch stand eine karge Mahlzeit: Walnüsse, ein wenig altes Brot und ein zerbeulter Topf mit einer Suppe aus Hülsenfrüchten. Mit einer hölzernen Kelle schöpfte Luca die Suppe in zwei Tonschüsseln und hielt Fleur eine hin.

»Die wird dich wärmen. Mit vollem Bauch sieht alles schon viel besser aus.«

Nach der Feindseligkeit der Mönche in der Portiuncola war Lucas Freundlichkeit Balsam für die Seele. Wortlos griff Fleur nach der Schüssel und begann gierig zu löffeln. Sie brach sich ein Stück Brot ab, tunkte es in die Suppe und schlang es hinunter.

Mit kindlichem Grinsen tat Luca es ihr gleich und kleckerte sich heiße Brühe über den Mantel. Kaum hatte er aufgegessen, machte er Anstalten, etwas zu sagen.

»Wenn du mir etwas mitzuteilen hast, nur zu. Eine Beleidigung mehr oder weniger macht den Kohl auch nicht mehr fett.«

»Ich habe mich nur gefragt, ob …«

»… ob die Anschuldigungen wahr sind«, beendete Fleur den Satz für ihn.

Der Junge zog ein betretenes Gesicht. Er wusste nicht, was er antworten sollte, denn er wollte sie nicht verärgern.

»Lass dir von einer wie mir nicht Bange machen«, frotzelte Fleur.

»Elia weiß, was er sagt. Wenn er dir grob erschien …«

»… bestimmt nicht so grob wie dieser Ziegenbock Matteo.«

»Matteo ist impulsiv und aufbrausend, doch du musst ihn verstehen. Dein plötzliches Auftauchen, Franziskus' Abwesenheit, die Verwirrung und die Angst, die du mit deiner Vision geweckt hast – all das hat die Gemüter erhitzt. Zudem ist Giacomos Tod ein herber Verlust für uns. Er war nicht älter als ich und hatte beschlossen, Franziskus bis zum Ende der Welt zu folgen.«

»Glaubst du wirklich, dass ich eine Hexe bin?«

»Matteo geht gern ein bisschen zu weit.«

»Aber was glaubst *du*?«

»Ich … ich glaube nicht, dass du so eine bist, wie Matteo sagt. Ich weiß zwar nicht, weshalb du weggelaufen bist, aber ich halte dich für aufrichtig.«

»Und woher willst du das wissen?«

»Ich bin nicht mehr völlig grün hinter den Ohren. Doch was ich denke, ist sowieso einerlei. Wir fügen uns dem Willen des Bischofs.«

»Des Bischofs? Was der will, weiß ich ganz genau.«

»Und woher?«

»Alle Männer wollen nur das eine«, sagte sie und stand auf.

Als sie mit der warmen Schüssel vor die Hütte trat, sah sie den jungen Angelo aus der Kirche kommen.

»Wo ist Luca?«, fragte er.

»Drinnen.«

»Tritt zur Seite und lass mich nachsehen.«

»Freundlicher geht's wohl nicht, was?«

»Wer hat dich hergeschickt?«

»Ich sagte doch, dass ich gekommen bin, um euch zu sagen, was ich gesehen habe.«

»Richtig, deine Vision.«

»Ja, meine Vision. Durch Bonaventuras Worte beglaubigt.«

»Du hättest sie besser für dich behalten. Stattdessen hast du nur Verwirrung und Unheil in unsere Gemeinschaft gebracht.«

»Was meinst du damit?«

»Ich meine, dass gleich nach dir dieser Ritter und Bonaventura mit der Nachricht von Giacomos Tod hier aufgekreuzt sind. Außerdem hast du Zwietracht zwischen uns gesät.«

»Und daran soll ich schuld sein?«

»Du hättest bei deinen Schwestern in San Damiano bleiben sollen. Und jetzt mach Platz.« Er schob sie brüsk zur Seite und wollte gerade eintreten, als ihn plötzlich etwas von hinten packte und in die Höhe hob. Es war Rolando, der ihn mit einer Hand bei der Kapuze genommen hatte und nur wenige Zentimeter vor seiner rötlich schimmernden Goldmaske in der Luft baumeln ließ. Der Anblick ließ dem Mönch das Blut in den Adern gefrieren. Seine Überheblichkeit war wie weggeblasen.

»Und, was willst du?«, fragte Bonaventura, der hinter dem Ritter hervorgetreten war.

»Elia … hat … Elia … sagt«, stammelte Angelo wie eine aufgespießte Fliege, die hilflos mit den Flügeln schlägt.

»Lass ihn runter, Rolando«, sagte Bonaventura. Der Ritter ließ den Mönch zu Boden plumpsen. Immer noch zitternd vor Angst, rappelte er sich mühselig hoch.

»Also, sag, was du zu sagen hast, aber schnell. Ich brauche meinen Schlaf.«

»Nun ja, Elia möchte … dass ihr … morgen in aller Frühe aufbrecht … wenn das möglich ist.«

»Das hat er entschieden? Bring mich zu ihm.«

»Nun ja …«

»Bring mich zu ihm, habe ich gesagt, und zwar sofort. Oder willst du, dass ich dich an einem Ohr hinter mir her schleife?«

»Folge mir«, sagte Angelo. Als er mit hochrotem Kopf zur Hüttentür hinausdrängte, rannte er fast Luca um.

»Hast du dir wehgetan?«, fragte Fleur.

»Nein, nein.«

»Dann lass uns wieder hineingehen.« Fleur musste über Lucas Befangenheit lächeln. Sie wusste, was sie bei Männern auslöste, und Mönche waren auch nur Männer. »Offenbar kann ich keinen Schritt tun, ohne alles durcheinanderzubringen.«

»Tja, so sieht es wohl aus. Setz dich auf den Hocker da«, sagte Luca. »Das Wasser in diesem Bottich enthält einen Kräuteraufguss, den mir Bonaventura gegeben hat. Angeblich ist er gut gegen Frostbeulen und Schürfwunden und stärkt die Füße für lange Wanderungen.«

»Kennst du diese Männer?«

»Wen?«

»Bonaventura und den Ritter mit der Maske.«

»Nicht wirklich. Ich weiß nur, was man über sie sagt.«

»Was sagt man denn?«

»Dass Rolando einen Pakt mit den Gottlosen jenseits des Meeres geschlossen hat. Doch dann hat er Franziskus kennengelernt und den Pakt gebrochen. Zur Strafe haben die Ungläubigen einen Dämon geschickt, der mit dem Krieger gekämpft und ihm das Gesicht verbrannt hat, ehe er von seinem Degen durchbohrt wurde.«

»Glaubst du das?«

»Ich weiß es nicht. Über die Wahrheit zerbreche ich mir nicht den Kopf.«

»Und Bonaventura? Was weißt du über ihn?«

»Manche sagen, ehe er Mönch wurde, sei er ein großer Krieger und ein Gelehrter der magischen Künste gewesen. Dann sei etwas Furchtbares geschehen. Niemand weiß genau, was. Die einen sagen, er habe den Spross seines adeligen Dienstherrn mit einem fehlgeleiteten Zauber umgebracht. Andere behaupten, er sei von einer Hexe verzaubert worden. Jedenfalls wurde auch er von Franziskus gerettet und ist in die Gemeinschaft eingetreten.«

Nachdem er prüfend den Ellenbogen in das heiße Wasser getunkt hatte, nahm Luca behutsam Fleurs Fuß und setzte ihn in den großen Kupferzuber. Die Berührung seiner Hände machte Fleur befangen, und sie spürte, wie ihr das Blut in die Wangen schoss. Die aromatischen Kräuter erfüllten die Hütte mit ihrem Duft und taten den vom Marsch zur Portiuncola geschundenen Füßen wohl. Der junge Mönch griff nach einem Stofftuch, um ihr die Füße abzutrocknen.

»Das mache ich selbst, danke«, sagte das Mädchen und nahm ihm das Tuch aus den Händen. »Würde es dir etwas ausmachen, mich einen Moment allein zu lassen?«, fragte sie, weil sie spürte, wie Luca sie ansah.

»Natürlich nicht, verzeih«, murmelte Luca errötend und verließ die Hütte.

»Luca?«

»Ja«, antwortete der Mönch in der Tür.

»Danke für alles.« Fleur deutete ein Lächeln an.

Als sie den Fuß aus dem Zuber zog, stellte sie verblüfft fest, dass die Wunden bis auf eine leichte Rötung fast verschwunden waren. Sie trat vor die Hütte und blickte zu den Sternen empor. Zu gern hätte sie erfahren, was Elia zu sagen hatte und was Bonaventura dachte. Im Grunde war sie jedoch erleichtert, nicht mehr der Feindseligkeit und Verachtung in der Kirche ausgesetzt zu sein. Von der Tür der kleinen Mönchsbehausung aus konnte sie die Pferde sehen, die rund zwanzig Schritt von der Portiuncola rasteten. Rolando, der noch immer seine Maske trug, fütterte sein Ross mit Walnüssen. Zu welchem Gesicht gehörten diese himmelblauen Augen, die sie in der Kirche so durchdringend gemustert hatten? Weshalb weigerte er sich, sein Gesicht zu zeigen? Die beiden anderen Ritter rösteten Wildbret über dem Feuer; der über der Glut aufsteigende Duft wehte zu ihr herüber. Fleur war noch immer hungrig und hätte nichts dagegen gehabt, etwas Nahrhafteres zwischen die Zähne zu kriegen als die Hülsenfrüchte des guten Luca. Sie zögerte. Vielleicht sollte sie besser schlafen gehen. Die Wanderung hierher hatte sie erschöpft, und sie hatte noch immer Schmerzen. Doch das Magengrummeln war stärker als die Müdigkeit, außerdem verging sie vor Neugier, mehr über diesen seltsamen gesichtslosen Ritter zu erfahren. Mit klopfendem Herzen begab sie sich zu ihm.

»Du solltest besser schlafen«, sagte er knapp, als er sie bemerkte.

»Und du, bist du nicht müde?«

»Wenn ich müde wäre, würde ich bereits schlafen.«

»Hier unter den Sternen?«

»Warum nicht? Ich habe alles, was ich brauche: mein Schwert, meinen Falken, eine Decke, die Gesellschaft meiner Brüder und die Wärme des Feuers.«

»Was würdest du sagen, wenn ich dich bäte, mit euch nach Susa kommen zu dürfen?«

»Bist du nicht eine Frau?«

»Mehr als du ahnst.«

»Dann schlag dir das aus dem Kopf. Du wärst nur eine Last.«

»Glaubst du das wirklich?«

»Hast du eine Ahnung, was dir alles zustoßen könnte? Du bist blutjung und einigermaßen ansehnlich obendrein. Das wäre ein saftiger Leckerbissen für Wegelagerer und Söldner.«

»Einigermaßen ansehnlich?«, dachte Fleur und wurde feuerrot. Damals bei Hofe hatte es keinen Garnisonshauptmann oder jungen Fürsten gegeben, der nicht ein lüsternes Auge auf sie geworfen hätte. Eingebildeter Flegel! Doch sie beschloss, ihren Ärger hinunterzuschlucken und ihm um den Bart zu streichen, um ihr Ziel zu erreichen.

»Aber Ihr wärt doch auch dabei.«

»Genau, dann müssten wir das Kindermädchen für dich spielen, statt nach Franziskus zu suchen.«

»Ich bin nicht so unbedarft, wie du denkst.«

»Ach nein?«

»Nein.«

»Hast du je ein Schwert gezogen?«

»Mein Vater ist Duccio da Cortona, Wachhauptmann von Assisi. Er hat mich gelehrt, das Schwert zu führen.«

»Im Ernst? Und das macht aus dir einen Soldaten?«

»Nein.«

»Hast du den Stahl je ins Fleisch eines Mannes versenkt?«

»Nein.«

»Na bitte. Und wie willst du dich verteidigen? Indem du irgendeinen armen Tropf an den Haaren ziehst oder ihn beißt?«

»Aber ich …«

»Eben. Die Zunge lässt sich sehr viel leichter führen als das Schwert. Und sag mir, kleine Fleur, wieso hat dein Vater dir diesen Namen gegeben?«

»Ich bin in Frankreich geboren. Mein Vater hat dort gedient, am Hofe eines großen Fürsten.«

»Interessant, und wie heißt dieser Fürst?«

»René d'Annecy. Er war ein überaus gütiger Mann.«

Plötzlich starrte Rolando wie vom Donner gerührt auf die Kette um Fleurs Hals.

»Wieso trägst du dieses Medaillon?«

»Das hat mir der Fürst geschenkt.« Fleur hielt Rolando ihren Halsschmuck hin.

Mit den Fingerspitzen strich der Ritter über das Medaillon. *Der Adler mit dem Kreuz in den Fängen.* Das eingravierte Bild kannte er nur zu gut, und Annecy kannte er auch. Es wunderte ihn, dass der Fürst einem einfachen Mädchen an seinem Hof einen Gegenstand geschenkt hatte, der ihm das Leben zahlreicher Menschen wert gewesen war. Für einen kurzen Augenblick wurde die Vergangenheit wieder lebendig und weckte verstörende Erinnerungen. Um sich seine Verwirrung nicht anmerken zu lassen, gab sich Rolando unbeeindruckt.

»Ein wirklich hübscher Halsschmuck ist das, gib gut darauf acht. Und glaub mir, es ist besser, wenn du nicht mit uns nach Susa kommst. Du solltest nach San Damiano zurückkehren. Warst du nicht dort, um das Gelübde abzulegen?«

»Das war nicht der Grund.«

»Was dann?«

Fleur schwieg. Rolandos Frage hatte ihr prompt die erlittenen Misshandlungen wieder ins Gedächtnis gerufen. Mit der Hand strich sie sich über die von Peitschenhieben gezeichneten Hüften. Tränen stiegen ihr in die Augen, doch sie riss sich zusammen, um nicht wie ein kleines Mädchen dazustehen. Wie gern wäre sie als einer ihrer Brüder geboren worden, um zu den Waffen greifen und frei über ihr Leben bestimmen zu können, statt den Männern ausgeliefert zu sein. Sie merkte, wie die beiden Ritter, die zwischen zwei Bissen neugierig herübergeschaut hatten, höhnisch feixten.

»Und? Der Grund, weshalb du ins Kloster gegangen bist?«, bohrte Rolando. »Willst du ihn mir nicht verraten?«

»Habe ich dich etwa gefragt, wieso du mit dieser Maske herumläufst?«

Rolando baute sich vor dem Mädchen auf. Was erlaubte sich

dieses Gör? Er spürte, wie seine Gefährten ihn beobachteten. Mühsam hielt er sich im Zaum und machte sich mit gespieltem Gleichmut daran, das Feuer zu schüren.

»Wenn ich eine Tochter hätte, würde ich ihr Folgendes raten: Geh schlafen und ruh dich aus. Und morgen kehrst du zu deiner Oberin ins Kloster zurück. Dann musst du auch nicht beim Bischof von Perugia vorstellig werden. Und sobald du wieder in den sicheren Mauern von San Damiano bist, sprich ein Gebet, wenn dir danach ist. Mehr kannst du für Franziskus ohnehin nicht tun. Sollten wir dich nicht allzu sehr beleidigt haben, bete auch für mich und die anderen, wir haben es bitter nötig.«

Fleur begriff, dass sein Kommentar keine Antwort verlangte, drehte sich auf dem Absatz um und kehrte zur Hütte zurück. Bonaventura, der die Szene vom Dormitorium aus verfolgt hatte, ging ihr nach.

»Fleur!« Das Mädchen fuhr zu dem Mönch herum, der sie mit gerunzelter Stirn anblickte, das Gesicht bleich im Mondlicht.

»Es ist spät. Ich muss schlafen.«

»Nur auf ein Wort. Wollen wir hineingehen?«

In der Hütte waren sie vor neugierigen Augen und Ohren geschützt.

»Ich habe bereits alles gesagt, was ich weiß.«

»Und ich habe dir aufmerksam zugehört. Doch auch nach Albträumen, in denen die Angst uns in Panik versetzt und unsere Wahrnehmung vernebelt, kommt uns urplötzlich ein Bild in den Sinn, das zunächst bedeutungslos erschien. Ich will nur noch eines wissen.«

»Gut, frag ruhig. Aber dann lass mich schlafen.«

»Was genau hast du in deiner Vision gesehen?«

»Wie ich deinen Brüdern schon sagte, nichts Eindeutiges.«

»Kannst du es noch einmal wiederholen?«

»Sein trauriges Gesicht, das starr zum Mond aufblickt.«

»Denk genau nach. Wo befand er sich, kannst du das sagen?«

»Nein. Ich konnte Soldaten sehen, die ihn geschlagen haben.«

»Wo?«

»Auf einem Bergpfad.«

»Sonst nichts?«

»Er war in einer Zelle, glaube ich – ich meine, eine Zelle gesehen zu haben. Ich bin müde, darf ich jetzt gehen?«

»Gewiss.«

»Gute Nacht, Frater. Und danke, dass du mich in diesem Schlangennest verteidigt hast.«

»Es sind schwache, verängstigte Männer. Angst gebiert Wut und Schlimmeres. Ruh dich aus, Mädchen, du hast es nötig. Eines noch, Fleur: Das ist eine schöne Kette, die du da trägst. Ich meine, schon einmal eine ähnliche gesehen zu haben. Wer hat sie dir geschenkt?«

Instinktiv griff Fleur nach ihrem Halsschmuck, als wollte sie sich vergewissern, dass er noch da war. Es war an diesem Abend bereits das zweite Mal, dass jemand sich dafür interessierte. Doch in den Augen des Mönches lag besonnene Aufrichtigkeit. Sie spürte, dass sie ihm vertrauen konnte.

»Der Fürst von Annecy, ehe er ins Heilige Land gezogen ist, um nie wiederzukehren. Er hat mir das Versprechen abgenommen, den Anhänger mit meinem Leben zu verteidigen. Als ich Klara im Kloster von meiner Vision erzählte, sagte sie, der Mann, den ich gesehen habe, sei Franziskus. Deshalb bin ich hierhergekommen, um euch zu verständigen, obwohl sie es mir verboten hat. Was dann passiert ist, weißt du.«

»Darf ich mir die Kette näher ansehen?«

Nach kurzem Zögern nahm Fleur den bronzenen Halsschmuck ab und reichte ihn Bonaventura, der ihn eingehend musterte. Der Adler mit dem Kreuz in den Fängen. Die Kerzen flackerten, als wollten sie im eisigen Lufthauch verlöschen. »Die Prophezeiung ist kurz davor, sich zu erfüllen«, dachte Bonaventura. Warum Fleur ihren Weg gekreuzt hatte, blieb ein Rätsel.

Doch obwohl er keine Erklärung für ihre Visionen hatte, war eine Sache gewiss: Das Mädchen musste sie auf der Suche nach Franziskus begleiten.

»Zeig das Medaillon möglichst niemandem.«

Fleur schwieg. Dass sie es bereits dem maskierten Ritter gezeigt hatte, behielt sie für sich. Dennoch hatten Bonaventuras Worte und Rolandos kaum verhohlene Verblüffung eine Unruhe in ihr geweckt, die sie nur schwerlich verbergen konnte.

»Was weißt du darüber?«

»Genug, um mich davor zu fürchten.«

»Mehr willst du mir nicht darüber erzählen?«

»Ich weiß nicht mehr. Vertrau mir einfach. Zeig es nicht den anderen, und rede mit niemandem über unsere Unterhaltung.«

»Einverstanden.«

»Sprich, Fleur, wärst du bereit, mit uns nach Susa zu kommen?«

»Und ob ich das wäre. Doch wer sagt mir, dass du mich nicht hinters Licht führst? Dass du mich nicht dem Bischof auslieferst, kaum dass wir in Perugia sind?«, entgegnete Fleur, hin- und hergerissen zwischen Erleichterung und Misstrauen.

»Ich habe nicht die geringste Absicht, dich dem Bischof zu übergeben. Damit wollte ich nur die Gemüter beruhigen. Hätte ich erklärt, dass du uns begleiten sollst, wäre die Hölle losgebrochen. Doch eines musst du mir versprechen: Wenn du mit uns mitkommst, darfst du deine Geschichte niemandem erzählen und auch niemandem anvertrauen, was du mir erzählt hast.«

»Versprochen. Stimmt es, was man sagt?«

»Was sagt man denn?«

»Dass du ein Magier und ein Krieger warst. Eine Art Hexer.«

»Ich bin nur ein Mönch.«

»Du bist anders als die anderen. Kein Mönch ist wie du.«

»Schlaf jetzt, morgen müssen wir früh raus«, sagte Bonaventura.

»Magier?«

»Was ist, Kind?«

»Woher weiß ich, dass ich dir trauen kann?«

»Das kannst du nicht wissen. Tu es einfach.«

Bonaventura hob die Hand zum Gruß, trat zur Hüttentür hinaus und überließ Fleur ihren Gedanken.

Als der Morgen graute, öffnete Bonaventura die Tür der kleinen Kirche. Ein paar Mönche lehnten schlafend an den steinernen Mauern. In den Tonschalen längs der Wände glommen hie und da heruntergebrannte Kerzen. Elia kniete vor dem Altar und betete.

»Aufwachen, Brüder, es geht los«, sagte Bonaventura und verpasste Luca, der Kopf an Kopf mit Angelo neben dem Eingang schlief, einen sanften Tritt in die Seite. So still wie möglich rappelten sich die beiden hoch, um die von der durchwachten Nacht erschöpften Brüder nicht zu wecken. Auf dem Vorplatz schloss Elia sie in die Arme.

»Vielleicht sollte ich doch mit euch kommen.«

»Nein, Elia, du weißt genau, dass du hierbleiben musst«, sagte Bonaventura.

»Bist du dir sicher?«

»Ja, unsere Gemeinschaft ist jung und verletzlich. Deine Gegenwart ist unerlässlich. In Franziskus' Abwesenheit bist du ein Anker für die anderen. Doch du solltest dem Mädchen erlauben, mit uns mitzukommen.«

»Bist du verrückt geworden, Bonaventura?«

»Nein, auch wenn ich hin und wieder nichts dagegen hätte, den Verstand zu verlieren. Glaub mir, das Mädchen muss mit.«

»Das kann ich nicht zulassen.«

»Warum nicht?«

»Hast du nicht gesehen, wie sie die Gemeinschaft durcheinandergewirbelt hat? Was würden die anderen denken, wenn ich ihr erlaubte, mit euch zu gehen?«

»Die anderen müssen es nicht erfahren.«

»Wieso ist dir das so wichtig?«

»Das Mädchen kann uns helfen, Franziskus zu finden.«

»Und wie?«

»Mithilfe ihrer Visionen.«

»Du glaubst ihr also?«

»Ich glaube, sie sagt die Wahrheit, ja.«

»Es tut mir leid, Bonaventura. Der Bischof muss über die Magd urteilen. Die Gemeinschaft ist gespalten und verunsichert, da kann und will ich kein Öl ins Feuer gießen. Den Stimmen, die in ihr das Böse zu erkennen vermeinen, kann ich ebenso wenig Glauben schenken. Doch das Gleichgewicht ist zweifellos gestört. Ich kann nicht verantworten, euch eine Person zu überlassen, die Franziskus und euch gefährden könnte.«

»Dann werden wir tun, was du sagst. Ich hoffe nur, dass wir es nicht bereuen werden.«

»Sei unverzagt, und geht bitte keine unnötigen Risiken ein. Ich vertraue sie dir und dem Ritter an. Bringt sie nach Perugia.«

»Bonaventura, wir sind zum Aufbruch bereit«, verkündete Luca.

»Gut, dann hol Fleur.«

»Ich eile«, sagte der junge Mönch und trabte in beschwingter Morgenlaune zu der Hütte, in der Fleur die Nacht verbracht hatte.

Rolando hievte Angelo auf die Kruppe seines stattlichen Rosses. Die anderen Ritter saßen bereits im Sattel und warteten am Waldrand. Hoch über den Köpfen des frisch zusammengewürfelten Grüppchens segelte der Falke.

Bonaventura sorgte sich um Franziskus. Giacomos Tod hatte der Gemeinschaft schwer zugesetzt, und in ihre kleine Welt schlich sich Unmut. Nicht alle waren fähig, den Gefahren und Demütigungen des von ihnen gewählten Lebens die Stirn zu bieten. Mehr als einer war kurz davor gewesen, die kleine Familie zu verlassen, und manche hatten sich den Tränen oder der Wut anheimgegeben. Ihr Bund stand noch immer auf tönernen Füßen, da nicht nur der Glaube an Gott sie zusammenschweißte, sondern auch das Charisma ihres Gründers. Nun war er verschwunden wie ein Vater, der seine Kinder im Stich lässt.

Während er darauf wartete, dass Luca mit Fleur aus der Hütte zurückkehrte, musterte Bonaventura den von zahllosen Sorgen gebeutelten Elia. Ihm selbst ging es nicht viel besser. Er schien über glühende Kohlen zu laufen, hin- und hergerissen zwischen seinen Überzeugungen, dem Gehorsam gegenüber dem Orden und dem von Elia verhängten Verbot. Hinzu kam das schlechte Gewissen, Altopascio gegen den Willen des päpstlichen Gesandten verlassen zu haben. Er war überzeugt davon, dass sie das Mädchen brauchten, um Franziskus zu finden. Doch sie in die Mission zu verwickeln, gefährdete das Leben aller Beteiligten und stellte seine eigene Ordenszugehörigkeit, die bereits Anfechtungen ausgesetzt war, auf den Prüfstand.

Hochrot und außer Atem kam Luca angekeucht und brachte vor Aufregung kaum ein Wort heraus.

»Ich wusste es… Ich weiß nicht, warum… aber ich wusste es…«

»Komm zu Atem, Luca, und sprich deutlich.«

»Fleur, in der Hütte…«

»Ist ihr etwas zugestoßen?«

»Nein, nur… Sie ist nicht mehr da. Sie ist weggelaufen.«

»Benedeites Mädchen! Gott möge uns schützen.«

ROM, PATRIARCHATSPALAST

Alle Macht kommt von Gott

Der Ratssaal war bis auf den letzten Platz gefüllt. Delegaten, Präfekten, Botschafter, Ritter, Kriegsführer, Mönche und Ordensbrüder bevölkerten in größeren und kleineren Gruppen den weiten Raum. Bischöfe, Fürsten und Gesandte besetzten die Triklinien. Alle redeten, doch die Größe des Saals, in dem mühelos zwei kleine Kirchen Platz gefunden hätten, dämpfte jegliche Worte und Geräusche und verwandelte die hitzigen Debatten in ein vages Raunen.

Innozenz lauschte der Litanei des Sekretärs, der die vorgelassenen Antragsteller avisierte und ihm die jeweiligen Ursachen, Gründe und Personalien ins Gedächtnis rief. Dabei hatte er sie mehr als gegenwärtig. Die Namen auf der Liste gehörten zu Personen, deren Herkunft und Abstammung ebenso unterschiedlich war, wie sich ihre Bitten um Bewilligungen und Privilegien glichen. Noch immer wanderten die Gedanken des Papstes zu seiner nächtlichen Erscheinung zurück. Was hatten die von jener Wesenheit ausgesprochenen Worte zu bedeuten? Und war es ein Engel oder ein Dämon, der sie ihm zugeflüstert hatte?

Der Mann, der sich aus der langen Warteschlange löste, führte eine stattliche Gruppe von Geistlichen, Soldaten und Diplomaten an. Die Vorstellungsrituale pflegten Innozenz zu langweilen, erst recht, wenn irgendein Provinzbotschafter sie in radebrechendem Latein vortrug. Er nickte, während der Mann die einzelnen Titel seines Souveräns herunternuschelte. Ein kurzes Handzeichen unterbrach die Aufzählung, die ebenso überflüssig war wie eine Liste menschlicher Verfehlungen. Der Mann kniete nieder und erhielt die Segnung des Papstes, derweil sich eine zweite, fraglos interessantere Gestalt aus der Gruppe löste. Sie trug einen dichten Bart, langes, schwarzes Haar und war in einen weißen Umhang mit dem roten Kreuz und den drei Lilien des Santiago-Ordens gehüllt. Sie kniete nieder, erhob sich wieder und begann ihre Rede zur Überraschung des Papstes in perfektem Französisch.

»Heiliger, demütiger und mächtiger Vater, der uns schützt und leitet, hört diesen Sünder an.«

»Wir hören dich an.«

»Ich überbringe die Grüße Eures Schützlings, Simons IV. de Montfort.«

»Wir nehmen die Grüße unseres hochgeschätzten Sohnes an. Wie geht es unserem jungen Gottesdiener?«

»Gut, der Gunst des Allerhöchsten sei Dank.«

»Welche auch die unsrige ist. Wie kommt der heilige Kreuzzug gegen die katharischen Ketzer voran?«

»Sehr gut, mit Gottes Hilfe. Wiewohl auch die vom Earl zur Verfügung gestellten Ressourcen zum Kampf gegen die Ketzerei beträchtlich waren.«

»Versichert ihm, dass eine großzügige Belohnung unsererseits seiner Tapferkeit Rechnung tragen wird, wie immer.«

»Wenn Eure Heiligkeit erlauben: Die Forderungen Philipps II. an Toulouse bereiten dem Earl große Sorgen.«

»Forderungen sind menschlich, Kreuzzüge göttlich.«

»Unternommen von Menschen, hoher Vater. Und die Menschen sind unvollkommen, wie man weiß.«

»Und sie sind Sünder. Dennoch vertrauen wir auf ein verantwortungsvolles Gebaren beider Gegner.«

»Ich werde versuchen, ihn möglichst zu beschwichtigen, obgleich die unmittelbar bevorstehende Ankunft des katharerfreundlichen Usurpators Raimund VI. nicht gerade hilfreich ist.«

»Der Papst empfängt jeden. Sagt Eurem Herrn, er hat nichts zu befürchten. Er hat sich als würdiges Kind Gottes erwiesen und wird seinen Verdiensten entsprechend belohnt.«

»Und wir werden unserem Papst ein Zeichen unserer untertänigsten Dankbarkeit geben.«

»Sehr gut, Ihr habt unseren Segen.«

Mit diesen Worten erhob sich Innozenz. Der Kopfschmerz war zurückgekehrt und schlug ihm aufs Gemüt. Er musste die Audienzen beenden, um ein wenig Ruhe und Erholung zu finden.

Also erteilte er einen hastigen Segen und eilte geschäftigen Schrittes zum Ausgang.

Der schattige Bogengang, die kalte Winterluft und die Erleichterung, dem überfüllten, chaotischen Saal entkommen zu sein, verschafften ihm ein wenig Linderung. Hinter ihm ertönten die rhythmischen Schritte der Wachen, und kurz darauf holte eine kleine, steife, dürre Gestalt ihn ein. Völlig außer Atem haspelte der päpstliche Sekretär drauflos. Eine überaus dringliche Nachricht in einem überaus ungeeigneten Moment zu überbringen, setzte ihm so zu, als müsste er eine Todsünde beichten.

»Berichte mir von etwas, das ich noch nicht weiß, Berengario.«

»Heiligkeit, es gibt noch zahlreiche ungeklärte Fragen. Bei der Audienz waren viele Delegierte zugegen.«

»Die Menschen haben lange auf die Ankunft unseres Herrn gewartet, da können sie auch ein paar Stunden auf den Papst warten. Raus mit der Sprache, was brennt dir auf der Seele?«

»Ich habe Neuigkeiten aus Toulouse.«

»Was für Neuigkeiten? Nun rede schon, lass dir nicht jedes Wort aus der Nase ziehen, als wärst du ein Sterbender, der sein letztes Amen haucht.«

»Wenn Eure Heiligkeit nur mit jemandem reden könnten, der mit diesen Streitigkeiten vertrauter ist …«

Entnervt blieb Innozenz stehen. Hinter dem Sekretär tauchte eine große, hagere Gestalt in weißer Predigerkutte auf, das Gesicht vom Schatten der Säulen verdunkelt.

»Tretet vor. Wer seid Ihr, dass Ihr so wichtige Neuigkeiten bringt?«

Die Gestalt trat näher, kniete nieder und küsste dem Papst die Füße. Das graue Haar war schütter, das Gesicht ausgezehrt und so dunkel, dass die weißen Zähne darin blitzten.

»Heiliger Vater, ich heiße Roderigo. Domenico, mein Präzeptor, hat mich mit wichtigen Nachrichten geschickt.«

»Domenico also. Der Präzeptor, der sich mächtig ins Zeug legt, um die Fäulnis der Ketzerei in der Provence zu bekämpfen. Was sind das für Nachrichten?«

»Obgleich jene, die an das Wort des Herrn glauben, noch in der Überzahl sind, grassiert das Gift der Ketzerei in unserem Land immer heftiger. Wenn man keine geeigneten Maßnahmen ergreift, werden sich die Schwären, die bis jetzt nur ein einzelnes Glied befallen haben, auf dem gesamten Körper der heiligen Kirche ausbreiten. Ich bin hier, um Eure Hilfe zu erbitten, Heiliger Vater.«

»Ihr müsst überzeugend auftreten, müsst schmeicheln, wo es nötig ist, und drohen, wenn es die Umstände verlangen.«

»Genau das ist der bescheidene Dienst, den wir Gott erweisen. Dennoch haben sich zu den bereits bekannten ketzerischen Stimmen offenbar neue hinzugesellt. Sie erhitzen die Gemüter und lassen die Sünder frohlocken und die guten Christen bangen.«

»Müsst Ihr jetzt auch noch in Rätseln sprechen? Was meint Ihr?«

»Es scheint, als sei ein Prediger, der der heiligen Kirche die Treue geschworen hat und vom Volk geliebt und geschätzt wird, in katharischen Gefilden aufgetaucht – jedoch nicht, um das Wort Gottes zu verbreiten, sondern um die Glut des Satans und das Feuer der Ketzerei zu entfachen.«

»Und wer soll dieser falsche Prediger sein, der unsere Kirche verraten hat und Euch solche Sorgen bereitet, dass Ihr mich hier aufsuchen zu müssen glaubt?«

»Franziskus nennt er sich. Er kommt aus Assisi.«

»Franziskus?« Der Papst erinnerte sich gut an das winzige Grüppchen dunkel gewandeter, barfüßiger Prediger, die diesem charismatischen Mann folgten. War es ein Fehler gewesen, ihnen Glauben zu schenken?

»Erzählt, was wisst Ihr?«

»Wenig. Es sind Gerüchte im Umlauf, Franziskus habe Unterschlupf bei den Ketzern gefunden. Der Ort, an dem er sich aufhält, ist allerdings geheim.«

»Gerüchte also. Was wissen wir darüber, Sekretär?«

»Die jüngsten Meldungen des Bischofs von Assisi berichten von beharrlichen und leidenschaftlichen Predigten nach den Regeln der heiligen Mutter Kirche.«

»Und was kann man tun, um diesen Gerüchten auf den Grund zu gehen?«

»Wir könnten eine Gesandtschaft zum Bischof von Toulouse schicken, um festzustellen, ob dieser Franziskus sich dort aufhält.«

»So sei es.«

»Heiliger Vater, wir befürchten, dass diese Gerüchte für wahr befunden werden und eure Arbeit zur Verteidigung des wahren Glaubens gefährden könnten.«

»Dann legt euch ins Zeug, um diese Gerüchte zum Schweigen zu bringen. Zeigt euch beherzt und entschlossen. Und bleibt ruhig. Verbreitet die Nachricht, Franziskus befinde sich in seiner Heimat, bezeugt es durch eine päpstliche Erklärung und bezichtigt die Ketzer, Verwirrung zu stiften, um dem Teufel und seinem Babel zu dienen.«

»Das werden wir tun, Heiliger Vater. Da wäre jedoch noch etwas.«

»Es scheint, als schleiften wir heute einen ganzen Rattenschwanz ungelöster Probleme hinter uns her. Raus mit der Sprache, und fasst Euch kurz.«

»Wie es aussieht, ist es vor allem unter den Franziskanerpredigern zu einer Gewohnheit geworden, ketzerische Texte vornehmlich alchemistischen Inhalts zu studieren, der den Geist von innen heraus zu zersetzen vermag.«

»Und was wisst Ihr darüber?«

»Ich weiß, dass diese Texte häufig an Zauberei grenzende Praktiken beschreiben. Und Zauberei geht Hand in Hand mit dem Aberglauben, einem Brautpaar auf dem Weg zum Altar gleich. Meinem Befinden nach gilt es diese Phänomene, die die schlichten Seelen der Gläubigen verwirren könnten, im Auge zu behalten.«

»Nun denn. Bleibt in der Stadt und wartet auf unsere Entscheidung.«

»Ich danke Eurer Heiligkeit und bitte nochmals um Verzeihung, Euch über Gebühr gestört zu haben.«

»Geht.« Innozenz erteilte dem Prediger einen fahrigen Segen, drehte sich um und machte sich auf den Weg zu seiner Residenz.

DIE STRASSE NACH PERUGIA

Der Tod naht schnell

Obwohl die Sonne ihren Zenit bereits überschritten hatte, kroch die kalte Luft schmerzhaft prickelnd unter die Kutte und machte Bonaventura ebenso zu schaffen wie das endlose Karussell seiner Gedanken. Erst jetzt wurde ihm der Grund für die Flucht des Mädchens vollends klar. Fleur war von ihrem Vater geschlagen und in ein Kloster gesperrt worden. Dort hatte sie eine verstörende Vision von einem gefangenen Mann, den Klara als Franziskus gedeutet hat. Als sie zur Portiuncola gekommen war, hatte man sie zu Unrecht als Diebin und Hexe beschimpft und fast auf den Scheiterhaufen gebracht. Und als wäre dem nicht genug, hatte er selbst sie zu der gefährlichen Mission überredet, Franziskus zu retten. Er war wütend auf sich, weil er nicht gleich geahnt hatte, dass das verwirrte Mädchen überfordert sein und womöglich fliehen könnte. Wenn er das Motiv des Medaillons richtig deutete, mussten sie Fleur unbedingt finden und den Halsschmuck sichern. Die Sternkonstellationen, die er in Altopascio gesehen hatte, die Worte des sterbenden Giacomo, ihre Visionen von Franziskus' Gefangennahme: Irgendwie hing das alles zusammen.

Bonaventura ritt dicht hinter Rolando. Beim Aufbruch hatte er zu einem zügigen Tempo gedrängt.

»Lass uns anhalten und den Pferden eine Pause gönnen«, sagte Bonaventura und schloss zu ihm auf.

»In Ordnung.« Rolando hielt an und stieg aus dem Sattel.

»Wie weit ist es noch bis zur nächsten Wechselstation?«

»Wenn wir wieder im Sattel sind und das Tempo beibehalten, rund zwei Stunden. Vorausgesetzt, wir treffen unterwegs auf keine Hindernisse.«

»Wir müssen alles daransetzen, das Mädchen zu finden.«

»Du glaubst diese Geschichte mit den Visionen also?«, fragte Rolando verblüfft.

»Ob ich sie glaube, tut nichts zur Sache. Giacomos Worte haben sie bestätigt, das solltest du besser wissen als ich.«

»Es gibt etwas, das ich dir nicht gesagt habe«, brummte Rolando.

»Was?«

»In der Portiuncola habe ich gesehen, dass das Mädchen ein Medaillon um den Hals trägt. Sie hat es mir später gezeigt …«

»Es ist ein Geschenk des Fürsten von Annecy«, beendete Bonaventura seine Ausführungen.

»Woher weißt du das?«

»Fleur hat es mir gestern Abend vor dem Schlafengehen gesagt. Dass sie es auch dir gezeigt hat, hat sie mir allerdings verschwiegen. Ich habe keine Ahnung, wer dieser Annecy ist, doch du scheinst es ziemlich genau zu wissen.«

»Das ist eine lange Geschichte. Ich bin Annecy während der Belagerung von Konstantinopel vor rund zehn Jahren begegnet. Was mir jedoch viel größeres Kopfzerbrechen bereitet, ist, dass Annecy das Medaillon dem Mädchen geschenkt hat.«

»Wieso?«

»Nun ja, dieses Medaillon hat mit einer Prophezeiung zu tun, die laut Annecy das Ende aller Tage verkündet. Es besteht außerdem ein Zusammenhang mit einer Reliquie, die der Fürst in der Nacht der Plünderung aus Konstantinopel mitnahm, als die Stadt in Schutt und Asche gelegt wurde. Annecy maß ihr große Bedeutung bei.«

»Was weißt du über diese Reliquie?«, fragte Bonaventura, der die Geschichte des Medaillons nur bruchstückhaft kannte.

»So gut wie nichts. Welche Kenntnis hast du darüber?«

»Nur eine geringe, und die entbehrt der Beweise. Und nun schwöre mir, dass wir nie wieder darüber sprechen, es sei denn, es ergibt sich ein geeigneter Moment. Kein anderer aus der Truppe darf davon erfahren.«

»In Ordnung. Aber du weißt, was es mit dem Medaillon auf sich hat?«, hakte Rolando nach.

»Nicht genug, um darin einen Sinn zu erkennen. Sicher ist nur, dass Franziskus das Mädchen und ihr Medaillon in seinem Pergament erwähnt.«

»Was weiß sie von der Geschichte?«

»Keine Ahnung. Man wird aus diesem Mädchen nicht schlau.«

»Von hier bis Perugia können wir uns keine Umwege leisten. Sie ist zu klug, um in die Wälder zu flüchten. Doch wenn sie es vor uns bis zur Stadt schafft ...«

»Das wird sie nicht. Sie ist zu Fuß unterwegs. Wenn wir unser Tempo beibehalten, können wir sie nicht verfehlen«, sagte Bonaventura.

»An deiner Stelle würde ich sie nicht unterschätzen. Sie war kampfeslustig wie ein verwundetes Tier und scheint sehr viel mehr Pfeile im Köcher zu haben, als man meinen möchte.«

»Ich habe sie schon einmal unterschätzt, ein zweites Mal wird mir das nicht passieren. Na los, lass uns aufsteigen.«

Der Trupp setzte sich wieder in Bewegung. Ein Schneeklumpen, der hinter ihm von einer dicken Eiche herabstürzte, lenkte Bonaventuras Blick für einen Moment auf seine Reisegefährten. Der lange Ritt, zu dem ihn der maskierte Hüne zwang, setzte Angelo sichtlich zu. Er zog ein verdrossenes Gesicht, als würde er es schon jetzt bereuen, sich der Mission angeschlossen zu haben. Der kleine Luca hatte nicht gemuckt, doch bestimmt fühlte er sich keinen Deut besser.

»Wie geht's, mein junger Krieger?«, fragte Bonaventura.

»Ich komme mir vor wie ein Weinschlauch im Bauch eines Schiffes, das vom Sturm gebeutelt wird. Es ist Ewigkeiten her, dass ich auf einem Pferd gesessen habe, und bei diesem Tempo habe ich bestimmt bald Blasen am Hintern.«

»Keine Sorge, an Blasen ist noch niemand gestorben. Das wird wohl noch das Harmloseste sein, mit dem wir zu rechnen haben.«

»Wenn das ein Trost sein sollte, ist dir das gründlich misslungen.«

»Sobald wir das nächste Dorf erreichen, besorge ich ein wenig Flom. Zusammen mit Zirbelkieferessenz und Moos ergibt das einen wirksamen Wickel gegen derlei Beschwerden.«

»Wo hast du all dieses Zeug gelernt?«

»Ich habe eine Zeitlang die Schule von Salerno besucht. Dann war ich in Montecassino, wo sich zahlreiche Abhandlungen über die Linderung körperlicher Leiden finden, vom *De rerum natura* des ehrwürdigen Beda bis zu *Rectificatio medicationis et regiminis* des großen Ibn Zuhr.«

»Verzeih, Meister, aber sprichst du von dem Buch eines Ungläubigen?«

»Die Behandlung von Gebrechen ist überall dieselbe, ganz gleich, wer sie beschrieben hat.«

»Es heißt, du hättest Krankheiten auch mit Zauberei behandelt.«

»Das ist Unsinn. Alles, was wir nicht begreifen, nennen wir Zauberei. Dabei handelt es sich eigentlich um Wissenschaft, die denen, die ihre Wirkungsweise nicht verstehen, wie Hexenwerk erscheint.«

Während die Pferde sich zusehends erschöpft den steilen Bergpfad hinaufkämpften, ging die Sonne unter. Der Weg schlängelte sich durch dichte Vegetation. Die Aromen des Waldes erfüllten die Luft: Rinde, Harz, Pilze, die am Fuß der Stämme wuchsen, und herber Wildschweingeruch. Bestimmt wühlten die Tiere in der Nähe nach Eicheln, überlegte Bonaventura, und jäh brach sich ein weitaus beunruhigender Gedanke Bahn: Wie war es möglich, dass sie auf ihrem ganzen Weg und selbst am Waldesrand keinem einzigen Tier begegnet waren? Bonaventura spitzte die Ohren in der Hoffnung, den Ruf eines Waldesbewohners zu hören. Nichts, nur das düstere Rauschen des Windes, der in Böen durch die Zweige fuhr. Der einzige Laut, der die monotone Stille durchbrach, war das rhythmische Trappeln der Pferdehufe. Je weiter sie kamen, desto häufiger säumten die moosbewachsenen Stümpfe gefällter Bäume den Weg. Offenbar war eine menschliche Siedlung nicht fern. Der Wald deckte die lebensnotwendigen Bedürfnisse: Bau- und Feuerholz, Futter für die Tiere, Wild. Doch zugleich stellten seine Bewohner eine Bedrohung dar: Bären, Wolfsrudel und Wildschweinrotten drangen bis zu den Häusern vor. Ihnen zu begegnen konnte den Tod bedeuten.

Der Pfad wurde so steil, dass Rolando das Zeichen zum Absitzen gab. Sie hatten die Bergkuppe fast erreicht, als der gellende Schrei des Falken sie aufhorchen ließ. Rolando übergab Angelo die Zügel und ging ein Stück voran. Plötzlich blieb er wie angewurzelt stehen: Vor ihm stieg eine dichte, schwarze Rauchsäule in den Himmel. Als Bonaventura zu ihm aufschloss, bot sich ihnen ein entsetzliches Bild. In dem engen Tal am Fuße des Berges war eine kleine Siedlung in Asche gelegt. Flammen leckten an den letzten Trümmern. Wortlos sprang der Ritter in den Sattel und sprengte in wildem Galopp zu den verkohlten Hütten hinab. Giorgio nahm Angelo auf sein Pferd. Der Rest der Truppe folgte den Rittern in vorsichtigem Trab den steilen Abhang hinunter. Dichter Qualm stieg von den kaum zwanzig Häusern auf und mischte sich mit dem beißenden Geruch verbrannten Fleisches. Angelo bekreuzigte sich, und die beiden Ritter zückten gleichzeitig ihre Schwerter. Die Wiese rings um die Brandruinen war mit abgetrennten, verschmorten Gliedmaßen übersät. Auf einem

Karren hing der verkohlte Leichnam eines Mannes ohne Kopf. Daneben war der nackte Körper einer jungen Frau an eine Haustür genagelt, vom Geschlecht bis zum Brustkorb aufgeschlitzt, die Eingeweide herausgerissen. Ihre Augenhöhlen waren leer, die Füße verbrannt. Langsam ritt die Gruppe die schmale Dorfstraße entlang. Die Pferdehufe versanken in einem Brei aus Blut und Asche. Knirschend zerbarst der Schädel eines Mannes unter dem Huf von Lucas Pferd. Die grausige Szenerie hatte die Männer in entsetztes Schweigen gestürzt. Wo eben noch das Leben geblüht hatte, herrschten nun Verzweiflung und der Pesthauch des Todes. Bonaventura stieg vom Pferd und ging zu dem rußgeschwärzten steinernen Brunnen in der Dorfmitte.

»Wer kann eine solche Gräueltat begangen haben?«, fragte Rolando.

»Nicht einmal Frauen und Kinder haben sie verschont«, schluchzte Angelo und deutete auf die Leiche einer jungen Frau, die noch immer ihren toten Sohn an sich drückte.

Bonaventura schwieg. Er war aschfahl. Der Geruch des versengten Fleisches drang ihm bis ins Mark und raubte ihm jegliche Kraft. Seine Knie gaben nach. Der Schrei jener jungen Frau, der ihn bis in die dunkelsten Nächte verfolgte, brach sich gewaltsam in ihm Bahn und bohrte sich in seine Schläfen.

»Meister, was ist los?«, frage Luca besorgt. »Du bist blass und kannst dich kaum auf den Beinen halten.«

»Ich muss mich nur ausruhen. Der Weg war anstrengend. Seit zwei Tagen habe ich nichts gegessen.«

»Setz dich einen Moment, damit du wieder zu Kräften kommst.« Er reichte ihm eine Feldflasche, aus der Bonaventura in bedächtigen Schlucken trank.

»Wieso all dieses Grauen?«, fragte Luca und blickte sich um.

»Wie oft habe ich solche Szenen gesehen. Die gewalttätige Natur des Menschen ist ein Ungeheuer, ein gigantischer Strudel, der das Leben verschlingt.«

»Wie kann Gott so viel Niedertracht zulassen?«

»Das Böse senkt seine Wurzeln in den menschlichen Willen. Gott hat uns das Werkzeug gegeben, um ewige Gnade oder ewige Verdammnis zu erreichen.«

»Ich glaube, nur der Teufel kann die menschliche Bosheit so weit treiben.«

»Du irrst, mein junger Freund. Der Teufel kann täuschen, vertuschen, irreleiten. Aber hier war die gezielte Absicht am Werk, Böses zu tun, und die ist einzig und allein menschlich.«

Als Bonaventura sich wieder gefasst hatte, stand er auf und blickte sich um. Wie immer konnten ihn die nüchterne Bestandsaufnahme und die Suche nach Erklärungen aus seinen quälenden Gedanken reißen.

»Irgendetwas stimmt hier nicht.«

Während er zwischen den ärmlichen Behausungen umherwanderte und auf der Suche nach Überlebenden hinter Türen und unter Balken spähte, bemerkte er, dass die wenigen wertvollen Habseligkeiten noch da waren. Von dem, was das Feuer verschont hatte – Getreidevorräte, Brot, Felle – war nichts verschwunden. Im Inneren der Häuserruinen waren weder eine lebende Seele noch eine Leiche zu finden.

»Man hat sie aus den Häusern gezerrt, ehe man sie umgebracht hat«, stellte Bonaventura fest.

»Söldner oder Banditen, gottlose Kerle ohne einen Funken menschlicher Barmherzigkeit, wer sonst sollte zu so etwas fähig sein«, bemerkte Davide.

»Da wäre ich mir nicht so sicher«, erwiderte Bonaventura grübelnd.

»Fangt an zu graben!«, rief Rolando und warf dem verdatterten Giorgio eine Schaufel mit geborstenem, verkohltem Stiel zu, die er in den Resten eines Hauses gefunden hatte.

»Mit dem Ding hier brauchen wir eine Ewigkeit, und die haben wir nicht«, widersprach Giorgio.

»Doch, zumindest den restlichen Tag. Wir schlagen hier unser Nachtlager auf.«

Giorgio machte sich daran, außerhalb des Dorfes eine große Grube auszuheben, derweil Davide und die anderen die kläglichen menschlichen Überreste zusammenklaubten. Als sie die Leichenteile von mehr als zwanzig Männern, Frauen und Kindern zusammengetragen hatten, war die Sonne bereits untergegangen und der Mond stand am Himmel. Das Grauen wuchs mit jedem Toten, den sie in das Grab warfen. Die Vorstellung, zu welcher Grausamkeit der Mensch gegen seinesgleichen fähig war, schien Luca zutiefst zu erschüttern. Noch verstörter wirkte allerdings sein Freund Angelo, der kreidebleich geworden war und offenbar kurz vor einer Ohnmacht stand. Mit jeder Schaufel Erde, die das Sammelgrab zudeckte, verschwand auch der üble Gestank. Während Giorgio zwei Äste mit einem Streifen Stoff zu einem behelfsmäßigen Kreuz zusammenband, knieten Angelo und Luca nieder, um für die armen Seelen der Toten zu beten. Schließlich erhob sich Angelo, ging zum Brunnen in der Dorfmitte und hockte sich auf den steinernen Rand. Luca gesellte sich zu ihm.

»Es war ein Fehler, uns zu dieser Reise zu melden«, murmelte Angelo.

»Warum?«

»Das fragst du mich? Ich habe die Waffen niedergelegt, weil ich angewidert war von der Gewalt.«

»Ein Mann des Glaubens muss Hoffnung bringen, wo Leid und Entsetzen sind.«

»Ich weiß nur, dass ich die Portiuncola nie hätte verlassen sollen.«

»Hast du das gehört?«, flüsterte Luca.

»Was?«

»Ein Wimmern.«

»Nein.«

Stille. Dann ertönte ein Klagelaut, der aus der Tiefe des Brunnens zu kommen schien.

»Hast du es jetzt gehört?«

»Ja.«

Bang drehten sich die beiden um und spähten in die pechschwarze Öffnung. Der Brunnen war rund sechs Fuß breit und gut fünfzehn Fuß tief. In der abendlichen Dunkelheit war vom Grund nicht viel mehr auszumachen als ein großer, schummrig schwarzer Fleck. Die beiden jungen Mönche lauschten angestrengt, doch aus der Finsternis drang kein Laut mehr empor. Sie beschlossen, den Eimer hinabzulassen.

»Halt!« Eine helle Stimme hallte aus der Tiefe.

»Wer ist da?«, fragte Luca.

»Wer seid ihr?«, rief die Stimme zurück.

»Mönche.«

»Bitte, zieht uns hoch.«

»Wir lassen den Eimer hinab, haltet euch am Seil fest.«

Langsam ließen sie den Eimer hinunter, um ihn kurz darauf unter Aufbietung all ihrer Muskelkraft mit so wenig Geruckel wie möglich nach oben zu befördern. Das aschblonde Haar eines Mädchens erschien im Mondlicht, dazu ein Kleinkind mit rotblonder Mähne, das sich an ihre Hüften klammerte. Beide waren verdreckt und durchnässt, doch ihre Augen strahlten vor Dankbarkeit.

»Davide! Giorgio! Kommt schnell her!«, rief Luca.

Die Ritter kamen den beiden zu Hilfe, hüllten die mit den Zähnen klappernden Kinder in ihre wollenen Umhänge und setzten sie auf einen umgestürzten Baumstamm neben das große Lagerfeuer. In der wohligen Wärme der Flammen legte sich ihr Zittern allmählich. Unterdessen hatte Rolando zwei wollene Wämser aus seiner Satteltasche gezogen und reichte sie Bonaventura, der sie den Mädchen überstreifte. Die Wämser waren so riesig, dass sie ihnen bis zu den Füßen reichten. Bonaventura kniete sich vor das ältere Mädchen.

»Wie heißt du, mein Kind?«

»Miriam, und das ist meine kleine Schwester Lavinia.«

»Wie seid ihr dort hineingekommen?«

»Das Mädchen mit den grünen Augen hat uns versteckt.«

»Welches Mädchen?«

»Sie heißt Fleur, hat sie gesagt.«

Die Männer blickten sich überrascht an.

»Sie ist heute morgen zu uns gekommen. Sie sagte, sie sei eine Pilgerin auf dem Jakobsweg. Hier kommen viele Pilger vorbei. Wir beherbergen sie, und sie geben uns etwas dafür. Sie schien froh über die Rast zu sein. Sie hat mir und meiner Schwester die Haare gekämmt. Dann sind wir zum Brunnen gegangen, um Wasser zu holen. Als sie den Eimer hochzog, hat sie plötzlich wie versteinert innegehalten. Ganz verloren hat sie vor sich hin gestarrt und am ganzen Leib gezittert. Dann hat sie gesagt, wir müssten uns verstecken, weil bald Männer auftauchen würden, die nach ihr suchen. Aber wir bräuchten keine Angst zu haben. Wenn wir keinen Mucks machten, bis sie zurückkehren und uns holen würde, würde uns nichts geschehen. Und dann hat sie uns in den Brunnen hinabgelassen. Danach haben wir sie nicht mehr gesehen. Wir hörten Hufklappern und das Schreien der Leute. Die bösen Männer sind gekommen, genau wie sie gesagt hat. Sie brüllten und mordeten.«

Zum ersten Mal schien Miriam die Wirklichkeit ringsum zu bemerken, doch es war, als wollte sie die Trümmer und die schwelenden Reste ihrer einstigen Welt nicht wahrhaben.

»Wo ist Mama?«, fragte sie, während sie die kleine Schwester, die zu schluchzen begonnen hatte, mit einer zärtlichen Geste zu trösten versuchte.

»Eure Mutter musste fort, doch sie hat euch in guten Händen gelassen.«

»Mama ist tot, nicht wahr? Alle sind tot, oder?«, rief Miriam.

»So ist es«, flüsterte Bonaventura und schloss sie in die Arme.

In ohnmächtigem Zorn standen die Männer da und sahen zu, wie das Kind in ein langes, haltloses Schluchzen ausbrach.

»Wo sind sie jetzt?«

»Wir haben sie begraben, als gute Christen.«

Bonaventura blickte die Kleine an, die neben der Schwester kauerte und ihren rechten Arm umklammerte.

»Der Schrecken hat sie stumm gemacht«, schluchzte die Größere und strich ihr sanft übers Haar.

»Das vergeht wieder, du wirst sehen. Jetzt müsst ihr etwas essen und dann schlafen. Luca, bring etwas zu essen«, befahl Bonaventura.

Luca und Angelo trugen eine Schüssel mit dampfenden Hülsenfrüchten herbei. Bonaventura ging mit Rolando davon und ließ die beiden Kinder in ihrer Obhut.

»Noch nie habe ich solch ein Gemetzel gesehen«, sagte Bonaventura. »Und wenn das Mädchen …«

»Fleur ist nicht unter den Toten, Gott sei Dank«, bemerkte Rolando.

»Bist du dir sicher?«

»Wir haben die Leichen eine nach der anderen in die Grube geworfen, da hätten wir sie erkannt. Offenbar konnte sie entkommen.« In Rolandos Stimme lag ein bewundernder Unterton.

»Wieso ein Bauerndorf angreifen, in dem es nichts zu plündern und keine Beute zu machen gibt?«, überlegte Bonaventura.

»Manche Menschen verüben Gewalt um der Gewalt willen«, erwiderte Rolando.

»Richtig. Oder weil sie etwas oder jemanden suchen. Rolando, wir müssen Fleur so schnell wie möglich finden.«

»Wohin, glaubst du, ist sie unterwegs?«

»Der nächste größere Ort ist Perugia. Eine befestigte, von Soldaten wimmelnde Stadt.«

»Meinst du, sie könnte es bereits bis dorthin geschafft haben?«

»Möglich.«

»Wie kommst du darauf?«

»Inzwischen muss Fleur einen beträchtlichen Vorsprung erlangt haben. Das Blutbad hat Zeit in Anspruch genommen. Die Dorfbewohner sind gefoltert worden, ehe man sie bei lebendigem Leib verbrannte.«

»Hast du entsprechende Spuren an den Leichen gesehen?«

»Ja. Es gibt Menschen, die halten Peinigung für die beste Methode, jemanden zum Sprechen zu bringen.«

»Was mochten sie Wichtiges zu verbergen haben, wenn nicht Fleur. Den Worten der kleinen Miriam nach zu urteilen, scheint sie gewusst zu haben, dass jemand hinter ihr her ist.«

»Wir können nur hoffen, dass wir uns irren. Allerdings fürchte ich, dass du recht hast, Rolando. Wie viele waren an dem Gemetzel beteiligt?«

»Schwer zu sagen. Das Feuer hat die Hufspuren getilgt, aber um so viele Menschen zu foltern und zu massakrieren, müssen es mindestens zwanzig gut bewaffnete Männer gewesen sein«, entgegnete der Ritter. »Wir hätten nicht zulassen dürfen, dass Fleur aus der Portiuncola flieht. Bestimmt weiß ihr Verfolger von dem Medaillon. Wie hat er bloß davon erfahren?«

»Ich fürchte, selbst unter unseren Brüdern gibt es Spione und Verräter. Wir müssen sie finden, ehe die anderen es tun. Hoffen wir, dass es nicht zu spät ist«, erklärte Bonaventura finster.

»Bei Morgengrauen brechen wir auf. Wenn wir des Nachts reiten, könnten wir Spuren übersehen.«

»Einverstanden.«

»Was hast du mit den beiden Mädchen vor?«

»Wir machen beim Bischofssitz in Perugia halt. Dort wird man die beiden Waisenkinder in einer Familie unterbringen, die sich um sie kümmert.«

»Und wenn der Bischof Schwierigkeiten bereitet?«

»Inwiefern?«

»Hast du vergessen, was der Legat dir geschworen hat?«

»Das Risiko müssen wir eingehen, es bleibt uns nichts anderes übrig. Bei uns können sie auf keinen Fall bleiben.«

»Wie du meinst. Dann hoffen wir, dass wir keine Scherereien bekommen.«

Tausend Fragen gingen Bonaventura durch den Kopf und ließen ihm keine Ruhe. Wer hat das Dorf überfallen? Waren die Angreifer wirklich hinter Fleur her? Was wussten sie von der Prophezeiung des Medaillons? War Fleur in Sicherheit? Wenn er mit seinen Vermutungen richtig lag, konnte sie bereits in Perugia sein. Doch die Anhaltspunkte waren dürftig und der Weg, der noch vor ihnen lag, unsicher. Mit dem Medaillon und ihren Visionen war Fleur für die Mission unerlässlich, doch niemand wusste, wo sie geblieben war. Er spürte die große Verantwortung, die auf ihm lastete. Franziskus allein anhand der wirren Worte des sterbenden Giacomo und der bruchstückhaften Hinweise des ihm anvertrauten Pergaments ausfindig zu machen, war ein mehr als heikles Unterfangen.

Im ersten Morgengrauen hoben Giorgio und Davide die beiden Mädchen auf ihre Pferde. Eine stumme Traurigkeit hatte sich in ihre Gesichter eingegraben, und auch in Rolandos von der goldenen Maske verborgenen Zügen hatte sie Spuren hinterlassen. Nach einem langen, gedankenverlorenen Ritt erreichten sie das Ufer eines Flusses. Der Ortschaft nach zu urteilen, die sich auf einem Hügel links des Flusses erhob, musste es der Chiascio sein. Dort oben, auf halbem Weg zwischen Assisi und Perugia, lag das kaum hundert Seelen zählende Dorf San Gregorio. Am Himmel zogen Wolken auf, die sich langsam vor die Sonne schoben und heftigen Schneefall ankündigten. Mit dem schwindenden Licht verlor der Fluss seine helle Klarheit. Unweit von ihnen erblickten sie eine Holzbrücke, aber als sie darauf zuritten, stob von den Serpentinen der Straße nach San Gregorio eine Wolke aus Staub und Erde auf. Kurz darauf erschien auf der anderen Flussseite ein kleiner Trupp bewaffneter Männer und hielt an der

Brücke an. Vier Bogenschützen nahmen sie mit eingelegten Pfeilen ins Visier.

»Wer seid ihr?«, fragte ein gedrungener Kerl, offenbar der Anführer.

»Tau-Ritter und Mönche«, antwortete Bonaventura.

»Was führt euch nach San Gregorio?«

»Wir wollen nicht nach San Gregorio.«

»Wohin dann?«

»Wir sind auf dem Weg nach Perugia.«

Bonaventuras Antwort schien nicht gut anzukommen. Die Männer hatten die Schwerter gezogen. Ihre Pferde scharrten ungeduldig mit den Vorderhufen.

»Wir haben noch nie einen Mönch gesehen, der eine Gruppe Ritter anführt. Euer Freund soll die Maske abnehmen.«

»Ich fürchte, ich kann Eurer Aufforderung nicht nachkommen«, ergriff Rolando das Wort.

»Wenn das so ist, werden wir euch keinen Durchlass gewähren.«

»Ihr solltet keine voreiligen Entscheidungen treffen. Es könnte Euch sonst noch leidtun«, sagte Bonaventura finster, während sich Luca schmerzhaft um seine Taille krallte.

Die Spannung war mit Händen zu greifen. Die Mädchen hatten sich noch kleiner gemacht und klammerten sich an ihre Beschützer. Rolando drehte sich zu seinen beiden Gefährten um, die bereits nach ihren Waffen gegriffen hatten. Giorgio hatte sein Beil in der Hand, das schon die Gliedmaßen und Köpfe vieler Ungläubiger abgeschlagen hatte, und Davide hatte aus seiner Satteltasche die Armbrust gezogen, mit der er auf viele Dutzend Meter Entfernung das Auge eines Hasen traf. Obwohl Rittern einzig das Tragen des Schwertes erlaubt war, trennten sich die beiden nie von ihren während des Kreuzzuges bewährten Waffen. Und weil die Wegelagerer mit immer größerer Gewalt und Schonungslosigkeit auf den Pilgerwegen wüteten, sah der Großmeister darüber hinweg und drückte selbst bei Davides laut päpstlichem Edikt verbotener Armbrust ein Auge zu.

»Sagt Eurem Begleiter, er soll dieses Ding nicht auf mich richten. Sonst werden meine Bogenschützen euch treffen«, sagte der Mann.

»Es gibt nicht den geringsten Anlass, zu Gewalt zu greifen.«

»Ihr seid in der Minderzahl, ihr habt keine Chance.«

»Glaubt mir, es kommt nicht immer auf die Anzahl an. Doch darum geht es nicht«, erwiderte Bonaventura.

»Worum dann? Ich höre.«

»Wir sind nicht aus Perugia, wenn es das ist, was Ihr fürchtet. Ich habe zwei Kinder bei mir und komme in Frieden.«

»Wieso sollte ich Euch glauben?«

»Hätte ich mich mit Euch schlagen wollen, hättet Ihr das bereits gemerkt. Davide, Giorgio, steckt die Waffen weg. Wie Ihr an ihren Tuniken erkennen könnt, sind unsere Begleiter Tau-Ritter. Sie haben die Aufgabe, Pilger zu schützen und zu verteidigen, und nicht jene, unschuldiges Blut zu vergießen.«

Widerstrebend steckten die beiden Ritter ihre Waffen weg.

»Befehlt Euren Bogenschützen, das Gleiche zu tun, und ein jeder geht friedlich seiner Wege«, fügte Bonaventura hinzu.

»Einverstanden.« Der Mann gab seinen Gefolgsleuten ein Handzeichen.

Die Schützen ließen die Bogen sinken und schoben die Pfeile in ihre Köcher. Die anderen steckten die Schwerter in die Scheide.

»Also, seltsamer Mönch, wo kommt Ihr her?«

»Von der Portiuncola.«

»Wer sind die beiden Mädchen, die Ihr bei Euch habt?«

»Zwei Waisen, Überlebende eines niedergebrannten Dorfes wenige Stunden von hier.«

»Was ist mit den anderen geschehen?«

»Alle tot.«

»Habt Ihr gesehen, wer es war?«

»Nein, wir sind zu spät gekommen.«

»Kommt näher, wir treffen uns auf der Brücke, nur Ihr und ich.«

Die Hufe der Pferde ließen die Brückenplanken erzittern, als die beiden bis auf Schwerteslänge aufeinander zuritten.

»Ihr müsst mir meinen Argwohn verzeihen, Frater, aber wie Ihr leider mit eigenen Augen habt bezeugen können, werden die umliegenden Dörfer überfallen und geplündert. Ich kann nicht zulassen, dass Unholde und Wegelagerer die Bewohner dieser Gegend niedermetzeln. Welches Ansehen hätte ich bei den Bürgern von San Gregorio, wenn ich nicht Jagd auf sie machte?«

»Ich würde das Gleiche tun.«

»Ihr dürft passieren. Wenn Ihr nach Perugia wollt, nehmt den Weg zu meiner Linken. Eine Tagesreise Fußmarsch jenseits dieses Hügels, und Ihr seid am Ziel.«

»Ich hoffe, Ihr habt Glück bei Eurer Jagd«, sagte Bonaventura, obwohl er insgeheim daran zweifelte.

»Wieso lasst Ihr die beiden Kinder nicht in unserer Obhut? San Gregorio hat bereits Überlebende anderer Dörfer aufgenommen, und es wäre uns eine Freude, auch diesen beiden unschuldigen Seelen zu helfen. Immerhin sind sie von hier und nicht aus Perugia.«

»Gern nehmen wir Eure Gastfreundschaft für unsere beiden Schützlinge an«, willigte Bonaventura im Vertrauen auf die Lauterkeit des Mannes ein, erleichtert, die Kinder nicht weiter sinnlosen Gefahren aussetzen zu müssen.

Anders als die wehrlosen Dörfer war San Gregorio gut befestigt und gegen Überfälle gewappnet. Am ehesten musste man wohl um das patrouillierende Grüppchen selbst fürchten, dachte Bonaventura. Die Urheber des Massakers gehörten zweifellos nicht zur Garnison von Perugia, sondern waren Söldner und todbringende Krieger, die den kleinen Trupp von San Gregorio in Stücke gerissen hätten, hätte er denn das Pech gehabt, ihnen in die Quere zu kommen. Bonaventura winkte die anderen zu sich auf die Brücke. Zwei der Soldaten hoben die Mädchen auf ihre Pferde und sprengten in Richtung San Gregorio davon. Während sie sich entfernten und die beiden Kinder ihren Rettern zum Abschied winkten, setzte heftiger Schneefall ein und hüllte das Tal zwischen Brücke und Berg in Weiß. Der Falke, der die ganze Zeit über wachsam am Himmel gekreist hatte, landete sacht auf der rechten Schulter seines Herrn.

IM WALD UNWEIT VON PERUGIA

Kein Zögern, kein Rasten

Die Sonne stand bereits hoch und schickte sich an, den frisch gefallenen Schnee zu schmelzen. Fleur war am Ende ihrer Kräfte. Ohne ein einziges Mal innezuhalten, war sie die unbekannten, tief verschneiten Pfade entlanggestapft, um dem grausigen Anblick des Todes zu entfliehen. Noch ehe die Männer über die armen Dorfleute hergefallen waren, hatte sie sie kommen sehen, und im Grunde ihres Herzens wusste sie, dass sie hinter ihr her waren. Es war abermals geschehen, genau wie bei dem Mönch, den sie im Traum erblickt und in der Portiuncola gesucht hatte. Was, wenn es stimmte? Was, wenn sie wirklich eine Hexe war, eine bösartige Kreatur, die alle Schlechtigkeit der Welt auf sich zog? Bei dem Gedanken, überall nur Leid und Tod zu bringen, brach Fleur in stumme Tränen aus. Nachdem sie sich durch eine weitere von unzähligen Schneewehen gekämpft hatte, fiel sie kraftlos auf die Knie und keuchte. Sie spürte nichts mehr, weder Kälte noch Angst noch Hunger. Am liebsten hätte sie sich nie mehr gerührt, hätte sich in ein Standbild aus Eis verwandelt. Doch sie durfte nicht innehalten. Jetzt, da sie sicher war, die Krieger abgehängt zu haben, musste sie auf die Nacht warten und in das Dorf zurückkehren, um die Mädchen zu retten. Plötzlich ließ ein mehrfaches Pfeifen sie zum Himmel aufblicken. Sie legte die Hand an die Stirn, um die Augen vor der Sonne zu beschirmen, und beobachtete, wie der Raubvogel über ihr immer engere Kreise zog.

Wie oft hatte sie als kleines Mädchen dem Fürsten bei der Abrichtung dieser herrlichen Tiere zugeschaut. Falken waren wild, grausam und kraftvoll. Ihre Schnäbel und Klauen waren dazu gemacht, zu zerreißen, zu zerfetzen, zu töten. Und dennoch wirkten sie so stolz und königlich. Rolandos Falke war wunderschön, das hatte sie sofort gesehen. Das makellos glatte Gefieder. Der schmale Leib. Majestätisch kreiste er im Aufwind und verriet, wo sich der Trupp befand. Fleur bereute ihre nächtliche Flucht. Mit einem Mal erschien ihr der große, stattliche, gesichtslose Ritter als ihre einzige Hoffnung. Einen Tag lang hatte der Falke nicht gejagt und sich lediglich von den Winden der Tramontana und den morgendlichen Strömungen emportragen lassen, bis er kaum noch zu sehen war. Auch jetzt hatte er mit seinem langsamen, stetigen Aufstieg begonnen. Auf halber Höhe eines felsigen Steilhangs ruckte sein Schnabel jedoch hinab, und schon schoss das Tier mit angelegten Flügeln im Sturzflug erdwärts. Fleur verließ den Trampelpfad und schlug sich zwischen den Bäumen in Richtung des Vogels durch. Die Kapuze rutschte ihr vom Kopf, während sie, von ihrem Instinkt geleitet, immer tiefer in den Wald vordrang. Dort, wo kein Vogel mehr sang, würde der Falke sein. Nur noch ein kurzes Stück, und sie hatte ein schneebedecktes Feld am Saum der Bäume erreicht. Der Raubvogel hockte auf einem verdorrten Busch über einem leblos im Schnee liegenden Fasan und hob, von ihr aufgestört, den Kopf. Ein Lied aus Kindertagen vor sich hin summend, pirschte sich Fleur Schritt für Schritt heran. Der Falke fixierte sie und verlor das Interesse an seiner Beute.

Lo tems vai e ven e vire
Per jorns, per mes e per ans,
Et eu, las no.n sai que dire,
C'ades es us mos talans.
Ades es us e no.s muda,

C'una.n volh e.n au volguda,
Don anc non aic jauzimen.

Pois la no.n pert lo rire,
E me.n ven e dols e dans,
C'a tal joc m'a faih assire
Don ai lo peyor dos tans …[1]

Die Stimme, die hinter ihr ertönte, ließ sie herumschnellen, zum Angriff bereit. Doch als sie sah, wem sie gehörte, fiel die ganze Anspannung von ihr ab.

…C'aitals amors es perduda.
Qu'es d'una part manteguda
Tro que fai acordamen …[2]

»Du kennst dieses Lied?«, fragte sie Bonaventura, der inzwischen vom Pferd gestiegen war.

»Am Hof des Fürsten, dem ich einst diente, tummelten sich die unterschiedlichsten Gestalten. Narren, Mönche, Prinzessinnen, Krieger und Troubadoure. Einer von ihnen kam aus der Provence und pflegte dieses Lied zu singen.«

»Wieso hast du die Kutte genommen?«

»Weil nichts von dem, was ich war, mir noch Befriedigung

---

1 *Die Zeit kommt und geht und kehret,/ für Tage, Monate und Jahre,/ aber ach, was soll ich sagen,/verlangt mich doch stets nur nach einem. / Unverändert ist mein Sehnen nach ihr, /die ich wollte und will/und die mir niemals Freude gab.*
Und sie verliert ihr Lachen nicht,/ich aber kenne nur Schmerz und Pein,/ denn sie hält mich in diesem Spiele,/bei dem ich nur verlieren kann …

2 *Denn die Liebe ist verloren, wenn der eine sie unterdrückt und sie keine Erwiderung erfährt … (Bernart de Ventadorn)*

verschaffte. Ich fühlte mich wie ein leerer Sack, der sich durchs Leben schleppt, ohne noch etwas wahrzunehmen.«

»Es heißt, ein Mensch, der dir teuer war, sei gestorben. Du hättest einen fehlgeleiteten Zauber gewirkt und einen Fürsten tödlich beleidigt.«

»Je öfter die Dinge von Mund zu Mund gehen, desto größer werden sie, bis sie fälschlicherweise für bare Münze genommen werden.«

»Dann verrate mir, was der erste Mund gesagt hat.«

»Der Tod eines gewissen Menschen hat meine Lippen verschlossen. Und die vieler anderer Personen ebenso.« Bonaventuras Blick wirkte verloren und fern.

»War es ein Mensch, der dir teuer war?«

»Ja.«

»Eine Frau?«

»Ja.«

Ihr Wortwechsel wurde von dem Falken unterbrochen, der sich mit einem Flügelschlag von seinem Ast aufschwang.

»Ein Falke traut nur seinem Abrichter. Wie hast du es geschafft, dich ihm zu nähern?«, fragte Bonaventura.

»Man kann einen Falken nicht abrichten. Man kann nur darauf hoffen, dass er einen als seinesgleichen wahrnimmt.«

»Und das bist du. Ein kleiner Falke.«

»Ich bin nicht klein. Wie hast du mich gefunden?«

»Wir waren im Dorf.«

»Was ist aus den armen Leuten geworden?«

»Die sind alle tot. Fleur, diese Männer haben nach dir gesucht, das weißt du genau.«

»Die Mädchen … was ist mit ihnen? Habt ihr sie gefunden?«

»Sie sind in Sicherheit.«

»Wo?«

»In einem unweit gelegenen Dorf. Sie sind bei guten Menschen, die sich um sie kümmern werden. Hör zu, Fleur …«

»Nein, ich will nicht zuhören!«, schrie das Mädchen und hastete auf den Wald zu. »Dieser Mönch hatte recht. Meine Visionen verkünden Unheil. Lass mich gehen!«

»Du kannst nicht weglaufen. Sie werden dich finden. Noch mehr Menschen könnten sterben. Unschuldige, deren einzige Schuld darin besteht, zwischen dich und sie geraten zu sein.« Fleur blieb abrupt stehen und wandte sich zu Bonaventura um.

»Wer sind diese Leute?«

»Wie gern hätte ich eine Antwort darauf. Doch ich weiß es nicht. Ich weiß nur, dass es um das Schmuckstück geht, das du um den Hals trägst.«

»In was für absonderliche Schwierigkeiten hat Annecy mich gebracht?«

»Ich weiß nicht viel mehr als das, was ich dir bei der Portiuncola sagte.«

»Soll das heißen, du weißt nicht, wer tatsächlich hinter mir her ist?«

»Genau. Doch das Medaillon hat mit einer apokalyptischen Prophezeiung zu tun. Ich fürchte, dunkle Mächte haben es sich zum Ziel gesetzt, das Schicksal zu ihren Gunsten zu wenden.«

»Und was habe ich mit dieser Prophezeiung zu schaffen?«

»Nichts wüsste ich lieber als das, glaub mir. Mir ist nur klar, dass Franziskus uns eine Botschaft hinterlassen hat: ›Finde die Blume, die den Adler mit dem Kreuz in den Fängen trägt.‹ Du bist diese Blume, Fleur. Mehr weiß ich nicht.«

»Wieso sollte ich dir glauben?«

»Weil du jemanden brauchst, dem du vertrauen kannst.«

»Ich komme allein zurecht.«

»Das bezweifle ich nicht. Doch zusammen könnten wir herausfinden, wer nach dir sucht, und hinter das Geheimnis des Anhängers kommen.«

»Ich mag keine Geheimnisse, Magier. Unsere Wege trennen sich hier«, sagte das Mädchen und drehte sich um.

In diesem Moment traten zwei Männer aus dem Wald. Der eine war schlaksig und aufgeschossen und hatte eine lange, krumme Nase, die wie der Schnabel einer Krähe unter seinem speckigen, abgewetzten Filzhut hervorstak. Der andere war gedrungen, dick und behäbig und hatte einen Quadratschädel mit spärlichen, fettigen Strähnen, die ihm über die schiefe Knollnase fielen. Beide trugen dunkle Umhänge ohne Wappen und Abzeichen. Der Größere hatte ein langes Messer gezückt, in der Faust des anderen steckte ein schmuckloses kurzes Schwert. Den Waffen und ihrem Auftreten nach mussten es Wegelagerer sein.

»Sieh an, sieh an, mein Freund. Wir waren auf Rebhühnchen aus und finden noch einen Kapaun dazu«, sagte der Gedrungene mit heiserem, fremdem Zungenschlag.

»Ein Rebhühnchen und ein Kapaun, so ist es, Kumpel«, nickte der andere mit zahnlosem Grinsen.

»Hört zu. Lasst uns gehen. Unsere Freunde werden gleich hier sein. Sie werden euch nichts tun.«

»Hast du gehört? Ihre Freunde sind gleich hier. Haben wir Angst?«

»Ja, ganz fürchterliche.«

»Na, dann sag ich euch mal was, ihr Turteltäubchen. Du, Betbruder, wirfst uns deine Satteltasche zu und verduftest. Das Rebhühnchen lässt du uns da. Wir wollen uns noch ein bisschen mit ihm vergnügen. Du weißt doch, wie einsam und trübselig die Straßen hier sind. Die Gesellschaft einer Frau gereicht immer zur Freude.«

»Bleibt, wo ihr seid«, drohte Bonaventura und tat einen Schritt auf sie zu, den Stab in der Faust.

»Uh, Hilfe, ein Kampfmönch! Was machen wir da nur? Ich sag dir mal was, du aufgeblasener Pfaffe. Ich und mein Kumpel haben einen langen Fußmarsch hinter uns, und uns ist verdammt kalt.«

»Und wie!«

»Jetzt machen wir uns ein lustiges Feuerchen, du wärmst dich ein bisschen mit uns auf, und wenn uns dreien dann ordentlich heiß ist, manchen wir uns gemeinsam über dieses köstliche Rebhühnchen her. Was hältst du davon?«

»Danke für die Einladung, aber wir müssen weiter«, erwiderte Bonaventura und stellte sich neben Fleur.

»Hast du gehört, Kumpel? Sie müssen weiter. Aber weißt du, was ich glaube, Pfaffe? Dass du dich allein an dem hübschen Rebhühnchen erwärmen und uns nichts übrig lassen willst. Das tut man nicht. Unser Herr Jesus hat uns gelehrt, alle Gaben zu teilen.«

»Ganz recht!«

»Nimm nicht den Namen unseres Herrn in den Mund!«

»Was passiert sonst, Pfaffe?«

Bonaventuras Bewegung war schnell und lautlos wie die einer Wildkatze. Ehe die beiden es sich versahen, ließ er den einen mit einem Stockschlag gegen die Knie zu Boden gehen. Der andere bekam seinen Stab zu fassen, riss daran und brachte Bonaventura zu Fall. Zusammen kugelten sie durch den Schnee. Plötzlich war der Kerl auf ihm, drückte ihn mit seinem Gewicht zu Boden und presste ihm den Stock an die Kehle. Bonaventura konnte seinen fauligen Atem riechen.

»Sprich ein Gebet, Kampfmönch. Denn jetzt ist Schlafenszeit.«

»Ich werde ein Gebet für euch sprechen«, fauchte Bonaventura und stieß dem Mann das Knie in die Leiste. Der jaulte vor Schmerz auf und ließ von seiner Beute ab. Blitzschnell schnappte sich Bonaventura den Stock, versetzte dem Banditen einen gezielten Schlag gegen den Hals und ließ ihn wie ein Sack Hafer zu Boden gehen. Unterdessen hatte sich der andere wieder hochgerappelt und drückte Fleur ein langes Messer an die Kehle.

»Wirf den Stock weg, Pfaffe. Du hast uns schon genug Ärger bereitet.« Bonaventura ließ den Stab fallen und tat einen Schritt nach vorn.

»Bleib, wo du bist, oder ich schneide ihr die Kehle durch.«

»Hört zu, Ihr und Euer Freund könnt gehen. Ich werde euch nichts tun, das verspreche ich.«

»Du bist derjenige, der schleunigst die Beine in die Hand nehmen sollte.«

»Ich kann sie nicht zurücklassen. Ihr wisst nicht, was ihr da tut«, sagte Bonaventura und trat noch näher.

»Noch ein Schritt, und sie ist tot«, brüllte der Kerl und war für einen winzigen Moment abgelenkt. Fleur machte sich den Augenblick zunutze und riss ihm mit einer blitzschnellen Fußbewegung das Bein weg. Der Bandit ging zu Boden und versuchte, nach dem Messer zu angeln, doch Fleur packte seine Hand und biss so fest hinein, dass ein Blutstrahl den frischen Schnee verfärbte.

»Verfluchte Hexe!«, brüllte er, versetzte ihr einen heftigen Schlag und schnappte sich das Messer. Doch schon war Bonaventura auf ihm, packte seinen Arm und schleifte ihn durch den Schnee. Ineinander verschlungen taumelten die beiden bis an das Ufer eines eisigen Bachlaufs. Plötzlich rutschte Bonaventura aus, und der Wegelagerer setzte ihm mit letzter Kraft das Messer an die Kehle. Schon quoll ein Blutstropfen aus der kalten Haut, als ein Zischen und ein dumpfer Schlag jegliche Spannung aus den Gliedern des Halunken weichen ließ. Sein Kopf kippte zur Seite, eine dunkle Blutfontäne spritzte aus seinem Hals, und er sackte zu Boden, die Augen verdreht. Sein Kumpan, der soeben wieder zu sich gekommen war, ergriff die Flucht und suchte zwischen den Bäumen das Weite.

Mit leerem Blick hielt Fleur das Schwert umklammert, dann gaben ihre Knie nach und bohrten sich in den weißen Schnee. Keuchend lag Bonaventura da, das Herz schien ihm fast aus der Brust zu springen. Seine Wahrnehmung war verschwommen, und der Schnee schien sämtliche Geräusche zu verschlucken. Plötzlich näherte sich Hufgetrappel, das jäh hinter ihnen verstummte. Mühsam rappelte er sich hoch. Fünf Reiter saßen auf schwarzen, schnaubenden Pferden und blickten auf sie herab. Sie trugen die Insignien und Banner von Perugia. Der größte von ihnen hob das Visier und warf Fleur einen verächtlichen Blick zu.

»Kraft der mir durch den Podestà von Perugia verliehenen Gewalt«, sagte er, »erkläre ich euch für gefangen. Du, Weib, wirf die Waffe weg. Dann wird euch nichts geschehen.«

In diesem Moment schien auch Bonaventura wieder zu sich zu kommen. Fleur blickte zuerst ihn, dann die Männer hinter sich und schließlich den Toten zu ihren Füßen an. Schließlich warf sie den Rittern das Schwert vor die Füße.

ROM

Der den Geringen aufrichtet aus dem Staube und erhöht den Armen aus dem Kot

Im Schatten des Bogengangs der Lateransbasilika verborgen, betrachtete er die goldfarbenen Mosaiken am Architrav: die Enthauptung Johannes' des Täufers, dessen Blut dem großen Konstantin vor die Füße rann. Tausend Jahre waren vergangen – tausend Jahre, in denen die Armen immer tiefer im Dreck versunken waren. Der Papst wollte sich zum König und Herrscher machen und schmiedete Ränke mit Fürsten und willfährigen Kardinälen. Doch all das würde bald ein Ende haben. Der Mönch spähte zu der hohen, hellen Gestalt des Santiago-Ritters hinüber, der in diesem Moment aus dem großen Tor trat. Dann drehte er sich um und gab seinem Mann, der bei dem Reiterstandbild Konstantins in der Mitte des Platzes stand, ein Zeichen. Kaum ließe das Käuzchen seinen Ruf aus den päpstlichen Mauern vernehmen, bräche die Apokalypse los.

Die Stadt war eine Kloake unter freiem Himmel, in der alle erdenklichen Sünden und Laster gärten. Allen voran Machthunger. Selbst des Nachts sickerte der Geruch von Verschwörung und Gotteslästerung aus den Palästen, in denen die Stellvertreter Gottes der Sodomie frönten und Unzucht mit Prostituierten trieben. Es waren dieselben Bischöfe, die das Massaker an den unschuldigen Einwohnern von Béziers zugelassen hatten und sich mit Vergewaltigungen, Verstümmelungen, Verbrennungen auf dem Scheiterhaufen und Morden brüsteten. Doch jetzt würde er sie heimsuchen, und dann würde sich schon erweisen, wie viele von ihnen vor Gott bestehen konnten. Eine fette Ratte schlüpfte aus einem Abwasserkanal. Schnuppernd reckte sie die Schnauze und witterte Gefahr. Dann huschte sie zögernd über das Pflaster und streifte die Schuhe des im Schatten verborgenen Mannes, der ihr mit einer blitzschnellen, gekonnten Bewegung sein spitzes Schwert in den Schädel bohrte. Ein paar kurze Zuckungen, und sie war verendet.

Der Schein der verglimmenden Fackeln und des Mondes tauchte die ziegelrote Fassade des von Innozenz III. unweit von Sankt Peter errichteten Palastes in mattes Licht. Dicht gefolgt von seinen beiden Leibwachen, schlüpfte der Santiago-Ritter verstohlen aus einem Seiteneingang. Zu dieser nächtlichen Stunde herrschte in den Straßen und Kirchen Stille. Die Liebenden schliefen eng umschlungen, und die Mörder zechten und zählten ihre Beute. Mit hallenden Stiefelschritten durchmaßen die drei Gestalten den Bogengang von Sankt Peter, fest entschlossen, den Rest der Nacht in ihren Betten zu verbringen. Ehe der Santiago-Ritter das tödliche Zischen in der Luft zu deuten wusste, hatte es bereits den zweiten Wachmann getroffen. Er griff sich mit den Händen an die Kehle und versuchte vergeblich, den dunklen Blutstrom, der seinen Umhang rot färbte, zu stoppen. Der Ritter legte die Hand ans Schwert und schlüpfte hinter eine Säule. Er wagte es kaum zu atmen. Ehe er einen Fluchtplan ersinnen konnte, packte ihn jemand bei der Stirn und drückte ihm eine eisige Klinge an die Kehle.

»Wirf das Schwert weg«, raunte eine tiefe, dämonische Stimme mit französischem Akzent.

»Du kannst mein Geld haben. Alles, was ich besitze. Ich bin, im Namen meines Königs, dem Papst zu Diensten. Wenn du mich gehen lässt, wirst du reich belohnt.«

»Ich fürchte, dein Papst und dein König sind Teil des Problems. Wo ist das Pergament?«

»Pergament? Ich verstehe nicht. Ich habe kein Pergament.« Ein stechender, kalter Schmerz, dann rann ein heißer Schwall seine Kehle hinab und sickerte in die Kleider.

»Jetzt bleibt dir nur noch ein Ohr. Danach nehme ich mir die Augen vor. Also, denk gut nach, ehe du antwortest. Wo ist das Pergament?«

»Ich … ich habe es nicht mehr.«

»Wer hat es dann?«

»Ich bitte dich.«

»Du kannst mich nicht bitten. Ich existiere nicht. Ich bin schon vor langer Zeit gestorben. Also, wer?«

»Der Kämmerer. Er hat es.«

»Grüß mir deinen Gott.«

Die Klinge versank im Fleisch. Sie durchdrang die Haut, den Kehlkopf, die Stimmbänder, die großen Halsgefäße und Muskelstränge und stieß schließlich gegen die Nackenwirbel. Doch da war der Ritter bereits tot.

Der päpstliche Palast war unbewehrt und sonnte sich in der Gewissheit, straflos davonzukommen, berauscht von seiner unantastbaren Macht. Für jemanden wie ihn war das Klettern zu den oberen Fenstern eine Leichtigkeit. Selbst dort, wo sonst nur Eidechsen hingelangten, fanden seine stählernen Finger Halt. Sein Körper war nichts als Muskeln, Sehnen und leichte Knochen, zäh wie ein andalusischer Ochsenziemer. Jetzt erreichte er den schmalen Sims unterhalb der dritten, unvergitterten Fensterreihe. Im Nu war das Fenster aufgehebelt, und er schlüpfte hinein. Im Innern stand ein Bett, in dem sich ein grunzendes, stöhnendes Bündel regte.

Der angenehm vom Wein berauschte Kämmerer schmeckte noch immer das süße Aroma der Mandeln und gefüllten Hostien, die der Bischof von Otranto zum abendlichen Bankett mitgebracht hatte. Der Atem der Metze stank indes nach Schankwein, und er hütete sich davor, sie auf den Mund zu küssen. Jetzt starrte der Diener Gottes beim schwachen Schein der verglimmenden Kerzen zu den Engelsfresken an der Decke empor, derweil sich das Weib, die Schenkel auf die seinen und die Hände auf seinen wohlgerundeten Bauch gepresst, rhythmisch vor und zurück bewegte.

»Stärker, meine Angebetete. Mach zu.«

»Ja, mein Herr. Ich bin hier, um Euch zu dienen.«

Die beringten Finger des Kämmerers gruben sich in die Schenkel der Frau und zogen ihr Schambein mit einem Ruck nach vorn.

»O ja! Schenkt mir Lust, mein Herr!«

Ein seltsamer Stich. Ein jäher Schmerz. Die Kurtisane sackte leblos auf seine Brust. Unter ihrem Bauch wurde es feucht, als hätte sie ins Bett gemacht.

Die Augen verdattert aufgerissen, rutschte die Frau zur Seite. Plötzlich erhellte das Licht einer Fackel das Zimmer. Der verwirrte Blick des überrumpelten Kämmerers flog zu seinem blutbesudelten Bauch.

»Meinen Respekt, Kämmerer«, sagte eine düstere Stimme hinter der Fackel. »Die Zeit ist gekommen, Eure Sünden zu beichten.«

Der Kämmerer wollte schreien, doch wie in den schlimmsten Albträumen entwich kein Laut seiner zusammengeschnürten Kehle.

ROM

Denn sie säen Wind
und werden Sturm ernten

In dem Kloster gleich neben dem neronischen Aquädukt, dessen steter Wasserlauf als leises Vibrieren zu spüren war, stand der dominikanische Prediger in seiner Zelle. Der Riemen um seinen nackten Leib war eng geschnürt, jedoch nicht eng genug, um seinen unersättlichen Bußehunger zu stillen. Der Gedanke an die unmittelbar bevorstehende Tat bereitete seiner Seele größere Pein, als die Folter des Fleisches zu lindern vermochte. Diesmal hatten die Hinweise der Spione am päpstlichen Hof übereingestimmt. Das Pergament war in Rom. An diesem Abend hatte er ein weiteres Loch in den Büßerstrick gebohrt. Jetzt riss er den Lederriemen mit angehaltenem Atem enger, bis die Haken über die wulstigen Narben sprangen und sich in unversehrtes Fleisch bohrten. Der Schmerz wich der Freude über das herabrinnende Blut, das warm unter der Schnalle hervorquoll und ihm über die mageren Beine strömte.

Beim ersten Morgenlicht, das auf die dicken Mauern seiner Zelle fiel, riss ein sachtes Klopfen den Prediger aus seinem kurzen, unruhigen Schlaf, in den er beim fünften Glockenschlag ungewollt gefallen war. Als er unter der kratzigen Decke hervorschlüpfte, durchfuhr ein stechender Schmerz seine volle Blase und den frisch geschundenen Leib. Der dunkle Schemen füllte fast den gesamten Türrahmen aus, unter dem er sich hindurchduckte, um lautlos wie ein Nachtwesen einzutreten. Er war in einen schwarzen Umhang gehüllt, das Gesicht unter der Kapuze versteckt.

»Hast du es?«, fragte der Prediger mit kaum verhohlener Gier.

»Ja, mein Herr.«

»Und der Santiago-Ritter?«

»Ist zu seinem Gott gegangen. Doch es gab ein Problem.«

»Was für ein Problem?«

»Das Pergament befand sich bereits in den Händen des Kämmerers und hätte leicht bis zum Pontifex gelangen können.«

»Wenn er es ihm wirklich hätte aushändigen wollen, wieso hat er es nicht längst getan?«

»Vielleicht wollte er zuerst sichergehen, dass er eine Gegenleistung erhält. Dazu müsste man wissen, was er dem Papst heute Morgen erzählt hat.«

»Das hätten wir schnell herausbekommen. Töten verkompliziert die Dinge nur unnötig.«

»Mir blieb keine andere Wahl.«

»Das war vorschnell. Du hättest den richtigen Moment abpassen sollen, um dir das Schriftstück ohne Aufhebens anzueignen. Blut zu vergießen kann nie die erste Wahl sein. Doch du lebst dafür, nicht wahr?«

»Ich lebe für unsere Mission.«

»Wir werden sehen.«

Der Dominikaner holte eine Geißel hervor und begann sich in Gegenwart des schwarzen Ritters damit zu schlagen. Er hatte sich vor ihn hingekniet und drosch unablässig auf sich ein, ohne einen Laut von sich zu geben, derweil die ledernen, mit Haken versehenen Riemen ihm das Fleisch aufrissen. Schließlich legte er das Werkzeug beiseite, erhob sich und strich dem Ritter, der dem Spektakel starr wie eine Salzsäule beigewohnt hatte, flüchtig über die Schulter.

»Das ist Hingabe. Das ist Vergebung. Wärst du zu alldem fähig, Ritter?«, sagte der Dominikaner und musterte ihn ernst.

»Wir müssen im Schatten bleiben. Ein Mord erregt Aufsehen und wirft Fragen auf. Wir können weder das eine noch das andere gebrauchen, das solltest du wissen. Blut kann und darf nur vergossen werden, wenn es keinen anderen Weg gibt, unser Ziel zu erreichen, ansonsten schadet es nur. Und du willst doch nicht, dass deine Taten uns schaden, richtig?«

»Stellt mich erneut auf die Probe, und ich werde Euch nicht enttäuschen.«

»Bist du dir sicher, oder heult in deiner Seele noch das Echo deiner Vergangenheit?«

»Die Vergangenheit gehört den Lebenden oder den Toten, und ich bin nichts von beidem.«

»Unsere Pläne gehen vonstatten wie gehabt. Gib mir, was du gefunden hast.«

Die Gestalt hielt ihm ein gelbes, von Brandspuren gezeichnetes Pergament hin. Die Hände des Dominikaners zitterten leicht, als er es auseinanderrollte und neben die Kerze hielt, um es zu entziffern.

Heiligster Vater von Rom,

jetzt, da mein Leben zu Ende geht, quälen und peinigen meine Sünden meine Seele mehr denn je. Ihr müsst wissen, Heiliger Vater, dass ich der Getreue eines edlen Ritters mit Namen René d'Annecy war. Wir beide überlebten die Plünderung von Konstantinopel. Ich half ihm, eine heilige Reliquie aus der brennenden Stadt zu schaffen, über die er eifersüchtig wachte, ohne sie jemandem zu zeigen, mich eingeschlossen. Bei unserer Rückkunft gerieten wir in einen Hinterhalt. Dem Ritter versprach ich, dass ich die Reliquie in Sicherheit bringen würde, erteilte ihm den letzten Segen und ließ ihn sterbend am Straßenrand zurück. Doch ich hielt mein Versprechen nicht, sondern wurde vom Bösen verführt. Lange Zeit behielt ich den wertvollen Gegenstand bei mir. Erst später schenkte mir unser Herrgott Erleuchtung und ließ mich den letzten Willen dieses verdienten Kriegers erfüllen. Ich brachte die Reliquie nach Susa, wie der Ritter mich geheißen hatte, und erkrankte dort. Das Gefäß ist noch immer dort versteckt und wartet darauf, dass Ihr, Heiliger Vater, einen Mann Eures Vertrauens schickt und mir die Strafe auferlegt, die ich verdiene.

Euer stets ergebener
Adalgiso

Der Prediger blickte vom Pergament auf und hielt es an die Flamme, bis das Feuer es mitsamt seiner Geheimnisse aufgezehrt hatte. Dann sah er die große Gestalt mit der Kapuze an.

»Jetzt wissen wir, wo die Reliquie ist. Doch es gibt noch etwas. Einer unserer Brüder am Trasimenischen See hat einen Franziskaner getroffen, der ein Pergament bei sich führte. Leider ist ihm der Mönch entkommen, und er konnte es nicht in seinen Besitz bringen. Doch einen Satz hat ihm der Franziskaner verraten.«

»Welchen?«

»›Finde die Blume, die den Adler mit dem Kreuz in den Fängen trägt.‹ Du weißt genau, was das bedeutet.«

»Wo ist dieser Mönch?«

»Tot, in Altopascio. Du musst das Mädchen und sein Medaillon finden. Unseren Männern ist sie um Haaresbreite entwischt, nachdem sie aus der Portiuncola geflohen ist. Wir können uns keine weiteren Fehler erlauben. Du wirst selbst losziehen und dir beides aneignen. Dir muss gelingen, was andere verpfuscht haben. Dann wird sich die Prophezeiung erfüllen. Gott hat uns auserwählt und uns das Zeichen für eine siegreiche Schlacht gesandt. Du musst schneller sein als ein Pferd und lautloser als ein Wiesel, um zu finden, was uns ewige Herrschaft beschert.«

PERUGIA

Außerhalb der Kirche gibt es kein Heil

Die Hufe der Pferde versanken im weichen Schnee. Der Trupp erklomm die letzte Kehre, die auf die andere Seite des Berges führte. Von dort würden sie die Stadt Perugia erblicken können. Der Falke, der über ihren Köpfen schwebte, schien etwas erspäht zu haben, stürzte jäh am felsigen Steilhang hinab und verschwand aus ihrem Blickfeld. Rolando fragte sich, ob es richtig war, Bonaventura den Weg durch den Wald allein nehmen zu lassen. Zwar hatten sie auf diese Weise beide Zugangswege zur Stadt im Blick behalten können, doch irgendetwas sagte ihm, dass es keine weise Entscheidung gewesen war. Eine Art Vorahnung, die ihm keine Ruhe ließ. Der dichte, unablässige Schneefall hatte den Aufstieg gefährlich gemacht. Ihre Umhänge waren bereits weiß, und die Kälte biss sie in die Glieder. Rolando spürte, dass seine Beine taub wurden. Sie wollten sich gerade an den Abstieg machen, als der Falke auf seinen Herrn zusegelte, einen Gegenstand in den Klauen. Im nächsten Moment lag das Medaillon von Annecy, das Fleur um den Hals getragen hatte, in Rolandos Händen. Bei der Erinnerung an die entsetzliche Nacht, in der er zum ersten Mal davon gehört hatte, schauderte ihn.

»Was ist das?«, fragte Luca.

»Nichts Gutes, fürchte ich«, entgegnete der Ritter und gab seinem Pferd die Sporen.

Nachdem der Raubvogel seine Beute überbracht hatte, schwang er sich wieder in die Lüfte und kreiste über einem Punkt am Fuße des Berges. Kurz darauf erreichte die Gruppe die Talmündung. Der Falke hatte sich auf einem großen Walnussbaum in der Mitte der Lichtung niedergelassen. Ein dunkler Fleck erregte Rolandos Aufmerksamkeit. Nicht weit davon lagen ein zerfetzter Umhang und eine Leiche im Schnee. Rolando stieg vom Pferd, die anderen Ritter taten es ihm gleich. Neben dem Toten zog Davide Bonaventuras Stock aus dem Schnee und hielt ihn Rolando hin. Der begriff allmählich, was vorgefallen war. Wegelagerer mussten das Mädchen überfallen und den Kürzeren gezogen haben. Offenbar hatte Bonaventura eingegriffen, und die Banditen hatten sich erbittert verteidigt. Einer war geflohen, der andere hatte sein Leben gelassen. Zweifellos hatte Fleur das Medaillon im Eifer des Gefechts verloren und war daran gehindert worden, es sich zurückzuholen, was dann der Falke übernommen hatte. Hufspuren im Schnee, die in Richtung Perugia führten, ließen vermuten, dass jemand das Mädchen und den Mönch mitgenommen hatte, um sie in die Stadt zu bringen. Soldaten vielleicht.

»Was hast du da?«, fragte Luca aufgeregt.

»Bonaventuras Stab. Und Fleurs Medaillon, das der Falke gebracht hat.«

»Ganz sicher?«

»So sicher wie der Frost im Winter.«

»Was mag ihnen zugestoßen sein?«

»Keine Sorge, Junge. Wenn ihnen etwas Ernstes widerfahren wäre, hätten wir hier im Schnee auch ihre Leichen gefunden.«

»Es war Fleur, da bin ich mir sicher«, sagte Angelo misstrauisch.

»Das lässt sich nicht sagen.«

»Was, glaubst du, ist aus ihr geworden?«

»Die Hufspuren führen zur Stadt.«

»Glaubst du, man hat sie gefangen genommen?«

»Oder gerettet, wer weiß das schon? Los, in den Sattel. In Perugia werden wir mehr erfahren.«

Im Galopp sprengten die Männer durch das Tal und auf die beiden Hügel zu, auf denen sich in der Ferne die turmbewehrte Stadtmauer von Perugia erhob. Schon mehrmals hatte die papsttreue Stadt den Päpsten aus Rom Zuflucht geboten.

Mühsam kämpften sich die Pferde durch den eisigen Morast bis zum Stadttor. Vor ihnen fuhr ein kleiner Karren, der vier fette Schweine geladen hatte. Auf dem Bock saßen ein kräftiger Kerl um die dreißig mit struppigem, schwarzem Bart und ein kaum zehn Jahre alter Junge. Eingehüllt in den Jauchegestank, den der Karren hinter sich herzog, zuckelte der Trupp auf das älteste Tor der Stadt zu, die Porta Pulchra. Obschon nicht sonderlich groß, ließen die massigen Quader das einbogige, von zwei mächtigen Basteien flankierte Tor besonders trutzig erscheinen. Der Torflügel aus schwerem Holz öffnete sich. Der kleine Wachtrupp am Eingang warf einen raschen Blick auf den Karren, wechselte ein paar Worte mit seinem Führer und ließ ihn passieren. Zwei Piken versperrten der von Rolando angeführten Gruppe den Weg.

»Wer seid ihr?«

»Tau-Ritter und dem Papst in Rom treu ergebene Mönche«, entgegnete Rolando.

»Was führt euch nach Perugia?«

»Wir sind Pilger und möchten in der Stadt rasten, um etwas zwischen die Zähne zu kriegen und den Pferden Ruhe zu gönnen.«

Einer der Wachen nahm die Gruppe ins Visier, trat näher und musterte die Mönche.

»Was für Mönche seid ihr?«

»Brüder der Portiuncola«, sagte Luca.

»Was für ein Glück. Der päpstliche Gesandte, der zu Besuch bei unserem Podestà weilt, wird sich freuen, mit euch sprechen zu können.«

»Die Freude ist ganz unsererseits«, entgegnete der Mönch mit leicht nervösem Unbehagen.

»Wir werden ihn von eurer Ankunft in Kenntnis setzen. Vielleicht könnt ihr bei dem Prozess, der morgen im Stadtpalast abgehalten wird, von Nutzen sein.«

»Wem wird der Prozess gemacht, wenn ich fragen darf?«, gab Rolando zurück.

»Einem jungen Mädchen, das beschuldigt wird, unweit von hier einen Mann umgebracht zu haben, und dem Mönch, der ihr dabei geholfen hat.«

»Wir sind eurer Stadt zu Diensten.«

»Ihr dürft eintreten. Papsttreue sind in Perugia stets willkommen. Weiter vorn, jenseits der Marktstände, findet ihr ein Gasthaus. Auf der Tür prangt ein schwarzer Hahn, ihr könnt es nicht verfehlen. Dort gibt es alles, was ihr braucht: einen Stall und Futter für die Pferde, eine Taverne, die euch mit dem besten Essen der Stadt versorgt, und Zimmer, in denen ihr wohnen könnt.«

»Danke.«

Die Gruppe folgte der von Marktständen und Werkstätten gesäumten Straße in die Stadt. Rufe, Kinderlärm, Hundegebell und vielstimmiges Viehgeschrei untermalten das wimmelnde Gemisch aus Armut und Glanz, das sämtlichen Märkten zu eigen ist.

»Ich wusste doch, dass sie sich in Schwierigkeiten gebracht haben«, sagte Rolando. »Und du, Luca, hättest besser nicht gesagt, dass ihr aus der Portiuncola seid. Du hättest irgendeinen Orden nennen können, und er hätte dir geglaubt. Diese Wachen können einen Kreuzritter nicht von einem Tjostritter unterscheiden. Weißt du, was nun zu tun ist?«

»Nein.«

»Angelo und du müsst verschwinden, sonst wird morgen noch ein weiterer Prozess geführt, und zwar gegen euch beide.«

»Was soll man uns denn vorwerfen?«

»Mittäterschaft oder was sich der Legat sonst so aus den Fingern saugt, um euch hinter Gittern zu sehen.«

»Ich fürchte mich nicht«, knurrte Angelo.

»Das solltest du aber. Wenn schon nicht um dich, so doch immerhin um den Erfolg unserer Mission. Wir brauchen dich, und du tust, was ich sage.«

»Schon gut, Rolando. In Ordnung.«

»Wie kommen wir hier denn raus, vorausgesetzt, wir finden unsere Gefährten? Die Wachen haben bestimmt schon die Garnison verständigt.«

»Überlass das mir. Ich habe bereits eine Idee, wer uns helfen könnte«, sagte Rolando und sah zu dem Schweinezüchter hinüber, der ein Stück weiter vorn zwischen den Marktständen stand. »Jetzt geht, bringt die Pferde in den Stall des Gasthauses und wartet dort auf mich. Und redet möglichst mit niemandem. Ich kümmere mich um den Rest.«

Der Ritter stieg vom Pferd und reichte Angelo die Zügel. Während das Grüppchen sich entfernte, machte er sich auf den Weg über den Markt, wo Fleisch, Gemüse und Obst ihren verlockenden Duft verströmten. Die Leute feilschten um die Waren und füllten ihre Körbe mit dem Nötigsten, um die Teller zu füllen: ein Sack Getreide, ein Kohlkopf, vielleicht ein winziges Stückchen Fleisch. Das Beste wurde auf einen Karren geladen, um die Teller des Podestà und seiner Gäste zu füllen, die Reste dienten als Almosen für die Bettler. Mühsam schob sich Rolando durch die Menschentrauben, die sich vor den Ständen drängten, und folgte dem Schweinezüchter, der schon ein ganzes Stück vor ihm war. Zusammen mit dem Jungen zerrte er seine Tiere an einem Halsstrick hinter sich her und machte ihnen mit einem Stock Beine, wenn sie die Klauen in den Boden stemmten, als ahnten sie, dass sie als Viertel und Keulen enden und schon bald appetitlich an den Haken des Metzgerstandes baumeln sollten. Endlich holte er ihn ein.

»Guter Mann, ich möchte mit Euch sprechen.«

»Worum geht's?«

»Ich hätte da ein Angebot für Euch.«

»Besten Dank, doch ich habe mit dem Metzger bereits einen guten Preis ausgehandelt.«

»Ich bin nicht an Eurem Vieh interessiert. Doch ich glaube, Ihr könntet hieran Interesse haben«, sagte Rolando und hielt dem Züchter ein Säckchen hin. »Seht ruhig nach.«

Der Mann öffnete den Beutel, aus dem ihm ein hübsches Häufchen Münzen entgegenblinkte.

»Es sind Eure, und ich gebe Euch noch mehr, wenn Ihr tut, was ich von Euch verlange.«

»Ich tue alles, was Ihr verlangt. Lasst hören.«

Rolando trat dicht an ihn heran und murmelte ihm etwas ins Ohr, dann machten sich die beiden auf den Weg zum Gasthaus. Während der Ritter mit dem Schweinezüchter die letzten Bedingungen für seinen Pakt klärte, krochen die Mönche auf dem im Stall untergebrachten Schweinekarren in Leinensäcke, die der Stallknecht unter einem Haufen Gemüse verschwinden ließ.

»Dann sind wir uns einig?«, fragte Rolando.

»Sicher.«

»Gut. Wenn es so weit ist, erhaltet Ihr einen weiteren Beutel. Solltet Ihr mich täuschen, wird die Belohnung allerdings anders ausfallen.«

»Soll das eine Drohung sein?«

»Nein, ein Versprechen.«

»Keine Sorge, Ritter. Pakt ist Pakt.«

Rolando trat an den stinkenden Schweinekarren.

»Hätte es nicht etwas Bequemeres und Würdevolleres gegeben?«, beklagte sich Angelo, aus seinem Sack hervorlugend.

»Das ist immerhin würdevoller, als in einer Gefängniszelle in Perugia zu landen, Junge«, versetzte Rolando.

»Reiß dich zusammen«, sagte Luca. »Der Ritter versucht nur,

uns in Sicherheit zu bringen, da solltest du dich nicht beklagen.«

»Ich hege immer mehr den Verdacht, dass wir die Portiuncola nie hätten verlassen sollen.«

»Halt den Mund, Angelo. Dieser Gestank ist schon unerträglich genug, und dein Gejammer macht es nicht gerade besser.«

»Bist du dir deiner Sache auch sicher, Rolando?«, fragte Luca.

»Mindestens ebenso sicher wie der Tatsache, dass du noch vor dem Abend einen Großteil des Gemüses auf dem Karren verspeist haben wirst. Tut nichts, was wir nicht abgesprochen haben. Ihr werdet sehen, alles wird sich zum Guten wenden, und zwar schneller, als ihr ahnt.«

»Deine Gewissheit möchte ich haben.«

»Ausgerechnet jetzt fällst du vom Glauben ab, Bruder? Tut, was ich euch gesagt habe, und wir treffen euch am verabredeten Ort.«

Luca kauerte sich wieder in seinen Sack.

»Enttäuscht mich nicht, guter Mann«, sagte Rolando zu dem Züchter. »Ihr möchtet mich nicht wütend erleben.«

»Dazu werdet Ihr keinen Grund haben, Ritter. Die klingende Münze habe ich noch nie enttäuscht.«

Rolando verließ den Stall und erreichte mit wenigen, langen Schritten die Tür zum Schwarzen Hahn. Er war kaum eingetreten, als ihm der für diese Gegend typische köstliche Duft von Dinkelsuppe, gebratenem Fleisch und Hülsenfrüchten in die Nase stieg. Das vielstimmige Lärmen der Gäste, die auf Hockern um ein Dutzend grob gezimmerter Holztische herumsaßen, erstarb bei seinem Eintreten. Ohne sich um die Blicke der Anwesenden zu bekümmern, schritt Rolando auf den Tisch zu, an dem bereits seine beiden Gefährten saßen. Im großen Kamin gleich daneben briet an langen Spießen Fleisch, das ein Bursche mit verfilztem Haar und zahnlosem, dümmlichem Grinsen wendete. Giorgio und Davide labten sich gerade an einer kräftigen Perlhuhnbrühe, die sie aus kleinen Tonschüsseln tranken. Rolando nahm ihnen gegenüber Platz. Der Wirt brachte ihnen einen großen Teller mit gebratenem Fleisch, einen dampfenden Laib Haferbrot und eine duftende Suppe aus Hülsenfrüchten. Gierig stürzten sich die beiden Ritter auf das Fleisch und tunkten das Brot in die Schüssel. Nachdem sie tagelang keinen Bissen gegessen hatten, stopften sie alles in sich hinein und spülten es mit großen Schlucken Bier hinunter.

»Und, wie ist es mit den Mönchen gelaufen?«, fragte Giorgio mit vollem Mund.

»Nicht hier und jetzt. Esst auf, wir treffen uns oben. Wirt, ich möchte auf dem Zimmer speisen. Braten, wenn's recht ist.«

»Wie Ihr wünscht, Ritter. Elisa wird Euch versorgen«, sagte der Wirt und deutete auf ein Mädchen mit rotem Haar und üppigem Busen.

»Ich danke Euch.«

»Keine Ursache. Solltet Ihr Appetit auf mehr haben, zögert nicht, darum zu bitten. Elisa gehen unsere Gäste über alles, stimmt's, Mädchen?«

»Und ob, Arnaldo.«

»Fleisch mit Gemüse und ein Krug Bier wird mehr als genügen.«

Rolando verließ den Tisch, stieg die Holzstufen zu den Zimmern hinauf und betrat eine Stube mit vier einfachen Betten. Der Raum wurde von einem Kohlenbecken beheizt, auf einem hölzernen Tischchen brannten Kerzen. Rolando legte seinen Zweihänder auf eines der Betten, zog die Maske vom Gesicht und öffnete das kleine Fenster, das auf einen Innenhof hinausging. Es war eine Wohltat, hin und wieder frische Luft an der Haut zu spüren. Eine Labung, die er sich nur gönnte, wenn er wusste, das keine lebende Seele in der Nähe war. Ein Klopfen an der Tür riss ihn aus seinen Gedanken.

»Ritter, Eure Mahlzeit«, sagte das Mädchen.

»Lasst alles auf der Schwelle stehen und geht.«

»Wie Ihr wünscht.«

Vorsichtig öffnete Rolando die Tür, griff sich den großen Teller mit Suppe und gebratenem Fleisch, setzte sich an das Tischchen unter dem Fenster, durch das eine erfrischende Brise hereindrang, und ließ es sich schmecken. Plötzlich spürte er, dass jemand hinter ihm stand.

»Wer ist da?«, fragte er, ohne sich umzudrehen.

»Ich bin's, Ritter. Arnaldo besteht darauf, dass ich Euch meine anderen Dienste auch anbiete.«

»Richtet ihm meinen Dank aus, doch ich brauche nichts weiter.«

Das Mädchen löste sein Kleid und ließ es zu Boden gleiten. Rolando konnte ihr Spiegelbild im Fensterglas erkennen. Zwei feste, runde Brüste, eingerahmt von einer roten Mähne, die dem Mädchen bis zu den Schenkeln seiner schlanken, wohlgeformten Beine reichte.

»Ich sagte, Ihr sollt gehen.«

»Ihr werdet es nicht bereuen, Ritter. Ich weiß, wie man einen Mann glücklich macht.«

»Geht, Mädchen. Ich sagte bereits, dass ich Eurer Aufmerksamkeiten nicht bedarf.«

»Aber ich begehre Euch. Ich möchte Euch zwischen meine Schenkel drücken und in mir spüren.«

»Verschwindet!«

Rolando drehte sich halb zu ihr um und zeigte einen Teil seines Gesichtes. Das Mädchen unterdrückte einen Schrei, raffte seine Kleider vom Boden und floh aus dem Zimmer. Auf dem Treppenabsatz rannte sie Davide und Giorgio in die Arme, die gerade auf dem Weg nach oben waren.

»Schätzchen, wohin so eilig?«

Das Mädchen antwortete nicht, sondern stürzte an ihnen vorbei, die Kleider in aller Hast übergeworfen .

Als die beiden das Zimmer betraten, hatte Rolando die Maske wieder aufgesetzt.

»Sag nicht, du hast die Dienste dieser entzückenden Maid ausgeschlagen, Rolando!«

»Ich habe keine Zeit für solche Scherze. Wir haben zu tun, und zwar schnell. Nehmt also eure Sachen und lasst uns verschwinden.«

PERUGIA, PALAZZO DEL PODESTÀ

Glaub nie einem Weib, selbst wenn es stirbt

Dunkelheit umfing Bonaventura. Eine Finsternis, aus der nur vage Geräusche drangen. Das Tropfen einer unterirdischen Leitung. Das Rascheln einer Ratte. Das Knarren von faulem Holz. Also hatte sich ein weiterer Schritt vollzogen. Ein Schritt, der die Möglichkeit, im Lichte der Sonne zu handeln und das Mädchen vor ihren Taten zu schützen, in weite Ferne rückte. Sie war eine Mörderin. Dieser Anklage entging man nicht, das wusste Bonaventura. Er versuchte den Gedanken beiseitezuschieben. Dabei hatte er nur versucht, den Zeichen zu folgen, die Franziskus hinterlassen hatte. Er vertraute ihm blind. Sein Meister konnte nicht irren. Er hatte nie geirrt. Er hatte es verstanden, sein Haupt vor dem Papst zu beugen und dennoch seinen Traum zu verwirklichen. Und genau das war der Punkt. Das Haupt beugen. Doch wie, wenn es darum ging, zwischen dem eigenen Leben und dem eines anderen zu entscheiden? Was hätte Franziskus an seiner Stelle getan? Er hätte die Wegelagerer mit Worten besänftigt. Doch dazu war er nicht in der Lage gewesen. Hatte er nicht gekonnt oder nicht gewollt? Fragen über Fragen quälten ihn wie die glühenden Eisen eines Folterknechtes. Als der Schlaf ihn endlich übermannte, antwortete er mit wirren, rätselhaften Bildern: Schatten und unbekannten Orten und Gesichtern, die ihn durch Gitterstäbe oder von aufragenden Türmen herab anstarrten; trostlosen

Straßen, die über baufällige Brücken führten. Schlag die Augen auf! Ferne Stimmen, die sich näherten. Schwere Schritte auf den Stufen. Flammenschein, Pechgeruch. Drei Männer. Bonaventura erhob sich. Die Ketten hatten ihm die Fuß- und Handgelenke aufgescheuert, Kälte und Metall hatten ganze Arbeit geleistet. Ein Mann mit Bart, eine Fackel in der Hand, drehte den Kerkerschlüssel herum. Die anderen hielten sich hinter ihm im Schatten. Als er die Tür aufstieß, trat einer der beiden ein. Er trug Helm und Umhang eines Soldaten. Lichtlose Augen.

»Beweg dich, Betbruder, der Podestà will dich sehen.«

»Was ist mit dem Mädchen?«

»Was schert's dich«, sagte die andere Wache und schob ihn unsanft die Stufen hinauf.

Bonaventura stieß sich die taub gefrorenen, geschwollenen Füße an den steinernen Stufen blutig. Die Treppe endete an einer weiteren Eisentür, die von einem Soldaten geöffnet wurde. Durch ein winziges Fensterchen fiel graues Licht herein. Es war also schon Morgen. Weitere Stufen und immer größere Schießscharten. Die Flure wurden breiter. Die Fenster trugen Gitter und ließen Licht herein, das in den Augen schmerzte. Sie befanden sich weit oben in einem Turm, der über die Dächer blickte. Als Bonaventura innehielt, versetzte ihm einer der Soldaten einen Stoß, der ihn fast zu Boden warf. Zwei Wachen standen vor einem hölzernen Tor, das sie auf ein Zeichen des Soldaten hin öffneten und Bonaventura hindurchschubsten.

Giovanni de' Giudici, der Podestà von Perugia, schwankte zwischen Wut und Neugier. Wut, weil er frühmorgens zum Trasimenischen See zu reiten pflegte und nun stattdessen innerhalb der Stadtmauer zu bleiben gezwungen war. Neugier, weil man hier einen Magier und eine Hexe schon seit geraumer Zeit nicht mehr zu Gesicht bekommen hatte. Das Mädchen, das vor ihm stand, war dunkel. Es hatte grüne Augen und den Blick eines wilden Tiers, das zugleich nach einem Fluchtweg und der Gelegenheit zum Töten suchte. Unter dem zerschlissenen Gewand ließen sich runde, feste Formen erahnen. Der Podestà nahm eine Regung in seinen Beinkleidern wahr, wurde jedoch aus seinen sündigen Gedanken gerissen, als sich die Tür öffnete. Die Wachen schoben einen Mann in der abgerissenen Tracht eines Bettelmönchs hinein. Blick und Haltung glichen jedoch eher denen eines Kriegers als denen eines Predigers.

»Nehmt ihm sofort die Ketten ab. Oder soll ich etwa glauben, die Garnisonssoldaten von Perugia hätten Angst vor einem Mönch und einer Göre?« Die Soldaten hantierten mit den Ketten, die mit metallischem Klirren zu Boden fielen.

»Tretet vor.«

Fleur tat einen zögernden Schritt nach vorn. Bonaventura warf ihr einen besänftigenden Blick zu und stellte sich neben sie.

»Wie heißt du, Weib?«

»Mein Name ist Fleur von Assisi.«

»Fleur von Assisi. Und was zum Teufel tust du hier, Fleur von Assisi?«

»Wenn Ihr erlaubt, mein Fürst, dies ist die Tochter des Duccio da Cortona, dem Anführer der Wachen von Assisi. Ich selbst war auf Pilgerschaft nach Santiago und habe mehrere Gläubige in Gebet und Trost ein Stück des Weges begleitet. Als ich einen Umweg durch den Wald genommen habe, um die Strecke abzukürzen, habe ich dort dieses Mädchen gefunden, das von zwei Wegelagerern überfallen worden war. Ich habe getan, was ich konnte, um sie zu verteidigen. Vielmehr haben wir uns gemeinsam verteidigt. Den Rest der Geschichte kennen Eure Wachen.«

»Ach wirklich, Frater? Das ist nicht das, was der hier anwesende päpstliche Gesandte mir erzählt hat.« Erst jetzt bemerkte Bonaventura den Legaten, der auf einem Stuhl im Schatten hinter dem Podestà saß und sich darauf beschränkte, ihn mit boshafter Miene zu mustern.

»Mag sein. Doch es ist die Wahrheit.«

»Beschuldigst du etwa den Gesandten der Lüge?«

»Wie kann ich ihn beschuldigen, wenn ich nicht einmal weiß, was er Euer Hochwohlgeboren berichtet hat?«

»Mit eurem konfusen Gewäsch seid ihr Mönche nicht besser als Weiber. Um es kurz zu machen, der hier anwesende Legat behauptet, dass dieses Mädchen aus einem geschlossenen Kloster geflohen sei und dass du, Frater, Zaubertränke und Aufgüsse zuzubereiten verstehst, die mehr mit dem Bösen als mit unserem Herrn zu tun haben.«

»Diese Beschuldigungen sind mir fremd. Ich weiß nur, dass das Mädchen im Wald angegriffen wurde. Wir haben uns unter Einsatz unseres Lebens verteidigt, und unsere Gliedmaßen sind noch immer vom Kampf gezeichnet. Leider hatte einer der beiden Männer bei der Auseinandersetzung das Nachsehen und wurde von seiner eigenen Waffe getötet.«

»Hört, hört. Willst du mir etwa sagen, dass du, Frater, diesen beiden böswilligen Wegelagerern die Stirn geboten und dich ihrer mithilfe dieser kleinen Göre entledigt hast?«

»So war es.«

»Wir haben es also mit einem kriegerischen Mönch und einem kleinen Mädchen zu tun, das mit Waffen umzugehen weiß.«

»Ich bin kein kleines Mädchen!«, blaffte Fleur. Bonaventura versuchte vergeblich, sie mit einem warnenden Blick zurückzuhalten.

»Sehr gut!«, rief der Podestà. »Dann sag mir, kleines Mädchen, was du bist?«

»Das, was dieser Mönch erzählt hat, ist die Wahrheit. Ich heiße Fleur von Assisi und bin die Tochter des Wachobersten. Ich bin vor meinem Vater geflohen, weil ich mich in einen Ritter verliebt habe.«

»Sie lügt!«, zischte der Legat dem Podestà ins Ohr. »Beide lügen!«

Plötzlich ertönte eine schrille Männerstimme. Sie gehörte dem Ratgeber, einem überheblichen, grell gekleideten Männchen mit langem Fohlengesicht.

»Podestà, wenn ich mir erlauben darf, die Frau sagt womöglich die Wahrheit. Unsere Informanten berichten von einem Mädchen, das vom Wachobersten gezeugt wurde, als dieser noch im Dienst eines provenzalischen Fürsten stand. In diesem Fall würde ihre Herkunft einen Austausch mit einigen Gefangenen erlauben, die noch in den Verliesen von Assisi schmoren.«

»Danke für deine ebenso wertvollen wie ungebetenen Ratschläge. Denn genau darum geht es: Wir sind hier, um herauszufinden, ob dieses kleine Mädchen tatsächlich so viel wert ist, wie es uns weismachen will. Bis jetzt gibt es keinen Grund, an den Worte des Gesandten zu zweifeln.«

»Ich kann beweisen, dass ich die Wahrheit sage«, stieß Fleur hervor und blickte dem Podestà in die Augen.

»Was diese Frau sagt, zählt nicht«, raunte der Gesandte. »Es ist am Bischof, über ihre Taten zu urteilen.«

»Ich will Euch nicht widersprechen, doch jetzt bin ich neugierig, was diese Magd mir mitzuteilen hat. Sprich.«

»Mein Vater hat mich das Kämpfen gelehrt.« Auf diese Worte folgte Grabesstille. Dann brach der Podestà in ein fettes Gelächter aus, in das die versammelten Höflinge einfielen.

»Und wenn dem so wäre, was hätte das zu bedeuten?«

»Habt Ihr je ein Mädchen kämpfen sehen? Ich nicht. Gebt mir die Gelegenheit, und ich werde Euch beweisen, dass ich die Wahrheit sage.«

»Wie lange sollen wir uns diese Dummheiten noch anhören?«, zischte der Gesandte.

»Aber das Mädchen hier behauptet, dass wir die Wahrheit ihrer Worte auf der Stelle überprüfen können, und ich habe gewiss nicht die Absicht, mir dieses Schauspiel entgehen zu lassen. Ascanio!«, sagte er zu einer der Wachen, die sie hineingebracht hatten. »Reich unserer Kriegerin ein Schwert und zeig mir, wie man mit einer Frau kämpft.«

»Podestà«, meldete sich Bonaventura zu Wort. »Lasst mich Euch erklären.«

»Du bist still! Für heute habe ich genug von Kutten und Mönchsgewändern. Noch ein Wort, und ich lasse dich in den Kerker werfen, wo du verrecken magst. Los, Ascanio, kämpfe. Pass aber auf, dass du ihr nicht zu sehr wehtust.«

Mit gesenktem Schwert wich Fleur zurück. Die Wache überragte sie um mindestens eine Elle. Ein zu großer Abstand würde bedeuten, ihn nicht auf Stoßlänge zu haben, doch wenn sie sich allzu sehr näherte, würde sie sich Hieben aussetzen, die schwer zu parieren wären. Sie musste die richtige Distanz finden, die Blöße klein halten, sich seitlich drehen, tänzeln. Fleur begann, sich im Kreis zu bewegen, derweil der Mann, der das lange Schwert mit einer Hand halten konnte, in Angriffsstellung verharrte und jeder ihrer Bewegungen folgte. Inzwischen war jegliche Taubheit aus ihren Füßen gewichen. Sie spürte den Fußboden, was wichtig war, um mit der gebotenen Schnelligkeit reagieren zu können. Der Soldat packte das Schwert mit beiden Händen und ließ es über seinem Kopf kreisen. Offenbar zögerte er und hoffte, ihr genug Angst einzujagen, um der Schmach, mit einem Mädchen kämpfen zu müssen, zu entgehen. Indes unternahm sie nichts, um ihn vom Gegenteil zu überzeugen. Immer noch umkreiste sie ihn, wechselte die Richtung und hielt die Deckung gesenkt. Sie wollte den ersten Ausfall zu ihren Gunsten nutzen, ehe der Mann begriff, mit wem er es zu tun hatte.

»Und diese Kampfstrategie lehren sie also in Assisi? Jetzt wird mir klar, weshalb ihr den Krieg verloren habt!« Die Stimme des Podestà hallte spöttisch durch den Raum, und die Anwesenden feixten bei dem Gedanken an die gewonnenen Schlachten gegen den erbitterten Feind.

»Los, Ascanio, bereite dieser Posse ein Ende. Ich langweile mich.«

Fleur hob die Klinge nach rechts. Ihr Gegner nahm ihre linke Seite ins Visier und schickte sich zu einem Flachhieb an. Beide wollten einander nicht verletzen, zumindest nicht gravierend. Der Hieb kam wie vorhergesehen. Kaum holte der Gegner aus, wich Fleur blitzschnell zwei Schritte zurück. Das Schwert fuhr durch die Luft, und das gesamte Körpergewicht des Mannes lastete auf seinem linken Bein. Zu spät, um wieder die korrekte Ausgangsstellung einzunehmen. Mit aller Kraft führte das Mädchen einen Flachhieb auf den Ellenbogen des Soldaten aus, wo keine Muskeln die Knochen schützen. Sein Schwert fiel, und der Soldat beging den zweiten Fehler, es wieder aufheben zu wollen. Fleur war bereits hinter ihm, die Klinge gegen seine Kehle gedrückt, den Blick fest auf den Podestà gerichtet.

»Schön, schön, schön. Wir haben es also mit einer waschechten Kämpferin zu tun. Leg dein Schwert hin, Mädchen, du hast mich überzeugt. Zumindest fürs Erste.« Fleur gehorchte und streckte dem besiegten Gegner die Hand hin, um ihm aufzuhelfen. Er schlug sie empört aus.

»Ich hätte dich gleich mit einem Schwertstreich erledigen sollen, ohne großes Federlesen«, knurrte der Soldat erzürnt.

»Das gilt für mich ebenso«, entgegnete Fleur.

Bonaventura atmete erleichtert auf und dachte, dass dieses Mädchen wirklich über ungeahnte Fähigkeiten verfügte.

»Ich weiß nicht, was schneller ist, Mädchen, deine Zunge oder dein Schwert. Wer hat dich zu kämpfen gelehrt?«, fragte der Podestà.

»Ich sagte es Euch bereits. Mein Vater.«

»Na gut. Mal sehen, ob du so viel wert bist, wie du behauptest. Schickt eine Nachricht nach Assisi. Sagt dem Hauptmann der Wachen, dass sich seine Tochter in unserem Gewahrsam befindet. Wenn er sie will, soll er kommen und mit uns reden. In der Zwischenzeit wascht das Mädchen, kleidet es ein, bringt es in eines der oberen Zimmer und behaltet es im Auge. Vielleicht sollte das jemand übernehmen, der das Schwert besser zu führen vermag als Ascanio. Und was den Magier betrifft, um den soll sich der Gesandte kümmern. Der geht mich nichts an. Das ist alles.«

Der Podestà war bereits im Korridor, als ihn eine Stimme zurückhielt.

»Podestà, wenn ich mir erlauben darf. Auf ein Wort.« Er hatte es geahnt. Der Legat hatte dem Kampf stumm und unbewegt beigewohnt, doch jetzt, da die Zeit um war, musste er ihn belästigen. Traue nie einem Kirchenmann.

»Bitte, Gesandter, was gibt es? Ich höre.«

»*Mulier taceat in ecclesia.* Es ist nicht angemessen, den Frauen in öffentlichen Versammlungen Stimme oder Beteiligung zu gewähren. Das ist gefährlich und gibt ein schlechtes Beispiel.«

»Machen wir es nicht schlimmer, als es ist. Die Göre behauptet, von edler Herkunft zu sein. Bisher gibt es keinen Grund zur Annahme, dass dem nicht so ist. Und wenn ein Lösegeld gezahlt wird, hat auch die Mutter Kirche etwas davon. Ich werde mich wie immer erkenntlich zu zeigen wissen.«

»Dennoch werdet Ihr mir zustimmen, dass es höchst merkwürdig ist, dass die Tochter eines Hauptmannes allein auf den Straßen unseres Landes unterwegs ist.«

»Bei allem Respekt, Ihr habt andere Probleme, um die Ihr Euch kümmern solltet.«

»Unter uns tummeln sich viele Spione. Vieles von dem, was diese Frau erzählt, ergibt keinen Sinn.«

»Spione, Trug, Hexen. Na schön, machen wir es so: Wir warten die Antwort des Vaters ab, wenn es denn eine gibt, und dann entscheiden wir. Bis dahin bleibt sie in unserem Gewahrsam. Jedenfalls verspreche ich Euch, dass es einen Prozess geben wird. Und falls wir Zweifel haben sollten, werde ich dafür sorgen, dass das

Mädchen in Eurer Gegenwart vernommen wird, damit die Wahrheit ans Licht kommt. Klingt das nach einer guten Lösung?«

»Durchaus«, erwiderte der Gesandte und wich mit einer leichten Verbeugung zurück.

Fleur stürmte die Turmtreppe hinauf, die zu ihrer Unterkunft führte. Es war eine Kammer mit einem Himmelbett und einem kleinen Eichentisch, auf dem ein Spiegel stand. Als sie sich darin betrachtete, brach sie in ein ersticktes Schluchzen aus. Dann wischte sie sich die Augen. Sie durfte nicht weinen, das gehörte sich für einen Ritter nicht. Andererseits war sie kein Ritter und würde es auch nie sein. Ritterinnen gab es nicht. Sie war eine Frau, wie die Brüste bewiesen, die unter ihren Kleidern wuchsen, und Frauen weinten. Ihre Mutter etwa, wenn ihr Vater sie nicht gebührend beachtete. Im Spiegel konnte sie ihr Gesicht erahnen. Ihre Mutter hatte ihr bis an die Schultern gereicht und sich mit elfenhaft zarten Füßen fortbewegt, leicht wie eine Feder. Die Füße waren das Einzige, um das sie ihre Mutter beneidete, die sich wiederum keine Gelegenheit entgehen ließ, an ihre eigene wilde Schönheit zu erinnern. »Als ich in deinem Alter war, konnten nicht einmal die Prinzessinnen am Hof mit meinem Anblick mithalten. Dunkle Augen, rabenschwarzes Haar und Formen, die wie geschaffen waren für die Liebe. Wenn bloß deine Herkunft nicht so bescheiden wäre«. Jahrelang hatte Fleur solche Ergüsse über sich ergehen lassen müssen, auch an jenem Tag, an dem die erlittene Demütigung sie selbst in Rage versetzte. Fleur saß vor dem Spiegel, während ihre Mutter ihr das lange, dichte, rabenschwarze Haar kämmte, den beinernen Kamm geschmeidig und sanft hindurchziehend.

»Wieso machst du so ein Gesicht, Fleur?«

»Ich bin es leid, von diesen beiden verwöhnten Bengeln ausgelacht zu werden. Am liebsten würde ich ihnen ein paar Ohrfeigen verpassen.«

»Du weißt, dass du gute Miene zum bösen Spiel machen musst. Wenn du gar nicht mit ihnen üben würdest, müsstest du auch nicht wütend sein.«

»Der Fürst hat es mir erlaubt.«

»Aber du bist nicht die Tochter des Fürsten und weißt, dass dein Vater dagegen ist. Du hast einen Dickschädel, Fleur.«

»Ich bin nicht wie Ihr.«

»Nein, du bist ein kleiner Wildfang. Sonst wüsstest du, dass wir Frauen uns anderem Zeitvertreib widmen sollten.«

»Und was sollte das sein? Sticken oder Musizieren?«

»Wieso nicht? Wir haben bei Hofe eine bestimmte Rolle und sollten nicht nach Tätigkeiten streben, die den Männern vorbehalten sind.«

»Niemand kann mir vorschreiben, was ich zu tun und zu lassen habe, nicht einmal Ihr, Mutter.«

»Wärest du ein Junge geworden, wären deine Ideen vielleicht nicht auf so viel Widerstand getroffen. Doch da du ein Mädchen bist, und ein schönes obendrein, solltest du dich damit abfinden und an anderes denken.«

»Und an was, bitte?«

»Tanzen zu lernen, zum Beispiel.«

»Zu welchem Zweck?«

»In ein paar Jahren wirst du im heiratsfähigen Alter sein. Die Tochter des Wachhauptmannes kann hier bei Hofe auf eine gute Partie hoffen.«

»Und?«

»Wenn du dich dem Tanz widmetest, wirst du für einen jungen Mann, der eine Frau sucht, begehrenswerter sein. Es gibt keine bessere Gelegenheit, sich zu zeigen, als einen Ball.«

»Dazu habe ich keine Lust.«

»Natürlich, du willst dich lieber wie ein Bengel aufführen. Doch mit diesen Augen könntest du jeden Jüngling betören, wenn du nur wolltest.«

»Ich würde sie mir lieber auskratzen oder sterben, statt das Beiwerk eines Mannes zu sein.«

»Jetzt reicht es, Fleur. Ich erlaube dir nicht, in diesem Ton mit mir zu sprechen. Du bist meine Tochter und tust, was ich sage.«

»Niemals.«

»Du wirst schon sehen. Es ist noch genug Zeit, um dich zu erziehen und dem zu unterwerfen, was richtig für dich ist.«

»Ihr verschwendet Eure Zeit, Mutter.«

»Kleine Schlange.« Die Mutter hob die Hand zum Schlag.

»Halt, Elisabetta! Was tust du da?«, schrie der Hauptmann von der Türschwelle.

»Was ich tue? Ich ertrage es nicht länger. Diese Rotzgöre gibt mir ständig Widerworte. Es ist unmöglich, sie zu erziehen. Sie ist sturer als ein Esel.«

»Vater, sie wollte mich schlagen.«

»Halt den Mund, kleines Miststück«, ging die Mutter dazwischen.

»Du weißt, dass du sie nicht schlagen darfst. Der Fürst wäre verärgert.«

»Der Fürst, der Fürst! Das ist das Einzige, was dir dazu einfällt. Wie ein Hund, der mit eingekniffenem Schwanz seinem Herrn nachrennt.«

»Pass auf, was du sagst, Frau, oder ich schicke dich dahin zurück, wo du hergekommen bist: zu den Schweinen. Und jetzt verschwinde und bereite die Suppe zu. Gebrauche ausnahmsweise einmal deine Hände statt deiner Zunge.«

»Du jagst mich fort?«

»Ja. Der Fürst kommt vor seiner Abreise vorbei, um sich von unserer Tochter zu verabschieden. Er hat darum gebeten, allein mit Fleur sprechen zu dürfen.«

Erbost warf die Frau den beinernen Kamm hin. Als sie aus der Tür rauschte, traf sie auf den Fürsten, der ihr zunickte und das Zimmer betrat.

»Fürst!«, rief Fleur freudestrahlend.

»Soll ich ebenfalls hinausgehen, mein Herr?«

»Nein, Hauptmann, bleibt. Ich will mich nur von Eurer Tochter verabschieden. Ich werde eine ganze Weile fort sein und wollte nicht abreisen, ohne sie noch einmal gesehen zu haben.«

»Ihr erweist mir eine große Ehre«, sagte Fleur.

»Die Ehre ist ganz meinerseits, kleine Fleur. Du machst große Fortschritte mit dem Schwert, auch wenn du es dieses Mal mit den Ausfällen zu weit getrieben hast.«

»Ich habe eine Lücke in der Deckung gesehen und wollte sie nutzen.«

»Du musst klüger sein, Fleur. Manchmal ist die Wirklichkeit anders, als sie erscheint. Doch du bist jung und wirst noch lernen. Ich wünschte, meine beiden Söhne hätten deine Kühnheit.«

»Wo geht Ihr hin, wenn ich fragen darf?«, erkundigte sich Fleur mit traurigem Blick.

»In ein fernes Land.«

»Warum?«

»Weil es die Pflicht und Ehre eines Fürsten ist, dem Ruf Gottes zu folgen, wenn sein Wort in Gefahr ist.«

»Ihr verteidigt Gottes Wort?«, fragte das Mädchen arglos.

»Ja, Fleur. Ich werde es mit meinem Leben verteidigen«, erwiderte der Fürst und konnte sich ein Lächeln nicht verkneifen.

»Darf ich mit Euch kommen?«

»Ich fürchte nicht, Fleur, auch wenn ich mutige Mädchen wie dich sehr schätze. Doch ich gebe dir eine Aufgabe. Dein Vater ist Zeuge und Bürge. Das hier will ich dir anvertrauen.« Er kniete sich hin, nahm das Medaillon vom Hals, das einen Adler mit dem Kreuz in den Fängen zeigte, und legte es seinem Schützling um.

»Nun denn, Fleur, schwörst du mir wie ein wahrer Ritter, dass du dieses Medaillon mit deinem Leben verteidigen wirst?«

»Ich schwöre es«, antwortete sie mit geröteten Wangen.

»Gutes Kind«, sagte der Fürst, nachdem er ihr einen Kuss auf die Stirn gedrückt hatte. Sie schlang die Arme um ihn.

Nach einem Augenblick, der Fleur endlos erschien, erhob sich der Fürst und ging zur Tür.

»Aber Ihr kommt doch zurück, nicht wahr?«, fragte Fleur.

»Natürlich. Dann wirst du schon größer sein.«

»Ich werde auf Euch warten.«

»Versäumt nicht, Eure Tochter zu unterweisen und auf ihre Gesundheit zu achten, Hauptmann. Ihr wisst, wie sehr sie mir am Herzen liegt. Sorgt dafür, dass sie sich nie von ihrem Medaillon trennt.«

»Euer Wille ist mir Befehl, Fürst«, antwortete der Hauptmann.

Fleur blickte ihm nach. Es war das letzte Mal, dass sie ihn sah.

Der Tagtraum riss ab und wich der Angst. Wo war das Medaillon geblieben? Sie musste es verloren haben, als die beiden Kerle sich über sie hermachen wollten. Das war unverzeihlich. Was würde der Fürst von Annecy sagen, wenn er erführe, dass sie es verloren hatte? Sie hörte, wie sich die Tür hinter ihr öffnete. Der päpstliche Gesandte betrat das Zimmer, begleitet von fünf Wachen. Während der Befragung in Gegenwart des Podestà hatte er aus seiner argwöhnischen Verachtung keinen Hehl gemacht, und nun musterte er sie mit schwarzen, boshaften Äuglein, die ihm links und rechts von der Hakennase aus dem Kopf quollen.

»Was tut Ihr hier?«

»Wir sind gekommen, um der Wahrheit auf den Grund zu gehen.«

»Welcher Wahrheit?«

»Wer du bist, unter anderem.«

»Der Podestà hat befunden, meine Demonstration sei ausreichende Bestätigung für die Richtigkeit meiner Aussagen gewesen. Einen weiteren Beweis bräuchte es nicht.«

»Nun, ich hingegen habe ihn davon überzeugt, dass es festzustellen gälte, ob du nicht zufällig diese Hexe bist, die angeblich aus San Damiano geflohen ist.«

»Ich kenne San Damiano nicht.«

»Dann warst also nicht du es, die in der Portiuncola für Wirbel gesorgt und die Mönche mit vermeintlichen, gotteslästerlichen Visionen vom Gründer dieser Gemeinschaft beleidigt hat?«

»Ich weiß nicht einmal, wo die Portiuncola liegt.«

»Du bist störrisch, Mädchen. Du tätest gut daran, freiwillig zu gestehen, denn sonst wird dir ein regelrechter Prozess gemacht.«

»Wohlan, doch ich kann Euch nichts anderes mitteilen, als was ich bereits sagte.«

»Wie du willst.«

»Dann verlasst jetzt mein Zimmer.«

»Ich glaube nicht, dass ich deinem Wunsch nachkommen kann. Vielmehr möchte ich dir eine weitere Gelegenheit geben, deine Behauptungen zu überdenken.«

»Das werde ich nicht tun.«

»Oh, gewiss nicht. Allerdings glaube ich, dass ein paar kleine Aufmerksamkeiten, die wir für dich bereithalten, deiner Zunge auf die Sprünge helfen werden. Ergreift sie!«

Die vier Männer packten sie. Fleur gelang es, einen von ihnen mit einem Tritt in den Unterleib unschädlich zu machen. Doch die anderen drei konnten sie nach kurzem Ringen fixieren und ans Bett fesseln. Jetzt, da die Arme über den Kopf gestreckt und die Fußknöchel ans Bettgestell gebunden waren, war sie ihren Peinigern wehrlos ausgeliefert.

»Also, Fleur, fangen wir noch einmal von vorn an.«

»Ihr vergeudet Eure Zeit.«

»Ich habe alle Zeit, die es braucht, damit du deine Sünden beichten kannst. Du sagtest, du seist die Tochter des Duccio da Cortona, Hauptmann der Wachen von Assisi, richtig?«

»Ja.«

»Schön, was hattest du also in der Nähe von Perugia zu suchen?«

»Ich war auf dem Rückweg zu meinem Vater nach Assisi.«

»Wirklich? Oder bist du eine Spionin? Vielleicht steckst du mit anderen unter einer Decke.«

»Ich stecke mit niemandem unter einer Decke.«

»Du wirst ein ganzes Weilchen bei uns bleiben. Bis du mir alles gesagt hast, was ich wissen will.«

»Was wollt Ihr von mir hören? Ich sage Euch, was Ihr wollt, wenn ich bloß Euer Gesicht nicht länger ertragen muss.«

Eine der Wachen verpasste ihr mit dem Handrücken einen Hieb, der ihre Lippen aufplatzen ließ.

»Du solltest dir mit deinen Zärtlichkeiten mehr Mühe geben, Junge«, grinste Fleur.

Ein Schlag in die Magengrube raubte ihr die Luft.

»Wieso willst du dich so behandeln lassen? Wenn du die Wahrheit sagst, bist du frei und musst das nicht über dich ergehen lassen.«

»Verschont mich mit Eurer Scheinheiligkeit, alles andere kann ich ertragen.«

»Gut. Du sagtest, du würdest San Damiano nicht kennen. Laut meinen Informanten hat es jedoch den Anschein, als trüge das von dort entflohene Mädchen just deinen Namen, Fleur von Assisi. Willst du immer noch leugnen?«

»Nein, ich leugne es nicht.«

»Wie kommt es, dass die Tochter des Wachhauptmannes von ihrem Vater nach San Damiano geschickt wurde?«

»Sagt Ihr es mir, wo Ihr doch so gut informiert seid.«

»Wie es scheint, hegte dein Vater dir gegenüber Zweifel. In der Stadt wurdest du zauberischer Praktiken beschuldigt, und er sah sich gezwungen, dich ins Kloster zu stecken. Er musste die Gerüchte über dich zum Schweigen bringen und den guten Leumund eurer Familie schützen, ist es nicht so?«

»Wenn Ihr es sagt, wird es wohl so sein.«

»Und dann ist da noch etwas Ärgeres, das zu deinen Lasten geht. Die Flucht aus dem Kloster. Deine gotteslästerlichen Behauptungen in der Portiuncola und die angeblichen Visionen. Leugnest du das etwa?«

»Ich leugne die Blasphemie, nicht die Visionen.«

»Nun denn, sprechen wir über die Visionen. Sag mir genau, was du gesehen hast.«

»Den gefangenen Mönch.«

»Welchen Mönch?«

»Den, den Ihr Franziskus nennt.«

»Wieso bist du zur Portiuncola gegangen?«

»In meinen Visionen hat er mich gebeten, seine Brüder um Hilfe zu bitten.«

»Interessant. Jetzt sprechen wir über das Medaillon.«

»Welches Medaillon?«

»Das, welches der Fürst von Annecy dir gegeben hat. Wo ist es? Ich will es sehen.«

»Ich weiß nicht, wovon Ihr sprecht.«

»Das werden wir ja sehen. Zerschneidet ihre Kleider.«

Eine Wache trat mit gezückter Schere ans Bett. Seine Wurstfinger zitterten leicht. Unter den geifernden Blicken des Gesandten und der anderen Soldaten begann er, Fleurs Kleid vom Saum her aufzuschneiden. Um diesen Untieren nicht die leiseste Genugtuung zu gönnen, versuchte sie sich ihren Unwillen nicht anmerken zu lassen. Es war nicht das erste Mal, dass sie Derartiges über sich ergehen lassen musste. Mit festem Blick nahm sie ihre Peiniger ins Visier. Der Soldat machte sich an den letzten Zentimetern Stoff zu schaffen, dann war sie nackt und nur noch von ihrer Würde geschützt. Was immer sie mit ihrem Körper anstellen mochten, ihren Geist könnten sie nicht brechen. Verdutzt glotzte der Soldat auf Fleurs Narben und wich instinktiv zurück. Obwohl sie mit der Zeit verblasst waren, waren die Bissspuren an den Brüsten und die Striemen der Rute am Unterleib noch gut zu erkennen.

»Zufrieden?«, fragte Fleur.

»Durchsucht die Kleider nach versteckten Taschen. Findet dieses verdammte Medaillon.«

Eilfertig machten sich zwei Wachen daran, in den Fetzen am Boden herumzuwühlen.

»Eminenz, da ist nichts. Rein gar nichts.«

»Wo hast du es versteckt?«

»Ich sagte doch, ich weiß nicht, wovon Ihr sprecht.«

»Zwing mich nicht zu insistieren.«

»Ich kann Euch nicht sagen, was ich nicht weiß.«

»Das werden wir sehen. Los, du da, worauf wartest du?«

»Eminenz, das Mädchen hat Gewalt erlitten. Ich glaube nicht, dass es angebracht wäre. Der Podestà wäre dagegen …«

»Die Male sind nur ein weiterer Beleg für ihre Niedertracht. Na los, tu deine Pflicht.«

»Vielleicht wäre es besser, den Podestà in Kenntnis zu setzen«, sagte der Soldat zögernd.

»Dämlicher Nichtsnutz. Als ich dir das Geld gegeben habe, warst du nicht so zögerlich. Tja, dann muss ich es wohl selbst tun.«

Der Gesandte trat an Fleur heran. Mit Abscheu spürte Fleur die langen, knochigen Finger über ihre Brüste streichen und an ihren Brustwarzen innehalten. Sie versuchte einen Schauder des Ekels zu unterdrücken, als die Hand des Gesandten langsam über Bauch und Nabel in Richtung Unterleib wanderte. Bei ihrer Scham hielt er inne.

»Es reicht. Ich gestehe.«

»Gut, mein Kind. Früher oder später werden wir alle vernünftig. Man muss nur auf die richtigen Tasten drücken. Also, wo ist das Medaillon?«

»Kommt näher, es dürfen nicht alle hören. Ich flüstere es Euch ins Ohr.«

Der Gesandte beugte sich zu ihren Lippen hinunter. Fleur schlug die Zähne in sein Fleisch und riss ihm ein Stück Ohr ab.

»Ah! Verfluchte Hure, das wirst du büßen!«

Die Wachen eilten ihm zur Hilfe. Der heftige Schmerz hatte ihn niedersinken lassen. Mit einer Hand versuchte er den Blutfluss aus dem verstümmelten Ohr zu stoppen. Fleur hatte ihre Trophäe ausgespien. Das rechte Ohrläppchen des Gesandten lag in einer Blutlache auf dem Boden.

»Das wirst du bereuen, das schwöre ich dir. Knebelt diese tollwütige Hündin.«

Die Soldaten stopften Fleur ein Taschentuch in den Mund.

»Du hast die ganze Nacht, um deine Tat zu bereuen, Miststück. Du da, schneid ihr eine Brustwarze ab«, befahl der Gesandte einer der Wachen, »und bring sie mir. Fleisch um Fleisch.«

»Eminenz, was wird der Podestà sagen, wenn wir das Mädchen verletzen? Er wird es nicht gut aufnehmen«, meinte die Wache verstört.

»Elender Dummkopf, und was ist mit meinem Ohr? Tu, was ich dir sage, und bestrafe diese Hure, wie es sich gehört.«

»Halt. Das würde ich nicht tun!«

»Wer wagt es?«

Der Gesandte fuhr herum. In der Tür standen drei Ritter mit den Bannern der Tau. Der größte verbarg sein Gesicht unter einer Kapuze. Hinter ihnen tauchte Bonaventura auf.

»Dafür wirst du sterben, Magier. Das ist dir klar, oder?«

»Wir alle müssen sterben. Ob man es für die richtige Sache tut, muss jeder selbst wissen«, entgegnete der Mönch.

»Es ist noch nicht zu spät, Buße zu tun. Befiel deinen Männern, die Waffen sinken zu lassen.«

»Das sind nicht meine Männer. Es sind Tau-Ritter. Meine Aufgabe ist es, Pilger vor Gefahren zu schützen.«

»Auch Ihr untersteht dem Papst. Wenn Ihr Euch widersetzt, werdet Ihr der Häresie bezichtigt.«

»Ihr redet zu viel«, sagte Rolando.

Davide legte seine Armbrust an und zielte auf die Wachen. Als zwei von ihnen zu reagieren versuchten, hieb Giorgio ihnen mit blitzschnellen Bewegungen seinen Axtstiel unters Kinn und in den Nacken und schickte sie in den Schlaf. Zwei weitere Wachen warfen ihre Schwerter zu Boden und ergaben sich.

»Eine weise Entscheidung«, bemerkte Davide.

Als der Soldat, der Fleur ausgezogen hatte, zu fliehen versuchte, bohrte sich ein Pfeil durch seine Kleider und nagelte ihn an der Wand fest.

»Ich bitte euch, habt Gnade mit mir. Ich wollte das nicht.«

»Halt den Mund, Feigling«, blaffte der Gesandte.

Der hochgewachsene Ritter trat auf den Gesandten zu, packte ihn beim Kragen seiner Tunika, schleuderte ihn gegen die Wand und brachte ihn zum Schweigen. Im Eifer rutschte ihm die Kapuze auf die Schultern, und die goldene Maske kam zum Vorschein. Rolando bedeckte Fleur mit seinem schwarzen Umhang und befreite sie von dem Knebel.

»Du bist zurück.«

»Etwas sagte mir, dass wir uns wiedersehen würden.«

»Das werde ich dir nie vergessen«, flüsterte Fleur und ergriff Rolandos Hände.

»Uns könntest du vielleicht auch danken«, sagten Davide und Giorgio wie aus einem Munde.

»Selbstverständlich«, sagte Fleur lächelnd.

»Genug der Höflichkeiten«, knurrte Bonaventura. »Lasst uns gehen. Nehmt den Gesandten, er wird euer Passierschein sein.«

»In Ordnung«, sagte Davide und packte den Gesandten bei der Tunika, derweil Giorgio die übrigen Wachen mit zwei gezielten Schlägen zu Boden schickte.

»Und du tust keinen Mucks, verstanden?«, raunte Rolando dem Soldaten zu.

»Ich bin stumm wie ein Fisch.«

»Der schnellste Weg hinaus?«, fragte Bonaventura.

»Nehmt die Treppe links, die bringt euch direkt zur Porta Trasimena. Von dort könnt ihr die Stadt leicht verlassen.«

»Verbindlichsten Dank.«

Mit der Fackel in der Hand setzte sich Bonaventura in Bewegung und ging Davide voran, der den Gesandten geknebelt hatte und hinter sich her zog. Rolando trug Fleur auf dem Arm. Erleichtert hatte sie den Kopf an seine Brust gelegt und die Arme um seinen Hals geschlungen. Nach wenigen Schritten durch die Dunkelheit waren sie am vereinbarten Treffpunkt. Der matte Schein einer Fackel verriet, dass sie bereits erwartet wurden. Rolando konnte die vertrauten Umrisse der beiden jungen Mönche ausmachen. Bonaventura sprang in den Sattel, die anderen beiden hockten bereits auf dem Karren. Luca lenkte, und Angelo saß hinten. Ein paar Meter weiter standen der Schweinezüchter und sein Sohn.

»Ich habe mir Sorgen um Euch gemacht, Ritter.«

»Wir sind aufgehalten worden. Habt Ihr die Wachen bezahlt?«

»Selbstverständlich, wie Ihr mir aufgetragen habt. Sie sind zum Saufen in die Taverne gegangen.«

»Etwas in Eurem Blick gefällt mir nicht. Öffnet das Tor.«

Der Züchter hob den mächtigen Schließbalken und stemmte das Tor auf.

»Halt!« Acht Wachen stellten sich ihnen in den Weg.

»Elender Hundesohn von einem Schweinezüchter!«, rief Rolando.

»Lasst die Geisel gehen, und wir werden euch nichts tun.«

»Am Wortlaut der Bedingungen müssen wir wohl noch ein wenig arbeiten«, versetzte Giorgio. »Geht aus dem Weg, und ihr werdet heute Abend auf eigenen Beinen heimkehren.«

»Ihr seid nur zu dritt, wie wollt ihr das schaffen?«

Davide nahm dem Gesandten den Knebel ab.

»Sagt diesen Schwachköpfen, sie sollen verschwinden, dann

behaltet Ihr Euer Leben, Eminenz. Sonst schneide ich Euch die Kehle durch.«

»Murkst sie ab wie Köter, aber verschont das Mädchen.«

Mit einem Fußtritt stieß Davide den Legaten zu Boden und traf zwei Wachen mit seiner Armbrust in die Augen. Weitere zwei wurden von Giorgios Schwertklinge niedergestreckt. Panisch an ihre Waffen geklammert, wichen die Überlebenden zurück.

»Jetzt seid ihr nur noch zu viert, das ist zu einfach. Ich mache euch einen Vorschlag«, sagte Rolando. »Entweder ihr geht aus dem Weg, oder ihr leistet euren Gefährten in der Hölle Gesellschaft.«

Zwei der vier stürzten sich auf Rolando und wollten ihn in die Zange nehmen. Der Ritter wich einem Hieb des Wachmanns zu seiner Linken aus und schlitzte ihm mit einem glatten Streich den Bauch auf. Dem anderen erging es nicht besser. Nachdem Rolando ihn entwaffnet hatte, packte er seinen Kopf und schmetterte ihn gegen die Stadtmauer. Eine Wache wollte ihm die lange Pike in den Rücken rammen, doch ihr Kampfschrei geriet zu einem Schmerzenslaut: Fleur hatte sich ein Messer gegriffen und ihm mit einem glatten Schnitt die Halsschlagader aufgeschlitzt. Er presste die Hand gegen den Hals, aus dem das Blut hervorspritzte. Im Eifer des Gefechtes hatte Fleur den Umhang verloren. Vollkommen nackt hockte sie auf dem armen Teufel, das Messer mit beiden Händen umklammert, und stieß immer wieder zu, in den Bauch, die Brust, den Hals. Das spritzende Blut besudelte ihren Körper, und selbst, als die im Todeskampf zuckenden Gliedmaßen erlahmten, machte sie unablässig weiter.

»Fleur.« Rolando trat näher. Das nackte, blutverschmierte Mädchen war völlig außer sich.

»Fleur!« Der Ritter versuchte sie festzuhalten, doch schon bei der ersten Berührung fuhr sie angriffslustig herum. Nur um Haaresbreite entkam Rolando dem Messer. »Ich bin's. Lass das Messer los. Es ist vorbei.«

Mit leerem Blick hielt Fleur inne. Um sie herum wurde es still. Fassungslos ob der Gewalt, die in diesem jungen Mädchen steckte, starrten die Männer auf ihren blutüberströmten Körper. Rolando warf ihr seinen Umhang wieder über. Schließlich rührte sich das Mädchen. Ein Schauder durchlief ihren Körper, das Messer glitt ihr aus den Händen, und sie brach in haltloses Schluchzen aus. Rolando nahm sie in die Arme und drückte sie an sich. Dieses Mädchen war stärker, als er geahnt hatte. Und vielleicht hatte sie mehr von der Hölle gesehen, als er sich vorstellen konnte.

»Ganz ruhig, kleine Kämpferin. Jetzt bist du in Sicherheit. Du musst dich vor nichts mehr fürchten.«

»Ich ergebe mich«, sagte der letzte Überlebende.

»Fesselt ihn«, befahl Rolando, »zusammen mit unserem lieben Gesandten.«

»Und jetzt zu uns beiden«, sagte Rolando zu dem Schweinezüchter, der dem Treiben wie gelähmt zugeschaut hatte. »Wer hat Euch bezahlt?«, fragte er und hielt dem armen Teufel das Schwert an den Hals.

»Der Anführer der Wachen hat mich erwischt. Was hätte ich tun sollen?«

»Euer Wort halten.«

»Ihr solltet mich nicht tadeln.«

»Und Ihr hättet mir besser zuhören sollen, als ich sagte, dass Ihr mich nicht enttäuschen sollt.«

»Ich bitte Euch«, flehte der Mann und ging auf die Knie. »Ich habe drei Kinder. Ich weiß nicht, wie ich sie satt kriegen soll.«

Rolando drückte dem Mann das Schwert an die Kehle. Den Zorn in seinen Augen konnte er nur mit Mühe zügeln. Unter seiner Klinge quollen bereits die ersten Blutstropfen hervor. Eine Hand legte sich auf die seine. Sie gehörte Bonaventura, der ihn wortlos zurückhielt. Langsam lockerte Rolando seinen Griff und ließ den schluchzenden Mann zu Boden sacken. Der Junge, der zugeschaut hatte, wollte sich auf den Ritter stürzen, doch Davide nahm ihn in den Schwitzkasten, bis er das Bewusstsein verlor. Giorgio gab Fleur einen ihrer Habite zum Überziehen, und Rolando und seine Gefährten bestiegen ihre Pferde.

»Den Karren lassen wir besser hier. Fleur und die anderen nehmen die Pferde der Wachen. Wir müssen möglichst einsame Wege nehmen.« Schweigend setzten sie sich in Bewegung.

»Das gehört dir«, sagte Bonaventura und hielt Fleur das Medaillon hin.

»Danke! Der Gesandte hat es gesucht. Ein Glück, dass ich es nicht bei mir hatte. Wo war es?«

»Rolandos Falke hat es im Schnee gefunden, an der Stelle, wo wir überfallen wurden. Was wollte diese Schlange noch von dir wissen?«

»Er hat mich nach meinen Visionen gefragt.«

»Was hast du ihm erzählt?«

»Das Gleiche wie dir. Ich hatte keine andere Wahl.«

»Gut gemacht. Unsere erste Pflicht ist es, am Leben zu bleiben. Sie wissen mehr, als ich dachte.«

»Glaubst du, er gehört zu den Männern, von denen du mir erzählt hast?«

»Daran kann es keinen Zweifel mehr geben. Wir müssen herausfinden, wer der Kopf dieser Leute ist.«

Die ganze Nacht hindurch trieben sie die Pferde im Galopp über unbekannte Pfade, doch je näher sie den Landesgrenzen von Perugia kamen, desto häufiger und bedrohlicher wurden die Festungen entlang der Straße. Bonaventura hob den Arm und hieß die Gruppe anhalten. Er blickte nach Osten, wo die Schwärze der Nacht in das Grau des Morgens überging. Der Weg führte am Waldrand entlang zu einem Turm, einem Vorposten der Burg von Magione, die die Zugangsstraße zum Trasimenischen See kontrollierte. Ein Wachtrupp behielt die Reisenden im Auge.

Bonaventura drehte sich zu den Rittern um und schien ihre Gedanken zu lesen.

»Wir müssen uns trennen.«

»Wie bitte?«, sagte Angelo ungläubig.

»Du hast richtig gehört. Perugia wird die Grenzen bereits mit Signalfeuern verständigt haben. Schon bald haben wir einen Haufen Soldaten auf den Fersen.«

»Und jetzt?«

»Mönche werden sicher nicht sonderlich auffallen, doch Ritter bleiben gewiss nicht unbemerkt und würden die Aufmerksamkeit auf uns alle ziehen.«

»Genauso ist es«, nickte Rolando. »Am besten lenken wir eventuelle Verfolger ab, während ihr wie gewöhnliche Predigermönche zu Fuß weitergeht. Ich habe einen Freund unweit von hier in San Giustino und werde versuchen, dorthin zu gelangen. Wenn alles gut geht, treffen wir uns jenseits der Berge wieder.«

»Das ist doch völlig absurd. Und das alles nur, um ein Mädchen zu schnappen. Überlassen wir sie ihrem Schicksal. Sie hat uns schon genug Unglück gebracht!«, knurrte Angelo mit zornrotem Gesicht.

»Wage es nie wieder, so etwas zu sagen«, fuhr Bonaventura den Jungen an. »Das Mädchen ist Teil der Mission. Franziskus hat sie gerufen, und wir werden die Sache zu Ende bringen. Ich will kein Wort mehr davon hören!« Angelo schluckte seine Wut hinunter. Fleur war Bonaventura insgeheim dankbar für seine Verteidigung.

»Die Ritter werden zur Abtei von San Giustino preschen, wo sie Unterschlupf finden, ehe sie die Berge überqueren. Wir gehen weiter Richtung Trasimenischer See, das ist die erste Etappe der Karte auf dem Pergament. So Gott will, kommen wir bis nach Lucca. Von dort geht es dann weiter zum Treffpunkt, dem Kloster von San Colombano an der Straße nach Susa.«

»Und was machen wir mit Fleur? Nach ihr werden sie ebenfalls suchen und uns auf jeden Fall anhalten«, sagte Luca.

»Lass das meine Sorge sein. Vertraut mir«, entgegnete Bonaventura und nickte Rolando einvernehmlich zu. Einen Moment lang tauschten die Männer beklommene Blicke aus. Fleur trat auf Rolando zu.

»Gebt mir ein Pferd und ein Schwert. Es hat keinen Sinn, euch in Gefahr zu bringen. Ich schlage mich schon durch.«

»Das bezweifle ich nicht, kleine Kämpferin, aber wir hatten mit deiner Befreiung bereits einen Haufen Scherereien und hegen nicht die Absicht, dich einfach gehen zu lassen. Bonaventura und ich sind überzeugt davon, dass du der Mission von Nutzen bist. Und jetzt los«, sagte der Ritter und machte sich zum Aufbruch bereit.

»Dann nehmt mich mit. Es ist nicht recht, dass diese Mönche ihr Leben für mich riskieren.«

»Nein. Du bist wichtiger als wir alle zusammen. Bis bald, kleine Fleur. Jenseits der Berge wartet der Frühling auf uns.« Ehe Fleur antworten konnte, sprengten die drei Ritter im Galopp davon.

Am Fuße des Turms stützte sich ein massiger Wachmann mit karottenrotem Haar auf seine Pike und spähte mit zusammengekniffenen Augen in die Nacht. Der andere, ein untersetzter Kerl mit räudigem Stoppelbart und von Furunkeln übersäten Wangen, pinkelte gegen einen Busch und sang ein obszönes Liedchen vor sich hin.

»Diese verdammte Nachtwache hat gerade noch gefehlt. Als hätte die Doppelschicht wegen dieses Schwachkopfes, der sich die Ruhr eingefangen hat, nicht gereicht.«

»Der ist übler dran als wir. Ihn fressen schon die Würmer.«

»Glaubst du? Ich denke, er ist besser dran. Ich hab seit drei Tagen nur kalte Suppe gekriegt und den Schwanz seit mindestens zwei Wochen nicht mehr in was Warmes, Weiches gesteckt.«

»Weil du ihn überall reinsteckst, kriegst du früher oder später noch Krätze an den Eiern.«

»Und was, bitteschön, willst du mit dem mageren Sold anfangen, den sie uns geben? Dich würde nicht mal eine alte, zahnlose Witwe mit der Kneifzange anfassen.«

»Mag sein. Aber irgendeine Bäuerin, die auf den Feldern Hilfe braucht, werde ich schon finden.«

»Du weißt doch nicht mal, wo dein Schwanz ist, was soll eine Bäuerin mit einem wie dir da schon anfangen? Glaub mir, es ist besser, alles für Wein und Huren auszugeben. Die Arbeit hier fährt mir schon genug in die Knochen.«

»Psst. Hast du gehört?«

»Was?«

»Still. Hör doch.« Zuerst ganz leise, dann immer vernehmlicher, wehte ein klagender Singsang heran.

»Teufel noch eins, das hat uns gerade noch gefehlt«, sagte der Hüne und griff sich an die Hoden, um Unglück abzuwenden.

»Leprakranke«, meinte der andere.

Mit heruntergezogener Kapuze, das Kreuz in der einen, den Stock in der anderen Hand, führte Bonaventura die Gruppe an, die mit aneinandergebundenen Fußgelenken hinterdrein schlurfte und Gebete murmelte. Sie hatten den Turm fast erreicht, als der große Wachmann ihnen entgegenrief.

»Stehen bleiben! Wer kommt des Weges?«

»Brüder, ich bin Frater Bonaventura, Gefährte von Franziskus von Assisi. In meinem Gefolge befinden sich kranke Seelen, die ich ins Leprosarium von Santo Spirito bringe.«

»Woher kommt ihr?«

»Aus Perugia. Der Weg ist lang und unsere Vorräte knapp. Wenn ihr so gütig wärt, uns ein paar Essensreste zu geben, werden wir für euch beten.«

»Ich denke gar nicht daran«, knurrte der Untersetzte. »Schick sie bloß weiter. Ich hab Angst vor solchen Sachen.«

»Wir müssen sie kontrollieren.«

»Bist du von allen guten Geistern verlassen? Die fasse ich nicht an. Mein Vetter ist zu einer verdammten Hure gegangen, die die Seuche am Leib hatte, und nach drei Monaten ist ihm das Fleisch von den Knochen gefallen. Nicht im Traum werde ich die anrühren. Und du auch nicht, wenn du weiterhin mit mir Wache schieben willst.«

»Schon gut. Aber wir könnten ihnen was zu essen geben.«

»Meinetwegen sollen sie ruhig verrecken, dann machen sie keine Scherereien mehr«, blaffte der andere und spuckte einen grünen Schleimklumpen in den Schneematsch.

»In Ordnung, ihr könnt passieren.«

Lächelnd setzte Bonaventura seinen Weg fort, gefolgt von den anderen, die sich die Kapuzen tief ins Gesicht gezogen hatten.

»Schau sie dir an: ein ordentlicher Schwerthieb, und ihr Leiden hätte ein Ende.«

»Würdest du das wirklich fertigbringen?«

»Wieso nicht? Immer noch besser, als sie in irgendeinem Leprosarium vor sich hin faulen zu lassen.«

»Danke, Brüder. Gott wird es euch vergelten.«

»Bitte sehr. Aber jetzt leg einen Schritt zu, Frater, ihr verpestet die Straße.«

»Wie Ihr wünscht, Bruder. Gesegnet sei Euer gutes Herz.«

»Was, zum Teufel, geht hier vor sich?«

Von oben polterte eine dröhnende Stimme hernieder. Ein Mann, so massig wie die Quader des Turms, aus dem er herausgetreten war, zwängte seinen Schmerbauch in eine Hose, griff sich ein Schwert und kam die Treppe herunter. Mit angstvollem Blick stierten ihm die Wachen entgegen.

»Herr Hauptmann, wir lassen diese Gruppe armer Leprakranker passieren.«

»Habt ihr sie kontrolliert?«

»Aber sie sind krank.«

»Nichtsnutze. Immer bleibt alles an mir hängen. Habt ihr die Signalfeuer nicht gesehen? Alle müssen kontrolliert werden, ausnahmslos. Du, Frater!«

»Was gibt es, Bruder?«, entgegnete Bonaventura lächelnd.

»Nimm diesen Kreaturen die Kapuze ab.«

»Verzeiht, mein Herr, aber ich glaube nicht, dass man ihre Gesichter offenbaren sollte.«

»Und wieso nicht, Frater?«

»Es sind hoffnungslose Fälle, geschlagen mit der rohen, entstellenden Gewalt der Krankheit. Ihr Fleisch hat sich zersetzt, die Schwären sind entsetzlich anzuschauen. Zudem ist die Gefahr groß, sich mit der Seuche anzustecken.«

»Weißt du, was ich glaube, Frater? Wer viel redet, hat viel zu verbergen. Und jetzt beweg dich und nimm ihnen die Kapuze ab, bevor ich zum Schwert greife und deinen Kopf über die Straße rollen lasse, um selbst nachzusehen.«

»Wie ihr wollt, mein Herr. Luca, komm her.« Luca schlurfte herbei, die anderen stolperten hinterher. Bonaventura zögerte einen Moment, dann wisperte er ein Gebet und zog die Kapuze herunter.

Der Hauptmann wich entsetzt zurück. Das Gesicht des Mannes war eine mumifizierte Maske. Die Haut löste sich in bräunlich schwarzen Fetzen, und um das geöffnete Auge tat sich eine Handvoll grässlicher Würmer an einem Stück ledriger Haut gütlich. Der Mund war aufgerissen, und von der schwarzen Zunge troff ein Spuckefaden.

»Heilige Muttergottes!«, murmelte der Hauptmann, bekreuzigte sich und griff sich an die Hoden. »Fort! Fort von hier. Schnell! Lasst euch hier nicht mehr blicken, sonst bekommt ihr es mit meinem Schwert zu tun!«

Der Zug zuckelte so schnell wie möglich von dannen und verschwand hinter der nächsten Kurve. Kaum wagten sie wieder zu atmen, fing Luca zu jammern an.

»Bonaventura, dieses Zeug brennt!«

»Geduld, Bruder, das sind nur der Lehm und die adstringierende Salbe. Ein bisschen frisches Quellwasser wird dich erlösen.«

»Ekelhaft«, greinte Luca, griff nach den Würmern und schleuderte sie zu Boden. »Wieso schleppst du diese scheußlichen Viecher mit dir herum?«

»Ich komme aus einem Fischerdorf. Wenn einen der Hunger allzu sehr plagt, gibt es nichts Besseres, als sich einen See zu suchen, einen Köder auszuwerfen und ein paar frische Fische zu fangen. Sie sind meine nützlichen Helfer«, entgegnete Bonaventura und konnte sich ein zufriedenes Grinsen nicht verkneifen.

TRASIMENISCHER SEE, ISOLA MAGGIORE

Was auch immer das Wasser im Munde zusammenlaufen lässt

Die Tramontana jagte durch die Täler von Siena, drängte sich wie ein reißender Fluss durch die Schlucht von Chiusi, nahm an Tempo und Lautstärke zu, traf auf den Trasimenischen See, peitschte Gischt und Wellen vor sich her, drückte Bäume nieder und zwängte sich durch steinerne Ritzen in Häuser und Kirchen. In der Pieve von San Michele auf der Isola Maggiore versuchte ein Priester verzweifelt, das Hauptportal zu verriegeln. Als es ihm endlich glückte, lehnte er sich erschöpft gegen die schwere Tür, die unter dem heftigen Wind erzitterte. Das Innere der winzigen Kirche war schwach beleuchtet, doch immerhin konnte sie den Unbilden des Wetters trotzen. Das Dach war frisch ausgebessert, und nur hier und da drang ein winziger Luftzug durch die Fensterritzen. Beim steinernen Altar brannten zwei Fackeln, vor denen ein Priester kniete und betete.

Plötzlich hallten zwei laute Schläge durch das Gemäuer und ließen den Betenden zusammenfahren. Er sprang auf und hastete zum Eingang.

»Wer ist da?« Seine Stimme klang so gepresst und schrill wie der Schrei einer erdrosselten Gans.

»Brüder! Bei der Gnade unseres Herrn Jesus Christus, macht auf!«

Der Priester hob den schweren Holzriegel, worauf die Tür

sofort aufflog. Zusammen mit einer eisigen Regenbö wehten vier dunkle Schemen ins Kirchenschiff.

»Helft mir, die Tür zu verriegeln!« Kaum war es den Männern mit Mühe gelungen, den Sturm auszusperren, krümmte sich Luca in einer Ecke zusammen und erbrach sich.

»Du musst ihm verzeihen, er leidet an Seekrankheit. Die letzten Ruderschläge vor der Landung waren heikel.« Bonaventura zog die Kapuze herunter, und das trübe Licht der Fackeln erhellte sein Gesicht. »Ich weiß nicht, was wir ohne dich gemacht hätten.«

»Wie habt ihr es bis zur Kirche geschafft?«

»Wir sind dem Klang der Glocken gefolgt. Nirgends war Licht, und ein paarmal fürchteten wir schon, dem Sturm zum Opfer zu fallen. Ich heiße Bonaventura d'Iseo, und dies hier sind Bruder Luca und Bruder Angelo. Wir kommen aus Assisi. Das hier ist Anna, eine Novizin, die auf dem Weg ins Kloster ist, um ihr Gelübde abzulegen.« Als Fleur die Kapuze abnahm, musste der Priester angesichts ihrer Schönheit schlucken.

»Lasst uns Gott danken, dass er uns die Gnade neuer Seelen gewährt.«

»Dank sei dem Herrn.«

»Was führt euch hierher, Brüder?«

»Leider ist Giacomo, einer unserer Reisegefährten, auf der Straße nach Altopascio kaltblütig ermordet worden. Wir wissen, dass er auf seiner Wanderung hier war, und würden gern mit jemandem sprechen, der ihm begegnet ist, um Zeugnis seiner letzten Worte zu erhalten.«

Der Priester hatte schweigend zugehört. Ratlos blickte er die vier zerzausten Gestalten an.

»Ihr befindet euch im Haus des Herrn, hier könnt ihr das Ende des Sturmes abwarten. Was den Zweck eurer Suche betrifft, so liegt der Ort, an dem Franziskus seine Fastenzeit verbrachte, auf der anderen Seite der Insel. Vielleicht trefft ihr dort einen der eurigen, der euch helfen kann. Ich habe dieser Tage niemanden hier gesehen.« Seine Stimme war hart geworden.

»Das ist mehr, als wir erwarten konnten«, antwortete Bonaventura, ohne sich seinen Argwohn anmerken zu lassen. »Wir werden hier übernachten und uns morgen wieder auf den Weg machen.«

Bonaventura versuchte zu schlafen, doch zu viele Gedanken kreisten in seinem Kopf und vermischten sich mit dem Knarzen der Balken und dem Heulen des Windes, der gegen die hohen Fenster peitschte. Fleur hatte ihr mörderisches Wesen offenbart. Doch wer war er, sie zu verurteilen, schien diese Reise ihn doch immer weiter in seine alte, von Gewalt und Missbrauch beherrschte Natur zurückzudrängen. Eine Natur, der er mit dem Bekenntnis zu Franziskus abgeschworen hatte.

Plötzlich nahm Bonaventura einen Schemen wahr, der sich von seinem Lager erhob. Es war Fleur, die, ohne jemanden zu wecken, den schweren Holzriegel anhob und durch den Türspalt schlüpfte. Bonaventura folgte ihr lautlos wie ein Schatten. Die Luft roch schwer nach Gewitter und Blitzen, aber jenseits der Hügel im Osten hellte sich der Himmel auf. Noch immer beherrschte der Mond die Nacht und spiegelte sich eitel im schwarzen Wasser des Sees. Er mochte diesen Augenblick, ehe die Dinge geschahen und sich das Unabwendbare ins Herz grub.

»Du schläfst nicht viel«, sagte Bonaventura und gesellte sich zu Fleur, die beobachtete, wie über den Hügelkuppen der Morgen heraufdämmerte.

»Mein Körper braucht nicht viel Schlaf. Ich bin es von klein auf gewöhnt, wie ein Soldat früh aufzustehen.«

»Das, was passiert ist, tut mir leid.«

»Was geschehen ist, ist geschehen. Man kann die Zeit nicht zurückdrehen. Weißt du, wie Mörderinnen enden?«

»Es war Notwehr. Du hattest keine Wahl.«

»Man hat immer eine Wahl. Die Menschen morden täglich,

im Namen Gottes, des Geldes, der Gesetze. Doch eine Frau, die tötet, hat nichts als die Hölle zu gewahren.«

»Ich werde dich immer beschützen.«

»Wirklich? Frater oder Magier, was auch immer du bist, du bist ebenfalls verloren. Deiner Kirche haben schon geringere Anlässe genügt, um Menschen als Ketzer zu verbrennen.«

»Wenn das mein Schicksal ist, werde ich es annehmen. Doch erst, wenn ich meine Mission erfüllt habe.«

»Glaub mir, wenn du deine Mission wirklich zu Ende führen willst, lass mich hier. Zieh alleine mit deinen Gefährten weiter. Etwas sagt mir, dass der Gesandte es eher auf mich denn auf euch abgesehen hat.«

»Ich werde dich nicht im Stich lassen, verstanden?«, sagte Bonaventura, packte Fleur bei den Armen und zog sie zu sich heran.

»Und wenn doch?«, fragte sie herausfordernd.

»Dann werde ich dich suchen, wo immer du bist, und wenn es mein Leben kostet.« Fleur schwieg. Dann rückte sie ganz dicht an ihn heran und küsste ihn heftig auf den Mund. Verdattert riss Bonaventura sich los.

»Was soll das?«

»Ich tue, was mir passt, und nehme mir, was ich will. So bin ich nun mal. Bist du noch immer überzeugt davon, dass ich dein Leben wert bin?«

»Du bist durcheinander.«

»Du bist es, der durcheinander ist. Die Männer kennen mich nicht. Entweder fürchten und verachten sie mich, oder sie versuchen mich zu zähmen, wenn auch erfolglos.«

»Wir müssen uns auf den Weg machen«, sagte Bonaventura, eine Spur Verunsicherung im Blick.

»Nein, guter Magier. Du schuldest mir Erklärungen. Du kannst nicht weiter in Rätseln sprechen oder versuchen, mich zum Schweigen zu bringen. Ich riskiere mein Leben und vielleicht noch mehr. Wenn du willst, dass ich mit euch mitkomme, muss ich wissen, ob es die Sache wert ist.«

»Was willst du wissen?«, knurrte Bonaventura.

»Was hat es mit diesem Medaillon auf sich? Wieso wollen alle es haben? Und wieso hat Annecy es ausgerechnet mir gegeben, damit ich es mit meinem Leben schütze, sollte er nicht zurückkehren? Sei ehrlich, du weißt viel mehr, als du mich glauben machen willst.«

»Ganz langsam, Mädchen. Du redest wie ein Wasserfall. Vielleicht hätte ich besser fragen sollen, was du nicht wissen willst«, erwiderte Bonaventura, der sich wieder gefasst hatte.

»Dann rede. Sag mir, was du weißt.«

»Es gab eine Zeit, in der die Astrologie, die Alchemie und selbst die Magie Teil der Menschheitsgeschichte waren. Als junger Mann hatte ich einen Lehrer, einen Mönch, der all diese Disziplinen beherrschte.«

»Aber die Kirche verbrennt jeden, der sie ausübt.«

»Zu jener Zeit dachte die Kirche pragmatischer. Ihr war klar, dass sie alles wissen musste, auch das Verbotene, um es bekämpfen zu können. Mein Lehrer brachte mir gewissermaßen bei, die Waffen des Feindes zu führen. Er ließ mich die alchemistischen Künste studieren und den Gang der Planeten um die Erde entschlüsseln. Ich sollte die Zukunft lesen lernen.«

»Dann stimmt es also, was man sagt? Du bist ein Hexer?«

»Keineswegs. Das bin ich ebenso wenig, wie du eine Hexe bist. Ich kann meine Kenntnisse nicht gegen den Willen Gottes verwenden, sondern lediglich, um die Pläne des Teufels zu durchkreuzen.«

»Und wie sehen diese Pläne aus?«

»Die Zeit der dritten Ära der Kirche ist gekommen, und diese Zeit wird sich durch das Erscheinen des Antichristen ankündigen. Wir wissen nicht, welche Gestalt er annehmen oder wo er auftauchen wird. Sicher ist nur, dass ihn niemand besiegen wird, der nicht im Besitz der einzigen Waffe ist, die ihn vernichten kann.«

»Und welche Waffe soll das sein?«

»Eine Reliquie. Die heiligste und mächtigste Reliquie unseres Herrn. Für lange Zeit in Konstantinopel aufbewahrt und nun verschollen.«

»Das verstehe ich nicht. Und was habe ich mit dieser seltsamen Geschichte zu tun?«

»Du bist die Auserwählte. Die Trägerin des Medaillons. Jene, die Franziskus in seiner Schlacht zur Seite stehen wird.«

»Frater – oder vielleicht sollte ich besser Magier sagen –, deine Worte sind mehr als unverständlich. Es scheinen die Fantastereien eines kranken Predigers zu sein. Ich begreife immer noch nicht, welche Rolle dieses Medaillon spielt.«

»Du solltest nicht deinen Verstand, sondern dein Herz sprechen lassen.«

»Schöne Worte, doch gebracht haben sie bisher allenfalls, dass die halbe Welt hinter uns her ist und wir töten müssen, um nicht selbst zu sterben.«

»Dann lass es mich so ausdrücken. Alle suchen dich, und jeder hat seine eigenen Gründe. Manche glauben, du seist eine Hexe, andere sind hinter dem Schmuckstück her. Du glaubst, du hast das Schlimmste bereits gesehen. Dabei hast du keine Ahnung, dass der Gefährlichste von allen dir auf den Fersen ist, um dir die Kehle aufzuschlitzen, damit du deinen Atem aushauchst.«

»Ich habe keine Angst, Frater.«

»Das habe ich begriffen. Doch darum geht es nicht. Es geht darum, den wenigen Menschen zu vertrauen, die in dir sehen, was du bist.«

»Ach hier seid ihr.« Das war Luca.

»Ich hoffe, du hast genug geschlafen, Bruder Luca. Gestern war ein beschwerlicher Tag«, sagte Bonaventura.

»Als ich aufgewacht bin, habe ich dich … euch nicht gesehen. Ich habe mir Sorgen gemacht.«

»Ich lasse euch allein und wecke Angelo, wir müssen los«, sagte Bonaventura und kehrte in die Kirche zurück.

»Hast du geglaubt, ich wäre wieder weggelaufen?«, fragte Fleur.

»Ich weiß nicht. Ich habe die Frauen nie wirklich verstanden.«

»Ich glaube, du verstehst mich sehr gut. Hast du Hunger?«

»Hunger? Kein bisschen. Ich kann tagelang ohne Essen auskommen, genau wie unser geliebter Franziskus.« Ein Gurgeln löste sich aus den Eingeweiden des Mönchs, gefolgt von einem unwillkürlichen Stöhnen.

»Wie es aussieht, ist da jemand anderer Meinung«, sagte Fleur lachend.

In dem Moment trat Bonaventura mit Angelo aus der Kirche. Der sah aus, als hätte man ihn aus einem Schlaf gerissen, der Besseres verhieß als die Wirklichkeit.

»Gehen wir«, sagte Bonaventura. »Ich rieche frisches Brot, und eine gute Mahlzeit rüstet Leib und Seele für einen schönen Tag.«

»Bedenkt man, wie jämmerlich es um beides bestellt ist, bräuchte ich eher einen Ochsen«, grummelte Angelo.

»Na los. Je weniger wir reden, desto mehr schonen wir unsere Kräfte für die Reise.«

Die Gruppe stieg den Abhang hinunter zu den in den Fels gehauenen Höhlen, deren Eingänge dürftig mit Zweigen geschützt waren. Hier lebten die wenigen Inselbewohner, die Fischer und die Geistlichen, die das Kirchlein auf dem Hügel betrieben. Vor einer der Grotten stand ein steinerner Ofen und verströmte den süßen Geruch von Brot. Auf eine Schaufel gestützt, überwachte ein astdürrer Mann mit Kugelbauch den Garprozess. Als er sie kommen sah, zog er ein überraschtes Gesicht.

»Gott segne Euch, Bruder«, grüßte ihn Bonaventura.

»Möge er Euch ebenfalls segnen. Wo kommt ihr her?«

»Der Sturm hat uns überrascht. Wir sind Franziskaner. Alberigo hat uns für die Nacht in seiner Kirche aufgenommen. Ich heiße Bonaventura, und das sind Luca und Angelo.«

»Und dies ist Schwester Anna. Sie wird bald ins Kloster eintreten«, warf Luca ein und erntete einen finsteren Blick von Bonaventura.

»Wirklich, in welches Kloster?«

»Nun ja, also, ich glaube …«, stammelte Luca.

»In Lucca. In Kürze werden wir dort mit dem Bau eines Klosters für unsere Franziskanergemeinschaft beginnen«, antwortete Bonaventura.

»Was für eine gute Neuigkeit. Lucca ist ein Städtchen, das mir sehr am Herzen liegt. Ihr werdet euch dort wohlfühlen. Wenn es so weit ist, müssen wir feiern. Halt kurz die Schaufel, Luca, ich bin gleich wieder da.« Der Mönch verschwand in einer der Höhlen und kehrte mit einer Schüssel zurück.

»Jetzt wärmen wir erst einmal diese Köstlichkeit auf. Das wird euch schmecken. Es verirren sich nicht oft Fremde an diesen Ort der Einkehr. Doch seit euer Bruder Franziskus auf der Insel war, kommen viele Pilger hierher, um der Stätte unten beim Anleger, wo er seine Fastenzeit verbracht hat, einen Besuch abzustatten. Hat Alberigo euch nichts davon erzählt?«

»Um ehrlich zu sein, nein. Doch wir hatten auch nicht viel Zeit zum Reden«, entgegnete Bonaventura.

»Das Brot ist fertig. Schaut, was für eine Pracht!« Der Mönch zog einen großen, dunklen Laib hervor, der Auge und Herz erquickte.

»Wir lassen es ein wenig abkühlen. Es handelt sich um unser eigenes Rezept, müsst ihr wissen. Roggenmehl, Kleie und Wasserkastanien. Ihr müsst es mit unserem sauren Hecht probieren. Nehmt und sagt mir, wie es euch schmeckt.« Der Mönch hielt ihnen die Schüssel mit dem Fisch und eine dicke Scheibe dunklen Brots hin. Während Fleur sich auf das Essen stürzte, zauderte

Luca. Es war ihm unangenehm, mit dem Mädchen aus einer Schale zu essen. Doch dann gab er sich einen Ruck und stippte einen großen Brocken Brot in die Suppe. Bonaventura und Angelo löffelten genüsslich grunzend.

»Und, wie schmeckt es euch?«

»Köstlich«, sagte Bonaventura. »Der Hecht ist zart und sehr würzig vom Essig. Das muss an der Marinade liegen. Ich schmecke Bohnenkraut und Bergminze. Und ist nicht auch ein Hauch Wacholder enthalten?«

»Sehr gut, Bruder. Du hast eine feine Zunge. Doch weißt du auch, welcher Kniff sie von allen anderen Marinaden unterscheidet?«

»Es muss das Eigelb sein, das man kurz vor Ende der Garzeit beigibt.«

»Teufel von einem Mönch! Woher weißt du das? Das Rezept hat mir ein Tempelritter verraten, der im Heiligen Land war.«

»Gerüchte reisen schnell. Aber keine Sorge, wir werden dein Geheimnis nicht verraten.«

»Wir sind stumm wie die Hechte«, fügte Luca hinzu und leckte sich die Finger ab.

»Tarcisio!« Eine Stimme ließ den armen Koch zusammenfahren. Es war Alberigo, der schnaufend und puterrot den Abhang herunterkam. »Was tust du da?«

»Diese Pilger waren hungrig. Ich habe mir erlaubt, ihnen ein wenig Brot und Fisch zu geben.«

»Komm herein zu den anderen. Die Brüder haben es eilig, richtig?«, sagte Alberigo an Bonaventura gewandt.

»Gewiss doch. Ihr wart sehr gütig zu uns. Wir werden euch nicht weiter zur Last fallen.«

Tarcisio kehrte mit einem großen Bündel zurück, das er Angelo in die Hand drückte, dann machten sich die vier unter Alberigos mürrischen Blicken auf den Weg.

Der Regenguss hatte den Schnee fast vollkommen schmelzen lassen und in harschigen Morast verwandelt. Bonaventura ging voran und vermeldete die Hindernisse auf dem Weg. Fleur folgte ihm mit einigen Schritten Abstand, während Angelo und Luca das Schlusslicht bildeten. Schließlich erreichten sie heil das Ufer und stießen, wie von Alberigo beschrieben, auf einen Pfad, der am See entlangführte und im wintertrockenen Schilf kaum zu erkennen war. Kurz darauf erreichten sie einen alten Anleger, der aus ein paar halb im Wasser versunkenen Holzstämmen und einer schmalen Laufplanke bestand. Hier endete der Pfad, doch hügelwärts stieg aus einer Hütte aus grob behauenem Stein eine Rauchfahne auf.

»Das muss es sein«, sagte Bonaventura.

»Meister, was suchen wir hier?«, fragte Luca.

»Spuren. Erklärungen vielleicht. Und schlimmstenfalls ein warmes Feuer und einen Bruder.«

Nach wenigen Schritten hatten sie die bescheidene Behausung erreicht. Am Weg lag ein Kreuz mit einem winzigen steinernen Altar, auf dem eine kleine Schüssel mit Wasser stand. Obendrauf schwammen ein paar Eichenblätter. Der Altar trug eine Inschrift und einen Namen: ein Tau und darunter »Franciscus«. Bei der Vorstellung, dass ihr Führer auf ebendiesem Weg gewandelt war, bekreuzigten sich die drei ergriffen. Bonaventura klopfte an die Hüttentür, die sich nach einer schier endlosen Weile öffnete. Vor ihnen stand ein offenbar steinalter Mönch. Lange Strähnen seidigen weißen Haars gingen in einen Bart über, der ihm bis auf die Brust hinabreichte. Das furchige, dunkle Gesicht wurde von zwei riesigen Ohren eingerahmt, aus denen graue Haarbüschel hervorwucherten. Die Nase war krumm und knorrig, und über den wässrigen Augen lag der trübe Schleier des Alters.

»Der Herr sei mit Euch, Bruder. Wir kommen von der Portiuncola und sind auf Pilgerreise. Uns ist bekannt, dass ein Freund von uns hier gewesen ist.«

»Meine Augen sind nicht mehr so gut wie früher, doch Gott

sei Dank höre ich noch gut. Und eine Stimme vergesse ich nie. Bonaventura, lieber Bruder!«

»Du bist es?« Bonaventura runzelte die Stirn. »Romualdo?« Der Alte verzog den Mund zu einem zahnlosen Lächeln.

»So ist es! Ich weiß, ich bin vor der Zeit gealtert. Dennoch habe ich die Freunde in Altopascio nicht vergessen. Aber ich lasse euch ja erfrieren wie ein schusseliger Greis. Kommt herein, kommt herein. Es wird ein bisschen eng werden, aber immerhin ist es warm.« Mit eingezogenen Köpfen trat die Gruppe über die Schwelle und quetschte sich so gut es ging in den engen Raum, der bereits von ein paar Hühnern in Beschlag genommen war. Außerdem baumelte ein stinkender Fisch von der Decke, um über dem knisternden Kaminfeuer zu trocknen.

»Ich habe ein wenig Fischsuppe im Topf, davon werde ich ein paar Schüsseln füllen.«

»Wir haben gerade gegessen, danke, Romualdo«, sagte Bonaventura, der unter einigen Mühen neben dem Kamin Platz gefunden hatte. »Und wir müssen bald wieder aufbrechen.«

»Dann nehmt wenigstens ein bisschen von meinem Aufguss. Ich bereite ihn aus hiesigen Kräutern zu. Riecht mal, wie köstlich.« Ehe jemand etwas einwenden konnte, reichte der Mönch Bonaventura einen Becher mit einer dunklen, zähen Flüssigkeit, die intensiv nach Moos und Pinien roch. Bonaventura nahm einen Schluck und lächelte zufrieden. Luca bekam beim ersten Tropfen einen Hustenanfall, den Angelo mit kräftigen Schlägen auf den Rücken parierte. Fleur trank nichts.

»Er ist stark, aber er kräftigt Geist und Blut, nicht wahr?«

»So er einen nicht umbringt«, murmelte Luca, der blass geworden war und schwitzte.

»Und wohin seid ihr unterwegs, Brüder?«

»Nach Frankreich, vielleicht sogar weiter. Wir suchen Franziskus, von dem wir nichts mehr gehört haben. Wir dachten, du könntest uns helfen.«

»Er ist also nicht zurückgekommen. Giacomo hatte die schlimmsten Befürchtungen. Wie geht es ihm?«

»Giacomo ist leider tot, Bruder.«

»Tot? Wie konnte das geschehen?«

»Männer haben ihn auf der Straße nach Altopascio tödlich verwundet. Wir konnten ihn nicht retten.«

»Das ist entsetzlich. Franziskus verschwunden, Giacomo tot. Und was ist aus dem Prediger geworden, der bei ihm war?« Die anderen blickten sich verdutzt an.

»Welcher Prediger?«

»Ein Mönch des Dominikus. Er war ihm hier begegnet. Der Mann wollte nach Rom.«

»Bei Giacomo war kein Prediger. Wie hieß er?«

»Ich weiß nicht mehr, was er gesagt hat. Ehrlich gesagt waren sie nur eine Nacht hier.«

»Die Insel ist ein Umweg, der wertvolle Zeit kostet. Hat Giacomo dir gesagt, weshalb er hier war?«

»Nein, Bruder.«

Bonaventura schwieg einen Moment.

»Romualdo, wenn du etwas weißt, musst du es uns sagen. Es ist von höchster Wichtigkeit.«

»Bruder Bonaventura, als junge Männer haben wir Stunden um Stunden in der Bibliothek von Bologna verbracht. Würde ich dir nicht alles erzählen, egal was, damit du Franziskus findest?«

»Du hast recht. Bitte verzeih mir meine Torheit. Aber sag mir, erinnerst du dich, was die beiden Mönche getan oder gesagt haben? Haben sie dir vielleicht von einem Pergament erzählt?«

»Von einem Pergament? Aber natürlich. ›Wenn ein Mönch auf der Suche nach Franziskus meinen Spuren folgt und ein Pergament bei sich trägt‹, sagte er, ›lass ihn wissen, dass wir die versteckten Worte häufig direkt vor Augen haben. Doch es braucht die Wärme Gottes, um sie sichtbar zu machen.‹«

»Die Wärme Gottes«, murmelte Bonaventura gedankenverloren. Er stand auf, ging zum Feuer und stellte den großen Suppentopf in eine Ecke. Dann löschte er die Flammen mit einem Scheit und breitete die glühenden Kohlen aus.

»Bonaventura, Bruder, darf ich fragen, was du da tust?«, fragte Romualdo verdutzt.

»Giacomo fürchtete um sein Leben, also hat er der Person, die sich im Besitz des Pergaments befindet und auf der Suche nach ihm hier auftaucht, ein Zeichen hinterlassen.«

»Ich verstehe noch immer nicht«, antwortete Romualdo verwirrt.

»Gleich werden wir wissen, ob ich mit meiner Vermutung richtig liege.« Bonaventura zog das Pergament hervor und hielt es so dicht über die glühende Kohle, dass es heiß wurde, ohne zu verbrennen. Wie durch Zauberhand erschienen auf der Rückseite irgendwann Zeichen, die mit zunehmender Hitze immer dunkler wurden. Mit leuchtenden Augen betrachtete Bonaventura das Pergament. Ein Labyrinth war zu erkennen, dazu ein Satz: »Folge dem Blick des heiligen Antlitzes«.

»Versteht ihr jetzt? Giacomo hat diesen Hinweis mit unsichtbarer Tinte verfasst. Erinnert ihr euch an die Eichenblätter auf dem Altar? Sie hatten Blasen. Mit ihrem Saft, gemischt mit Salpeter und Zitrone, lassen sich Worte oder Zeichen schreiben, die nur durch Hitze sichtbar werden.«

»Und was wollen uns diese Zeichen sagen, Magier?«, fragte Fleur.

»Dass wir ein Labyrinth finden müssen.«

Der dunkle Schatten stieg aus dem windgepeitschten Wasser empor. Wie ein riesiger Poseidon war der schwarze Reiter im Dienste des dominikanischen Predigers von Rom bis hierher geritten. Er erreichte das Festland und überquerte den von den Wellen bewegten hölzernen Anleger, der unter seinem Gewicht knarrte. Sein dunkler Umhang war mit winzigen Eiskristallen überzogen, als hätte eine Spinne hektisch ihr Netz darauf gewebt. Das letzte, auf einem Boot zurückgelegte Stück seiner Reise war an den Felsen der Insel geendet. Das Licht der kleinen Bootsmannshütte jenseits des Stegs schimmerte durch die Nacht. Von der Hügelkuppe wehte, mal leiser, mal lauter, das Glockengeläut einer Kirche herüber. Langsam bewegte sich der schwarze Reiter auf die Hütte zu. Das Mädchen konnte fürs Erste warten. Hier würde sie ihrem Schicksal, das gekommen war, um sie zu holen, nicht entgehen.

LUCCA, KATHEDRALE SAN MARTINO

Das Gift steckt im Schwanz

efolgt von seinen Gefährten, schlich Bonaventura leise durch die Nacht. Ihr Weg endete an der Außenmauer der Kathedrale. Wegen der Arbeiten an der neuen Fassade war die Vorderseite des Gebäudes mit Gerüsten verstellt. Zu dieser Stunde saßen die Arbeiter bestimmt in einer Taverne, um sich zu betrinken, und die Bildhauer und Steinmetze träumten von ihren fertigen Werken. An der Tür zum Seitenschiff streifte Bonaventura die Kapuze ab, zog eine winzige Laterne mit einer dunklen Wachskerze unter seinem Gewand hervor und beleuchtete das Labyrinth, das in den weißen Stein des Doms gemeißelt war.

»Es ist das gleiche Labyrinth«, murmelte Fleur.

»So ist es.«

»Und worauf beziehen sich die sichtbar gewordenen Worte über das heilige Antlitz?«, fragte Angelo.

»Das werden wir bald herausfinden«, antwortete der Mönch, klopfte dreimal an die Tür und wartete. Nach wenigen Augenblicken hörte man es dahinter rumoren, und schon öffnete sie sich und ließ die vier ein.

»Bruder Tommaso, Gott sei Dank. Du bist ein wahrer Freund«, sagte Bonaventura und umarmte einen jungen Novizen mit leuchtend roten Haaren und struppigem Ziegenbart.

»Franziskus hat mich gerufen, erinnerst du dich? Dafür werde ich auf ewig in seiner Schuld stehen.«

»Das sind unsere Brüder. Luca, Angelo und Schwester Anna.«

»Willkommen in der Kirche des heiligen Antlitzes.«

»Wir wissen, was du für uns riskierst, deshalb wollen wir dich nicht in Gefahr bringen. Wir werden so schnell wie möglich wieder verschwinden. Bring mich zum heiligen Antlitz.«

Der junge Mönch ging voran und leuchtete in das Kirchenschiff. Die Wände des Doms schimmerten weiß und waren so hoch, dass das Licht die Decke nicht erreichte. Auf den Säulen waren undeutliche Figuren auszumachen, mit monsterhaften Fratzen, Adlerkrallen, Drachenflügeln – Bestien, die im Dunkel lauerten, versteinert im selben Moment, da sie sich auf die Seelen stürzen wollten, um sie mit in die Hölle zu reißen.

»Hier ist das heilige Antlitz«, verkündete Tommaso, als sie das Querschiff erreichten.

Bonaventura nahm dem Mönch die Fackel aus der Hand und beleuchtete die Mauer vor sich. Die Augen der vier hatten Mühe, die hinter dem Licht zahlloser am Boden stehender Kerzen verschwimmende Form zu erkennen. Doch kaum hatten sich die Augen an das Flackern gewöhnt, fielen Luca und Angelo andächtig auf die Knie, und Bonaventura bekreuzigte sich. Als Fleur den Blick über das Kerzenmeer hob, blieb ihr im ersten Moment das Herz stehen. Noch nie hatte sie den Heiland so gesehen. Riesig groß und mit Armen, die zwei Männer umschlingen konnten. Die kohlschwarzen Füße schauten unter einem Gewand hervor, das so rot war wie das Höllenfeuer. Darüber erhob sich das Gesicht eines bärtigen Mannes mit glühenden Augen, die den Besucher bei jedem Schritt im Blick behielten und sich in seine Seele bohrten. Wäre es nicht Lästerung gewesen, hätte Fleur behauptet, vor einem gefallenen Engel zu stehen.

»Beängstigend«, flüsterte Bonaventura und musterte ihn ernst.

»Das muss er sein. Sein Antlitz wurde von Engeln geschaffen. Menschenwerk ist das nicht. Und diese Augen sind die des Jüngsten Gerichts.«

»Ich weiß nicht. Dieser Ort ist mir unheimlich. Lasst uns schnell wieder verschwinden.«

»Nicht, ehe wir gefunden haben, was wir suchen.«

»Hier ist nichts.«

»›Folge dem Blick des heiligen Antlitzes‹, lautete die Botschaft auf dem Pergament. Und dem folgen wir.« Bonaventura beleuchtete die Füße des Christus, direkt unterhalb des mit Kerzen vollgestellten Altars.

»Da ist ein Gitter«, wisperte Fleur und bückte sich danach.

»Das ist der Eingang in die unteren Gewölbe. Hebt es an, schnell. Wir haben nicht viel Zeit«, befahl Bonaventura. Mit Tommasos Hilfe gelang es Luca und Angelo nach einigen Mühen, den schweren Deckel zur Seite zu schieben. Bonaventura leuchtete in das pechschwarze Loch, und Fleur spähte hinein.

»Was seht ihr?«

»Einen Gang, der sich in der Unterwelt zu verlieren scheint«, antwortete Fleur.

»Nimm«, sagte Bonaventura und hielt ihr die Fackel hin. »Du hast die Augen eines Falken und bist flink wie ein Luchs, du wirst uns leuchten. Folge der Karte des Labyrinths, bis du zum Mittelpunkt gelangst. Angelo und Luca, nehmt jeder eine Kerze und folgt ihr. Ich gehe als Letzter. Bruder Tommaso, du hast mehr für uns getan, als ich hoffen konnte. Jetzt musst du an dich selbst denken. Schließ das Gitter hinter mir. So Gott will, finden wir aus dem Labyrinth heraus, und niemand wird je von unserem Besuch erfahren. Sollte etwas schiefgehen, wirst du weit weg von hier sein und nie mit uns in Verbindung gebracht werden.«

»Und wenn euch etwas zustößt, Meister?«

»Das soll nicht deine Sorge sein. Rasch, Fleur, wir müssen uns sputen.«

Mit eingezogenem Kopf, die Fackel vorgereckt, begann Fleur den Abstieg. Die Luft wurde feucht und stickig. Der Gang verengte sich zu einem schmalen Stollen, kaum breit genug für zwei.

Die Wände waren grau. Von der unsichtbaren Decke fielen eisige Tropfen herab. Luca, der hinter ihr ging, stolperte und klammerte sich an das Kleid des Mädchens.

»Entschuldige, Fleur. Dieser Ort verwirrt mich und macht mir Angst. Ich bin nicht dafür gemacht, unter die Erde zu kriechen.«

»Früher oder später landen wir alle dort. Betrachte es als kleinen Vorgeschmack.«

»Beeilung da vorne«, sagte Bonaventura. »Lasst uns keine Zeit mit Plaudereien verschwenden.«

Entschlossen ging das Mädchen weiter. Bald erreichten sie die erste Gabelung. Der rechte Gang verengte sich leicht, der linke setzte sich in gleicher Größe fort.

»Hier entlang«, sagte sie und ging nach links.

Mit jedem Schritt wurde die Luft schlechter. Seltsame Ausdünstungen rannen die Wände hinab, ähnlich der jauchigen Brühe, die sich in regenarmen Zeiten in der Gosse sammelte. Zugleich wurde der Stollen so eng, dass sie sich an der Wand entlangdrücken mussten. Plötzlich ließ ein Stöhnen Fleur innehalten.

»Helft mir …«

»Luca, was ist los?«

»Ich … ich kann nicht mehr. Ich schaffe das nicht. Ich will zurück.«

»Wir können nicht zurück, du dämlicher Mönch«, schimpfte Angelo gereizt.

»Ich … ich kann nicht atmen. Die Luft … ich bekomme keine Luft. Ich bitte euch, lasst mich umdrehen.«

»Hör zu«, flüsterte Fleur sanft. »Wir haben es fast geschafft.«

»Woher willst du das wissen?«

»Ich weiß es einfach. Vertrau mir. Und jetzt schließ die Augen. Atme ganz ruhig. Und stell dir vor, du bist in einem Traum. Nimm meine Hand.«

»Hört auf mit diesem Theater«, blaffte Angelo. »Beweg dich, Herrgott noch mal, oder ich treibe dich mit Arschtritten voran.«

»Halt den Mund, du flegelhafter Mönch!«, fuhr Bonaventura ihm über den Mund. »Das Mädchen weiß, was es tut.«

»Wir müssen weiter, Luca. Hilf mir, den Wäschekorb zu tragen, ja?«

»Ich …«

»Na los, er ist schwer. Nimm meine Hand, wir tragen ihn zusammen nach Hause, dann ruhen wir uns aus.« An Fleurs Hand geklammert, setzte sich Luca mit zögernden, bangen Schritten wieder in Bewegung. Nach Minuten, die wie endlose Stunden erschienen, weitete sich der Gang, und die Gruppe stand in einem großen Raum mit rundem Kuppeldach. Die Fresken an den vier Wänden zeigten je einen grausam dreinblickenden Reiter.

»Die vier Reiter der Apokalypse«, murmelte Luca bang.

»Hunger, Krieg, Tod und …«, begann Angelo.

»… der Antichrist«, schloss Bonaventura und beleuchtete eine Figur auf einem weißen Pferd.

Das Zentrum des Raumes bildete ein Altar. Vor dem Fresko darüber stand eine große, mit Öl gefüllte Votivlampe. Offenbar kam regelmäßig jemand hierher, um sie nachzufüllen.

»Das Antlitz des gekreuzigten Heilands, schon wieder«, murmelte Bonaventura und beleuchtete das Gemälde.

»Was machen wir jetzt?«, fragte Fleur.

»Wir folgen abermals seinem Blick. Grabt!«, befahl er und deutete auf einen Punkt zu seinen Füßen. Luca und Angelo knieten sich hin und machten sich daran, mit den Händen in der Erde zu schaufeln, bis sie auf etwas Hartes stießen. Sie legten es frei und zogen eine kleine, hölzerne Schatulle hervor.

»Sie hat ein Schloss«, sagte Luca und hielt sie Bonaventura hin. Der griff danach und nahm sie in Augenschein. Ein schwer entzifferbarer Schriftzug war darauf zu erkennen.

»Wir öffnen sie, wenn wir hier raus sind.« Er hatte den Satz kaum ausgesprochen, als ein eisiger Lufthauch sie umfing. Die Kerzen verloschen, und die Fackel flackerte beängstigend, ehe sie matt wieder aufflammte. Bonaventura nahm die Gegenwart von etwas wahr – etwas, das sich aus dem Tunnel näherte, aus dem sie gekommen waren. Und dieses Etwas war gefährlich.

»Komm an meine Seite, Fleur«, befahl Bonaventura, den Blick auf die Mündung des Gangs geheftet. In dem Moment löste sich aus der Dunkelheit ein riesenhafter Schatten, der nur allmählich menschliche Formen annahm. Das Licht der Fackel vermochte ihn kaum zu erfassen.

»Wer bist du?«, rief Bonaventura. Der Schatten antwortete mit tiefer, düsterer Stimme.

»Euer Ende und mein Anfang. Ich bin der, der im Namen der Gerechten kommt.«

»Was willst du?« Ein dumpfer Aufprall zu ihren Füßen war die einzige Antwort. Die Fackel beleuchtete Tommasos abgetrennten Kopf, die Augen vor Überraschung geweitet.

»Das Mädchen und das, was es bei sich hat.«

»Geh, Fleur. Verschwinde von hier. Und ihr geht mit. Sofort!«, befahl Bonaventura. Fleur ergriff Lucas Hand, rannte zum Gang auf der entgegengesetzten Seite und verschwand in der Dunkelheit. Bonaventura blieb mit dem Schatten allein.

»Das wird dir nicht viel nützen, Mönch«, sagte der Schatten, zückte das Schwert und kam auf Bonaventura zu.

»Ein wenig schon, und das genügt mir. Wieso willst du das Mädchen?«

»Worte werden dich nicht retten«, höhnte der Schatten und holte mit dem Schwert aus, das funkensprühend an den Wänden entlangfuhr. »Für einen Mönch bist du ziemlich aufgeweckt, nicht wahr, Bonaventura?«

»Woher kennst du meinen Namen?«, fragte Bonaventura, wohl darauf bedacht, dem Schatten nicht zu nahe zu kommen und auf der anderen Seite des Altars zu bleiben.

»Ich war an zahllosen Orten und habe viele Leben gelebt. Genau wie du. Doch die Spur, die deine bluttriefenden Hände hinterlassen, kann ich noch immer wittern«, sagte der Schatten, sprang auf den Altar und stieß blitzschnell das Schwert hinab. Krachend landete es auf Bonaventuras Stock und hieb ihn entzwei.

»Dieser Mann existiert nicht mehr!«, rief Bonaventura und verschwand im Schatten der Säulen, die das Kuppeldach trugen.

»Die Vergangenheit lässt sich nicht tilgen, Frater. Früher oder später kommt sie zurück und umgarnt dich wie ein wollüstiges Weib. Ergib dich, es ist nur eine Frage der Zeit. Deine Verabredung mit dem Tod kannst du allenfalls hinauszögern. Der Orden, dem ich diene, wird dich zur Strecke bringen. Unsere Männer sind überall: Bischöfe, Äbte und Fürsten, die sich zu unserem Glauben bekennen. Ein armer Mönch wie du hat gegen uns nicht die geringste Chance.«

Sein Gegner verstummte und begann, ihn durch die Dunkelheit zu verfolgen. Bonaventura versuchte sich möglichst lautlos Richtung Tunnel zu bewegen und seinen Gegner dabei nicht aus den Augen zu lassen. Seine Fackel verglomm am Boden. Ohne nachzudenken, tat er einen Satz, griff danach und packte mit der anderen Hand die Votivlampe. Als er dicht hinter sich die Gegenwart des Schattens spürte, schleuderte er die Lampe auf ihn und hielt dann die brennende Fackel an den ölgetränkten Umhang. Sogleich umhüllten Flammen den sich unter Schmerzensschreien windenden Mann. Ohne sich noch einmal umzusehen, schlüpfte Bonaventura in den Tunnel und rannte in die Freiheit.

VAL TREBBIA

Schwankend zwischen Hoffen und Bangen

Inmitten der Mauleselkarawane, die auf dem Saumpfad am Wasserlauf in Richtung Tal trottete, wickelten sich die drei Gestalten mit den Kapuzen eng in ihre groben Gewänder. Sie hatten sich einer Händlergruppe angeschlossen, die mit Waren aus afrikanischen Häfen und eingesalzenen Sardellen, die in nördlichen Ländern als Tauschware dienten, nach Pavia unterwegs war. Die Karawane wurde von vier Schergen der Malaspina eskortiert, einer Familie, die über die Gegend herrschte und sämtlichen Durchreisenden Abgaben und Wegezölle abpresste. Die Etappe hatte Fleur und die beiden Mönche fast das gesamte Geld gekostet, das Rolando ihnen gegeben hatte. Jetzt hofften sie auf die Barmherzigkeit der Brüder von San Colombano, um ihre Mission fortsetzen zu können. Fleur, die am Schluss ging, fragte sich, ob sie nicht einem Gespenst nachjagten und ohne Bonaventuras Führung Tag für Tag ihr Leben riskierten. Was, wenn sie einfach ginge? Während der Nächte in Genua, wo sie den im Hafen ankernden und im Widerschein des Signalfeuers leuchtenden Galeeren zugesehen hatte, hatte sie lang über diese Frage nachgedacht. Was, wenn sie diese Welt verließe, in der sie sich nicht mehr zu Hause fühlte? Doch dann hatte sie den Gedanken beiseitegeschoben und den Rufen der Seeleute, die ihre Anker lichteten, und dem Krakeel auf der Mole gelauscht. Vielleicht blieb sie wegen Luca.

Dieser Junge war ihr aufrichtig zugetan, und sie wollte ihn bei dieser riskanten Mission nicht im Stich lassen. Falls Bonaventura tatsächlich in den unterirdischen Gewölben von Lucca umgekommen war, würde sie sich auch für ihn darum bemühen, die Mission zu Ende zu bringen. Sie würde Luca bis nach San Colombano begleiten und dann über das weitere Vorgehen entscheiden. Dieser junge Mönch verdiente es nicht, sein Leben für etwas zu riskieren, das viel zu groß für ihn war. Doch was Fleur am meisten hatte zaudern lassen, war der Wunsch, Rolando wiederzusehen. Allein der Gedanke, ihm wiederzubegegnen, verlieh ihr Kraft und Hoffnung.

»Wie geht es dir, Fleur?«, fragte Luca, der sich hatte zurückfallen lassen. Er sprach leise, denn als sie sich dem Händlertross angeschlossen hatten, hatten sie Fleur als ihren Bruder vorgestellt. Entsprechend zog sie sich die Kapuze stets tief ins Gesicht.

»Mir geht es gut. Wieso fragst du?«

»Meine Hände und Füße sind voller Frostbeulen. Nach dem Schneesturm oben auf dem Pass ist es zunächst ein wenig besser geworden, aber jetzt sind sie dick wie Sackpfeifen, und überall haben sich bläuliche Blasen mit einer brennenden Flüssigkeit darin gebildet. Ich habe mich gefragt, ob es dir nicht ebenso ergeht.«

»Zum Glück nicht. Meine Hände sind trocken wie Dörrfeigen. Vielleicht hast du mehr Körpersäfte, die einfrieren wie Wasser in einer Flasche, die zu bersten droht.«

Hinter ihnen ertönte die Stimme des Wachobersten, eines grobschlächtigen, dunklen Kerls mit pockennarbigem Gesicht, der jedes Mal, wenn er von seinem Lasttier stieg, Fleur lauernde Blicke zuwarf.

»Wir haben das Hospital von San Gervaso erreicht, wo wir die Nacht verbringen. Morgen in aller Frühe werden wir San Colombano erreichen.«

Sogleich wurde damit begonnen, Tiere und Waren in die

Ställe zu verfrachten. Unter der Aufsicht eines massigen, bärtigen Mönchs brachten drei kräftige Kerle die Maulesel in die Unterstände, derweil die schweren Kisten abgeladen und in das bewachte Lager geschleppt wurden. Zusammen mit Luca und Angelo betrat Fleur die weitläufige, steinerne Anlage. Gleich hinter dem Eingangstor lag das bereits vor Reisenden wimmelnde Refektorium, wo die Abendmahlzeit serviert wurde. Die drei setzten sich an einen freien Tisch unter dem Hauptfenster.

»Mein Rücken ist ganz geschunden«, jammerte Angelo und streckte sich auf einer Holzbank aus.

»Wem sagst du das«, meinte Luca. »Aber morgen werden wir endlich das Kloster von San Colombano erreichen.«

»Und was glaubst du, dort vorzufinden?«

»Keine Ahnung. Bonaventura meinte, dort würden wir uns alle wiedertreffen.«

»Bonaventura ist tot«, erklärte Angelo.

»Das sagst du. Bestimmt hat der Meister einen Weg gefunden, heil aus dem Labyrinth herauszukommen«, versetzte Luca mit erhitzten Wangen.

»Ich weiß nicht, ob ich dich für deinen unerschütterlichen Optimismus bewundern oder bemitleiden soll. Und was die Ritter betrifft: Wenn sie nicht ebenfalls umgekommen sind, waren sie bestimmt klug genug, nach Altopascio zurückzukehren. Auch wir sollten schleunigst zur Portiuncola zurückkehren.«

»Wir haben Elia versprochen, Franziskus zu suchen!«

»Und wie? Zwei Mönche und eine Mörderin, die vielleicht sogar eine Hexe ist! Es ist schon ein Wunder, dass wir überhaupt bis hierher gekommen sind, ohne dass uns jemand die Kehle durchgeschnitten hat. Lass uns in Bobbio auf den Spätfrühling warten, dann kehren wir zurück. So Gott will, ist Franziskus vielleicht schon wieder in der Portiuncola.«

»Und du schweigst dazu, Fleur?«, knurrte Luca heiser.

»Alles zu seiner Zeit. Es ist sinnlos, über die Zukunft zu reden.

Lass mich deine Hände sehen.« Fleur nahm Lucas Hand und streifte behutsam den Wollhandschuh ab. Luca wurde brandrot, was Angelo mit einem Kopfschütteln quittierte.

»Ich bestelle was zu essen«, sagte er und ging davon.

Fleur begutachtete Lucas Hand. Sie war geschwollen und an einigen Stellen schwärzlich verfärbt. Zum Glück roch sie nicht eitrig, und die meisten Blasen bildeten sich bereits zurück.

»Keine Bange, Luca, du wirst auch weiterhin mit deinen Händen arbeiten können. Morgen im Kloster werden die Mönche dir Salben gegen den Schmerz geben. Bis dahin achte drauf, die Hände nicht ans Feuer oder in kaltes Wasser zu halten, sonst platzen die Blasen wie überreife Weinbeeren.«

»Fleur«, murmelte Luca und blickte sich um.

»Was ist?«

»Glaubst du, Bonaventura ist tot?«

»Ich weiß es nicht. Hoffentlich nicht, aber ich habe keine Ahnung, was im Labyrinth geschehen ist. Wir wissen nicht, ob er vor unserem Verfolger fliehen konnte. Genau wie du hoffe ich allerdings, dass Bonaventura es irgendwie geschafft hat.«

Luca schwieg nachdenklich.

»Die Schatulle … was, glaubst du, mag darin sein?«, fragte Luca.

»Ich weiß es nicht, und es interessiert mich nicht.«

»Bonaventura ist womöglich dafür gestorben. Bist du nicht neugierig?«

»Kein bisschen. Je weniger wir darüber wissen, desto weniger laufen wir Gefahr, uns zu verraten.«

»Aber wenn Bonaventura nicht wieder auftaucht …«

»Dann sehen wir weiter.«

»Fleur?«

»Was ist bloß los mit dir, Luca?«

»Bitte, nur noch eine letzte Frage.«

»Na schön. Ich höre.«

»Dein Medaillon … darf ich es sehen?«

»Das Medaillon? Wozu?«

»Nur so. Mir gefällt die Farbe.« Fleur musterte die Gäste ringsum und bedeutete Luca, näher heranzurücken.

»Hier, aber nur ein kurzer Blick.«

»Es ist wunderschön. Weißt du, was es mit diesem Motiv auf sich hat?«

»Nein. Aber der, der es mir schenkte, war der Meinung, es sei uralt. Ich trage es zu seinem Angedenken.«

»Wer war das?«

»Jetzt übertreibst du es aber mit deiner Fragerei. Er gehört der Vergangenheit an, auch wenn ich mir wünschte, er würde mich zuweilen in meinen Träumen besuchen. Doch wie es aussieht, geht er mir selbst des Nachts aus dem Weg.«

»Sieh an, sieh an, das kleine Mönchlein kann ja reden.« Die Stimme gehörte einer Wache des Händlertrosses, einem großen Kerl mit einer Narbe unter der Nase, die bis zur Oberlippe reichte und sie in zwei Hälften teilte. »Wie heißt denn dein Freund, Mönchlein?«, fragte er an Luca gewandt und bleckte seine schwarzen Zähne.

»Er heißt Pietro. Im Übrigen werden wir in San Colombano erwartet. Er ist ein Schützling des dortigen Abtes.«

»Tatsächlich? Und wieso hat es ihm die Sprache verschlagen? Wieso nimmst du nie die Kapuze ab, Mönchlein? Was hast du unter dem Stoff zu verbergen?«

Luca sprang auf und stellte sich dem Riesen grimmig in den Weg.

»Ich hatte gesagt, du sollst uns in Ruhe lassen«, rief er schrill. »Oder unser Abt wird mit deinem Herrn reden, und der wird dich bestrafen!«

»Ach wirklich, kleiner Betbruder? Dann sag mir doch, wie er heißt, dieser Abt von San Colombano?«

»Du … du weißt ganz genau, wie er heißt.«

»Richtig, ich weiß es. Aber ich frage mich, ob du es auch weißt. Was du da trägst, ist nicht das Gewand der dortigen Mönche, und du siehst mir ganz nach einem kleinen Schlitzohr aus, das mich verschaukeln will.«

»Was ist hier los?« Angelo war zurückgekommen und stellte sich ungerührt zwischen Luca und den Schergen.

»Gar nichts, gar nichts. Ich habe mich nur mit einem deiner Brüder unterhalten. Bin schon weg«, sagte der Kerl und schlenderte grinsend davon.

»Was wollte der?«, fragte Angelo.

»Nichts. Der hat nur Streit gesucht«, erwiderte Luca. Ein Küchenjunge kam mit einem Tablett an den Tisch, drei dampfende Schüsseln und drei Krüge balancierend.

»Suppe, endlich!«, rief Luca und griff sich eine Schüssel. Doch beim Anblick ihres Inhalts verflog seine Begeisterung. In einer dunklen Brühe schwammen Kartoffelschalen und Saubohnen.

»Ich nehm's zurück.«

»Stell dich nicht an und iss.«

Hastig schlürften die drei ihre Suppe. Als dann das Gesinde zur rasch heraufziehenden Nacht die Kerzen anzündete, machten sie sich auf den Weg ins Dormitorium. Eine lange Reihe von Strohlagern säumte die Wände. Viele Plätze waren bereits belegt. Fleur deutete in eine freie Ecke und machte es sich mit den beiden anderen auf dem frischen Stroh bequem. Noch ehe sie Gute Nacht sagen konnte, war sie in einen schwarzen, traumlosen Schlaf gefallen. Plötzlich ließ ein Stoß in den Rücken sie hochschrecken. Eine Hand hielt ihr den Mund zu, und eine kalte Klinge drückte sich gegen ihre Kehle.

»Psst, Häschen«, zischte ihr eine eisige Stimme ins Ohr. Sie gehörte dem Schergen, der sie beim Abendbrot belästigt hatte. »Jetzt werden wir ja sehen, ob das junge Mönchlein auch wirklich eins ist. Ein Laut, und ich steche dich ab. Sieh an, sieh an, was für ein hübscher Halsschmuck … dann hatte ich also doch richtig gesehen. Der ist gewiss ein hübsches Sümmchen wert. Ihr Mönche seid doch alle gleich: Brüstet euch mit eurer Armut, und dann habt ihr doch heimlich was auf die Seite geschafft.«

Mit der anderen Hand zog er Fleur die Kapuze vom Kopf, unter der das lange Haar zum Vorschein kam.

»Schau einer an, das Häschen ist eine Häsin. Ich wusste doch, dass da was nicht stimmt.«

Der Kerl fingerte in seiner Hose herum, sein Atem stank nach Bier und Hammel. Während Fleur noch fieberhaft überlegte, wie sie ihm entkommen könnte, durchzuckte ein trockenes, hartes Geräusch ihren Körper. Der Scherge sackte zur Seite und ließ von seiner Beute ab. Fleur sprang auf. Im Halbdunkel war ein dunkler Schemen mit einem langen Stock zu erkennen. Er blickte auf das heftig blutende Ohr des Mannes hinunter.

»Du schaffst es immer wieder, dich in Schwierigkeiten zu bringen, Kindchen«, sagte der Mann und nahm die Kapuze ab.

»Bonaventura«, schluchzte Fleur. »Du lebst!«

»So ist es. Und nun reich mir die Hand«, sagte er und hielt ihr die seine hin. »Wir haben einen langen Weg vor uns.«

BEI SAN GIUSTINO

Tote beißen nicht

Das Zischen der Pfeile erfüllte die Luft, während sie ihre Pferde zum Galopp antrieben. Ein Trupp Soldaten aus Perugia war ihnen auf den Fersen. Ein Blick zurück auf ihre flackernden Fackeln verriet, wie viel Vorsprung sie hatten. Offenbar hatte der hundsföttische Gesandte sie auf sie angesetzt. Es waren mindestens dreißig Männer – zu viele, um mit ihnen fertigzuwerden. Trotzdem hätte Rolando am liebsten kehrtgemacht und sich ins Getümmel gestürzt. Er lief nicht gern davon und hatte sich noch nie vor einer Schlacht gedrückt. Doch Mut hatte nichts mit Dummheit gemein: Es gab eine Zeit zu kämpfen und eine, den Kampf zu vertagen. Die Tau-Ritter hielten den Rücken gesenkt und duckten sich tief über die Kruppen ihrer Pferde, um den Bogenschützen kein leichtes Ziel zu bieten. Rings umher ging ein Pfeilregen nieder, einige Geschosse sausten dicht über sie hinweg. Von der kalten, feuchten Nachtluft waren ihre Umhänge schwer geworden, als hätte man sie in Wasser getaucht. Es blieb ihnen nichts anderes übrig, als die Pferde zu wildem Galopp anzutreiben und zu hoffen, ihre Verfolger abhängen zu können oder zumindest einen erhöhten Punkt zu erreichen, von dem aus eine Verteidigung möglich wäre. Im matten Licht des Mondes, der zwischen den dicken Wolken hervorlugte, war nur wenige Längen voraus ein Buchenhain zu erkennen, ideal, um den Vorsprung zu vergrößern. Sie stürzten sich in das Dickicht der Bäume und hetzten im Zickzack zwischen den Stämmen hindurch, darauf bedacht, sich nicht von den Ästen vom Pferd fegen zu lassen. Zumindest die Pfeile waren nun kein Problem mehr. Der Ruf der Eulen hallte zwischen den Wipfeln wider. Das Hufgetrappel ihrer Verfolger war nicht mehr zu hören. Davide drehte sich um.

»Sie sind nicht mehr hinter uns. Vielleicht haben sie aufgegeben.«

»Sie sollen nur kommen, es juckt mich schon in den Fingern. Hier könnten wir es mit ihnen aufnehmen«, erwiderte Giorgio.

»Halten wir einen Augenblick an«, befahl Rolando.

»Warum?«

»Anhalten, sagte ich.«

Rolando und seine Männer brachten die Pferde zum Stehen und lauschten. In der Ferne war das am Waldrand flackernde Fackellicht der Soldaten zu sehen. Sie hatten sich also nicht getäuscht. Aus irgendeinem Grund hatten sie von ihnen abgelassen. Besser so. Manchmal sollte man dem Schicksal einfach danken, statt nach seinem Sinn zu fragen. Der Wald war so dicht, dass das Mondlicht nur spärlich durch die silbrig schimmernden Zweige sickerte. Sie beschlossen abzusteigen und den Pferden eine Pause zu gönnen. Die Zügel in der Hand, setzten sie sich langsam wieder in Bewegung. Es herrschte eine unwirkliche Stille, in der nur die Laute des Waldes zu hören waren: raschelndes Unterholz, der Ruf nächtlicher Raubtiere, das Knacken trockener Zweige, die unter ihren Schritten brachen. Mit angehaltenem Atem und gespitzten Ohren gingen sie weiter. Von den Verfolgern keine Spur. Der Pfad war schmal und schien sich immer wieder im wild wuchernden Dickicht zu verlieren. Eine leichte Steigung verriet, dass sie einen Hügel erklommen.

»Wenn wir dieses Tempo beibehalten, können wir noch vor Tagesanbruch in San Giustino sein«, sagte Rolando.

»Wen kennst du in San Giustino?«, fragte Giorgio.

»Simone, einer der Mönche, ist ein alter Freund von mir. Sie werden uns die Gastfreundschaft nicht verweigern.«

»Wie du meinst.«

Die Ritter setzten sich wieder in Bewegung. Das kleine Stückchen Mond, das zuvor durch die Wolken geblinzelt hatte, war gänzlich verschwunden. Die Luft erschien kälter. Der Pfad war nun weicher als der trockene, steinige Grund des Hügels. Schließlich stiegen sie wieder in den Sattel. Das schmale Tal, in das sie hineinritten, wurde von der dunklen Silhouette der Berge begrenzt. Die Vegetation wurde lichter. Ein bläuliches Schimmern schwebte in der Luft.

»Was ist das?«, fragte Giorgio, als das Schimmern sich verstärkte.

»Irrlichter. Dies ist ein Sumpf«, antwortete Rolando, während die Hufe seines Pferdes in Morast versanken. »An solchen Orten sieht man diese Flämmchen häufig.«

»Es sind die Seelen der Toten, die sich den Lebenden zeigen«, sagte Davide. »Mein Vater hat gesagt, er hätte schon mal eine getroffen und in einer Nacht wie dieser mit ihr gesprochen.«

»Humbug. Flammen haben noch nie mit jemandem gesprochen.«

»Willst du damit sagen, mein Vater redet Unsinn?«

»Das sind Ammenmärchen, nichts weiter.«

»Vielleicht sollten wir uns einen anderen Weg suchen, was meinst du, Rolando?«, fragte Giorgio.

»Die Toten machen mir keine Angst. Die Lebenden sind es, vor denen man sich in Acht nehmen muss. Wir können keinen anderen Weg nehmen, es sei denn, ihr wollt einen dieser Berge erklimmen.«

Immer tiefer versanken die Hufe der Pferde im modrigen Sumpf. Die Irrlichter ringsum vermehrten sich und ließen die Ritter auf der Hut sein. Die Ereignisse in Perugia gingen Rolando nicht aus dem Sinn. Ständig musste er an Fleur und den Kampf mit den Wachen denken, an den unbändigen, animalischen Zorn, der im Leib dieses Mädchens steckte. Leben und Tod, eingeschlossen in diesen zarten Körper, der seine Gedanken stärker beherrschte, als ihm lieb war. Er hatte gut daran getan, sie den Mönchen anzuvertrauen. Natürlich hatte der Prälat ihnen die Soldaten auf den Hals gehetzt, und so stand zu hoffen, dass Fleur und ihre Gefährten in Sicherheit waren. Doch gab es noch einen weiteren Grund für die Trennung: Rolando war zu dem Schluss gelangt, dass ihm sein alter venezianischer Freund Simone in San Giustino gewiss etwas Nützliches über Fleurs Medaillon verraten konnte. Während sie den von zitternden Lichtlein übersäten Sumpf durchquerten, dachte Rolando an all das Blut, das er vergossen hatte. Was würde Franziskus sagen, wenn er seine Gedanken lesen und die Gräuel sehen könnte, mit denen er sich befleckt hatte? Seine Albträume schienen die gerechte Strafe zu sein. Die unablässig wiederkehrenden Toten, die seine Träume bevölkerten, waren der Preis, den er für seine Taten zahlte. Würden sie sich doch in den harmlosen Flämmchen zeigen, die Davide für die Seelen der Verstorbenen hielt! Das wäre sehr viel besser, als sie im Kopf zu haben, aus dem sie sich nicht vertreiben ließen. Jede neue Seele, die er nahm, ließ die Qualen aller anderen wiederaufleben.

Während er noch seinen Gedanken nachhing, wurde er von einem jähen Licht geblendet: Eine Flamme, größer und heller als alle anderen, war vor seinem Pferd aufgeleuchtet. Das Tier scheute und warf ihn aus dem Sattel. Rolando fiel und knallte mit dem Kopf an einen Stein, der aus dem Sumpf ragte. Seine Kameraden stürzten zu ihm. Rolando lag im Morast und hatte das Bewusstsein verloren.

KONSTANTINOPEL, 1204

Gott, steh mir bei!

Die Augen waren auf die Ikone der Jungfrau gerichtet, die von oben herab über den bevorstehenden Angriff auf ihre Stadt Konstantinopel wachte. Dem ersten Ansturm hatten die mächtigen Stadtmauern widerstanden. Jetzt waren Venezianer und Kreuzfahrer wild entschlossen, die Stadt um jeden Preis einzunehmen und sie ihren Verrat teuer bezahlen zu lassen. Während sich die große Flotte den Felsen unterhalb der Stadtmauern gefährlich näherte, wurden auf den Schiffen Plattformen errichtet, die auf die Mauern aufgesetzt werden und den Soldaten als Brücke in die Stadt dienen sollten. Die Kreuzzügler und Ritter, die bereits darauf Stellung bezogen hatten, spürten deutlich, wie das Schlingern der sich neigenden Schiffe die Holzplanken unter ihren Füßen erzittern ließ. War die Neigung nicht richtig austariert, drohten die Schiffe zu kentern, was den Soldaten einen elenden Tod durch Ertrinken bescheren würde. Dann wäre der Belagerung ein Ende gesetzt, noch ehe die Schlacht recht begonnen hatte. Die große Anspannung war allen Gesichtern anzumerken. Mit gezückten Schwertern wappneten sich die Männer für den Sturm auf den Turm, der jetzt zum Greifen nah vor ihrer gefährlich schwankenden Plattform lag. Ein spitzer Schrei, und einer ihrer Gefährten stürzte auf die Klippen, die aus der Meeresgischt ragten. Die Furcht, das gleiche Schicksal zu erleiden, ließ ihre Knie weich und die hölzernen Planken noch wackliger werden. Doch dann glückte das Anlegemanöver endlich: Ein erster Trupp von sechs Männern machte sich daran, die Mauern zu erstürmen. Rolando sah zu, wie sich die Krieger auf die Turmwachen stürzten. Schwerter kreuzten sich, und das Blutvergießen begann. Die Verteidigung der Stadt hatte leichtes Spiel mit ihnen: Einige gingen zu Boden, andere stürzten ins tosende Meer oder endeten auf den spitzen Felsen unterhalb der Festung.

Der junge Ritter hatte einen rund zehn Jahre älteren Mann an seiner Seite. Es war René d'Annecy. Beide gehörten zum zweiten Trupp, der sich zum Angriff bereit machte. Die Plattform, die bei der ersten Attacke nicht richtig verankert gewesen war, hatte sich um gut drei Schritt verschoben, und das neuerliche Anlegemanöver erzeugte Nervosität unter den Soldaten. Das unter dem allzu großen Gewicht schwankende Konstrukt drohte mit ihnen allen ins Meer zu stürzen. Ein Blick von Annecy genügte: Ein großer Satz, und sie landeten beide auf dem Turm, mitten im Gemenge. Mit Schild und Zweihänder bewaffnet, stürzte sich Rolando auf zwei Soldaten und warf sie ins Meer. Ein dritter wollte ihn von hinten überraschen, doch er wich seinem Hieb aus und stieß ihn mit einem Schlag seines Schilds von der Mauer. Unterdessen schlug sich Annecy mit vier Männern gleichzeitig. Trotz seiner hünenhaften Gestalt war der Fürst mit dem langen, schwarzen Haar und den grünen Augen erstaunlich wendig. Er führte einen leichten Degen und ein Kurzschwert und wich den Schlägen seiner Gegner mit einer Behändigkeit aus, als kämpfte er gegen Kinder. Mit seinen flinken, federnden Bewegungen glich er eher einem Tänzer als einem Krieger. Jeder seiner Schläge war tödlich. Einer nach dem anderen gingen die Gegner zu Boden. Unterdessen hatte Rolando den anderen Rittern geholfen, die Plattform am Turm zu vertäuen. Endlich konnten die Kreuzfahrer die Schiffe in Scharen verlassen. Von oben waren bereits die Feuer zu sehen, die in den Straßen aufloderten, da die anderen Schiffe mit der Befestigung ihrer Plattformen schneller gewesen waren. Die Invasion hatte begonnen.

»Folge mir«, sagte Annecy.

Ihre Mitstreiter waren in Richtung Süden zum Goldenen Tor unterwegs, dem Haupteingang der Stadt, wo eine große Anzahl Kreuzzügler darauf wartete, von ihnen eingelassen zu werden. Die beiden hingegen schlugen die entgegengesetzte Richtung ein. Rolando hastete Annecy nach, der sich durch die Gassen der Stadt schlängelte, um die Mese zu umgehen, die zentrale Hauptstraße, in der bereits das an mehreren Punkten gelegte Feuer loderte. Um sie herum ertönten die Schreie der wehrlosen Bewohner. In der nächtlichen Dunkelheit wäre Rolando beinahe über den Körper einer Frau gestolpert, die, an ihr Kind geklammert, in einer Blutlache am Boden lag.

»Mein Gott, wer tut so etwas?«

»Das ist der Krieg, mein junger Freund. Da gibt es kein Richtig oder Falsch, sondern nur endlose Gräuel auf beiden Seiten.«

»Aber die Kreuzzügler haben sich Christus verschworen!«

»Jetzt dienen sie dem Geld. Wir können sie nicht aufhalten. Du weißt, wie wichtig meine Mission ist.«

»Ja, das weiß ich.«

»Die Reliquie in der Hagia Sofia zu beschaffen ist wichtiger als alles andere. Vertraust du mir? Glaubst du an das, was ich dir sagte?«

Rolando zögerte. Das Entsetzen über das Ende dieser Mutter und ihres Kindes hatte ihm den Atem verschlagen und hinderte ihn am Denken. Das Blut in seinen Adern kochte.

»Ja.«

»Gut. Dann wisse, dass heute Nacht sehr viel Bedeutenderes auf dem Spiel steht als die Plünderung der Stadt. Wenn diese Reliquie in falsche Hände gerät, wäre das nicht das Ende einer Stadt oder eines Volkes, sondern unser aller Ende. Dunkle Mächte verehren sie, doch sie dürfen sie nicht bekommen.«

»Dennoch kann ich vor solchen Gräueltaten nicht die Augen verschließen.«

»Das musst du aber, wenn du nicht willst, dass weitaus Schlimmeres geschieht.«

»In Ordnung.«

»Gut. Wenn du mir wirklich helfen willst, musst du auf mich hören und mir blind gehorchen. Andernfalls trennen sich unsere Wege hier.«

»Gut, ich habe verstanden.«

Rolando hielt kurz inne und drückte der Frau die schreckgeweiteten Augen zu. Dann folgte er Annecy durch das Gassenlabyrinth, das die Mese kreuzte. Lautes Hufklappern kündigte einen Trupp berittener Kreuzzügler an. Rolando und Annecy versteckten sich hinter den Säulen eines Bogenganges, der zu einem Palast an der Hauptstraße gehörte. Der Trupp war Richtung Adrianopel-Tor im Norden der Stadt unterwegs. In ihrem wilden Ritt schleuderten sie Fackeln gegen die Gebäude und verwandelten die Mese in ein Flammenmeer. Dem Trupp folgte ein Menschenzug, der einem das Blut in den Adern gefrieren ließ: Kreuzzügler zu Fuß und mehrere venezianische Soldaten schleiften einen Pulk nackter Frauen und Kinder an Fesseln hinter sich her, droschen mit Peitschen auf sie ein oder traktierten die Kinder, die sich an ihre Mütter klammern wollten, mit Fußtritten. Rolando wollte eingreifen, doch Annecy packte ihn beim Arm und hielt ihn zurück.

»Was hast du vor, mein junger Freund? Willst du dich gegen dein eigenes Heer stellen?«

»Eine solche Schandtat kann ich nicht dulden.«

»Du wirst dies und noch mehr dulden, wenn du weiterhin in den Krieg ziehst, das verspreche ich dir. Sie werden sie als Sklaven verkaufen.«

»An wen?«

»An die Ungläubigen, nehme ich an.«

In dem Moment konnte ein kleines Mädchen dem Zug entfliehen, wurde jedoch sofort von einem Kreuzzügler geschnappt. Eine Frau, offenbar die Mutter, stieß einen gellenden Schrei aus, stürzte sich auf den Soldaten und traktierte ihn blind mit Tritten und Faustschlägen. Ein weiterer Soldat packte sie bei den Haaren und zwang sie in die Knie, während der andere dem kleinen Mädchen vor ihren Augen die Kehle durchschnitt. In stummem Schmerz brach die Frau zusammen.

»Ich bringe sie um. Ich bringe sie alle um wie räudige Köter«, zischte Rolando.

»Du wirst gar nichts tun, wenn du nicht willst, dass sie uns umbringen«, sagte Annecy, riss ihn in den Schatten zurück und legte ihm die Hand auf den Mund. »Hör zu, ich sage es dir nicht noch einmal, und wenn du mich dazu zwingst, werde ich dich töten. Ich kann nicht riskieren, dass dein Ungestüm meine Mission vereitelt. Früher oder später wird dieses Blut nach Rache schreien und Gerechtigkeit erfahren. Doch heute Nacht ist es nicht an uns, dafür zu sorgen – zwei gegen Tausende.« Annecy ließ von ihm ab.

Rolando bekreuzigte sich und folgte seinem Gefährten, der davonstürmte. Sie gelangten an den Säulengang der Hagia Irene. In dieser Nacht, die einem endlosen Albtraum glich, reihte sich Grauen an Grauen. Zwischen den Säulen des Bogengangs baumelten die nackten Körper gehängter Männer und Frauen im Wind. Rolando erspähte zwei Kreuzzügler, die ein Mädchen richteten. Einer befestigte die Schlinge am Bogen, der andere zog an ihren Füßen. Ein trockenes Knacken, und ihr Genick war gebrochen. Rolando und Annecy blieben stehen.

»Das ist zu viel«, sagte Rolando. »Geh. Ich muss tun, was ich tun muss. Ich kann meine Hände nicht in Unschuld waschen.«

»Wie du willst, Junge. Jeder hat sein Schicksal, und ich kann dich nicht vor dir selbst schützen.«

»Geh, wir sehen uns später.«

»Gott segne dich, verrückter Knabe.«

Annecy verschwand im Dunkel der Nacht. Das Schwert in der Hand, huschte Rolando auf die Säulen zu, wo zwei Kreuzzügler, dreckigen Mördern gleich, zwei Frauen die Kehle aufschlitzten. Noch ehe sich die beiden umdrehen konnten, hatten sie Rolandos Schwert im Rücken. Aus dem Säulengang drangen Klagelaute und Gelächter. Überwältigt vom Gestank der im Augenblick des Todes ausgeschiedenen Exkremente, schlüpfte Rolando zwischen den baumelnden Leibern hindurch. Weiter vorn machte sich eine Gruppe Kreuzzügler über eine Frau her. Sie hatten ihr die Kleider heruntergerissen und taten sich reihum an ihrem Körper gütlich. Zwei hielten die Ärmste an den Beinen fest, zwei an den Armen. Ein Fünfter drang in sie ein, rhythmisch stöhnend. Weitere zwei standen feixend daneben. Nur einer hielt sich abseits und nahm nicht an der Vergewaltigung teil. Stumm und reglos wie eine Salzsäule stand er da.

»Lasst von dem Mädchen ab!«, brüllte Rolando.

»Reg dich nicht auf, Freundchen. Wenn du dich ein wenig geduldest, bleibt für dich auch was übrig«, sagte einer der Gaffer.

»Ihr seid nicht würdig, dieses Kreuz zu tragen.«

»Wer bist du, dass du so mit uns redest?«

»Ein Mann Gottes.«

»Habt ihr den Grünschnabel gehört?«

»Und was, glaubst du, sind wir?«

»Leute, die den Glauben verloren haben. Elende Mörder und Vergewaltiger.«

»Verzieh dich dorthin, wo du hergekommen bist, sonst machen wir Kleinholz aus dir, Jungchen.«

»Versucht es nur.«

Wie eine Furie ging Rolando auf sie los. Die beiden Gaffer warfen sich ihm entgegen. Er wich einem Hieb aus und schlitzte dem einen mit einem Säbelstreich den Bauch auf. Nach einem Schlagabtausch mit dem anderen rammte er ihm die Klinge in den Körper. Die anderen fünf hatten von der Frau abgelassen und stürzten sich auf ihn. Abwechselnd nahmen sie ihn in die Zange und griffen ihn jeweils zu zweit an. Rolando wich der Salve schneller Hiebe geschickt aus. Ein gerader Schlag, und der Arm eines Kreuzzüglers fiel auf das Pflaster des Bogengangs. Rolando wehrte den Säbelstreich des anderen ab, brachte ihn mit einem Schnitt durch die Achillessehne zu Fall und tötete ihn mit einem Stoß in die Brust. Ein Dritter warf sich auf ihn. Rolando parierte den kräftigen Hieb und ließ den Angreifer mit einem Tritt in den Magen röchelnd zu Boden gehen. Sogleich war ein Vierter bei ihm. Der junge Ritter wirbelte um die eigene Achse und schlitzte ihm mit einem blitzschnellen Gegenstreich die Kehle unter dem Helm auf. Als der Mann am Boden ihn von hinten angreifen wollte, verwandelte sich sein Schlachtgebrüll in einen Schmerzensschrei. Der Kreuzzügler, der nicht an der schändlichen Vergewaltigung teilgenommen hatte, hatte seinem Gefährten das Schwert in den Rücken gerammt und Rolando das Leben gerettet. Er war fast ebenso groß wie er und mager, mit einem grau melierten Bart und dunklen Augen. Angewidert und ohne ein Wort zu sagen, riss er sich das weiße Tuch mit dem roten Kreuz von der Brust. In seinem Blick stand der gleiche Ekel, den Rolando angesichts der Barbarei seiner Mitstreiter empfand. Er nickte ihm dankbar zu und ging zu der Frau, die von Schluchzern geschüttelt wurde. Bis auf einen Stofffetzen um ihre Taille war sie nackt. Sie hatte kurzes, rötliches Haar, und zwischen ihren Brüsten hing ein Rosenkranz: Es war eine Nonne. Rolando hielt ihr seinen Umhang hin.

»Danke. Ich verdanke Euch mein Leben.«

»Der Herr hat es so gewollt«, sagte Rolando. »Was ist mit Euch?« Die Frau blickte entsetzt über seine Schulter.

»Meine Gefährtinnen … sie hatten weniger Glück als ich.«

Rolando drehte sich um. Entlang der Säulen des Bogenganges der Hagia Irene baumelten mehrere Nonnen in zerrissenen Gewändern an den Stricken, an denen man sie aufgeknüpft hatte.

SAN GIUSTINO, 1215

Denn ein lebender Hund ist besser als ein toter Löwe

Der faulige Schlick des Sumpfes war dem Geröll des Berges gewichen, auf dem sich die Abtei von San Giustino erhob. Die Böen der Tramontana fegten die Wolken vom Himmel, und die Umrisse der Kirche und des kleinen, zweigeschossigen Gästehauses waren weithin zu sehen. Während sie sich der Abtei näherten, war im Tal noch immer das Gurgeln des Flusses Arna zu hören, der am Bergsaum entlangströmte und dem Ort seinen Namen gab. Der bewusstlose Rolando lag quer über seinem Pferd, das Davide am Zügel führte. Giorgio ritt schweigend hinterdrein und warf ab und zu einen Blick zurück zu den Sümpfen.

»Hast du auch dieses Gefühl gehabt?«, fragte Davide.

»Welches?«

»Beobachtet zu werden.«

»Ja, mir war auch so.«

»Trotzdem sollten wir aufhören, uns gegenseitig Angst einzujagen. Vielleicht lag es nur an diesem Gestank oder an Rolandos Unfall oder an diesen verdammten Lichtern.«

»Und was, wenn es doch die Seelen der Toten sind?«

»Schluss jetzt. Denken wir nicht mehr daran.«

»Wir sind am Ziel. Jetzt können wir nur hoffen, dass Rolandos Freund wirklich hier ist.«

Davide stieg vom Pferd und klopfte an die Tür des steinernen Gästehauses neben der Kirche. Nichts rührte sich. Er klopfte noch einmal.

»Öffnet!«, rief Davide.

Von drinnen war kein Laut zu hören.

»Öffnet, im Namen Gottes. Wir sind Tau-Ritter und haben einen Verletzten bei uns.«

Ein Riegel knirschte, und die Tür sprang auf. Vor ihnen stand ein kleiner Mönch mit dichtem, grau meliertem Haar. Seine hohe Stirn war von tiefen Falten durchfurcht.

»Kommt herein.«

»Wir suchen Simone da Venezia.«

»Kommt, ich bin Raimondo. Bringen wir euren Gefährten herein, folgt mir. Wir nehmen die Hintertür. Sie führt in den Innenhof, dort könnt ihr die Pferde lassen. Dann rufen wir Bruder Simone.«

Die drei umrundeten das Gebäude. Der Mönch wirkte wachsam, fast misstrauisch. Nervös biss er sich auf die Lippe und musterte sie verstohlen aus dem Augenwinkel, als fürchtete er einen Angriff. Sein Gesicht war verstört und angespannt, und er hatte dunkle Schatten unter den Augen. Offenbar hatte ihn etwas um den Schlaf gebracht. Giorgio, der ein paar Schritte weiter hinten ging, führte Rolandos Pferd mit dem leblosen Körper seines Reiters am Zügel. Der Falke hockte auf dem Rücken seines Herrn und stieß ihn hin und wieder mit dem Schnabel an, als wollte er ihn wecken. Das silbrige Mondlicht ergoss sich auf den Platz vor der Abtei und malte ihre Silhouetten riesenhaft auf das Pflaster. Mit hastigen, nervösen Schritten strebte Raimondo an der Mauer entlang.

»Ihr sagtet, ihr kommt aus Perugia?«

»Eigentlich sagten wir das nicht«, antwortete Davide.

»Und von wo kommt ihr, wenn ich fragen darf?«

»Aus Altopascio.«

»Dort habt ihr gedient?«

»Ja.«

»Und euer Freund?«

»Ebenfalls.«

»Weshalb trägt er diese Maske?«

»Gute Frage, Frater. Das fragen wir ihn auch schon seit Jahren.«

»Ihr wisst es nicht?«

»Nein.«

Über ihren Köpfen waren Schritte zu hören. Davide spähte nach oben. Auf den Außenmauern des Gebäudes verlief eine Art hölzerner Wehrgang. Er hätte schwören können, dass sie beobachtet wurden, wiewohl er keine lebende Seele sah. Sie erreichten eine doppelflügelige Holztür. Der Mönch klopfte dreimal mit der Faust dagegen und ließ in kurzem Abstand ein viertes Klopfen folgen, als handelte es sich um ein verabredetes Zeichen. Ein Balken wurde zur Seite geschoben, und hinter der schweren Tür tauchte ein untersetzter Mönch mit munterem Gesicht, blauen Augen und pechschwarzem Haar auf.

»Seid gegrüßt, Ritter, ich bin Bruder Saverio.«

»Sei ebenfalls gegrüßt, Saverio«, sagte Giorgio.

»Saverio, hol Simone und Luciano. Ihr Gefährte muss versorgt werden.«

Saverio entfernte sich und eilte die Stufen hinauf, die zu einer Loggia jenseits des Hofs führten. In der Mitte des Hofs befand sich ein Brunnen.

»Ihr kommt aus den Sümpfen, richtig?«, fragte Raimondo.

»Ja, auf dem Weg wurde unser Gefährte vom Pferd geworfen und ist mit dem Kopf an einen Stein geschlagen.«

»Es waren Wölfe, richtig?«

»Wölfe?«

»Habt ihr denn keine gesehen?«

»Nein, Bruder.«

»Die Gegend ist voll mit den Biestern. Ihr habt Glück gehabt, dass ihr keinem dieser Diener des Bösen über den Weg gelaufen seid.«

»Diener des Bösen?«

»Ja, genau wie Katzen, Ratten und ähnliches Viech.«

»Dann hatten wir tatsächlich Glück, Bruder«, sagte Giorgio.

»Oh, heute Nacht bei Vollmond werdet ihr Gelegenheit haben, sie zu hören. Die Leute in den Dörfern ringsum sind angegriffen worden. Viele unserer Brüder haben die Abtei aus Angst verlassen und sind nach Perugia geflohen. Wir sind nur noch zu viert: ich, Simone, Saverio und Luciano, unser mit Heilkunde vertrauter Bruder.«

Der Mönch führte sie in eine kleine Kammer, die, den Ampullen und den merkwürdigen Gerätschaften auf den Holzborden nach zu urteilen, das Refugium des Heilkundlers sein musste. Ein kleines, eichenes Bücherregal war mit dicken Bänden gefüllt. In der Mitte des Raumes stand ein grob gezimmerter Holztisch, auf dem sie Rolando auf Geheiß des Mönchs ablegten. Ein kleines Kohlebecken spendete Wärme und Licht und warf tanzende Schatten an die steinernen Wände.

»Wartet hier auf mich. Ich hole Simone und bin gleich wieder zurück.«

»Hast du seinen Blick gesehen? Er wirkte vollkommen verängstigt«, sagte Davide.

»Meines Erachtens übertreibt der gute Raimondo.«

»Du hast recht, aber seine Angst ist echt.«

»Und unbegründet. Oder glaubst du diesen Unsinn über die Wesen des Bösen etwa?«

»Nein, aber dass die Dorfbewohner der Gegend von Wölfen angegriffen wurden, klingt für mich nicht unwahrscheinlich.«

»Seid gegrüßt, Ritter. Ich bin Simone da Venezia. Bruder Saverio hat gesagt, dass ihr mich sprechen wollt und dass euer Gefährte am Schädel verletzt ist.« Ein großer, schlaksiger Mann mit krummem Rücken und dichtem, weißem Bart, der ihm bis auf die Brust reichte, betrat die Kammer, gefolgt von einem glatzköpfigen, untersetzten Mönch mit schwarzem Rauschebart.

»Ja, Rolando behauptet, er kenne dich. Wir waren auf dem Weg hierher, als er vom Pferd fiel ...«

»Rolando, sagst du?«

Simone machte ein überraschtes Gesicht, als hätte der Name alte Erinnerungen geweckt.

»So ist es. Er ist im Sumpf gestürzt und bereits seit einer Weile bewusstlos.«

Mit einer Kerze in der Hand trat der Mönch an den Holztisch und musterte den leblosen Ritter. Verblüfft betrachtete er die goldene Maske.

»Nun denn. Wenn dem so ist, möchte ich euch bitten, das Zimmer zu verlassen. Bruder Luciano und ich werden sehen, was wir tun können. Euer Gefährte ist in guten Händen, doch ihr habt ja gesehen, wie eng es hier ist, da wärt ihr nur im Weg.«

»Einverstanden, aber wir warten vor der Tür. Pass auf, was du tust, Frater, oder die Wölfe werden dein geringstes Problem sein«, sagte Davide und verließ mit Giorgio das Zimmer.

Während der Heilkundler Wickel und Umschläge vorbereitete, stellte Simone die Kerze auf einem der Borde ab und nahm Rolando vorsichtig die goldene Maske ab.

»Mein Freund, du bist es wirklich. Die Krankheit hat es nicht gut mit dir gemeint.«

Eine Hand schnürte Simone die Luft ab. Rolando war plötzlich zu sich gekommen und hatte ihn instinktiv an der Kehle gepackt.

»Ich bin es, Rolando! Simone! Erinnerst du dich an mich?«, krächzte er und versuchte mit beiden Händen verzweifelt, den Zugriff des Ritters zu lockern.

Rolando kniff mehrmals die Lider zusammen und versuchte den Mann in seinem Würgegriff zu erkennen. Kaum wusste er, wen er vor sich hatte, ließ er los und wurde abermals ohnmächtig.

»Dass du heißblütig bist, wusste ich, doch dass du mich eines Tages fast umbringen würdest, hätte ich nicht erwartet«, murmelte Simone.

KONSTANTINOPEL, HAGIA SOFIA, 1204

Viele Dinge werden wiederauferstehen

Im Hauptschiff der riesigen Hagia Sofia war Annecy von sechs Kreuzzüglern umzingelt. Überall lagen getötete Stadtwachen herum. Eine halb nackte Frau kauerte auf dem Altar in der Apsis und wiegte sich in einem seltsamen, provenzalischen Klagelied. Der Geruch von Blut vermischte sich mit dem von Weihrauch und dem beißenden Ruß der Öllampen, die in den Bögen der Seitenschiffe hingen. Annecy stand inmitten der vier mächtigen Säulen, die die riesige Hauptkuppel trugen. Mühelos wehrte er die Attacken der Männer ab, die ihn eingekreist hatten und von allen Seiten mattzusetzen versuchten. Doch der Fürst war blitzschnell und ließ sich nicht übertölpeln. Behände wich er sämtlichen Hieben aus, und kaum geriet einer seiner Gegner aus dem Tritt und entblößte seine rechte Flanke, stieß er zu wie eine Hornisse. Der Kampf schien sie weitaus mehr Mühe zu kosten als ihn. In dem Moment tauchte Rolando mit dem Kreuzzügler Adalgiso auf, seinem Lebensretter aus der Hagia Irene.

»Da bist du ja, mein Junge. So früh hatte ich dich nicht erwartet.«

»Ich hatte versprochen, dass ich komme.«

»Wie ich sehe, hast du Verstärkung mitgebracht.«

»So ist es.«

»Umso besser. Du willst doch wohl nicht sämtliche Lorbeeren mir überlassen.«

Rolando und sein Begleiter warfen sich ins Getümmel. Drei Kreuzzügler ließen von Annecy ab und stürmten ihnen entgegen. Einer ihrer Gefährten beging einen Fehler zu viel und wurde vom Kurzschwert des Fürsten ins Herz getroffen.

»Sterbt, Hunde und Verräter!«

»Ihr habt Gott verraten, dafür werdet ihr bezahlen«, fauchte Rolando und ließ den Kopf eines Soldaten mit einem Gegenschlag zu Boden poltern.

Rolando warf einen flüchtigen Blick auf die halb nackte Frau auf dem Altar, die unablässig mit ihrem Singsang fortfuhr und sich eine Art Gefäß an die Brust drückte. Ihr Haar war so kurz wie das einer Nonne, ihre Haut milchweiß. Sein Begleiter, der sich gegen zwei Männer gleichzeitig zur Wehr setzte, legte eine erstaunliche Zähigkeit an den Tag. Rolando sprang ihm bei und brachte den Kampf mit einem raschen Wechsel aus Stößen und Hieben ins Gleichgewicht. Gegnerische Köpfe, Gliedmaßen und Eingeweide besudelten den Boden der Basilika. Adalgiso eilte Annecy zu Hilfe. Der Kampf war nun ausgeglichen, zwei gegen zwei. Der Fürst wich einem Schlag aus und tötete seinen Rivalen mit einem Stoß. Ein Pfeil sirrte durch die Luft und durchbohrte den Hals von Adalgisos Gegner von hinten. Ein Benediktiner stand mit angelegter Armbrust auf der oberen Empore.

»Simone da Venezia. Zu Euren Diensten, Fürst!«

Zu Rolandos Überraschung schien Annecy den Mönch, der so versiert mit der Armbrust umzugehen wusste, gut zu kennen. Der Benediktiner kam von der Empore herab und eilte Annecy entgegen, um ihn zu umarmen. Er war groß und schlaksig. Ein langer, schwarzer Krausbart fiel ihm über die eingesunkene Brust.

»Ich habe Eure Briefe und die Kopie des Medaillons erhalten«, sagte Simone.

»Ist die Reliquie in diesem Gefäß?«, fragte Annecy und deutete auf den Gegenstand, den sich die Frau wie ein Neugeborenes an die Brust drückte.

»Ja.«

»Wer ist diese Frau?«

»Eine Nonne. Als wir das Gefäß in Sicherheit bringen wollten, sind wir einem Trupp Kreuzzügler in die Finger gefallen. Sie haben die Wachen der Hagia Sofia ermordet. Ich weiß nicht, wie es geendet wäre, wenn ihr nicht gekommen wärt.«

Simone trat zu der Frau und flüsterte ihr etwas ins Ohr. Ihr Klagelied erstarb. Stille trat ein. Schließlich überließ sie ihm das Gefäß.

»Nehmt Ihr es«, sagte Simone und reichte es Annecy, »und bringt es in Sicherheit. Wenn die Prophezeiung, die Ihr in Euren Briefen erwähnt, wahr ist, kann sein Inhalt zusammen mit Eurem Medaillon den Unterschied zwischen Licht und Finsternis ausmachen.«

Rolandos Begleiter hatte die Frau in seinen Umhang gehüllt und trug sie auf seinen Armen. Die fünf schritten durch die Hagia Sofia, deren herrliche Mosaike auf die Toten und die fünf Lebenden, die nun durch das große Tor in der Dunkelheit entschwanden, hinabblickten.

SAN GIUSTINO, 1215

Wie der Anfang, so das Ende

Eine Kerze in der Hand, musterte Simone den Ritter, der in der engen Kammer des Kräutermönchs auf dem Holztisch saß und mit der Rechten die Stiche befühlte, mit denen Luciano ihm die Wunde im Nacken genäht hatte.

»Euer Luciano hat mich gut wieder zusammengeflickt, richte ihm meinen Dank aus«, sagte Rolando und setzte seine goldene Maske auf.

»Du hast Glück gehabt. Hätten die Lederriemen deiner Maske den Aufprall nicht gedämpft, wärst du jetzt nicht hier, um von Flickarbeit zu reden. Komm mit, ich zeige dir unsere Abtei. Nach zwei Tagen Schlaf wird dir ein wenig frische Luft guttun.«

»Zwei Tage?«

»Ja, mein Freund, du hast lange geschlafen. Du hattest hohes Fieber. Dass du noch unter uns weilst, hast du den Dekokten zu verdanken, die Luciano dir in deinem Fieberwahn eingeflößt hat. Wer ist übrigens Fleur?«

»Fleur?«

»Ja. Du hast sie in deinem Fieberwahn mehrmals erwähnt.«

»Ein Mädchen.«

»Darauf bin ich schon von selbst gekommen. Könnte es sein, dass es dir besonders am Herzen liegt?« Simone schmunzelte in seinen weißen Bart hinein.

»Meine einzigen Gefährten sind das Wort und das Schwert.«

»Mag sein. Doch ich weiß, dass eine Frau, zumal eine schöne, das Herz eines Ritters in Aufruhr versetzen kann.«

»Wer sagt, dass sie schön ist?«

»Das war geraten. Deiner Reaktion nach zu urteilen, habe ich aber offenbar ins Schwarze getroffen.«

»Genug damit.«

»Also los, folge mir.«

Die beiden verließen die Kammer des Kräutermönchs und durchquerten einen langen, von wenigen Öllampen spärlich erleuchteten schmalen Korridor, an dem rund ein Dutzend Türen lagen. Draußen war das klagende Pfeifen der Tramontana zu hören. Große Spinnweben hingen von den Decken und verrieten, in welch verwahrlostem Zustand sich die Abtei seit geraumer Zeit befinden musste. Die steinernen Bodenplatten hatten sich gelockert und kippelten bei jedem Schritt. Auf der Empore am Ende des Korridors stützte sich Rolando auf die Brüstung, verharrte einen Augenblick im sanften Mondlicht und genoss die frische Nachtluft. Unten im Hof konnte er ihre Pferde sehen.

»Mein Freund, wie fühlst du dich?«, fragte Simone.

»Wie man sich in meinem Zustand eben fühlt.«

»Gewiss, der Sturz … Bestimmt brummt dir der Schädel, als hätte man ihn mit Knüppeln traktiert. Aber du wirst sehen, ein Tonikum von Luciano, und es wird dir bald besser gehen.«

»Ich brauche kein Tonikum.«

»Was dann?«

»Etwas, um zu vergessen.«

»So schwer hat dich die Sache mit dem Mädchen erwischt?«

»Nein, um Fleur geht es nicht. Es sind die Toten, die mir keine Ruhe lassen. Ich träume fast jede Nacht von ihnen.«

»Verstehe.«

»Nein, das kannst du nicht verstehen, Simone. Du hast die Armee gegen Kutte und Bücher getauscht.«

Plötzlich glitt der Falke über den Hof heran, landete sacht auf Rolandos Arm und riss ihn aus seiner Bedrückung.

»Na, habe ich dir gefehlt, mein Freund? Du mir auch«, sagte Rolando und kraulte dem Raubvogel den Nacken.

»Zusammen mit deinen Gefährten wollten wir ihn einfangen, doch es war nichts zu machen. Seit zwei Tagen fliegt er hier herum und hüpft auf der Empore hin und her. Komm, lass uns hinuntergehen.«

Sie nahmen die Steintreppe zu ihrer Linken und stiegen die geborstenen Stufen zum Erdgeschoss hinab. Hinter einer offenen Tür lag die Ölmühle, in der Bruder Saverio die Ölschläuche und Weinfässer zählte, die in doppelten Reihen die Wände säumten.

»Der Saft der Oliven und Trauben sorgt für unseren Unterhalt. Wir produzieren große Mengen davon. Da wir selbst nicht viel brauchen, verkaufen wir den Rest auf den umliegenden Märkten, um andere Lebensmittel zu erwerben.«

Sie traten in den Innenhof, wo die Pferde an die Tragsäulen der Empore gebunden waren. Rolando gesellte sich zu seinem Ross und streichelte ihm die silberne Mähne. Sichtlich froh, seinen Herrn zu erblicken, legte das Tier den Kopf auf seine Schulter. In der Mitte des gepflasterten Hofs stand ein steinerner Brunnen. Das Rundholz war alt und morsch, ringsum wucherte Quecke.

»Komm, Rolando, ich will dir unsere bescheidene Bibliothek zeigen«, sagte Simone und führte ihn auf die andere Seite des Hofs.

»Wo sind deine Brüder? Haben sie sich zum Gebet versammelt?«

»Es sind nur noch vier von uns hier, mein Freund.«

»Warum?«

»Das Leben der Mönche ist hart. Manch einer geht auch auf dem Weg verloren, sobald er merkt, dass ihm die wahre Berufung fehlt. Zudem haben Vorfälle in jüngster Zeit dafür gesorgt, dass weitere Brüder uns verlassen haben.«

»Wovon sprichst du?«

»Von einer Serie seltsamer Angriffe, die es im vergangenen Jahr in dieser Gegend gegeben hat. Angeblich waren es Wölfe.«

»Aber du glaubst das nicht?«

»Ich halte es für ausgeschlossen. Wölfe überfallen keine Händlerkarren, um ihre Ladung zu stehlen. Einige Opfer haben bei uns haltgemacht, weil sie sich verletzt hatten, und wir haben sie behandelt. Seither sind sie nicht wiedergekommen, vermutlich aus Angst. Für uns ist das ein schwerer Schlag, da sie uns mit allem Notwendigen versorgt haben. Nach und nach haben die Brüder es vorgezogen, unsere verlorene Eremitei gegen friedlichere Ordenssitze zu tauschen.« Simone zog einen eisernen Schlüssel hervor und schloss eine zentral am Hof gelegene Holztür auf.

Beim Eintreten schlug ihnen der Talggeruch der Kerzen entgegen, die in dem von Eichenregalen gesäumten Raum auf sechs Holztischen brannten.

»Setz dich, ich bin gleich wieder bei dir.«

Simone ging zu einem hölzernen Lesepult, zog ein Pergament unter einem Bücherstapel hervor und hielt es Rolando hin.

»Du weißt, was das ist, nicht wahr?«

»Gewiss«, sagte Rolando und erkannte die Skizze von Fleurs Medaillon.

»Du bist deshalb hier, habe ich recht?«

»Ja, das glaubte ich zumindest.«

»Was meinst du damit?«

»Ich weiß nicht mehr, was ich will. Woher wusstest du, dass ich aus diesem Grund gekommen bin?«

»Du hast im Schlaf viel geredet. Nicht nur von Fleur, sondern auch von ihrem Medaillon.«

Rolando senkte den Kopf und atmete tief durch, ehe er zu

sprechen begann. Die Worte schienen wie Felsbrocken auf ihm zu lasten.

»Es ist das Medaillon von Annecy, nicht wahr?«

»Ganz ohne Zweifel. Ist es in den Händen des Mädchens?«

»Ja«, entgegnete Rolando und musterte die Zeichnung des Halsschmucks im schwachen Kerzenschein. »Annecy hat dir diese Zeichnung gegeben, richtig?«

»Er hat sie mir mit einem seiner Briefe geschickt. Er wollte, dass ich die Bedeutung des Motivs entschlüssele. Aus den Worten des Händlers, der es ihm verkauft hat, hat er geschlossen, dass es etwas mit der Prophezeiung zu tun haben muss.«

»Ich kann mich noch genau erinnern, wie du dich in jener verfluchten Nacht am Altar der Hagia Sofia mit ihm darüber unterhalten hast. Doch obwohl Annecy mir das Bild auf dem Medaillon beschrieben hat, hat er mir seine Bedeutung nie verraten.«

»Deine Erinnerungen trügen dich nicht.«

»Du weißt also, was es zu bedeuten hat.« Rolando deutete auf das Pergament.

»Der Adler mit dem Kreuz in den Fängen. Das Symbol lässt sich nicht eindeutig entschlüsseln. Ich weiß nur eines: Annecy war überzeugt, dass es etwas mit der Prophezeiung über das Jüngste Gericht zu tun hat und dass es eine Verbindung zwischen dem Medaillon und der Reliquie gibt.«

»Glaubst du das auch?«

»Ich würde es nicht beschwören, doch Annecy hegte keinerlei Zweifel. Das war der wahre Grund, weshalb er mit den Kreuzfahrern aufbrach.«

»Das deckt sich ungefähr mit dem, was Annecy in jener Nacht in Konstantinopel sagte, um mich davon zu überzeugen, mich ihm anzuschließen. Ich hatte gehofft, du könntest mir mehr dazu sagen, irgendetwas, das er vor mir geheim gehalten hat. Doch eines kann ich mir beileibe nicht erklären: Wenn dieses Medaillon ihm so wichtig war«, überlegte Rolando, »wie ist es dann in den Besitz eines kleinen Mädchens an seinem Hof gelangt?«

»Die Antwort ist einfach: Fleur ist seine Tochter.«

»Seine Tochter? Wieso hast du mir das nicht gleich erzählt?«

»Erst wollte ich herausfinden, wie viel du weißt. Annecy hat sich über die wahre Identität des Mädchens ausgeschwiegen, weil er glaubte, so könne er sie am besten schützen. Seine rechtmäßigen Kinder waren zwei Buben. Und dann war da noch ein Bastard, die kleine Fleur.«

»Woher weißt du das?«

»Weil mir Annecy, ehe er sich zu seiner Reise rüstete, über lange Zeit hinweg Briefe geschrieben hat. Darin berichtete er auch von ihr. Er war völlig besessen von der Vorstellung, dass das Schicksal seiner Tochter mit diesem Medaillon, der Reliquie und der Prophezeiung verwoben sei«, antwortete Simone.

»Aber auf welche Weise? Ist das alles, was du mir zu dem Medaillon sagen kannst? Was war in dem Gefäß?«

»Ich habe keine Ahnung. Ich weiß nur, dass es eine Reliquie enthielt, die für einige Mitglieder des Templerordens ein Gegenstand höchster Verehrung ist. Während der Plünderung wollten sie ihn unbedingt in ihren Besitz bringen. Annecy war ein überaus misstrauischer, herrischer Mensch. Er sprach, ohne viel zu sagen. Vielmehr sagte er nur das Nötigste. Doch da ist noch etwas …«

»Was?«

»Adalgiso war hier.«

»Wirklich? Ich habe ihn seit jener schrecklichen Nacht nie wieder gesehen.«

»Auch ich hatte ihn nach der Nachricht von Annecys Tod aus den Augen verloren. Bis er eines Abends in San Giustino aufkreuzte.«

»Wieso ist er zu dir gekommen?«

»Ich weiß es nicht. Er war merkwürdig, geradezu außer sich. Er war fast nicht wiederzuerkennen.«

»Was meinst du damit?«

»Als er an unsere Tür klopfte und nach mir fragte, stand ein völlig veränderter Mensch vor mir. Er sah aus wie ein Bettler, mit langem, verfilztem, fast schlohweißem Bart und in einer zerschlissenen grauen Kutte. Mit wirrem Blick stammelte er, eine seltsame Sekte sei hinter ihm her und suche das Gefäß. Sie hätten ihn bis in die Nähe von Assisi verfolgt.«

»Hatte er das Gefäß noch bei sich?«

»Angeblich ja. Er meinte, er habe es nach Annecys Tod verwahrt.«

»Hast du es gesehen?«

»Nein. Doch er trug einen Sack bei sich und behauptete, es stecke darin.«

»Wieso ist er zu dir gekommen?«

»Er war auf dem Weg nach Susa und kam hier vorbei. Er erzählte mir, wie Annecy und er nach der Rückkunft vom Kreuzzug von Männern angegriffen worden seien, die nach dem Gefäß und der darin enthaltenen Reliquie gesucht hätten. In dem Versuch, sie zu verteidigen, sei der Fürst tödlich verletzt worden und habe sie ihm mit der Forderung anvertraut, alles in seiner Macht Stehende zu tun, damit sie nicht in die falschen Hände falle. Er blieb nur ein paar Tage. Wir haben ihm Proviant gegeben, dann ist er wieder verschwunden. Ehe er aufbrach, erzählte er mir von einem Versprechen, das er dem sterbenden Annecy gegeben habe. Der Fürst war überzeugt, dass die Angreifer, die das Gefäß rauben wollten, zurückkehren und sich seine Tochter und das Medaillon holen würden. Adalgiso schwor ihm, dass er das Gefäß in Sicherheit bringen und seine Tochter schützen würde, aber offenbar hat etwas oder jemand ihn daran gehindert. Der Herr hat Fleur jedoch in die Hände eines anderen Gefährten von Annecy gegeben. Das ist ein Zeichen.«

»Da wäre ich mir nicht so sicher.«

»Wie meinst du das?«

»Ich glaube nicht, dass ich der Richtige bin, um das Mädchen zu schützen.«

»Wer könnte besser sein als du?«

»Einer mit einem standhafteren Herzen und einer weniger grauenerfüllten Seele. Bei uns ist ein Mönch namens Bonaventura. Er kann sie schützen.«

»Der Alchemist aus Iseo?«

»Genau der. Kennst du ihn?«

»Nur vom Hörensagen. Seine Studien zur Medizin und Alchemie haben seinen Namen in der gesamten Gemeinschaft unserer heiligen Mutter Kirche bekannt gemacht.«

»Ich fürchte, er hat mehr Verleumder denn Freunde.«

»So ist es bei genialen Geistern immer. Ich bin sicher, dass seine Gegenwart eurer Mission nützt. Wenn Gott sie dir, ihm und euren Gefährten anvertraut hat, dann hat er einen Plan für euch alle.«

»Ich bin müde, Simone. Müde all des vergossenen Blutes und all der Toten, die meinen Weg säumen.«

»Jeder dient Gott, so gut er kann. Du tust es, indem du Unschuldige und Wehrlose mit der Ehre und dem Schwert beschützt. Dein religiöser Orden will es so.«

»Mein Orden verlangt, dass ich Pilger und Schwache schütze, nicht, dass ich zum Mörder werde.«

»Das bist du auch nicht.«

»Leicht gesagt für jemanden, der sich zwischen Büchern und Gebeten verkriecht.«

»Ich verstehe dich.«

»Nein, tust du nicht. Du hast nicht die Leichen der Menschen vor Augen, die du umgebracht hast und die jede Nacht nach dir rufen und deine Seele verschlingen.«

»Auch ich habe getötet. Ich kenne diese Träume wohl. Aber du darfst nicht ablassen.«

»Und ob ich das darf, und vielleicht tue ich es auch. Ich kann Gott auch auf andere Weise dienen.«

»Und wie?«

»Wie du zum Beispiel.«

»Ich glaube, du bist verwirrt. Gott hat für jeden von uns einen Plan, und gewiss hat er für dich nicht die Mönchskutte, sondern den Umhang eines Kriegers vorgesehen.«

»Wer gibt dir das Recht, so zu sprechen?«

»Niemand. Doch ich glaube, dass die Aufgaben, vor die Gott uns stellt, seine Art sind, uns den rechten Weg zu weisen. Welches Ende hätte Annecy in jener Nacht in der Hagia Sofia genommen? Welches Ende hätten ich, die arme Nonne auf dem Altar und auch das Gefäß genommen, wenn du nicht mit Adalgiso gekommen wärst?«

»Annecy hätte es auch allein geschafft. Er war der geborene Kämpfer, und seine Tochter ist es ebenfalls.«

»Das, was ich sage, mag stimmen oder auch nicht. Ich weiß nur, dass Annecy mir in derselben Nacht gestand, er habe Gott gedankt, dass er dich zu seiner Rettung geschickt habe. Er war überzeugt davon, dass der Herr dich in der Hagia Sofia sehen wollte und dein Eintreffen für uns alle eine göttliche Fügung war.«

»Du sagst, ich sei kein Mörder, dabei habe ich mich in jener Nacht des Mordes an vielen Männern schuldig gemacht.«

»An Mördern, die vergewaltigten und plünderten. Adalgiso hat mir von der Nonne berichtet, die du vor den Kreuzzüglern gerettet hast.«

»Ich habe sie abgemurkst wie Hunde. Noch heute habe ich schwer daran zu tragen.«

»Hat dieses Mädchen etwa nicht schwer an den Gräueltaten zu tragen, die es in jener Nacht erleiden musste? Was hättest du tun sollen? Dich abwenden? Wegsehen? Nein, mein Freund. Es gibt eine Zeit zu beten und eine Zeit zu kämpfen, das solltest du besser wissen als jeder andere. Doch was immer ich sage, es wird dir keinen inneren Frieden bescheren, wenn du dir selbst nicht vergibst.«

»Meine Seele ist nicht rein, Simone. Vor ein paar Tagen wäre ich am liebsten gestorben, weil der Zorn mit mir durchgegangen ist. Ich war kurz davor, einen Händler zu töten, nur weil er mich und meine Gefährten verraten hat. Ich hätte es auch getan, hätte Bonaventura mich nicht davon abgehalten.«

Plötzlich zerrissen der Schrei einer Frau und das verzweifelte Schluchzen eines Kindes die nächtliche Stille. Simone und Rolando stürzten aus der Bibliothek und trafen auf die Mönche und die beiden Ritter, die sich um einen Karren scharten, um einer jungen Frau und ihrem haltlos weinenden Kind zu helfen.

»Sie sind im Wald angegriffen worden«, erklärte Davide, als er Rolando aus der Bibliothek kommen sah.

Wortlos musterte der Ritter die Frau und ihr Kind.

»Wer hat das getan?«, fragte Simone.

»Wegelagerer. Sie haben uns überfallen, um unsere Felle zu stehlen. Der Kleine, mein Bruder und ich konnten fliehen, aber mein Mann und sein Vater, die auf dem Karren mit den Waren saßen, sind noch immer dort. Sie haben versucht, uns zu verteidigen, damit wir fliehen können. Ihr müsst etwas unternehmen, sonst sterben sie.«

»Los, Giorgio, gehen wir«, sagte Davide.

»Und du, worauf wartest du?«, fragte Giorgio an Rolando gewandt, der sich noch immer nicht rührte.

»Es reicht, wenn ihr beiden geht.«

Die zwei Ritter blickten einander ratlos an, dann bestiegen sie ihre Pferde und sprengten in Richtung Wald davon.

»Du willst doch wohl nicht hierblieben, während deine Gefährten sich in den Kampf stürzen?«

»Genau das habe ich vor.«

»In Gottes Namen, Rolando. Wach auf, spring in den Sattel und tu, was du tun musst.«

»Herrgott noch mal, du Sturkopf von einem Mönch treibst mich noch in den Wahnsinn!«

Rolando sprang auf sein Pferd und galoppierte den anderen nach. Seine Seele war in Aufruhr, und sein Herz schlug ihm bis zur Kehle, während er seine beiden Kameraden einzuholen versuchte. Die Tramontana drückte die Bäume am Waldrand nieder. Der Falke flog hoch am Himmel, wo der Mond im Kranz der nächtlichen Gestirne strahlte. Rolando trieb sein Ross durch die dichte Vegetation. Versteckt hinter mächtigen Bäumen, entdeckte er seine Freunde, die abgestiegen waren, um sich vor ihrem Angriff ein Bild von der Lage zu machen. Eine Gruppe von Männern in Wolfsfellen hatte den Händler und seinen Vater an einen Felsen inmitten einer Lichtung gefesselt und zählte die erbeuteten Felle und Weinfässer.

»Da sind die Wölfe, die Diener des Bösen, von denen Raimondo gefaselt hat«, raunte Giorgio.

Die als wilde Tiere verkleideten Wegelagerer hatten sich ein Fass vom Karren geholt, becherten und beratschlagten, was sie mit den beiden armen Teufeln anstellen sollten.

»Hast du dich doch noch durchgerungen?«, sagte Davide, als er Rolando kommen sah.

»Wie viele sind es?«

»Weniger als zehn.«

»Von hier aus habe ich freie Schussbahn. Ich haue sie einen nach dem anderen um wie die Lämmer«, befand Davide.

»Nein, diesmal machen wir es anders. Wir werden ihnen eine Chance geben. Ihr bleibt hier, und ich gehe hin und verhandele mit ihnen. Wenn sie den Krämer und seinen Vater laufen lassen, sollen sie ihr Leben behalten.«

»Du bist verrückt geworden. Hat der Sturz dich um den Verstand gebracht? Damit bringen wir uns um den Überraschungsmoment.«

»Wir tun, was ich sage. Keine Diskussion.«

Rolando trat auf die Lichtung. Beim Anblick des maskierten Hünen erstarb das weinselige Gelächter der Männer.

»Was willst du, du Scheusal?«, fragte ein Blauäugiger mit Augenklappe.

»Begrüßt ihr so einen Mann, der in Frieden kommt?«

»Verschwinde dahin, wo du hergekommen bist, wenn wir dich nicht fertigmachen sollen.«

»Ihr solltet nicht unnötig in Wallung geraten. Ich bin hier, um euch einen vernünftigen Vorschlag zu machen.«

»Lass hören. Willst du uns vielleicht dein Schwert und deine Maske schenken? Für die könnten wir ein hübsches Sümmchen kriegen.«

»Genau«, sagte ein anderer.

»Ich dachte eigentlich an etwas anderes. Ihr lasst den Jungen und seinen Vater frei, und ich verspreche euch, dass ihr mit dem Leben davonkommt. Den Wein könnt ihr mitnehmen, wenn ihr wollt, und die Felle auch.«

»Und hier kommt unser Vorschlag, Ritter. Du verschwindest einfach, und wir reißen dich nicht in Fetzen.«

»Ich glaube nicht, dass ich mich darauf einlassen kann.«

»Wir sind sechs gegen einen. Unser Angebot ist großzügig.«

»Meines ebenfalls.«

»Dann hast du wohl Pech gehabt, Ritter.«

Zwei von ihnen stürzten sich auf Rolando und wollten ihn mit ihren Äxten treffen, aber er wich mühelos aus. Er parierte einen gezielten Hieb und ließ einen der Angreifer mit dem Schwertknauf zu Boden gehen. Dem anderen versetzte er einen heftigen Tritt in den Bauch, sodass er mit dem Kopf gegen den Schädel eines Dritten stieß, worauf beide außer Gefecht gesetzt waren. Ihre Äxte im Anschlag, rannten nun auch die übrigen herbei. Rolandos Falke stürzte herab, hieb dem einen seine Krallen ins Auge und schwang sich wieder in die Luft empor. Mit einem dumpfen Zischen wurde der Zweite an der Schulter verletzt, was der Kampfeslust der anderen ein jähes Ende bereitete. Der Pfeil aus Davides Armbrust traf einen weiteren Räubergesellen, und nun hatte Davide die anderen im Visier. Die beiden Ritter waren auf die Lichtung getreten und flankierten ihren Gefährten. Gekonnt ließ Giorgio seine Axt über dem Kopf kreiseln und von einer Hand in die andere wirbeln.

»Lassen wir es gut sein«, sagte Giorgio. »Wir sind drei gegen zweieinhalb. Ich würde vorschlagen, ihr helft euren ohnmächtigen Freunden und verschwindet schleunigst! Dieses Angebot ist verbindlich.«

»Ist ja gut, ist ja gut.«

Verschreckt und übel zugerichtet, halfen die Männer ihren Kumpanen auf und stolperten durch das dichte Unterholz in die entgegengesetzte Richtung davon. Unterdessen hatte Rolando den Krämer und seinen Vater losgebunden.

»Danke, Ritter. Ich weiß nicht, was wir ohne Euch gemacht hätten«, sagte der Händler.

»Gelobt sei Gott«, sagte der zottelhaarige, schlohweiße Alte, der kaum noch einen Zahn im Mund hatte. »Ich wusste, dass er meine Gebete erhören und jemanden zu unserer Rettung schicken würde.«

»Möge der Herr Eure Gebete stets erhören, guter Mann ... Na los, steigt auf euren Karren und folgt uns«, sagte Rolando zu dem Jungen, »Eure Frau und Euer Sohn sind in der Abtei in Sicherheit. Wir bringen euch hin.«

»Gott segne Euch.«

Davide und Giorgio halfen den beiden auf den Karren. Dann bestiegen sie mit Rolando ihre Pferde und nahmen den Weg durch den Wald, der bis nach San Giustino führte. Rolando sah zu, wie der Sohn dem Vater zärtlich über den weißen Schopf strich, und verspürte Erleichterung. Sein Eingreifen war so segensreich gewesen wie die Holzplanke für den Ertrinkenden. Und wie jedes Mal, wenn er im Namen der Wehrlosen zum Schwert griff, verlieh dieses Gefühl ihm Mut. Zwar hatten sich die dunklen Wolken, die seine Gedanken trübten, nicht aufgelöst, doch wenn seine Hand den Unterschied zwischen Leben und Tod eines Unschuldigen besiegelte, fühlte er sich besser. Dann schienen die Toten, die aus ihren Gräbern nach ihm riefen, zu verstummen.

Endlich erreichten sie den Vorplatz von San Giustino. Die Tramontana hatte sich gelegt und war einer friedlichen Stille gewichen. Von der Empore aus blickte Simone ihnen entgegen und freute sich über den glimpflichen Ausgang ihres Abenteuers. Als sich die schweren, hölzernen Torflügel zum Hof öffneten und der Karren in die Abtei rumpelte, stürzte die Frau ihrem Mann entgegen. Rolando half dem alten Vater herab.

»Kommt, ich zeige euch eure Zimmer«, sagte Bruder Saverio und bedeutete dem Krämer und seiner Familie, ihm zu folgen.

»Wir bringen sie in den leeren Zellen unserer Brüder unter. Sobald sie ihren Weg fortsetzen können, versorgen wir sie mit ein wenig Proviant«, sagte Simone, der sich zu Rolando gesellt hatte. Für einen langen Moment sahen die beiden einander an, und Simones Blick füllte sich mit Stolz. »Begreifst du jetzt, was ich meinte, mein Freund? Mal spricht Gottes Wille durch Lobpreis zu uns, mal durch geschmiedetes Eisen. Dass diese Familie sich heute Abend an einen Tisch setzen kann, hat sie allein der Tatsache zu verdanken, dass du dich Gottes Wort nicht verschlossen hast.«

»Aber ich …«

»Hör auf mich und hab Vertrauen. Es gibt nicht nur eine Art, ihm zu dienen. Nicht nur die meinige und die meiner Brüder, sondern auch die deinige und die deiner Gefährten. Schwert und Wort, das hast du selbst gesagt. Man muss nur demütig genug sein, um das Wort zu empfangen. Wenn deine Hand sich gegen das Unrecht erhebt, wird Gott dir in seiner unendlichen Güte vergeben. Und nun hör auf mich alten Trottel, beschütze Fleur und erfülle die Mission, die Gott dir übertragen hat.«

»Und wenn ich es nicht schaffe, weil mir die Kraft dazu fehlt?«

»Dann finde sie im Interesse der Mission und in der Brüderlichkeit mit deinen Gefährten, und sei gewiss, dass Er an deiner Seite ist.«

»Wer sind die Männer, die hinter Fleurs Medaillon her sind?«

»Das würde ich selbst gern wissen, mein lieber Rolando, doch leider entzieht es sich meiner Kenntnis. Annecy war jedenfalls davon überzeugt, dass die dunklen Mächte alles daran setzen, die Reliquie mitsamt seiner Tochter in die falschen Hände fallen zu lassen und uns allen den Tod zu bescheren.«

»Vorhin sagtest du, Adalgiso war unterwegs nach Susa, richtig?«

»Ja, er wollte zur Sacra di San Michele. Er war der Meinung, dass er das, was ihm anvertraut war, dort in Sicherheit bringen könne.«

»Giorgio, Davide, aufsitzen, wir brechen auf«, verkündete Rolando.

»Aber wir könnten doch hier übernachten«, schlug Giorgio zögernd vor.

»Wir haben einen langen Weg vor uns. Deshalb brechen wir jetzt auf.«

Rolando und seine Kameraden stiegen in die Sättel, und Bruder Raimondo und Bruder Saverio öffneten das schwere Hoftor.

»Der Gerechte, der auf den Pfaden des Herrn wandelt, ist niemals allein, vergiss das nicht, Rolando«, sagte Simone mit Tränen in den Augen.

»Gott sei mit dir, Bruder«, gab der Ritter zurück, ehe er, gefolgt von seinen Gefährten und dem getreulich über ihm segelnden Falken, im Galopp davonsprengte.

KLOSTER VON SAN COLOMBANO

Ehrfurcht gebietend ist dieser Ort

Seit mehreren Stunden bereits wanderten sie über den schmalen Saumpfad am Fluss Trebbia, der, angeschwollen durch die Schneeschmelze, durch das Tal donnerte. Bonaventura ging zügig voran. Er drehte sich nach seinen Begleitern um. Angelo hatte den längsten Schritt, doch die Schubkraft seines massigen Leibes ließ ihn häufig so schnell werden, dass er bremsen musste, um nicht lang hinzuschlagen. Lucas Beine indes waren nur halb so lang wie die seiner Kameraden und zwangen ihn zu einem hektischen Trab. Hüpfend und stolpernd grummelte er in einem fort vor sich hin. Fleur, der das Gehen als Einzige keine Mühe bereitete, musste ihn mehrmals an der Kapuze festhalten, damit er nicht wie ein Erdrutsch zu Tal ging. Sie hatten keine Zeit für Gespräche gehabt, seit sie in aller Hast aus der Unterkunft hatten fliehen müssen. Die Luft hatte kaum zum Atmen gereicht, zumal auf den Gebirgswegen, wo die eisige Kälte auf die Lungen gedrückt hatte. Doch jetzt, da der Weg gangbarer wurde und Bonaventura das Tempo drosselte, gesellten sich die Gefährten zu ihm. Fleur ergriff das Wort.

»Wir dachten, wir würden dich nie wiedersehen. Was ist in Lucca geschehen?«

»In der Tat war ich dem Tod näher als dem Leben, doch zum Glück habe ich noch ein paar gute Gründe, um auf dieser Welt zu bleiben.«

»Wer war dieses Wesen?«

»Jemand, der aus der Welt der Toten zurückgekehrt ist. Ein Mann, der vielleicht keiner mehr ist.«

»Was war in der Schatulle?«

»Ich konnte sie mitnehmen.«

»Und was ist darin? Darf ich es sehen?«, fragte Luca neugierig.

»Je weniger ihr wisst, desto besser.«

»Und was ist an dieser Schatulle so wichtig?«, fragte Luca.

»Ich habe keine Ahnung«, entgegnete Bonaventura. »Das ist eines der Rätsel, die wir erst lösen, wenn wir Franziskus treffen.«

»Falls wir das überhaupt schaffen«, schnaubte Angelo.

»Wieso war dieser Kerl hinter mir her? Sag es mir, Magier.«

»Nenn mich nicht Magier, Kleine.«

»Und du nenn mich nicht Kleine. Sag mir, was du weißt.«

»Hiob, steh mir bei. Vor sechs Jahren lagerte ein Heer unter papsttreuen Standarten vor der Stadt von Béziers. Seit langer Zeit schon blickten die Augen unseres Heiligen Vaters nicht über das Wasser, sondern auf das Land, um die Ketzerei zu besiegen.«

»Sprichst du von dem Kreuzzug gegen die Katharer?«, fragte Luca.

»Du sagst es. An der Spitze von zehntausend Kreuzzüglern zog Arnold Amalrich gen Languedoc und lagerte vor der Stadt.«

»Ich verstehe nicht, was diese Geschichte mit uns zu tun haben soll«, knurrte Angelo.

»Der Sinn eines Satzes ist schwer zu begreifen, wenn man denjenigen, der ihn spricht, nicht ausreden lässt, voreiliger Bruder. Wie ihr wisst, war das, was folgte, ein dunkles Kapitel unseres Glaubens. Bisweilen möchten wir dem Plan Gottes und dem päpstlichen Willen allzu eilfertig nachkommen und leisten damit den Absichten des Teufels Vorschub.«

»Gott möge uns verzeihen«, sagte Luca.

»Worüber sprecht ihr?«, fragte Fleur.

»Über zehntausend Männer wurden mit Brenneisen, Feuer

und Schlägen gequält, um dann auf dem Scheiterhaufen zu verbrennen. Von der Stadt und ihren Bewohnern blieb nichts übrig.«

»Es waren Ketzer«, urteilte Angelo.

»Nicht alle, und gewiss nicht die Kinder. Wie dem auch sei, ein paar überlebten. Einige von ihnen, die einst unter dem Banner der Templer gedient hatten, taten sich zu einer Sekte im Dienst dunkler Meister zusammen und wählten den Weg der Zauberei und des Trugs. Sie hatten nur ein Ziel: unsere Mutter Kirche zu zerstören.«

»Also war dieser Mann einer von ihnen«, flüsterte Fleur.

»Ja. Dieser Mann war einer von ihnen.«

»Es heißt, sie seien halb Mensch und halb Dämon.« Lucas Stimme zitterte.

»Als Mutprobe und aus Todesverachtung werden ihre Leiber von ihren Meistern vom Feuer gepeinigt und ins Eis geworfen. Ihre Sinne sind derart geschärft, dass ihre Augen im Dunkeln sehen. Ihre Seelen werden durch die entsetzlichsten Entbehrungen gestählt. Wer überlebt, verwandelt sich in etwas, dem niemand über den Weg laufen will.«

»Und was ist in den Katakomben passiert? Hast du ihn besiegt?«

»Mit ein wenig List gelang es mir, ihm zu entkommen.«

»Aber wieso sucht er nach mir?«, fragte Fleur.

»Ich fürchte, aus demselben Grund, aus dem wir dich beschützen. Du bist einer der Schlüssel, die ihren Triumph oder ihre Niederlage bedeuten können.«

»Wie kann das sein? Ich bin ein Nichts!«

»Das kann ich dir nicht sagen, Fleur, du musst mir einfach glauben. Ich hoffe allerdings, es möglichst bald herauszufinden.«

Allmählich verringerte sich das Gefälle. Von den Felswänden links des Wegs stiegen Wolken auf, die ihre Schritte in Nebel hüllten und beißenden Schwefelgeruch mit sich brachten.

»Was ist das für eine Teufelei?«, murmelte Fleur und drückte sich einen Zipfel ihres Umhanges vors Gesicht. »Sind wir etwa in der Hölle gelandet?«

»Das ist der Gifthauch der Salinen«, entgegnete Bonaventura. Luca war unter seiner Kapuze puterrot geworden. Er hustete und röchelte. »Wie es scheint, sind wir nicht weit von Bobbio.«

Unvermittelt löste sich der Nebel auf und gab den Blick auf einen vom Fluss umsäumten Flecken frei, der mit einer ebenso stattlichen wie behelfsmäßigen Brücke verwachsen war. Ihre Bögen waren von unterschiedlicher Höhe und Größe und bildeten dennoch jene seltsame Harmonie, die das Fehlerhafte und Asymmetrische in erhabener Perfektion zusammenführt.

»Die Teufelsbrücke«, hauchte Luca.

»Du kennst sie?«, fragte Fleur.

»Um diesen Ort ranken sich zahlreiche Legenden«, murmelte Luca sichtlich verstört.

»Auf geht's«, sagte Bonaventura. »Unsere Brüder bauen hier eine Kirche. Wir bitten sie um Gastfreundschaft.«

Die vier setzten sich wieder in Bewegung. Beladen mit großen Körben voller kreideweißen Pulvers, schleppte sich eine lange Karawane Männer, Frauen und Kinder in Richtung Dorf.

»Was tragen die da?«, fragte Fleur.

»Salz. Die Minen hier sind überaus ergiebig, und die heißen, übel riechenden Quellen helfen offenbar gegen diverse Krankheiten«, antwortete Luca.

»Gegen Krankheiten helfen das Gebet und Gottes Wille«, schnaubte Angelo.

»Gott hat keine Zeit für alle Kranken der Welt«, versetzte Fleur.

»Deine üblichen gotteslästerlichen Gedanken. Dafür hättest du die Hölle verdient.«

»Die Hölle ist hier. Ihr wollt sie nur nicht sehen.«

»Schluss jetzt, Brüder, ich will nichts mehr hören!«, schalt

Bonaventura. »Denkt daran, dass wir für Franziskus hier sind und nicht von ungefähr zusammengefunden haben. Er würde nicht wollen, dass wir so miteinander reden.«

»Kennst du ihn gut? Wie ist er so?«, fragte Fleur, während sie die von Wanderern, Pilgern und Arbeitern bevölkerte Brücke überquerten.

»Er ist unser Anführer. Der stärkste aller Ritter. Der größte aller Eroberer.«

»Nicht schlecht«, befand Fleur schmunzelnd. »Und welche Waffen benutzt er?«

»Die Sprache, das Wort, die Gesten. Wenn er dich ansieht und mit dir spricht, wie er mit jedem von uns gesprochen hat, verändert sich alles. Sieht man die Dinge erst einmal mit seinen Augen, gibt es kein Zurück mehr«, sagte Luca.

»Und wie lautet eure Mission? Wen müsst ihr erobern?«

»Die Herzen der Vergessenen und derer, die vom Weg abgekommen sind oder Gott nie kennengelernt haben«, erklärte Luca.

»Vergessen von wem?«

»Von den Worten der Hoffnung. Von den Gesten der Barmherzigkeit. Von denen, die den Einsamen beistehen sollten.«

»Dafür gibt es doch die Kirche.«

»Die Kirche ist fern. Sie sitzt in den Palästen, Klöstern und Kathedralen. Wir sind auf den Straßen.«

»Das klingt ebenfalls ein wenig gotteslästerlich, findest du nicht, Bruder Angelo?«, fragte Fleur amüsiert.

»Luca ist mit seinen Erklärungen sicher zu weit gegangen. Auch wir sind die Kirche. Vergiss das nicht«, sagte Angelo grimmig.

»Natürlich, Bruder, das wollte ich gar nicht bestreiten …«, grummelte Luca verlegen.

Die Unterhaltung wurde von einer Wache unterbrochen, die vor dem Eingangstor stand und ihnen mit ihrer langen Pike Halt gebot.

»Wer seid ihr, Fremde?«

»Wir sind Mönche, Jünger des Franziskus, und kommen aus Assisi. Wir sind nach Norden unterwegs und wollen unsere Brüder besuchen, die hier eine Kirche bauen«, entgegnete Bonaventura.

»Die Verrückten? Ja, die sind hier. Ihr findet sie gleich hinter dem Kloster, jenseits der Gärten und der Mühle an der Ostmauer. Ihr dürft passieren.«

»Danke, Bruder«, sagte Bonaventura.

»Du, Knirps, kommst mir irgendwie bekannt vor.«

»Meint Ihr mich?«, fragte Luca verdattert und blickte sich ungläubig um.

»Ja, Kleiner. Haben wir uns hier nicht schon mal gesehen?«

»Also … ich glaube nicht.« Luca wurde rot.

»Lass dich anschauen. Hm. Wer weiß, aber normalerweise vergesse ich ein Gesicht nie. Wo kommst du her?«

»Aus Assisi, wie gesagt.«

»Und du warst noch nie in Bobbio?«

»Noch nie. Das ist das erste Mal.«

»Trotzdem habe ich dich schon mal gesehen.«

»Wache, dürften wir passieren?«

Die Stimme kam von einem großen, mit Säcken und Proviant beladenen Karren, auf dem ein zerlumpter Krämer und sein ausgemergelter Sohn saßen.

»Warte, ich muss erst die Ladung kontrollieren. Ihr dürft eintreten, doch wenn ich herausfinde, dass du mich belogen hast, Knirps, bekommst du Ärger. Verstanden?«

»Das wird nicht passieren.«

»Verheimlichst du mir etwas, Luca?«, raunte Bonaventura im Davongehen.

»N … nein, Bonaventura. Wieso sollte ich?«

»Das werden wir sehen. Jetzt habe ich allerdings keine Zeit, der Sache nachzugehen. Wir beide sprechen uns noch.«

»Wie du willst, Meister.«

Hinter dem Tor lag eine breite, von einem Kanal flankierte Straße. Das Wasser schillerte grünblau und rot, als würde in den Bergen eine blutige Schlacht geschlagen.

»Die Färber sind schon bei der Arbeit«, freute sich Luca.

»Dieser Kerl am Tor schien dich wirklich zu kennen«, bemerkte Fleur.

»Keine Sorge, das passiert mir oft. Ich habe ein Allerweltsgesicht, das man gern verwechselt. Schau, die Abtei!«

Die Gruppe hatte das Kloster erreicht. Ein Spinnennetz aus kleineren und größeren Kanälen versorgte die auf dem Vorplatz angelegten Gärten, in denen mehrere Bauern arbeiteten. Dahinter, über den Dutzenden von Bögen einer majestätischen Arkade, ragte eine strenge Kirche auf. Bonaventura musterte Luca prüfend. Der war so aufgeregt, als hätte er etwas unerwartet Schönes erblickt – oder einen geliebten Ort, von dem er nicht geglaubt hatte, ihn jemals wiederzusehen. Der kleine Mönch musste bereits hier gewesen sein. Doch wieso verheimlichte er das?

»Was soll daran so schön sein? Es ist eine Abtei wie jede andere«, sagte Fleur.

»Machst du Witze? Hast du noch nie von ihrem Skriptorium gehört? Es ist das berühmteste der Welt. Dort gibt es Hunderte von Kodizes, in denen die gesamte Geschichte der Menschheit verzeichnet ist.«

»Du scheinst diesen Ort wirklich gut zu kennen«, sagte Bonaventura und sah Luca forschend an.

»Nicht doch, Meister«, murmelte Luca. »Jeder kennt die Geschichte von San Colombano. Hatte ich dir nicht erzählt, dass ich als Junge fleißig studiert habe?«

»Nein, das hast du nicht. Dabei habe ich ein gutes Gedächtnis, das kann ich dir versichern.«

»Dann muss ich das verwechselt haben.«

»Die Wache meinte, die Kirche befinde sich fast am Ende der

Stadt. Schluss jetzt mit den Plaudereien, gehen wir«, knurrte Angelo.

Auf den Straßen begegneten ihnen Händler und Mönche, Wachen und lärmende Kinder, die in den Kanälen spielten. Am Ende der Straße, die sich an der Klostermauer entlangzog, erreichten sie ein großes, halb im Wasser stehendes Gebäude mit einem großen Rad aus Holz und Eisen, das unter gewaltigem Getöse Wasser schaufelte. Gekrümmt unter der Last der Mehlsäcke, kamen Männer aus der Seitentür der Mühle und buckelten ihre Fracht zu den Bäckereien. Hinter dem Gebäude ging es nach einem kurzen Aufstieg durch eine Seitentür zur Stadtmauer hinaus. Auf dem kleinen, grünen Hügel dahinter, der sich über dem Kloster erhob, lag eine bescheidene Baustelle, auf der die Arbeiten bereits in vollem Gange waren.

»Das muss es sein. Na los, Beeilung«, sagte Bonaventura. Als sie zur Baustelle kamen, sprang ihnen als Erstes ein riesenhafter Kerl in einem ärmlichen Franziskanergewand ins Auge. Unter dem schneidenden Kommando eines knöchrigen, alten Mönches betätigte er einen Flaschenzug.

»Und jetzt herunterlassen, langsam.«

»Bruder …«, sprach Angelo den Alten an.

»Psst! Siehst du nicht, dass wir arbeiten! Langsam, Baldo, ganz langsam!«

Jetzt bebte der bärtige Riese am ganzen Leib. Dicke Sehnen traten an seinem Hals hervor, und seine Stirn glänzte vor Schweiß. Auf das zukünftige Hauptportal der Kirche sollte ein dicker Marmorbalken verfrachtet werden – eine Arbeit, für die es normalerweise mehrere Ochsen brauchte.

»Na bitte! Geschafft!«, rief der alte Mönch und umarmte den erschöpften Riesen. Die Brüder ringsum schlugen ihm lachend auf die Schulter.

»Perfekt«, sagte der Alte und begutachtete die Position des Balkens. »Wir hätten es nicht besser machen können.« Der schwer atmende Riese zeigte ein zahnloses Grinsen. Erst jetzt schien sich der alte Franziskaner an die Fremden zu erinnern und drehte sich zu ihnen um.

»Franziskus, steh mir bei. Ich hatte gar nicht bemerkt, dass ihr Brüder seid«, sagte er und ging auf sie zu. »Ihr müsst mir verzeihen, liebe Brüder, aber ich war vollauf mit der Errichtung des Architravs beschäftigt. Wenn ihr wüsstet, wie viele Almosen er gekostet hat, da dürfen wir keinen Fehler riskieren. Und? Was habt ihr mir mitzuteilen?«

»Eine wirklich schöne Arbeit«, lobte Bonaventura.

»Danke, Bruder, aber ich meinte eher euch. Was führt euch in diese Gegend? Bringt ihr Neuigkeiten von Franziskus?«

»Mein Name lautet Bonaventura d'Iseo. Dies sind Angelo und Luca, und das ist Anna. Wir sind unterwegs nach Norden, um unsere Botschaft zu verbreiten und neue Gemeinschaften zu gründen. Wie du bestimmt weißt, ist Franziskus noch auf Reisen.«

»Bonaventura«, sagte der Alte. »Ich habe von dir gehört. Es heißt, du seist Arzt. Andere behaupten, du seist ein Magier. Alle fragen sich, ob es wahr ist, dass du die Männer mit seltsamen Tränken einschläfern kannst, um ihnen die Haut abzuziehen, ohne dass sie einen Mucks von sich geben.«

»Es wird viel geredet, auch über einen angeblichen Weltuntergang. Deshalb ist noch lange nichts dran. Ich kümmere mich um Kranke, und wenn ich es vermag, lindere ich Leiden. Doch das geschieht durch Verabreichung von Kräutern. Zauberei braucht es dazu nicht.«

»Dann seid ihr willkommen«, sagte der Alte und ließ seinen Blick mit einem Anflug von Argwohn zwischen Bonaventura und Fleur hin- und herwandern. »Ihr könnt bleiben, solange ihr wollt. Wir können euch Hütten zur Verfügung stellen, und ein paar unserer Schwestern sind bis zur Fertigstellung des Klosters bei edelherzigen Familien untergekommen. Unsere Kirche ist die erste, die nördlich von Assisi errichtet wird. All das haben wir Franziskus zu verdanken, der diesen Ort gesegnet hat. Ich heiße Ariberto. Kommt, ich stelle euch die anderen vor. Das ist Baldovino, genannt Baldo«, sagte er und deutete auf den Riesen. »Ohne seine starken Arme wären wir noch bei den Fundamenten. Er redet nicht viel, sondern lässt Taten für sich sprechen. Dort unten sind Federico und Luciano, und auf den Innengerüsten arbeiten Crispino, Lattanzio und Marco. Ihr werdet sie noch kennenlernen. Bleibt ihr länger?«

»Wir wollen uns nur ein wenig ausruhen, dann machen wir uns wieder auf den Weg«, antwortete Angelo.

»Und du, Schwester?«, fragte Ariberto. »Hast du nichts zu sagen?«

»Sie bereitet sich auf ihr Schweigegelübde vor«, erwiderte Luca hastig.

»Na, dann wird sie sich gut mit Baldo verstehen«, sagte Ariberto schmunzelnd. »Baldo, bring unsere Schwester zum Korkhaus am Ende der gelben Straße. Dort findest du Agnese und Carla, zwei Schwestern, die dich mit Freuden versorgen werden.«

Fleur warf Bonaventura einen Blick zu.

»Es wird besser sein, wenn ich Schwester Anna begleite. Unser Superior hat darum gebeten, sie nicht aus den Augen zu lassen.«

»Es ist völlig ungefährlich, das versichere ich dir.«

»Das glaube ich, aber dennoch möchte ich sie lieber begleiten. So habe ich auch gleich die Gelegenheit, mich auf dem Markt umzusehen.«

»Wie ihr wollt«, sagte der alte Mönch mit wachsendem Argwohn.

»Luca, Angelo, ihr könnt hierbleiben. Wir sehen uns später.«

Gefolgt von Fleur, setzte sich der Hüne gemächlich in Bewegung. Gemeinsam schlugen sie die Straße ein, die hinter der Apsis steil abwärts führte. Bonaventura bildete das Schlusslicht des seltsamen Trios. Fleur gesellte sich zu ihm.

»Dieser alte Mönch gefällt mir nicht.«

»Mir auch nicht. Aber wir müssen uns ausruhen und wieder zu Kräften kommen. Heute Nacht schlafen wir, und bei Morgengrauen brechen wir auf.«

»Du redest nicht viel, stimmt's? Woher kommst du?« Der Riese stapfte einfach weiter, mit gerunzelter Stirn, krummen Schultern und stierem Blick. »Wieso bist du Franziskaner geworden? Wo bist du geboren?«

»Franziskus liebt Baldo. Baldo liebt Franziskus. Er ist gut zu Baldo. Er ist lieb.«

Stimmengewirr und eine Kakofonie von Tierlauten drangen an ihr Ohr. Sie hatten den Viehmarkt erreicht. Nur mit Mühe konnten die Rufe der Hirten, Viehzüchter und Händler das Brüllen der Rinder und das Meckern der Ziegen übertönen, die sich zwischen den gackernden Hühnern und den in Jägerfallen gefangenen Kaninchen und Fasanen drängten. Der beißende Viehgestank mischte sich mit dem aufwirbelnden Staub, der in Nase, Mund und Ohren drang. Bonaventura verlangsamte den Schritt und blieb am Stand einer Alten stehen, die bunte Pulver zusammenmischte und in Tongefäße füllte. Während der Mönch um verschiedene Gewürze feilschte, setzte Baldo seinen Weg stoisch fort, schob hier und da ein paar Tiere beiseite oder trottete, sich bekreuzigend, zwischen verhandelnden Bauern hindurch. Schließlich erreichte er einen Platz, auf dem eine Schar zerlumpter Kinder umherflitzte, die einander mit Steinen abzuschießen versuchten. Als sie Baldo erblickten, stimmten sie einen vorlauten Singsang an.

»Baldo ist dumm wie Stroh. Wenn er betet, weiß er nicht, was er redet!« Dann schleuderten sie Steine und Holzstücke nach dem Riesen, der jedoch weder reagierte noch ihnen groß auswich.

»Hört auf!«, rief Fleur. Die Kinder machten jedoch unverdrossen weiter, als hätten sie nichts gehört. Ein spitzer Stein traf Baldo an der Stirn, die zu bluten begann. »Es reicht, hab ich gesagt. Ihr tut ihm weh!« Als Antwort verpasste der größte der Rotzbengel dem Mönch ein paar Tritte in den Hintern und wollte ihm dann auf den Rücken kraxeln. Fleur packte ihn am Schlafittchen, gab ihm zwei Ohrfeigen und ließ ihn fallen. Der Junge rappelte sich hoch und wollte sich auf sie stürzen, doch Fleur stellte ihm ein Bein und schickte ihn mit dem Gesicht voran in eine Jauchepfütze. Die anderen Kinder stoben auseinander. Der Junge wischte sich das Gesicht ab und trollte sich, Tränen der Wut in den Augen. Fleur holte Baldo ein, der gerade den Platz verließ, und ergriff seine Hand. »Bück dich, Baldo. Verstehst du mich? Geh in die Knie.« Bedächtig ging Baldo in die Hocke. Fleur tunkte einen Zipfel seines Gewands in das Kanalwasser und säuberte sein blutüberströmtes Gesicht.

»Das war gut von dir«, sagte Bonaventura hinter ihr. »Diesem Jungen hast du eine Lektion erteilt. Doch morgen werden sie umso unbarmherziger sein, und Baldo wird sich nicht wehren.«

»Ich werde ihn beschützen.«

»Und wie lange willst du das tun?«

»So lange wie nötig.«

Den ganzen Tag lang hatten Luca und Angelo von ihrer Reise erzählt und fast alles ausgelassen, was nicht zu einer einfachen Pilgerreise passte. Im Geiste Franziskus' hatten sie bei den Bauarbeiten geholfen, Kalk getragen und Steine geschleppt, bis Luca von dem Staub weiß wie ein Gespenst war und Angelo die Hände voller Blasen hatte. Gegen Mittag kehrte Baldo aus dem Dorf zurück. Sein Blick war noch trauriger als sonst, und über seine Stirn zog sich eine lange Schramme. Ariberto hatte ihn zur Seite genommen, um mit ihm zu reden, doch der Riese schüttelte nur trotzig den Kopf wie ein Kind, das mit den Händen im Obstkorb erwischt wurde. Aus dem großen Topf, den Lattanzio an den Tisch gebracht hatte, strömte ein köstlicher Duft. Luca konnte sich kaum noch beherrschen. Sein Magen stimmte in die Gebete ein und bekräftigte jedes Amen mit einem frohlockenden Gurgeln. Endlich schenkte Lattanzio den Kichererbseneintopf aus, und nach dem ersten Löffel war für Luca alle Plackerei vergessen.

»Wie ich sehe, schmeckt es dir, Bruder Luca«, bemerkte Ariberto lächelnd.

»Verzeih, Bruder, aber nach tagelangem Fußmarsch und wässrigen Suppen ist dies eine geradezu königliche Speise.«

»Du musst dich nicht entschuldigen. Franziskus hat sich gefreut, wenn er uns nach einem Arbeitstag essen sah. Ein satter Magen versüßt den Schlaf, pflegte er zu sagen. Und Lattanzio ist ein hervorragender Koch. Ehe er zu uns stieß, hat er jahrelang auf den Schiffen der Genueser Flotte gekocht. Wenn wir Sardellen haben, würzen wir die Suppe damit, zusammen mit Bergkräutern und Lorbeer.«

»Einfach köstlich, Lattanzio. Franziskus war also hier?«

»Gewiss. Dank ihm haben wir dieses Stück Land erhalten. Ihm ist es gelungen, den Bischof und den Abt an einen Tisch zu bringen, um einen uralten Streit beizulegen.«

»Wirklich? Er findet immer die richtigen Worte.«

»So ist es. Doch man muss auch auf offene Ohren stoßen. Und die unseres jetzigen Bischofs sind es nicht.«

»Aber untersteht der Abt nicht einzig der Kirche?«

»Unser Papst Innozenz hat ihm dieses Privileg entzogen. Jetzt bestimmt der Bischof einen Abt nach seinem Geschmack.«

»Amen«, sagte Luca mit einem satten, zufriedenen Grinsen.

»Da wir heute den Architrav gesetzt haben und uns über euer Erscheinen freuen dürfen, sollten wir jetzt mit einem Schlückchen unseres Weins und einer von unseren Schwestern zubereiteten Süßigkeit feiern. Lattanzio, hol den Kelch. Zuerst unsere Gäste.«

»Bei Spirituosen bin ich sehr empfindlich, Bruder.«

»Stell dich nicht an und trink, Luca. Wein kräftigt das Blut.« Widerstrebend legte Luca die Lippen an den Kelch, nippte daran und nahm dann, verblüfft über den süßen, würzigen Geschmack, einen größeren Schluck.

»Lass uns auch noch was übrig, kleiner Mönch«, sagte Crispino und erntete allgemeines Gelächter.

»Und dies hier sind die Mostaccioli«, verkündete Ariberto und hielt einen kleinen Laib in die Höhe, der von Lattanzio gewissenhaft zerteilt wurde.

»Franziskus' Lieblingssüßigkeit!«, rief Luca freudig und klatschte in die Hände.

»Er hat uns das Geheimrezept gegeben, das er aus Rom mitgebracht hat. Wie sind sie?«, fragte Lattanzio.

»Einfach himmlisch. Ich hoffe, Fleur durfte sie auch probieren«, sagte Luca, ohne nachzudenken.

»Wer?«, fragte der alte Mönch misstrauisch.

»Wer?«, fragte Luca, der begriff, dass ihm etwas Falsches herausgerutscht war. Allerdings war er zu beschwipst, um zu begreifen, was. Angelo trat ihm gegen das Schienbein und antwortete an seiner Stelle.

»Das war Schwester Annas Name, ehe Klara sie nach unserem Brauch getauft hat.«

»Fleur? Ein seltsamer Name. Sie ist also Französin?«

»Ihr Vater war lange Zeit in Frankreich, doch sie hat immer in Assisi gelebt.«

»Verstehe«, sagte der Alte. Luca senkte den Kopf wie ein getadeltes Kind und verzehrte die letzten Gebäckkrümel.

Das Korkhaus lag auf dem höchsten Punkt der Ortschaft, gleich neben der Tischlerei, aus der unablässig der Lärm der Sägen ins Dorf hinabschallte. Sie gehörte dem Grafen, wurde jedoch von einem grobschlächtigen, stinkenden Holzfäller mit riesigem Bauch und baumdicken Armen betrieben. Baldo hatte Bonaventura und Fleur bis zum Eingang gebracht und war schwankenden Schrittes zum Kloster zurückgekehrt. Eine Weile lang hatte der Tischler sie ignoriert und seine Lehrjungen zusammengestaucht, die Stämme entrindeten und zerteilten. Endlich schlug der Mann seine schwere Axt in die Mitte seines Arbeitstisches, wischte sich mit dem haarigen Arm über die Stirn und kam auf Bonaventura zu.

»Und wer bist du?«

»Mein Name lautet Bonaventura, Bruder. Ich komme aus Assisi und bin nach Norden unterwegs. Das ist Schwester Anna. Sie ist auf dem Weg ins Kloster von Susa, wo sie die Weihe empfangen soll. Ich wollte Euch bitten, sie ein paar Tage lang in Eurem Haus aufzunehmen. Unser Bruder Ariberto sagte, Ihr würdet Euch ihrer sicher annehmen.«

»Bruder Ariberto, klar. Er schuldet mir noch zehn Münzen für das Gerüst. Der traut sich was, mir einen weiteren Schmarotzer vorbeizuschicken.«

»Kein Problem, Bruder, Euer Zaudern kann ich verstehen. Der Herr sei mit Euch.« Erst jetzt schien der Mann Fleur, die wohlweislich ihre Kapuze abgenommen hatte, richtig wahrzunehmen. Sein Gesicht wurde rot, und im nächsten Moment änderte sich sein Verhalten.

»Warte. Wenn ich es recht bedenke, ist es mit den Schulden nicht so dringend. Ich nehme Schwester Anna gern in meinem Haus auf. Giustino!« Sogleich eilte ein magerer Lehrbursche mit langen, fettigen Haaren herbei, der seinem Herrn nicht ins Gesicht zu blicken wagte.

»Begleite unsere Schwester ins Haus. Bitte die anderen Frauen, sie gut zu behandeln. Sie wird ein paar Tage bei uns bleiben.«

»Der Herr sei mit Euch.«

»Sicher, sicher. Mit Euch ebenfalls, Schwester.«

»Wir danken Euch für alles«, sagte Bonaventura und verabschiedete sich.

Die beiden eilten hinter dem Jungen her.

»Da sind wir«, sagte der Bursche, als sie ein großes, aus Holz und Stein errichtetes Haus erreichten.

»Gut, dann kehre ich zu den anderen zurück«, sagte Bonaventura. »Wir treffen uns bei Morgengrauen hier.« Er ging davon und ließ Fleur allein.

Der Graf hatte einen Teil seines Besitzes Nonnen überlassen, die sich der Armutslehre Klaras verschrieben hatten und darauf warteten, ein eigenes Kloster bauen zu können. Das zweistöckige Haus war mit großen Korkplatten ausgekleidet. An der Tür wurde Fleur von einer hageren Alten empfangen, die auf dem rechten Auge schielte und in einem unverständlichen Dialekt auf den armen Lehrburschen einschimpfte. Kleinlaut kehrte er in die Tischlerei zurück.

»Du kommst im falschen Moment. Die Winterreserven gehen zur Neige, und die neuen sind noch nicht da.«

»Ich brauche nicht viel.«

»Das will ich sehen.« Die Alte führte sie zu einer dunklen Holztreppe. Das ganze Haus roch nach Holz. Die Möbel, die Wände, die Decke, überall verbreiteten sich Staub und Kork und der Geruch nach Harz. Die Stufen knarrten, als sie ins obere Stockwerk hinaufstiegen und einen weiten Raum betraten. Längs der Wand befanden sich drei Lager. In der Ecke standen zwei Eimer, einer für die Notdurft, der andere mit frischem Wasser.

»Du schläfst hier. Die beiden Schwestern sind am Fluss und waschen Wäsche. Wenn du herunterkommst, hilfst du mir beim Abendessen für die Männer aus der Tischlerei.«

Die Frau stieg die Stufen wieder hinab. Fleur blickte sich um. Die Luft war stickig vor Hitze und Staub. Sie ging zu dem Eimer mit dem sauberen Wasser und erblickte darin flüchtig ihr Spiegelbild. Sie war dünner geworden, und in die Mundwinkel hatten sich winzige Furchen eingegraben. Die Lippen wirkten spröde. Als sie die Hände eintauchte, blickte ihr aus dem sich kräuselnden Wasser für einen kurzen Augenblick das Gesicht einer Greisin entgegen.

In den Zelten an der Ostmauer der Kirche, die als Dormitorien dienten, lagen die Mönche im ersten Tiefschlaf. Regentropfen trommelten sacht auf die Planen und verschluckten jedes Geräusch. Bonaventura stand an einem Feuer, das man unweit der Südmauer entfacht hatte, und unterhielt sich mit dem Anführer der Gemeinschaft. Gedämpft drangen ihre Stimmen herüber. Luca drehte sich auf die Seite, erhob sich leise von seinem Lager und schlich zu der Satteltasche, die Bonaventura zwischen ihm und dem schnarchenden Angelo abgelegt hatte. Er schob eine Hand hinein, tastete nach der hölzernen Schatulle, nahm sie an sich und schlich sich von der Baustelle. Die Kapuze über dem Kopf, huschte er, dicht an die Mauer gepresst, die menschenleere, stille Straße entlang und hastete über den Hauptplatz. Der Regen war stärker geworden und durchnässte seine Kleider. Beinahe wäre er über eine Gestalt gestolpert, die an der Mauer kauerte. Es war ein Betrunkener, der nach Wein und Urin roch und ihm unzusammenhängendes Zeug hinterherrief, ehe er wieder einnickte. Endlich erreichte er den Bogengang an der Hauptfassade des Klosters. Mittlerweile goss es in Strömen, und ein paar Blitze erhellten die Berggipfel rings um das Dorf. Weiter vorn, gleich neben dem Seitengebäude, lag der Klostereingang. Eine kleine Tür führte zum Gästehaus, in dem stets jemand wachte, um Ankömmlinge zu empfangen. Der Mönch klopfte zweimal und blickte sich verstohlen um. Nach einer Weile hörte man jemanden hinter der Tür hantieren. Eine winzige Luke öffnete sich, in der ein halbes, von einer Kerze beleuchtetes Gesicht auftauchte.

»Wer ist da?«

»Ich bin's, Lucilio.«

»Wer?«

Luca rückte noch näher an das Guckloch heran. Plötzlich klang die Stimme überrascht. »Du bist es? Gott bewahre. Ich habe dich nicht erkannt. Was machst du hier?«

»Lass mich bitte herein.«

»Ich kann nicht. Wenn das dein Vater wüsste.«

»Er wird es nicht erfahren. Bitte. Es ist wichtig. Ich muss mit Geremia reden.«

»Gott bewahre uns. Mir schwant, dass ich einen Riesenfehler begehe.« Das Knirschen von Riegeln, dann öffnete sich die Tür gerade weit genug, um Luca hindurchschlüpfen zu lassen. Die Kerze warf ihr kümmerliches Licht in den Raum. Der Mönch, der sie hielt, war groß und leicht gebeugt. Er hatte eine spitze Nase und einen schmalen Mund. Der krumme Rücken war typisch für jene Mönche des Klosters, die sich von morgens bis abends über die Kodizes beugten.

»Du hast dich nicht verändert, Lucilio. Was du riskierst, dürfte dir klar sein. Ich hoffe, du hast einen triftigen Grund, dich hier noch blicken zu lassen.«

»Du hast recht. Ich würde dich nicht in diese Situation bringen, wenn es nicht dringend notwendig wäre. Danach bin ich auch wieder verschwunden. Ich muss nur mit Geremia sprechen. Dann werde ich dich nicht weiter behelligen.«

»Geh ins Skriptorium. Ich werde ihn rufen. Aber ich kann dir nicht versichern, dass er kommt.«

»Danke, Bruder. Der Herr schütze dich.«

Der alte Mönch überließ Luca den Kerzenleuchter und entfernte sich. Hinter dem Gästehaus lag ein lang gestreckter Korridor. Von dort aus gelangte man in einen kleinen Raum. Er war mit Schränken ausstaffiert, die jeweils mit dem Namen eines Mönches versehen waren. Luca kannte ihren Inhalt gut. Pergamente, Tinten, Löschtücher, alles, was ein Schreibermönch brauchte. Einen Moment lang wurde er von Rührung ergriffen, dann gab er sich einen Ruck und trat ein. Der riesige Saal war mit Arbeitstischen gefüllt. Dicht an dicht standen sie da und warteten auf die Schreiber. Die mehr als drei Mal mannshohen Wände waren mit Regalen voller Bücher in allen Farben und Formen gesäumt. Bedächtig ließ Luca seine Finger über die Buchrücken fahren, während das Gewitter draußen immer leiser wurde. Ein Licht gesellte sich zu dem seinen, getragen von einem kleinen, kahlköpfigen Mönch. Seine Äuglein lagen wie Schlitze über den zitternden, rosigen Wangen. Er näherte sich hastig und zugleich verstört, als hätte er einen Geist erblickt.

»Du? Ich fasse es nicht.«

»Geremia. Wie schön, dich zu sehen. Du hast dich kein bisschen verändert.«

»Und ob ich mich verändert habe. Wir haben uns alle verändert. Die Dinge haben sich verändert, und nicht zum Besseren. Aber was machst du hier mitten in der Nacht?«

»Ich heiße jetzt Luca.«

»Luca?«

»Ich habe mich Franziskus angeschlossen. Seinem Wort.«

»Dem irren Landstreicher?«

»Genau dem.«

»Ich habe es immer gewusst.«

»Was hast du immer gewusst?«

»Dass sich hinter deinem stillen Wesen der Irrsinn verbirgt. Du hättest hierbleiben können. Hier hättest du alles gehabt.«

»Alles, außer Freiheit.«

»Freiheit! Niemand ist frei.«

»Aber ich noch weniger, das weißt du.«

»Mit deiner Rückkehr bringst du dich in Gefahr.«

»Ich bin nicht gekommen, um zu bleiben. Ich brauche deine Hilfe.«

»Meine Hilfe?«

»Ja. Ich muss dir etwas zeigen.« Luca zog das kleine Kästchen unter seinem Gewand hervor und hielt es Geremia hin.

»Was ist das?«

»Ich weiß es nicht. Wir haben es in Lucca gefunden. Ich will wissen, was der Satz bedeutet, der darauf geschrieben steht.«

»Wieso interessierst du dich so sehr dafür?«

»Es ist wichtig für Franziskus. Er ist in Frankreich verschwunden. Wir haben nur wenige Hinweise, wie wir ihn finden können, und dies ist einer davon.«

»Franziskus, immer Franziskus. Der Bischof hat nicht viel für diesen Mann übrig.«

»Was meinst du damit?«

»Seit du hier warst, ist alles anders geworden. Der Abt ist jetzt ein Mann des Bischofs. Unser Papst hat das so entschieden. Uns ist nichts mehr erlaubt. Und das ist erst der Anfang vom Ende.«

»Ein Mann des Bischofs?«

»Gewiss. Hast du den Palast gegenüber des Klosters nicht gesehen? Von dort kontrolliert er alles und alle. Seine Späher sind überall, auch unter uns. Deshalb kann es uns allen an den Kragen gehen.«

»Es tut mir leid, wenn ich dich in Schwierigkeiten bringe, aber ich konnte nicht anders. Doch keine Sorge, Bruder, von Ende kann keine Rede sein, du wirst schon sehen. Franziskus wird alles wieder richten. Dies ist nur der Anfang der Veränderung.«

»Armer, kleiner Luca. Franziskus vermag gar nichts. Wenn er sich gegen die Kirche stellt, ist er tot. Wenn er in der Kirche bleibt, wird die Kirche ihn benutzen. Wie du siehst, gibt es keine Lösung.«

»So darfst du nicht reden.«

»Das sagst du? Nach allem, was du seinetwegen durchgemacht hast?«

»Das ist jetzt nicht mehr von Belang.«

»Es tut mir leid, Bruder Luca. Doch jetzt wollen wir uns dem Kästchen widmen.«

Der Mönch nahm den Gegenstand in die Hände und begutachtete ihn im schwachen Kerzenschein.

»Es ist uralt«, sagte er schließlich.

»Woher weißt du das?«

»Die Inschrift ist kaum zu entziffern. Das ist Aramäisch, eine Sprache aus der Zeit unseres Herrn.«

»Was bedeutet sie?«, fragte Luca aufgeregt.

»Nicht alle Worte sind verständlich. Ich erkenne nur ›Adler‹ und ›Kreuz‹.«

»Was bedeutet das?«

»Das weiß ich nicht. Ich habe es ja noch nicht geöffnet.«

»Und wenn wir hineinsehen?« Er hatte die Frage kaum ausgesprochen, als vom Korridor her Lärm zu hören war. Luca schnappte sich die Schatulle und steckte sie unter sein Gewand, als der Saal von mehreren Fackeln in taghelles Licht getaucht wurde. Eine Gruppe Wachmänner hatte das Skriptorium betreten. Sie wurde von einem großen, blonden Mann mit rötlichem Schnurrbart angeführt, gefolgt von der Wache, der sie am Stadttor begegnet waren. Sie trat auf Luca zu.

»Sieh an, das Mönchlein. Offenbar hat mich meine Erinnerung doch nicht getäuscht.«

»Ich weiß nicht, was Ihr meint. Ich bin gekommen, um eine Meinung zu einem alten Schriftstück einzuholen.«

»Aber sicher, Mönchlein. Es gibt da allerdings jemanden, der es gar nicht erwarten kann, dich zu sehen. Er wartet schon auf dich. Du solltest mit uns mitkommen, denke ich.«

Der Bischofspalast erhob sich auf der anderen Seite des Platzes, als wollte er das Kloster herausfordern. Luca war in ein fensterloses Kämmerchen geworfen worden. Nur eine Sitzbank stand darin. Von einem großen, grünlichen Fleck an der Decke tropfte Wasser. Das Knirschen eines Riegels ertönte, und eine Wache mit einer langen Pike in der Hand trat ein.

»Wir müssen diesen Mönch zum Bischof bringen«, sagte er zu einem anderen Wachmann. »Lass die Tür offen, bald kommen die anderen mit der Frau.«

»Na los, Kleiner, es ist so weit.« Luca folgte dem Mann, der ihn eine steile Treppe hinauf und durch einen Korridor in einen riesigen, schmucklosen, von zahllosen Wandfackeln beleuchteten

Saal mit Balkendecke führte. Auf dem Thron am Ende des Saales saß der Bischof.

»Tritt näher, Mönch, oder muss ich dich mit Gewalt herbeischleifen lassen?« Luca schluckte trocken und ging zögernd auf den Bischof zu. Der Mann war gealtert. Das graue Haar war weiß geworden, und der verächtliche Zug um seine Mundwinkel hatte tiefe Falten hinterlassen. Drahtige, graue Haare sprossen ihm aus Nase und Ohren. Die Augen verschwanden fast unter den Lidern, die wie die Augenbrauen schlaff geworden waren. An den durchscheinenden Händen zeichnete sich ein bläuliches Spinnennetz aus Adern ab, das einen im nächsten Moment in seine tödlichen Schlingen zu ziehen drohte.

»Nur du konntest mich zu dieser Nachtstunde aus dem Bett reißen. Du warst schon immer eine überflüssige Last.«

»Ich freue mich, Euch wiederzusehen, Vater.«

»Wage es nicht, mich noch einmal so zu nennen, sonst lasse ich dir die Zunge herausschneiden und sie den Schweinen zum Fraß vorwerfen. Das hätte ich schon vor langer Zeit tun sollen.«

»Ich bin nicht gekommen, um zu bleiben, Herr.«

»Tatsächlich? Dabei hatte ich so auf den verlorenen Sohn gehofft. Doch offensichtlich konnten all das Geld und Brot, das ich an diesen Bastard verschwendet habe, nur eine faule Frucht hervorbringen.«

»Ich bin Franziskus' Wort gefolgt.«

»Nimm nicht diesen Namen in den Mund! Dieser streunende Bettler, der unsere Familie entehrt hat, wird schon bald wie ein Tier in irgendeinem Loch enden.«

»Es tut mir leid, dass Ihr so denkt…«

»Es tut dir leid? Was weißt du schon von Leid? Deine Bestimmung war das Kloster. Du warst der beste Schreiber. Dank mir wärst du schon bald Prior geworden.«

»Daran war mir nicht gelegen.«

»Schau dich an. Schau dich jetzt an. Heruntergekommen, übel

riechend, mit schwarzen Füßen und dreckigem Haar, das reinste Tier.«

»Mir geht es gut. Ich bin nicht auf Euer Verständnis aus. Ich möchte nur fort von hier.«

»Du wirst auch kein Verständnis bekommen. Meinetwegen kannst du in den Bergen krepieren oder in irgendeinem vollgemisteten Stall. Mich interessiert nur eines.«

»Und was?«

»Die Schatulle.«

»Ich verstehe nicht.«

»Nun, dann sollte dir jemand auf die Sprünge helfen.«

Aus dem Schatten hinter dem Thron löste sich eine Gestalt.

»Angelo! Wenn ihr ihm etwas zuleide getan habt, dann …«

Luca wollte sich auf den Bischof stürzen, wurde aber von einer Wache festgehalten.

»Ganz ruhig, Junge. Hat dich dein Franziskus nicht die Liebe gelehrt? Deinem Freund hier ist kein Haar gekrümmt worden. Sag du es ihm, Mönch.«

»Es stimmt, Luca, ich bin freiwillig hier.«

»Ihr lügt! Ihr zwingt ihn mit einem Eurer Tricks und droht ihm mit Folter.«

»Armer kleiner Bastard. Folter ist reine Verschwendung. Die Menschen kommen von selbst zur Vernunft, es braucht allenfalls ein wenig Geld.«

»Hör zu, Luca, wir sind Teil der Kirche. Wer kann uns besser helfen, Franziskus zu finden? Es hat keinen Sinn, unsere Reise auf eigene Faust fortzusetzen. Das werden wir nicht überleben. Der Bischof soll entscheiden, was richtig ist. Gib ihm die Schatulle, und dann kehren wir zur Portiuncola zurück«, sagte Angelo.

»Du kennst ihn nicht. Du weißt nicht, wozu er fähig ist. Wenn er hat, was er will, wirft er uns ins Verlies, wie er es mit mir getan hat.«

»Früher hätte ich das vielleicht getan. Inzwischen wüsste ich nicht mehr, wieso ich mein Brot an zwei Bettler verschwenden sollte – zumal ich von dem einen gehofft hatte, ihn nie wiedersehen zu müssen. Du hast mein Wort, dass ihr gehen dürft.«

»Euer Wort? Das kenne ich nur zu gut. Und meine Brüder ebenfalls. Sie haben nicht einen Heller mehr. Der Abt ist Eure Marionette. Ihr zerstört alles, was Euch in die Hände fällt.«

»Ich wäre froh, wenn ich diese Macht besäße. Dann stündest du jetzt nicht vor mir. Los, Wache, durchsuch ihn.«

Der Wachmann tastete Luca ab, der ihm nach kurzem Widerstand die winzige Schatulle überließ. Der Bischof riss sie an sich.

»Und jetzt wollen wir mal sehen, was so Wichtiges darin enthalten ist. Öffnen«, sagte er zu der Wache.

Die holte ein großes Messer aus der Tasche, stocherte an der Schatulle herum, bis sie sich öffnete, und hielt sie dem Bischof hin.

»Was hat das zu bedeuten? Sie ist leer.«

»Ich weiß es nicht. Ich habe sie nicht geöffnet«, sagte Luca.

»Seid gegrüßt, Bischof«, erklang Bonaventuras Stimme aus der Dunkelheit. Hinter ihm stand Fleur mit einem Messer in der Hand. Die Wachen legten die Hand ans Schwert.

»Halt«, befahl der Bischof seinen Männern. »Sieh an, sieh an. Wie es aussieht, ist dies eine Nacht des Wiedersehens mit alten Freunden. Mit Bonaventura d'Iseo und dieser kleinen Kämpferin, die tatsächlich die Hexe zu sein scheint, nach der alle suchen. Du hast mir Zeit und Mühen erspart, Betbruder.«

»Ich will Euch nicht um Euren kostbaren Schlaf bringen. Eigentlich möchte ich nur meine Brüder holen, dann bin ich schon wieder weg.«

»Um meinen Schlaf musst du dich nicht sorgen, den habe ich schon längst eingebüßt. Und was deine Brüder betrifft, so fürchte ich, dass du sie für lange Zeit nicht mehr sehen wirst. Los, übergebt mir das Mädchen. Wie es scheint, sind in letzter Zeit alle hinter einer Hexe her, und ich hege den Verdacht, dass sie uns etwas Nützliches darüber erzählen kann.«

»Das Mädchen ist Novizin und steht unter meinem Schutz. Wir besitzen nichts, das Euch von Nutzen sein könnte.«

»Ich bin dieses Gerede leid. Gleich werden wir sehen, ob du die Wahrheit sagst. Wachen, durchsucht sie!« Mit gezückten Schwertern traten die Wachen auf die beiden zu, doch Fleur entschlüpfte ihnen mit einer geschickten Drehung und verbarg sich hinter einer Säule. Bonaventura schlang seinen Umhang um eine der Lanzen und riss den Soldaten zu Boden.

»Es reicht! Genug der Scherze!«, erscholl die Stimme des Bischofs. »Los, Betbruder, übergib mir das Mädchen, oder dein Freund nimmt ein böses Ende.« Eine der Wachen hielt Luca ein Messer an die Kehle. Der versuchte vergeblich, sich aus dem bewehrten Griff zu befreien.

»Na schön«, sagte Bonaventura, »Ihr habt gewonnen. Fleur, komm zu mir, wir müssen dich gehen lassen.«

»Nein«, brüllte Luca. »Tu's nicht, Fleur!«

»Vertrau mir, Fleur, ich weiß, was ich tue«, sagte Bonaventura. Das Mädchen ging langsam auf ihn zu.

»Bitte, Bonaventura, lass sie nicht gehen. Er lügt. Sie wird sterben«, sagte Luca und brach in Tränen aus.

»Du warst schon immer zu dumm und zu weinerlich, um mir ein würdiger Sohn zu sein«, sagte der Bischof mit verächtlicher Miene. »Das hier ist Politik. Los, Bonaventura, das Mädchen.«

Umringt von den Wachen, trat Bonaventura mit Fleur näher. Als er nur noch fünf Schritte von dem Bischof entfernt war, streckte er die Hand aus und warf eine winzige Ampulle in die Luft. Sie schlug auf dem Boden auf, worauf eine blendend weiße Stichflamme emporloderte. Aus dem dichten Qualm, der den Raum erfüllte, löste sich Bonaventuras Schemen, sprang dem Bischof mit einem geschmeidigen Satz an die Kehle und zerrte ihn vom Thron.

»Es stimmt also, was man von dir sagt.«

»Was sagt man denn, Bischof?«

»Du hast einen Pakt mit dem Teufel geschlossen. Du wirst dem Antichristen die Tür öffnen.«

»Der Antichrist ist bereits hier«, sagte der Mönch und ließ den Bischof los. Der plumpste zurück auf seinen Thron und rieb sich die schmerzende Kehle.

Taumelnd ging Luca zu Bonaventura und nahm Fleurs Hand.

»Angelo, was wirst du tun?«, fragte Bonaventura.

»Ich glaube nicht, dass er mit uns kommen will, oder irre ich mich?«, erklärte Luca verächtlich.

»Du irrst dich nicht. Alle werden nach euch suchen. Es wird nirgends mehr ein Fleckchen geben, an dem ihr euch verkriechen könnt.«

»Los, wir haben schon zu viel Zeit verloren«, schloss Bonaventura barsch. Er wollte den Saal gerade verlassen, als eine Gruppe bewaffneter Männern in den Saal stürmte.

»Wie du siehst, ist das letzte Wort noch nicht gesprochen«, feixte der Bischof. Die Wachleute hatten die drei gerade umzingelt, da wurden plötzlich Schritte laut. Ehe sie sich umdrehen konnten, hatte Giorgio die ersten Wachen mit der Flachseite seines Schwerts zu Boden geschickt. Davide und der Ritter mit der goldenen Maske überwältigten die anderen.

»Wir können euch wohl keinen Augenblick allein lassen, Brüder.« Rolando war anzuhören, dass er hinter seiner Maske grinste.

»Ich war noch nie so glücklich, einen maskierten Mann zu sehen«, erklärte Bonaventura lachend.

Die Gruppe floh aus dem Saal und stahl sich durch die Küchentür aus dem Palast. Als sie weit genug weg waren und keine Verfolger mehr zu fürchten hatten, hielten sie inne und blickten zur Stadt zurück. Weinend klammerte sich Luca an Fleurs Hand.

»Hör auf zu weinen. Wenn er wirklich dein Vater ist, hat er dich nicht verdient.«

VAL TREBBIA

Wir sind Menschen, keine Götter

Ein Rascheln ertönte im Unterholz, während sie zum Gipfel des Berges aufstiegen. Davides Nerven waren zum Zerreißen gespannt. Er konnte den Geruch des Tieres wittern, das nur wenige Schritte entfernt im dichten Gestrüpp verborgen war. Seit einer Weile schon lieferten sie sich ein Tänzchen, bei dem nicht klar war, wer wen verfolgte. Davide wartete den richtigen Moment ab, um den leichten Druck auf den Abzug seiner Armbrust auszuführen und den Pfeil in das Fleisch des Gegners zu jagen. Giorgio hatte er aus den Augen verloren. Der Kerl war nie da, wenn man ihn brauchte. Plötzlich strich eine riesige Eule haarscharf an seinem Gesicht vorbei und ließ ihn rücklings zu Boden taumeln. Die Armbrust landete in einem Busch. Er wollte danach greifen, doch es war zu spät: Ein mächtiger Schatten warf sich ihm entgegen und brach nur wenige Handbreit vor ihm zusammen.

»Das wäre dann Nummer sechs.«

»Sechs?«

»Ja, ich habe dir mindestens sechsmal die Haut gerettet«, sagte Giorgio und zog die Axt aus dem Kopf des Wildschweins. »Na komm, an den Punktestand denken wir später. Jetzt hilf mir, es zum Lager zu schleppen. Ich habe einen Mordshunger.«

»Wem sagst du das.«

»In der Dunkelheit kam mir das Biest größer vor.«

»Es ist noch jung. Besser so, dann lässt es sich leichter tragen.«

Sie banden das Tier an einen dicken Ast und trugen es zu der Hochebene hinunter, auf der die Gruppe ihr Lager aufgeschlagen hatte.

»Und, was hältst du von dem Mädchen?«, fragte Davide.

»Ich weiß es nicht.«

»Sei ehrlich, du magst sie nicht.«

»Das stimmt nicht. Für eine Frau ist sie ziemlich gescheit. Doch ich glaube, sie wird uns Scherereien machen, und wir haben schon genug um die Ohren. Kaum kommen wir nach San Colombano, müssen wir uns mit einem wutschnaubenden Bischof herumschlagen. Noch mehr Feinde können wir im Augenblick weiß Gott nicht gebrauchen.«

»Vergiss nicht, wir haben nach ihr gesucht. Außerdem behauptet Bonaventura, sie sei wichtig für die Mission.«

»Ja gewiss. Bonaventura weiß, was er tut, zumindest hoffe ich das. Nur …«

»Nur?«

»Zwischen uns verändert sich etwas.«

»Meinst du Rolando?«

»Ja. Es ist merkwürdig, aber der Sturz scheint ihm den Verstand vernebelt zu haben.«

»Übertreibst du nicht ein wenig?«

»Ganz und gar nicht. Du hast doch gesehen, wie er sich in San Giustino benommen hat. Er hätte uns fast umgebracht.«

»Irgendetwas quält ihn, das ist offensichtlich.«

Als sie das Lager erreichten, saß der Rest der Gruppe an einem großen, wärmenden Feuer, das ihnen einen sicheren Schlaf garantierte. Die Flammen loderten unter dem Sternenhimmel. Der Pass, an dem sie haltgemacht hatten, war von hohen Felsen gesäumt, die ihnen Schutz gegen mögliche Hinterhalte boten. Bei Tagesanbruch würden sie ihren Weg fortsetzen. Grobe Leinendecken dienten ihnen als Nachtlager.

»Essen für alle!«, rief Giorgio, nachdem er die Sau aus der

Decke geschlagen und übers Feuer gehängt hatte. Niemand sagte etwas. Bonaventura bückte sich über seine Tinkturen, Fleur hatte sich ein wenig abseits in eine Decke gerollt, Rolando saß unter einem Baum und schärfte mit einem Stein sein Schwert, während Luca sich die Glieder am Feuer wärmte.

»Was ist das hier für ein Trauerspiel?« Niemand antwortete. Schließlich erhob sich Bonaventura mit einem Seufzer.

»Ihr alle wisst, wie es Rolando und seinen Gefährten ergangen ist. Und wie wir dem Bischof von San Colombano und der tödlichen Falle des Labyrinths in Lucca entkommen sind. Ich habe Grund zur Annahme, dass es von nun an noch schlimmer wird. Unter euch könnte noch jemand versucht sein, die Gruppe zu verlassen, oder zu dem Schluss gelangen, dass es nicht lohnt, unseren Weg fortzusetzen.«

»Keiner von uns ist ein Feigling oder ein Verräter«, sagte Rolando.

»Das habe ich nicht gesagt. Doch ich möchte absolut ehrlich mit euch sein. Ich will euch erzählen, was ich weiß oder was ich aus den Krumen Wahrheit, die wir in der Hand haben, herauslesen konnte. Ihr müsst wissen, dass in der heiligen Stadt von Konstantinopel viele Jahre lang eine Reliquie verehrt wurde. Es handelt sich um das heilige Antlitz unseres Herrn.«

»Das verstehe ich nicht. Das heilige Antlitz befindet sich doch in Lucca«, meinte Luca.

»Das ist das Antlitz des leidenden Christus am Kreuz. Das andere Antlitz wird im Allerheiligsten in Rom verwahrt, im Haus unseres Papstes Innozenz III. Ich hingegen spreche vom heiligen Antlitz von Edessa, auch Mandylion genannt.«

»Das heilige Antlitz von Edessa? Von dieser Stadt habe ich schon gehört.«

»Ursprünglich wurde es dort aufbewahrt. Seine Macht sorgte dafür, dass die Stadt jahrhundertelang unbehelligt blieb. Dann wurde es in Konstantinopel verwahrt. Laut Überlieferung ist es das Tuch, das unserem Herrn aufs Antlitz gelegt wurde und auf wundersame Weise den Abdruck seiner Züge trägt. Nicht gemalt, sondern als Acheiropoieton.«

»Was, zum Teufel, soll das denn heißen?«, brummte Giorgio mit vollem Mund.

»Nicht von Menschenhand gemalt. Ein Werk der Engel oder der Hand Gottes. Das heilige Antlitz wurde in den kaiserlichen Blachernen-Palast nach Konstantinopel verbracht. Wie Rolando in San Giustino erfuhr, hat es ein Mönch namens Simone da Venezia lange vor der Plünderung der Stadt aus dem Heiligtum des kaiserlichen Palastes entfernt. Er hat den Schrein, in dem es sich befand, durch eine Kopie ersetzt und das Original in die Hagia Sofia gebracht, wo er es, den schriftlichen Bitten des Fürsten gemäß, Annecy übergeben sollte. Allerdings wäre die Reliquie in der Nacht der Plünderung fast aus der Hagia Sofia entwendet worden, wenn Annecy und Rolando nicht rechtzeitig gekommen wären, um sie zu verteidigen und an sich zu nehmen.«

»Annecy«, sagte Fleur, »mein Fürst!«

»So ist es, mein Kind. Dein Fürst hat die heilige Reliquie gerettet.«

»Und wo ist sie jetzt? Warum ist er nicht zurückgekehrt?«

»Ein Mönch namens Adalgiso war der Letzte, der ihn gesehen hat. Er hat die Reliquie mitgenommen.«

»Ich will ihn sofort sehen. Wo ist er hin?«

»Er ist auf dem Weg nach Susa.«

»Gut, dann suche ich ihn«, sagte Fleur, schnappte sich ein Bündel und sprang auf. Auf ein Zeichen Bonaventuras hin ging Rolando ihr nach.

»Warum hängt sie so an dem Fürsten?«, fragte Davide.

»Wie es scheint, war sie für ihn die Tochter, die er nie hatte«, antwortete Bonaventura.

»Wieso hat Annecy die Reliquie gesucht?«, fragte Giorgio.

»Annecy war überzeugt, sie hätte etwas mit einer antiken Prophezeiung zu tun, nach welcher die Apokalypse die Menschen und ihre Welt in die Finsternis stürzen würde.«

»Das leuchtet mir nicht ein.«

»Ich habe es auch nicht recht verstanden, bis ich Rolandos Schilderung gehört und mich mit dem Mann geschlagen habe, der uns in Lucca umbringen wollte. Der Mann hat erklärt, er diene einem Orden. Meines Erachtens ist er der Emissär einer uralten Sekte, eines Geheimordens, der an eine Prophezeiung glaubt: Wenn die Zeit des Antichristen gekommen ist, wird ein Mann, der Christus gleicht, die einzige Waffe führen, die ihn besiegen kann. Ich bin überzeugt davon, dass diese Waffe Annecys Reliquie ist.«

»Was weißt du über diesen geheimen Orden?«

»Das erste Mal habe ich von ihm gehört, als ich im Dienst des Grafen Oldofredi stand. Ein Mönch, der bei Hofe als Astrologe diente, wurde der Hexerei bezichtigt, weil sich in seinen Pergamenten Hinweise auf besagte Prophezeiung und auf die Existenz jenes uralten Ordens fanden, dem anzugehören man ihn bezichtigte. Der erste Verdacht kam mir in Altopascio, als ich in den Sternen das gleiche Bild erkannte wie in den Karten jenes Hofastrologen, der das Kommen des Antichristen verkündete«, sagte Bonaventura, ohne zu erwähnen, dass sich unter den Karten des Astrologen auch ein Pergament mit dem Bild von Fleurs Medaillon befand.

Die Gruppe verfiel in tiefes Schweigen. Sie hatten begriffen, dass es für etwas zu kämpfen galt, bei dem es um weit mehr ging als darum, Franziskus wiederzufinden.

»Und wie soll ein Bild den Antichristen besiegen?«, fragte Giorgio.

»Genau das ist der Punkt. Die Reliquie ist kein Bild, sondern etwas sehr viel Mächtigeres. Ich wage zu behaupten, dass es in diesem Augenblick nichts Mächtigeres auf Erden gibt. Deshalb muss sie in Sicherheit gebracht werden.«

»Wo ist sie jetzt?«

»Rolando zufolge müsste sie in Susa sein. Aufgrund des Pergaments, das Giacomo mir vor seinem Tod gegeben hat, glaube ich, dass auch Franziskus' Schicksal mit der Reliquie verknüpft und sein Leben in Gefahr ist. Wir müssen Franziskus und die Reliquie so bald wie möglich finden, ehe es die Männer des Ordens tun.«

»Zwar habe ich von alledem nicht viel verstanden, Frater«, sagte Giorgio, »aber Franziskus ist ein guter Mensch. Ich werde alles in meiner Macht Stehende tun, um ihn zu schützen und zu retten. Ich komme mit dir, und wenn es in die Hölle ginge.«

»Du kannst auf mich zählen«, schloss Davide sich an.

»Franziskus ist mehr als ein Vater für mich«, sagte Luca. »Er hat mir Fleur zur Seite gestellt. Ich werde sie begleiten und beschützen, wo immer sie hingeht.«

»Und dass du dich ja nicht wieder von der Neugier hinreißen lässt. Bei dieser Mission sind törichte Eskapaden das Letzte, was wir gebrauchen können«, schimpfte Bonaventura. Luca wurde ganz klein.

»Es wird nicht mehr vorkommen, ich schwöre es.«

»Gut, dann ist es also entschieden. Bei Morgengrauen brechen wir nach Susa auf, möge der Herr über unsere Schritte wachen«, schloss Bonaventura und entfernte sich.

»Brüderchen, deine Ration«, sagte Giorgio und warf Luca ein Stück Fleisch zu. Er fing es linkisch auf und ließ es beinahe fallen.

»Danke.«

»So wie es aussieht, hätte dein Kumpel euch beinahe ein böses Ende beschert.«

»Scheint so«, erwiderte Luca zerknirscht.

»Ich habe ihn von Anfang an für einen Feigling gehalten. Gut, dass wir ihn los sind.«

»Wie meinst du das?«

»So, wie ich es sage.«

»Jeder handelt so mutig, wie sein Herz es zulässt.«

»Gewiss, und manche haben eben ein Hasenherz«, bemerkte Davide.

»Ich erlaube euch nicht, so von Angelo zu sprechen.«

»Du verteidigst ihn noch? Bist du verrückt?«

»Mir ist der Appetit vergangen«, knurrte Luca und warf das Fleisch fort.

»Was für ein Jammer, eine solche Köstlichkeit zu verschwenden«, sagte Giorgio. Er hob es auf, hielt es einen Moment übers Feuer und biss hinein.

»Iss ruhig, ich habe keinen Hunger.«

»Wie du willst, Mönchlein. Ich habe diese Diskussion eh satt. Außerdem bin ich so müde, dass ich lieber noch etwas esse, ehe ich mich aufs Ohr haue.«

Bei den Bäumen, die das Lager säumten, lehnte Fleur an einem Lärchenstamm und betrachtete einen Stern, der alle anderen überstrahlte. Rolando gesellte sich zu ihr.

»Vielleicht wäre es besser, wenn du nicht mit nach Susa kämst.«

»Wieso?«

»Weil jetzt alles noch schlimmer wird. Ich will nicht, dass du grundlos dein Leben riskierst.«

»Aber ich muss den Fürsten finden.«

»Dann tu es, ohne die Aufmerksamkeit der Feinde auf dich zu lenken. Misch dich unter die Pilger und kehre in das Dorf zurück, in dem du aufgewachsen bist.«

»Auf gar keinen Fall. Ich komme allein zurecht.«

»Das glaube ich nicht, Trotzkopf.«

»Dann stell mich auf die Probe.«

»Wie du willst«, sagte Rolando und warf ihr ein Schwert zu, das Fleur aus der Luft fing. »Der Degen ist leicht, den kannst selbst du handhaben. Mal sehen, was du draufhast.«

»Ich bin bereit.«

»Sehr gut«, sagte Rolando und vollführte mehrere Hiebe, denen Fleur gekonnt auswich.

»Mehr hast du nicht zu bieten?«, fragte sie.

»Ich fürchte, du bist es, die nicht mehr zu bieten hat.«

»Komm schon, Rolando, ich bin kein kleines Mädchen mehr. Mein Vater schlug um einiges härter und schneller zu«, stichelte sie und umkreiste ihn leichtfüßig.

»Du bewegst dich behände, aber unterschätze nie die Taktik deines Gegners. Du könntest es bereuen.«

»Weniger Gerede und mehr Taten, Rolando. Ich langweile mich.«

»Pech für dich.«

Jetzt schlug Rolando härter und schneller zu. Fleur entzog sich geschmeidig und fuhr fort, ihn zu umkreisen und mit Finten zu provozieren. Rolando erhöhte das Tempo und attackierte sie, die Angriffsposition schnell wechselnd, mit einer Salve von Stößen und Kantenschlägen. Fleur wich ihnen aus und parierte sie, so gut sie konnte, doch seine Schläge hatten eine solche Wucht, dass sie beinahe das Gleichgewicht verlor. Der Ritter ließ ihr keine Atempause und steigerte das Tempo abermals. Ein dumpfer Schlag unter das Heft ließ Fleurs Schwert davonfliegen. Nun stand sie mit dem Rücken an einem Felsen und hatte die Spitze von Rolandos Klinge an der Kehle.

»Ehe man behauptet, man kenne die Fähigkeiten seines Gegners, sollte man ihn genauer studieren.«

»Aber ich …«

»Halt den Mund, Mädchen, es gibt eine Zeit zu reden und eine zuzuhören. Den Feind gewissenhaft auszuloten, kann darüber entscheiden, ob du mit dem Leben davonkommst oder wie ein Tölpel zu Boden gehst.« Mit diesen Worten drehte Rolando sich um und ging.

»Ich werde es dir zeigen!«, schrie Fleur und schnappte sich das Schwert. »Wir sind noch nicht fertig.«

Hitzig stürzte sie sich auf Rolando, der sich mit einer blitzschnellen Abwehr aus Hieben verteidigen musste. Schließlich brachte ein gezielter Stoß sie aus dem Gleichgewicht, und Roland hatte leichtes Spiel und ließ sie zu Boden gehen.

»Immer mit der Ruhe, Kind, das war gar nicht so übel. Aber du bist zu unbeherrscht. Wut verleiht Stärke, aber es braucht auch Maß und Gleichgewicht, sonst ist deine Stärke zugleich deine Schwäche, und das ist dann dein Ende. Hättest du es mit einem echten Gegner zu tun, hätte dich dieser Hieb deinen hübschen Kopf gekostet. Du bist zu aufbrausend.«

»Ich kann es besser«, sagte Fleur und rappelte sich hoch. »Worauf wartest du, ich bin bereit.«

»Für heute reicht es.«

»Ich bin nicht müde.«

»Ich sagte, es reicht.«

Wütend schleuderte Fleur ihre Waffe zu Boden, die Tränen nur mühsam unterdrückend. Rolando ging zu ihr. Er bereute es, so hart mit ihr gewesen zu sein, und wollte ihr die Hand auf die Schulter legen, doch sie wich ihm verärgert aus.

»Ich tue trotzdem, was ich tun muss, mit oder ohne Euch!«, fauchte sie wütend.

»Hör zu, Fleur …«

»Ich bin es leid, zuzuhören. Ich will tun, was ich tun muss, und weder du noch sonst irgendjemand wird mich davon abhalten«, sagte sie und stapfte davon.

In dem Moment tauchte Bonaventura auf.

»Was geht hier vor sich?«

»Nichts, Frater. Dieses Mädchen ist störrischer als ein Maulesel.«

»Hattest du das noch nicht begriffen? Wenn sie sich etwas in den Kopf gesetzt hat, kann nichts sie davon abbringen. Doch was San Giustino betrifft, habe ich das Gefühl, dass du mir nicht alles gesagt hast.«

»Wie kommst du darauf?«

»Ich kenne die menschliche Seele gut genug, um zu erkennen, wenn etwas auf ihr lastet. Oder irre ich mich?«

Rolando blickte ihn lange an, ehe er antwortete.

»René d'Annecy ist Fleurs leiblicher Vater.«

»Sie ist seine Tochter? Ist nicht der Wachhauptmann von Assisi ihr Vater?«

»Das hatte ich auch geglaubt. Doch mein Freund in San Giustino hat mir die wahre Identität des Mädchens verraten. Fleurs Schicksal hängt mit der Prophezeiung zusammen, und ich fürchte, ihr Leben ist in ernster Gefahr.«

»Ich verstehe. Aber das Mädchen weiß nicht, wer ihr wahrer Vater ist.«

»So muss es auch bleiben, wenn es uns gelingen soll, sie zu beschützen. Du weißt, wie fragil sie ist und was eine solche Neuigkeit bei ihr auslösen könnte. Zugleich habe ich Angst, dass es ihr Todesurteil bedeuten könnte.«

»Du hast recht. Wir erzählen ihr nichts, ehe wir nicht wissen, inwiefern sie mit der Prophezeiung in Verbindung steht. Die steht vermutlich hinter unserer Mission. Doch Prophezeiungen sind sibyllinisch. Sie lassen sich auf tausenderlei Arten deuten, und es ist nicht gesagt, dass das, was wir für die Wahrheit halten, sich als solche erweist.«

»Der Mönch in San Giustino war überzeugt davon, dass man sie beschützen muss, und der Meinung bin ich auch. Du sagtest ebenfalls, dass der Ritter, der in Lucca hinter euch her war, es auf sie abgesehen hatte. Doch wir werden Fleur auf unsere Art und Weise verteidigen, ohne ihr etwas zu sagen. Sie würde die Wahrheit nicht verkraften. Die anderen sollten auch nichts davon wissen. Ich weiß nicht, ob sie den Mund halten können.«

»In Ordnung, ich werde schweigen. Aber wirst du es auch tun?«

»Was glaubst du, Frater! Dass ich die Absicht habe, ihr etwas zu verraten?«

»Jetzt vielleicht noch nicht. Doch ich sehe, dass ihr euch zueinander hingezogen fühlt, und das könnte euch zum Nachteil gereichen.«

»Bist du verrückt? Ich bin ein Tau-Ritter. Die Liebe zu einer Frau ist mir versagt.«

»Die Liebe ist keine Entscheidung, sie widerfährt einem. Jetzt darf das allerdings nicht passieren, zu ihrem und unser aller Wohl.«

»Du verschwendest deinen Atem. Dir dürfte klar sein, wie ich die Sache sehe.«

»Wie du meinst, doch behalte meine Worte im Kopf«, rief Bonaventura dem Ritter nach. Dann holte er tief Luft und zog ein winziges Holzkreuz unter seiner Kutte hervor. Es war der Inhalt der Schatulle aus dem Labyrinth von Lucca, den er vor ihrer Ankunft in San Colombano hatte beiseiteschaffen können. Die Worte, die auf der Rückseite des Kreuzes eingeritzt waren, ließen ihm keine Ruhe: *Alter Christus.*

Was hatten sie zu bedeuten? Von hinten näherten sich Schritte. Es war Luca.

»Kann ich mit dir sprechen?«

»Sicher, setz dich zu mir.«

»Ich wollte dich noch einmal um Verzeihung bitten. Du hast recht, ich war dumm und kurzsichtig.«

»Das ist nicht mehr von Belang. Ich denke, du hast deine Lektion gelernt.«

»Zweifellos. Heute Nacht hatte ich übrigens einen schrecklichen Albtraum, an den ich mich kaum noch erinnern kann. Doch als ich aufwachte, schlug mir das Herz bis zum Hals.«

»Bald wirst du alles vergessen haben. Sobald man erwacht, verschwinden die Träume und lassen nur winzige Splitter zurück.«

»Dabei erschien alles so wirklich. Ich fürchte, es könnte das Anzeichen für eine Krankheit gewesen sein, wenn nicht gar Schlimmeres.«

»Dazu müsste man herausfinden, um welche Art Traum es sich gehandelt hat. Dir ist dein Vater begegnet, richtig?«

»Woher weißt du das?«

»Die gestrige Nacht war für deine Sinne eine schwere Prüfung. Ereignisse und Personen, die du vergessen zu haben glaubtest, sind mit voller Wucht zurückgekehrt.«

»Es war alles so lebendig.«

»Was hat dein Vater im Traum gemacht?«

»Ich bitte dich, nenn ihn nicht so.«

»Was hat der Bischof gemacht?«

»Hünenhaft und mit grausigem Blick saß er auf einem Berggipfel und brach mit bloßen Händen riesige Gesteinsbrocken ab. Es war mir unmöglich, den Gipfel zu erreichen. Manche Brocken streiften mich, andere zerbarsten zu einem gefährlichen Splitterregen. Ich wollte trotzdem emporklettern, doch dann erwischte mich ein Stein mitten an der Brust, und ich verlor den Halt und stürzte ins Dunkel.«

»In Altopascio habe ich mit solchen Träumen zu tun gehabt, bei Kranken, Sterbenden, Predigern und sogenannten Sehern. Du hast von deinem Albtraum nichts zu befürchten.«

»Trotzdem bin ich völlig durcheinander.«

»Das ist ganz normal. Doch daran ist weniger deine Vision schuld als der Zorn deines Vaters, der dir deinen Fortgang nie verziehen hat.«

»Vielleicht hast du recht. Ihn so unverhofft und gnadenlos vor mir zu sehen, hat mich tief erschüttert.«

»Es gibt Menschen, die nicht verzeihen können. Gott erbarme sich ihrer. Und jetzt geh. Morgen früh brechen wir zeitig auf. Der Weg zur Sacra di San Michele ist noch weit.«

SACRA DI SAN MICHELE

Tote beißen nicht

In der mondlosen Nacht war die Abtei unsichtbar. Ihre von Feuern erleuchteten Fenster funkelten wie Sterne und ließen ihre mächtige Silhouette, die wie ein Gottesurteil über ihnen aufragte, nur erahnen. Bei seinem letzten Besuch hatte Bonaventura den zahllosen Arbeitern zugesehen, die ihre Meißel in den nackten Fels trieben, um ihm wertvolles Material für die neuen Bauvorhaben im Inneren der Abtei abzutrotzen. Die neue Kirche hatte den Gipfel des Berges gänzlich eingenommen. In seinem Bestreben, Gott näher zu sein, hatte der menschliche Geist die Natur überwunden. Bonaventura wusste nicht, ob dieser Ort, der Pilgern seit jeher als schützender Hafen diente, immer noch sicher war. Schon bald würde er es herausfinden.

»Überlasst das Reden mir«, sagte Bonaventura, als sie das große Gästehaus am Ende des Wegs erreicht hatten. »Und du, Fleur, ziehst dir die Kapuze tief ins Gesicht und hältst dich zurück. Es muss niemand wissen, dass eine Frau bei uns ist. Gerüchte verbreiten sich schneller als der Wind, und in diesen Tagen hat es ohne Unterlass gestürmt.«

»Ich will nicht bei den Männern schlafen. Lieber übernachte ich hier draußen unter einem Baum.«

»Ich möchte nur nicht, das jemand dich bemerkt. Du bleibst bei den Rittern, sie werden dich beschützen. Hör auf mich und tu, was ich dir sage.«

»Ich werd's versuchen.«

Bonaventura schlug dreimal an das Tor. Sogleich wurde ihnen geöffnet. Vor ihnen stand ein stämmiger, kleiner Mönch mit riesigem Kopf und einer angedeuteten Tonsur. In der einen Hand hielt er einen Schlüsselbund, in der anderen eine Laterne.

»Der Herr sei mit dir, Bruder. Wir sind Pilger. Dies sind drei ehrenhafte Tau-Ritter und dies zwei Brüder aus fernen Klöstern. Wir sind auf dem Weg nach Santiago und suchen eine Herberge.«

Der kleine Mönch reckte die Laterne hoch über den Kopf, um ihre Gesichter zu beleuchten.

»Ein Bettelmönch zu Pferd? Das sehe ich zum ersten Mal.«

»Unsere ritterlichen Brüder hatten die Güte, mir eines ihrer Tiere zu überlassen. Es soll zum Hospiz auf dem Mont Cenis gebracht werden.«

»In dem Fall seid ihr willkommen. Nehmt die Treppe rechts und dann die erste Tür. Die Pferde werden auf der Rückseite des Gebäudes versorgt. Die Latrinen sind außerhalb der Mauern, gleich unter dem ersten Turm links. Solltet ihr nicht gleich morgen wieder aufbrechen, müsst ihr euch in die tägliche Arbeit einbringen. Der diensthabende Mönch wird sie euch zuteilen. Die Ritter können sich mit den anderen Gästen ihren eigenen Tätigkeiten widmen. Habt ihr Fragen?«

»Danke, Bruder, das war mehr als ausführlich. Nur eines noch: Ich müsste mit dem ehrwürdigen Abt Pietro sprechen. Ich bringe wichtige Neuigkeiten, die das Kloster betreffen.«

»Und wer bist du? Ein Abt inkognito oder ein päpstlicher Emissär?«

»Nichts von alledem. Ich bin nur ein einfacher Mönch, doch habe ich euren Abt kennengelernt und weiß, dass er einiges auf mein Wort gibt.«

»Wie heißt du?«

»Bonaventura d'Iseo.«

»Na schön, du darfst eintreten. Allerdings ist der Abt in diesen Tagen unpässlich, daher weiß ich nicht, wann du ihn sehen kannst«, sagte der Mönch und wandte sich zum Gehen.

»Eines noch, Bruder«, hielt Bonaventura ihn zurück.

»Soll ich etwa hier draußen stehen, bis es hell wird?«

»Bitte verzeih, nur eine letzte Sache. Darf Bruder Luca mich begleiten? Er möchte gern helfen, und dieser Tage ist Hilfe stets willkommen.«

»Wenn es sein muss. Geht zu dem Mönch, der für die Gäste zuständig ist. Er wird euch Aufgaben zuteilen.«

»Ich danke dir vielmals«, sagte Bonaventura und nickte Rolando zu.

Der Wärter schwenkte seine Laterne zweimal in Richtung Mauer und ging, gefolgt von den anderen, wieder hinein.

Bonaventura blickte zum Himmel auf. Die ahnungsvolle Unruhe in seinem Herzen wuchs mit jedem Schritt. Aus Erfahrung wusste er, dass die Erlösung von Sorge und Leid hinter Klostermauern ebenso zu Hause war wie abscheuliche Missetaten.

»Hier entlang. Der Eingang ist gleich hinter der nächsten Ecke.«

Sie erreichten ein Tor mit zwei zwielichtigen Gestalten, die sie von Kopf bis Fuß musterten und dann mit einem Nicken einließen. Der Mönch hatte ihre Ankunft bereits angekündigt.

»Hinter der Treppe betretet ihr die Kirche und geht zur Seitentür wieder hinaus. Dort befindet sich das Gästehaus«, sagte der dickere der beiden Wächter und wedelte mit seiner Fackel.

»Danke, Bruder, ich war bereits dreimal hier«, sagte Bonaventura.

»Glaubst du, es war klug, deinen Namen zu nennen?«, murmelte Luca, als sie eingetreten waren.

»Es war die einzige Möglichkeit, den Abt zu Gesicht zu bekommen. Pietro ist ein guter Mann.«

»Ich habe schon zu viele gute Männer gesehen, die es dann doch nicht waren. Wo sind wir hier eigentlich? Es sieht eher nach einer Festung als nach einer Abtei aus.«

»In gewissem Sinne ist sie das auch. *Princeps militiae caelestis* – das ist der Erzengel, dem diese Abtei gewidmet ist.«

»Der Erzengel Michael.«

»Dessen Schwert den Satan besiegte und der innerhalb dieser Mauern seit jeher dafür sorgt, die Wahrheit der Evangelien vor der gespaltenen Zunge des Teufels zu schützen.«

»Und wie?«

»Fürsten, Ritter und Äbte aus aller Welt pilgerten an diese Stätte und brachten das Wissen und die Erkenntnisse mit, die hier in uralten Büchern niedergeschrieben wurden. So wollte man die Wahrheit unseres christlichen Glaubens bewahren.«

»Wieso sprichst du in der Vergangenheit?«

»Ich fürchte, solche Besuche sind mit der Zeit immer seltener geworden. Mit ihnen schwand auch der Geist, der die Arbeit dieser fleißigen Mönche beseelte. Die Worte des Bösen sind in die Herzen der Menschen eingesickert wie Wasser in den Fels. Und nun hat auch dieser Fels von der unheilvollen Macht der Korruption gekostet. Doch vielleicht irre ich mich auch. Ich war seit Jahren nicht mehr hier und weiß das alles nur vom Hörensagen, aus Gerüchten, die unter Glaubensmännern kursieren«, schloss Bonaventura mit einem Stich Wehmut.

»Vielleicht sind diese Gerüchte nur das Echo längst verklungener Dämonenschreie. Falschheiten und Lügen, die unsere Zeit erfüllen.«

»Wir werden es bald wissen.«

Die Dunkelheit hinter dem Portal verschluckte sie. Kaum hatten sich die Augen an die Finsternis gewöhnt, konnten sie die steilen Stufen erkennen, die in regelmäßigen Abständen von Fackeln erhellt wurden. Von einer mächtigen Tragsäule spannten sich Bögen unterschiedlicher Größe und verwuchsen mit der Felsenmauer. In den Fels waren Nischen gehauen, die vom Fackellicht nur spärlich ausgeleuchtet wurden. Luca hielt inne, reckte den Hals und spähte neugierig in einen der vergitterten Klaffe, hinter dem sich ein Haufen weiß schimmernder Gegenstände erahnen ließ. Als er die Hand danach ausstreckte, hallte ein tönernes Scheppern durch das Gewölbe. Die leeren Augenhöhlen eines Schädels stierten ihn an. Luca stieß einen gellenden Schrei aus.

»Was ist los?«, fragte Bonaventura und machte kehrt.

»Da … da sind Tote drin. Es ist voller Toter«, stammelte Luca.

»Was redest du da?«

»Schau selbst.«

Bonaventura trat an das Gitter und blinzelte hindurch.

»Knochen. Überall Knochen. Dieser Ort wurde auf einem Friedhof erbaut«, murmelte Luca.

»Das ist kein Friedhof, sondern das Fundament der Abtei. Hunderte oder Tausende von Mönchen haben gegraben, gehackt und mit dem nackten Fels gerungen. Sie sind gestorben, um diesen Ort zu errichten. Ihre Knochen sind Teil dieser Mauern, sind mit ihnen verschmolzen, während ihre Seelen bei Gott sind.«

»Eine Abtei aus Knochen. Dieser Ort wird mir immer unheimlicher.«

Die steilen Stufen endeten an einem großen Bogen. Dahinter lag ein kleiner Platz, der zur Kirche führte.

»Gehen wir«, sagte Bonaventura. Im Kircheninneren war es finster. Spärliche Lichter ließen riesige Säulen erahnen, die sich in der nächtlichen Dunkelheit verloren. Einzig das Geräusch des vom Dach tröpfelnden Schmelzwassers unterbrach die Stille. Bonaventura öffnete ein Tor in der Ostfassade, das auf einen von Mauern umsäumten Hof führte. Dort lag das kleine Gästehaus. Ein verschlafener Wärter machte ihnen auf und führte sie in den Schlafsaal.

Beim ersten Morgengrauen lauschte Bonaventura der Litanei der Mönche in der Kirche und sah zu, wie das fahle Licht durch die hohen Fenster kroch. Nach all den Jahren erschien ihm dieser Ort wie ein auf einem Berggipfel gelegener Kerker. Während der Messe wäre Luca mehrmals fast eingenickt, hätte er ihn nicht grimmig mit seinem Stab in die Seite geknufft.

Kaum hatten sie die Kirche verlassen, ließ Luca ihn allein, um sich Anweisungen für das klösterliche Tagewerk abzuholen.

»Bist du derjenige, der unseren Abt sehen möchte?« Ein spindeldürrer, leicht gebeugter Mönch war neben Bonaventura aufgetaucht.

»Ja, Bruder.«

»Dann folge mir.«

Die beiden überquerten den Hof in Richtung Mönchshäuser, passierten einen engen Steinbogen, stiegen eine steile Treppe hinauf und traten in einen dunklen, stillen Saal, an dessen Ende in einem Granitkamin ein Feuer flackerte. Davor saß auf einem Stuhl aus rosafarbenem Stein der Abt.

Er hatte sich stark verändert. Sein Kopf war zur Seite gekippt, die rechte Gesichtshälfte hing schlaff herab, und das eine Auge war blicklos und tränenfeucht. Abt Pietro war nur noch ein Schatten des starken, unbeugsamen Mannes von einst. Neben ihm stand eine hohe Gestalt im Halbdunkel, das Gesicht unter einer Kapuze verborgen. Bonaventura kniete nieder.

»Ich grüße Euch, heiliger Abt, auf dass der Herr Euch stets führe und leite.« Ein Grunzen entwich dem reglosen Schemen. Der Mann mit der Kapuze ergriff das Wort.

»Ich grüße dich, Frater. Der heilige Pietro ist vor einiger Zeit erkrankt. Noch hat er die Sprache nicht wiedererlangt, doch seinem Körper geht es von Tag zu Tag besser. Schon bald wird er seine Aufgaben wieder wahrnehmen können.«

»Was ist ihm geschehen?«

»Ein Dämon, ganz ohne Zweifel. Wir haben ihn in seiner Zelle schreien und den Herrn anrufen hören. Wahrscheinlich hat er mit dem Satan gerungen. Als wir eintraten, hatte er, vom Kampf entkräftet, das Bewusstsein verloren.«

»Ich habe ähnliche Fälle gesehen. Ich kann euch das Rezept für einen Aufguss geben, der seinen Säften wohltäte.«

»Wer bist du, Frater?«

»Ich heiße Bonaventura d'Iseo.« Bei diesen Worten hob sich der Kopf des Abtes leicht. Sein Adamsapfel zuckte in dem vergeblichen Versuch, etwas über die Lippen zu bringen, dann übermannte ihn ein krampfartiger Hustenanfall.

»Er regt sich auf.«

»Weil er mich wiedererkannt hat.«

»Oder weil er die Gegenwart des Bösen spürt. Ich heiße Venceslao und bin der bescheidene Leiter dieser Abtei. Meine Hoffnung richtet sich darauf, dass sich unser heiliger Abt bald erholen möge«, sagte der Mann und trat aus dem Schatten. Sein Gesicht war pockennarbig und hager, die Lippen schmal, die Augen hell und eisig.

»Ich bin mir sicher, dass Ihr mit Gottes Hilfe Eure Pflicht würdig erfüllt.«

»Ich danke dir. Sag mir, Frater, was führt dich an diesen Ort?«

»Meine Gefährten und ich sind auf der Reise in die Provence. Wir haben beschlossen, in dieser heiligen Abtei eine Rast einzulegen, weil sich einer unserer Brüder, Adalgiso, hier niedergelassen hat. Wir wollten ihm einen Besuch abstatten.«

»Es tut mir leid, doch du kommst zu spät. Adalgiso hat das irdische Leben vor Monaten verlassen.«

»Das dauert mich. Er war ein frommer Bruder und wird mir sehr fehlen.«

»In der Tat, er war ein guter Bruder«, entgegnete Venceslao.

»Und was ist geschehen, wenn ich fragen darf?«

»Ein Unfall. Der arme Adalgiso arbeitete an den Mauern der

Abtei, als er der Kälte und eines unbedachten Schrittes wegen in den Abgrund stürzte.«

»Wie entsetzlich.«

»Entsetzlich, fürwahr. Du kannst an seinem Grab beten, wenn dir das ein Bedürfnis ist. Er ist auf unserem kleinen Friedhof beigesetzt.«

»Das wäre mir eine große Erleichterung, ich danke Euch.«

»Auch dein geliebter Franziskus war hier.«

»Tatsächlich? Er ist zu einer langen Reise nach Santiago aufgebrochen.«

»Ja, das hat er uns mitgeteilt. Auch er wollte mit unserem geliebten Abt Pietro sprechen. Doch dazu ist es nie gekommen. In der Sturmnacht, in der auch unser armer Adalgiso starb, ist er klammheimlich wieder aufgebrochen.«

»Wie merkwürdig. Mit Eurer Erlaubnis würde ich jetzt gern unseren armen Bruder besuchen.«

»Die hast du. Und meinen Segen obendrein.« Bonaventura wollte gerade gehen, als der Mönch ihn zurückhielt.

»Bruder Bonaventura?«

»Ja?«

»Vor wenigen Tagen hat uns eine Depesche des Bischofs von Perugia erreicht. Er bittet darum, Meldung zu machen, sollte eine von Rittern begleitete Frau in der Abtei auftauchen. Eine wohlgestalte Frau mit französischem Akzent. Sind nicht Ritter mit euch gekommen, oder irre ich mich?«

»Es sind Tau-Ritter. Wie Ihr wisst, schützen sie die Pilger auf ihrem Weg. Ich wüsste nicht, was das mit der Frau zu tun haben sollte, nach der Ihr sucht.«

»Ich suche niemanden. Ich würde mich nur gern mit ihr unterhalten.«

»Und worüber, wenn ich fragen darf?«

»Maßt du dir etwa an, die Wünsche von Bischöfen und Äbten in Erfahrung bringen zu dürfen, Bruder?«

»Gewiss nicht, verzeiht. Sollte ich auf meinem Weg einer Frau begegnen, auf welche diese Beschreibung zutrifft, werde ich an Eure Bitte denken.«

»Daran hege ich keinerlei Zweifel.«

Eilends verließ Bonaventura den Saal, die Unterhaltung noch im Kopf. Laut Rolandos Schilderungen hatte Adalgiso die Reliquie nach Susa gebracht. Doch niemand hatte dergleichen erwähnt, und Venceslao machte den Eindruck, als führe er etwas im Schilde. Adalgiso war tot, und die Reliquie schien sich in Luft aufgelöst zu haben. Irgendetwas war da faul. Bonaventura begab sich zum Mönchsfriedhof, der in der Mitte des Abteihofes lag. Er spürte die Blicke ringsum, die jede seiner Bewegungen verfolgten. Mit einem klagenden Quietschen öffnete sich das alte, verrostete Tor.

Die schlichten Kreuze links und rechts des Mittelwegs trugen die Namen der Mönche, die diese Welt verlassen hatten, und ein Datum.

Er trat an eines der letzten Gräber in der Reihe. Auf dem Kreuz stand Adalgisos Name. Dieser Mönch hatte die Meere überquert und sich in gottloses Land begeben, um sein Leben an diesem abgeschiedenen Ort zu beschließen. Bonaventura sprach ein stilles Gebet für ihn, während der eisige Wind auffrischte.

»Kanntest du den verrückten Mönch?« Bonaventura fuhr herum, da er niemanden hatte kommen hören. Vor ihm stand ein Riese in zerschlissener Kutte und ledernem Schuhwerk. Sein Gesicht verschwand hinter einem langen, roten Bart. Es musste ein Knecht sein. Bonaventuras verdattertes Gesicht brachte ihn zum Schmunzeln.

»Ich heiße Sebastiano. Ich kümmere mich um den Friedhof und die Bestattungen.«

»Bonaventura d'Iseo. Du hast mich erschreckt. Für deine Größe bist du lautloser als eine Amsel im Schnee.«

»Mir wurde von klein auf beigebracht, die Ruhe der Toten nicht zu stören«, sagte der Riese mit einem Lächeln. »Mein Vater diente in der Abtei, ebenso der Vater meines Vaters. Unsere Arbeit wird hier sehr geschätzt.«

»Das bezweifle ich nicht. Ein ehrliches Begräbnis ist die größte Würdigung, die wir dem Leben dieser heiligen Männer zuteilwerden lassen können.«

»Manche sind heilig, andere weniger.«

»Wir sind alle Sünder. Du kanntest Adalgiso also?«

»Alle hier kannten ihn. Den ganzen Tag wanderte er ruhelos umher, manchmal auch des Nachts, und faselte von Reliquien und Medaillons. Ich habe schon viele seltsame Leute gesehen, doch er übertraf sie alle.«

»Hast du je mit ihm gesprochen?«

»Er unterhielt sich nicht gern, dennoch versüßte er meine Tage. Jedes Mal, wenn er mich sah, bekreuzigte er sich und sagte ›Hüte dich vor der Apokalypse!‹«

»Ein weiser Rat.«

»Eines Abends kurz vor seinem Tod sprach er mich zum ersten Mal an. ›Sebastiano‹, sagte er mit einem merkwürdigen Leuchten in den Augen. ›Ich werde zum Herrn gehen, doch ich möchte, dass du dieses Gefäß für mich aufbewahrst. Es wäre für mich ein Trost zu wissen, dass du dich darum kümmerst. Es ist sehr wichtig, denn es enthielt etwas Heiliges. Das Heiligste der Welt. Ich möchte nicht, dass es verloren geht.‹«

»Ein Gefäß?«, fragte Bonaventura mit gespielter Verblüffung.

»Eigenartig, nicht wahr? Ein leeres Gefäß. Er meinte, dass eine heilige Reliquie darin aufbewahrt worden sei. Bei seiner Ankunft hatte er das Gefäß dem alten Abt übergeben und zusammen mit ihm an einem sicheren Ort versteckt. Sie wollten das päpstliche Urteil abwarten, was damit geschehen solle. Doch im kurzen Todeskampf nach seinem Unfall fing er an zu delirieren.«

»Zu delirieren?«

»Ja. Seiner Meinung nach befinden sich Feinde hier in der Kirche, und unser heiliger Abt ist angeblich einer Verschwörung zum Opfer gefallen, weshalb er so zugerichtet ist. Übelgesinnte seien hinter der Reliquie her, die er deshalb aus dem Gefäß genommen und einer Person seines Vertrauens übergeben hat, damit sie sie fortbringt. Er hat sich wie verrückt an das leere Gefäß geklammert.«

»Hat er Namen genannt?«

»Nicht, dass ich wüsste.«

»Das ist eine unglaubliche Geschichte.«

»Findest du? Ich habe schon so viele letzte Worte gehört, dass ich mich über nichts mehr wundere.«

»Und was hast du mit dem Gefäß gemacht?«

»Das, worum er mich gebeten hat. Der Wille eines Toten muss geachtet werden.«

»Ich wäre dir überaus dankbar, wenn du es mir zeigen würdest. Adalgiso war ein guter Freund von mir. Einen Gegenstand, der ihm so teuer war, würde ich gerne mit eigenen Händen berühren.«

»Aber gern, folge mir. Ich habe es in meinem Werkzeuglager unter dem Turm versteckt.«

»Du bist ein guter Mann.«

Bonaventura folgte Sebastiano zum Turm am südlichen Mauerwinkel. Der Totengräber öffnete eine winzige Holztür und duckte sich hinein.

»Achtung, die Stufen sind rutschig«, sagte er und verschwand im von schmalen Luken spärlich erhellten Dunkel. Sie gelangten in einen kleinen Raum voll säuberlich gestapeltem Grabwerkzeug, Votivlampen, Holzkreuzen und langen Hanfseilen.

»Hier ist es«, sagte Sebastiano und hielt Bonaventura ein staubiges, ockerfarbenes Gefäß hin. Bonaventura griff danach und betrachtete es eingehend.

»Ich mache dir Licht«, sagte der Hüne und verschwand. Als

Bonaventura die Oberfläche des Gefäßes in Augenschein nehmen wollte, schreckte ein metallisches Geräusch ihn auf. Instinktiv zog er den Kopf ein. Die Schaufel streifte seinen Nacken und ließ ihn gegen die Außenwand taumeln. Der Riese war flink wie ein Marder. Im nächsten Moment hockte er auf ihm und versetzte ihm einen Fausthieb gegen die Brust, der ihm den Atem raubte.

»Dich interessiert also das Gefäß, Frater. Ich wüsste zu gern, warum. Aber du wirst es mir sicher sagen.«

»Wer bist du?«, röchelte Bonaventura.

»Das tut nichts zur Sache. Bald bist du tot, und Tote erinnern sich nicht.« Der Mann warf die Schaufel fort und fing an, den Mönch mit heftigen Schlägen zu traktieren.

»Venceslao hat mich bereits gewarnt, dass ein Mönch kommen und hier herumschnüffeln würde. Ein Mönch, der zwei weitere Gegenstände besitzt, die mit der Prophezeiung zu tun haben. Daran sind wir interessiert.«

»Du irrst dich. Ich bin nicht der, für den du mich hältst.«

»Du hast ja keine Ahnung, wie viele Menschen zu einem Geständnis bereit sind, sobald es ihnen an den Kragen geht«, sagte der Totengräber, nahm Bonaventuras Kopf in beide Hände und drückte zu. Bonaventuras Schläfen begannen zu pochen. Seine Augen schwollen an, bis er nichts mehr sah.

»Adalgiso hat auch gebeichtet, weißt du. Nicht seine Sünden, sondern wem er die Reliquie gegeben hat. Ehe ich ihn foltern konnte, damit er sie herausrückt, hatte er sie bereits deinem lieben Franziskus anvertraut. Und so habe ich in derselben Nacht, in der ich Adalgiso vom Turm stürzte und zu unserem Herrgott schickte, den armen Schlucker aus Assisi in der ganzen Abtei gesucht, um ihm die Reliquie abzunehmen. Doch dein geliebter Meister war schon über alle Berge. Du kannst aber sicher sein, dass unsere Männer ihn und die Reliquie finden werden.«

»Ich weiß nicht, wovon du redest. Franziskus ist auf dem Weg nach Santiago.«

»Lüg mich nicht an, Frater!«, sagte der Mann und presste seinen Schädel noch stärker zusammen. »Du versteckst zwei Gegenstände, die wir brauchen: den Inhalt der Schatulle und das Medaillon. Wir wissen, dass du das Mädchen gerettet hast, dank einer Nachricht des päpstlichen Gesandten, also mach mir nichts vor. Adalgiso hat es geschafft, uns hinters Licht zu führen und Franziskus die Reliquie zu übergeben. Dir wird das nicht gelingen, das versichere ich dir. Los jetzt! Raus damit!«

»Ich sage dir, du irrst dich.«

»Das werden wir ja sehen«, sagte der Mann, drückte Bonaventura die Kehle zu und schob ihm die Hand unter die Kutte. Bonaventuras Hände tasteten fieberhaft umher. Seine Finger berührten etwas, einen Holzhammer, den er mit allerletzter Kraft zu packen bekam. Ehe er vollends das Bewusstsein verlor, schlug er ihn dem Riesen mit letzter Kraft an die Stirn. Einen Moment lang tat sich nichts, dann sackte der mächtige Leib mit einem ausgedehnten Seufzer in sich zusammen. Bonaventura wusste nicht, wie lange er selbst zerschunden dalag und um Luft und Leben rang, aber schließlich gelang es ihm, sich hochzurappeln. Das Untier schien zu schlafen, da der Schlag glücklicherweise nicht tödlich gewesen war. Er musste so schnell wie möglich verschwinden. Kein Ort war vor den Männern des dunklen Ordens sicher.

Noch vor Morgengrauen verließ Fleur das Gästehaus. Sie hatte kein Auge zugetan und mit tief ins Gesicht gezogener Kapuze an der Wand gelehnt, ohne ein Wort mit den Zimmergenossen zu wechseln. Ein paarmal hatte es im matten Schein der verglühenden Kohlen so ausgesehen, als spähte Rolando zu ihr herüber. Sie ging zu einem Trinkwasserbrunnen, nahm einen Schluck und wusch sich Gesicht und Arme mit dem eisigen Wasser, das ihre Müdigkeit endgültig vertrieb. Plötzlich stand Rolando neben ihr.

»Du hast heute Nacht nicht geschlafen.«

»Du offenbar auch nicht«, versetzte Fleur schnippisch.

»Du musst dich ausruhen. Der Marsch ist lang, da zählt jede Gelegenheit, wieder zu Kräften zu kommen.«

»Diese Orte sind mir nicht geheuer.«

»Gibt es irgendetwas, das dir geheuer ist?«

»Nur einen einzigen Menschen. Nachdem er fort war, war nichts mehr wie vorher.«

»Annecy?«

»Wer sonst.«

»Und dein Vater? Du sprichst nie von ihm.«

»Mein Vater war der fürstliche Wachhauptmann. Er verehrte und fürchtete Annecy. Ihm war klar, dass der Fürst an mir hing, daher hat er es nie gewagt, sich ihm zu widersetzen. Er war ein Feigling. Kaum war der Fürst zum Kreuzzug aufgebrochen, hat er angefangen, mich zu misshandeln. Er schlug mich jeden Tag, doch ich habe ihm nie Genugtuung verschafft. Je heftiger er zuschlug, desto energischer unterdrückte ich die Tränen.«

»Wieso tat er das?«

»Er fand immer einen Grund. Ich sollte schön sein, sollte den Männern gefallen. Früher oder später hoffte er einen zu finden, der ihm in den Kram passte. Doch eine hübsche Tochter genügte ihm nicht. Sie sollte unterwürfig sein und ihm blind gehorchen. Wie ein Hündchen wollte er mich abrichten, mit Stock und Peitsche, damit ich seinen Wünschen entsprach. Dabei gab er tunlichst acht, mich nur dort zu treffen, wo die Verletzungen nicht sichtbar waren. Doch eines Tages wurde alles anders. Seine Gesundheit schwand, und seine Kräfte ließen nach wie eine verlöschende Kerze. Die Krankheit zehrte ihn auf. Dann kam der Moment, in dem er mir, berauscht von Wein und Wahnsinn, eine Tracht verabreichte wie nie zuvor. Hände, Stock, Peitsche, nichts schien ihm mehr zu genügen. Er schnappte sich eine schwere Eisenstange und wollte mich damit ins Gesicht schlagen. Das hätte ich nicht überlebt. Ich fiel ihm in den Arm und sah ihm fest in die Augen, bis er den Blick senkte. Der Sieg war meiner. Tags darauf war ich auf dem Weg ins Kloster.«

»Das ist furchtbar.«

»Es ist vorbei. Eine Ewigkeit scheint vergangen, seit ich diese Reise mit euch begann. Die Erinnerung an ihn verblasst mit jedem Tag.«

»Dann hoffe ich, dass sie irgendwann ganz verschwindet«, sagte der Ritter. »Du fragtest mich einmal, wieso ich diese Maske trage.«

»Verzeih, ich wollte dir nicht zu nahe treten.«

»Das tust du nicht. Nachdem Annecy und ich vom Kreuzzug zurückkehrten, war ich nicht mehr derselbe. Das, was mir zu Gesicht gekommen war, überstieg alles, was ich bisher an Gräueln erlebt hatte. Ich versuchte, die Erinnerungen mit Wein und Jagd zu vertreiben, innerlich leer. Doch weißt du, was das Schrecklichste war?«

»Nein, sag du es mir.«

»Irgendwo in meinem Inneren raunte eine Stimme, dass es mir nur besser gehen würde, wenn ich wieder tötete und möglichst viele Feinde mit dem Schwert durchbohrte, um den Blutrausch zu stillen. Ich verzehrte mich danach, an jene Orte zurückzukehren und mich in den gnadenlosen Kampf gegen die Gottlosen zu stürzen.«

»Und was geschah dann?«

»Ich wurde krank. Das entsetzliche Leiden, das den Körper verformt, hatte mich befallen.«

»Lepra ...«

»So ist es. Die kundigsten Ärzte scharten sich um mein Krankenbett. Ich schluckte alle Arten von Medikamenten und ließ jeden Zauber oder Segen über mich ergehen, doch die Krankheit hatte bereits mein Gesicht befallen.« Fleur lauschte schweigend und hatte Mühe, die Tränen zu unterdrücken.

»Eines Tages stand ich auf und beschloss, diese Welt zu verlassen. Ich nahm einen Pfad in die Berge und stellte mich an einen schwindelerregenden Abgrund. Die Hölle schien mir nichts gegen das, was mich erwartete.«

»Und dann?«, fragte Fleur atemlos.

»Mein Falke.«

»Dein Falke?«

»Ja, mein Falke hatte sich losgerissen und war mir gefolgt. Ich wollte mich gerade hinabstürzen, als er im Sturzflug auf mich zusauste und sich an meinen Arm krallte.«

»Ein Zeichen.«

»Ich weiß es nicht. Jedenfalls kehrte ich ins Schloss zurück. Ein paar Tage später teilten die Ärzte mir mit, dass die Krankheit zum Stillstand gekommen sei. Nur mein Gesicht würde für immer gezeichnet bleiben. Deshalb die Maske.«

»Ich möchte es sehen«, flüsterte Fleur.

»Was?«

»Dein Gesicht. Bitte. Ich möchte es so gern sehen.«

Rolando schwieg für einen langen Augenblick. Dann begann er ganz langsam, die Maske anzuheben. In dem Moment ertönten Schritte auf dem Weg. Sie drehten sich um. Drei Männer kamen auf sie zu, der Verwalter des Gästehauses, gefolgt von zwei Soldaten.

»Euch beide habe ich gesucht«, sagte der Verwalter.

»Zu Diensten, Bruder«, sagte Rolando und stellte sich vor Fleur.

»Wir haben den Befehl erhalten, sämtliche Pilger zu überprüfen.«

»Aus welchem Grund?«

»Wir suchen eine Frau.«

»Eine Frau?« Rolando lachte unter seiner Maske. »Sehe ich etwa wie eine Frau aus?«

»Ihr gewiss nicht, Ritter. Doch Euren Freund würde ich gern hören, wenn Ihr nichts dagegen habt.«

»Den Gefallen kann ich Euch schwerlich tun. Der Mönch hat ein Schweigegelübde abgelegt.«

»Nun denn, dann begnügen wir uns damit, sein Gesicht zu inspizieren, wenn Ihr gestattet.«

»Ich fürchte, auch das ist nicht möglich.«

»Ich fürchte hingegen, Ihr solltet gehorchen, Ritter.« Auf ein Zeichen des Mannes hin traten die Soldaten mit gezückten Schwertern vor.

Rolando sprang auf die beiden zu, packte sie bei der Kehle und hob sie hoch. Hilflos mit ihren Schwertern fuchtelnd, strampelten sie in der Luft. Mit einer jähen Bewegung schleuderte der Ritter sie von sich und ließ sie den Abhang hinunterkullern. Starr vor Angst hatte der Verwalter dem Treiben zugesehen.

»Gehen wir, Fleur«, sagte Rolando und griff nach ihrer Hand.

Im Laufschritt hasteten sie den Weg hinunter, wo Bonaventura, Luca, Davide und Giorgio bereits auf sie warteten.

»Wo wart ihr? Los, lasst uns verschwinden, wir sind aufgeflogen!«, schrie Bonaventura, während aus der Abtei Männer auf sie zustürzten. Ehe die sie einholen konnten, saßen Fleur und Rolando bereits im Sattel, und die Gruppe sprengte im Galopp davon.

COL DU MONT CENIS

Wie Schnee schmilzt er dahin

Ein eisiger Wind blies von den verschneiten Berggipfeln herab und betäubte die Sinne. Die Hauptroute in die Provence verlief über den Col du Mont Cenis. Da die heftigen Schneefälle der vergangenen Tage den Weg schwer passierbar machten, hatten sie die Pferde an einer Poststation im Tal zurückgelassen. Zum Glück hatten sie es aber, beschienen von einer blassen Sonne, ohne größere Mühen zum Gipfel geschafft.

Bonaventura kannte die Tücken des verschneiten Wegs gut, zumal durch das Nahen des Frühlings noch größere Gefahren bestanden. Jeden Moment konnten eine Lawine oder ein Felsrutsch ins Tal gehen. Über ihnen strebten Tannenwipfel und felsige Steilwände zum Gipfel. Hin und wieder warf Rolando ihm einen Blick zu, als wollte er etwas sagen.

»Wenn du etwas loswerden möchtest, dann nur zu«, sagte Bonaventura.

»Meinst du nicht, du bist es, der uns etwas mitzuteilen hat? Deinetwegen hätten die Soldaten von San Michele uns beinahe geschnappt.«

»Das tut mir leid. Doch wie ich schon befürchtet hatte, ist die Abtei nicht mehr der sichere Ort von einst.«

»Was willst du damit sagen?«

»Der dunkle Orden hat das alte Gemäuer durchdrungen. Den Abt hat man in eine stumme Puppe verwandelt und die Macht in die Hände seines Helfers Venceslao gelegt. Adalgiso haben sie umgebracht, und um ein Haar hätten sie die Reliquie in die Finger bekommen. Doch Gott hat gewollt, dass Franziskus auf seinem Weg nach Santiago dort Rast einlegt, sodass sich die Reliquie nun glücklicherweise in seinen Händen befindet.«

»Du willst behaupten, er hat die Reliquie?«

»Ja. Adalgiso fürchtete um sein Leben, also hat er sie ihm gegeben. Franziskus ist nach Santiago unterwegs, und wie es die Fügung wollte, ist er Adalgiso begegnet.«

»Was sollen wir jetzt tun?«

»Wir können nur Franziskus' Spuren folgen. Wir wissen, dass er nach Santiago will, und dort gehen wir auch hin. Unterdessen werden wir im Hospiz von Mont Cenis rasten.«

»Wozu?«

»Es ist ein Mönchskloster und ein Durchgangsort für Pilger. Gut möglich, dass Franziskus dort vorbeigekommen ist, immerhin ist der Pass der kürzeste Weg in die Provence. Vielleicht können uns die Hospizmönche ein paar nützliche Hinweise geben.«

Endlich wurde der Weg breiter. Sie hatten eine weite Hochebene auf dem Passkamm erreicht. Am anderen Ufer eines kleinen, zugefrorenen Sees waren die Umrisse des Hospizes zu erkennen. Trotz der Entfernung wirkte das Gebäude imposant. Die Gruppe machte sich an das letzte Stück des Wegs. Bonaventura schöpfte Mut. Schon bald würden sie sich stärken können. Doch als sie sich dem Seeufer näherten, bemerkte er verdächtige Schatten am Waldrand.

»Hast du das gesehen?«, fragte Bonaventura Rolando.

»Ja, bewaffnete Männer. Sie folgen uns. Offensichtlich hegen sie keine guten Absichten, denn es sieht so aus, als wollten sie uns einkreisen.«

»Das glaube ich auch. Wer sind diese Leute?«

»Die Gleichen, die hinter Fleur und ihrem Medaillon her sind.

Zweifellos haben sie es noch nicht aufgegeben, Jagd auf uns zu machen.«

»Wieso greifen sie nicht an?«

»Sie warten ab, bis wir den Engpass erreichen. Dort können wir ihnen nicht so leicht entwischen.«

»Wie viele werden es sein?«

»Mindestens ein paar Dutzend.«

»Wir müssen den Weg verlassen und über den See reiten.«

»Es ist wärmer geworden, und das Eis könnte brechen. Hältst du das wirklich für eine gute Idee?«, fragte Davide zweifelnd.

»Wenn wir auf dem Weg bleiben, sind wir leichte Beute für sie. Wir haben keine andere Wahl.«

»In Ordnung. Jetzt gehen wir erst mal weiter, als hätten wir nichts bemerkt«, sagte Rolando.

»Im Hospiz ist stets ein Trupp Ritter der Savoyer stationiert. Sobald wir es erreichen, sind wir in Sicherheit.«

Als die Gruppe das Ufer erreichte und sich in vorsichtigen Schritten auf das Eis hinauswagte, stieß Rolandos Falke einen Schrei aus, um vor der drohenden Gefahr zu warnen. Die schwarzen Schatten, die sich zuvor noch im Wald verteilt hatten, sammelten sich wie Fliegen auf einem Kadaver und zogen sich als dunkles Knäuel beim See zusammen. Plötzlich ging ein Riss durch die Eisfläche. Bonaventura hielt inne.

»Lasst uns nicht alle auf derselben Stelle gehen. Wenn wir kein Eisbad nehmen wollen, sollten wir unser Gewicht verteilen.«

»In Ordnung«, sagte Davide.

»Luca, Fleur, bleibt zwischen uns, dann seid ihr sicher«, sagte Rolando.

»Sicher vor was?«, fragte Luca bang.

»Vor den Männern, die uns schon bald einholen werden, um uns abzustechen«, antwortete Fleur.

»Beeilt euch, aber hütet euch vor den Rissen.«

»Ich will's versuchen«, sagte Luca verängstigt und blinzelte zu den dunklen Gestalten hinüber, die sich unweit von ihnen versammelt hatten.

Aus dem Augenwinkel spähte Bonaventura unablässig zum Wald hinüber. Er wusste, dass die dunkle Horde früher oder später angreifen würde, und zählte die Schritte, die sie vom anderen Ufer trennten. Über ihren Köpfen zog Rolandos Falke weite Kreise, als wollte auch er sich auf den bevorstehenden Angriff vorbereiten.

»Glaubst du, es ist der Ritter aus Lucca?«, fragte Rolando.

»Da bin ich mir sicher«, entgegnete Bonaventura. »Er war uns schon in San Michele auf den Fersen und weiß bestimmt, dass dies der kürzeste Weg nach Mont Cenis ist.«

»Sie sollen ruhig kommen. Ich kann's gar nicht abwarten, meine Axt in frischem Fleisch zu versenken«, knurrte Giorgio.

Rolando, Bonaventura und die beiden Ritter drehten sich um. Eine mächtige, schwarz gekleidete Gestalt erhob sich am Seeufer und setzte den ersten Schritt auf das Eis, das unter dem Gewicht knirschte. Der Umhang über ihrem Kettenhemd trug kein Emblem, das sie einem Orden oder einem Geschlecht zuweisen würde, und ihr Gesicht verbarg sie unter einer schwarzen Kapuze, die nur die Augen freiließ. Die Gestalt war groß wie ein Bär. Eine Schar ebenfalls schwarz gekleideter Männer hatte sich hinter dem Koloss versammelt und rückte auf die Eisfläche vor. Vielfaches Knirschen hallte durchs Tal. Das Wintergewand des Sees, das bei den milderen Temperaturen dünner geworden war, stand kurz vor dem Bersten.

»Fleur, nimm Luca und lauf auf die andere Seite, schnell!«

»Ich will bei euch bleiben!«

»Es ist besser für uns alle, wenn ihr versucht, das Hospiz zu erreichen und die Soldaten von dem Angriff in Kenntnis zu setzen. Vertrau mir.«

»Ich kann kämpfen. Wir halten sie gemeinsam auf.«

»Himmel noch eins. Tu zur Abwechslung mal das, was ich sage!«

»Aber ich …«

»Lauf, habe ich gesagt!«

Fleur und Luca gehorchten und rannten in Richtung Hospiz, das eine knappe halbe Meile entfernt lag. Bonaventura raunte Giorgio etwas zu. Während die Verfolger und ihr Anführer immer dichter herankamen, hallten laute Schläge durch das Tal. Es war Giorgios Axt, die auf die Eisoberfläche einschlug. Ein Netz aus Rissen zog sich über das Eis, das allmählich zu bersten begann. Einige der Verfolger versanken im eisigen Wasser, die anderen wurden von Davide, der sein Ziel niemals verfehlte, mit der Armbrust unter Beschuss genommen. Nur dem schwarzen Ritter schienen weder die Pfeile noch das Brechen des Eises etwas anhaben zu können. Leicht und behände wie eine Gazelle sprang er von Scholle zu Scholle. Der Abstand, der ihn von Rolando und seinen Freunden trennte, wurde bedrohlich kleiner. Brüllend stürzte sich Rolando ihm entgegen. Er konnte das zornige Glühen in seinen Augen sehen und nahm das Sirren von Davides treffsicheren Pfeilen wahr. Im nächsten Moment kreuzten der Ritter und der Riese die Schwerter. Das Klirren des Stahls gellte über den See, und die Klingen blitzten im Sonnenlicht, als die beiden einander belauerten.

Beim Kreuzen der Klingen hatte Rolando die vernichtende Kraft seines Gegners gespürt. Ein Gegenstreich ließ ihn zurücktaumeln. Der schwarze Riese war stark und schnell. Er griff mit zwei Waffen an, einem Langschwert und einem dolchähnlichen Kurzschwert. Die feindliche Klinge ging pfeifend ins Leere. Rolando rammte seinem Gegner den Schild in den Bauch und ließ ihn mehrere Schritte zurücktaumeln. Genug Zeit, um wieder Atem zu schöpfen. Erneut standen sie sich Auge in Auge gegenüber, und Rolando erschauerte. Er vermeinte diesen Blick zu kennen, doch ihm blieb keine Zeit zum Nachdenken, denn der andere revanchierte sich mit einem wuchtigen Tritt gegen die Brust und ließ ihn hilflos in den Schnee fallen. Um Haaresbreite konnte Rolando seiner Klinge ausweichen, die sich zitternd ins Eis bohrte. Die Scholle brach und trennte die beiden Kämpfenden, die sich unvermittelt im Wasser wiederfanden.

»Wer seid Ihr?«, schrie Rolando seinem Feind zu.

»Der Tod, der gekommen ist, Eure Freundin zu holen. Und Euch ebenfalls.«

»Das werden wir sehen.«

»Es ist nur eine Frage der Zeit, Tau-Ritter«, sagte der Kämpfer heiser.

Der Riese erreichte das andere Ufer, doch Rolando gelang es nicht, sich mit tauben Armen auf die Eisscholle zu hieven. Die Kälte stach ihm wie tausend Nadeln ins Fleisch. Während sich seine Freunde am anderen Ufer gegen ein Dutzend Männer verteidigten, die es über den See geschafft hatten, spürte Rolando seine Kräfte schwinden. Da tauchte ein Ast vor seinen Augen auf.

»Wie du siehst, hat auch ein kleiner Mönch seine Stärken«, rief Luca. »Halt dich fest, ich ziehe dich raus.« Entgegen der Anweisungen hatten Luca und Fleur kehrtgemacht, um ihren Gefährten zur Seite zu springen. Jetzt hielt sich der Mönch an dem Mädchen fest, das sich an eine Baumwurzel am Ufer klammerte. Der Junge nahm all seine Kraft zusammen und zog Rolandos mächtigen Körper schwitzend und vor Anstrengung zitternd aus dem Wasser.

»Ich verdanke euch mein Leben.« Rolando schloss Luca und Fleur fest in die Arme.

Die drei eilten zu ihren Gefährten, die ebenfalls ans sichere Ufer gelangt waren.

»Lasst uns zum Hospiz laufen, sonst krepieren wir noch wie die Ratten«, knurrte Giorgio.

Plötzlich tauchte der schwarze Ritter auf, umringt von fünf Getreuen, die es ebenfalls über den See geschafft hatten. Er strebte direkt auf Fleur zu. Davide traf ihn mit einem Pfeil an der linken Schulter, während Giorgio sich mit der Axt auf ihn zukämpfte und mehrere seiner Männer niedermähte. Dann zückte er sein Schwert und stürzte sich in den Zweikampf, Schwert gegen Schwert und Axt gegen Degen. Er traf ihn am rechten Arm, fügte ihm jedoch nur eine Streifwunde zu. Der schwarze Ritter parierte jeden seiner Hiebe oder wich ihnen gekonnt aus. Indes hatte sich Rolando mit Feuereifer in den Kampf gegen drei Gegner gestürzt.

»Luca, bring Fleur fort. Lauft zum Hospiz, sofort!«, schrie Rolando, sein Schwert schwingend und sich unter den gegnerischen Hieben wegduckend.

Luca packte Fleur bei der Hand und zog sie mit sich fort. Um ihnen Deckung zu geben, griff sich Bonaventura ein am Boden liegendes Schwert und stürzte sich blindlings in den Kampf.

Ein vom Degen parierter Beilhieb, ein Stoß mit dem Knie, ein blitzschneller Säbelstreich, und Giorgios Schrei erschütterte das Tal. Seine Faust lag am Boden, das Schwert noch umklammert. Rolando streckte weitere drei Männer nieder und eilte ihm zu Hilfe. Die Klinge des Riesen wollte gerade auf Giorgio niedergehen, der seinen Armstumpf in dem vergeblichen Versuch, den Blutfluss zu stillen, gegen die Brust drückte, als Rolandos Degen ihr in die Quere kam. Jetzt standen sie sich wieder Auge in Auge gegenüber.

»Bringen wir zu Ende, was wir angefangen haben.«

»Diesmal werdet Ihr weniger Glück haben.«

»Das Gleiche gilt für Euch«, brüllte Rolando wutentbrannt und schwang sein Schwert.

Mit einem Klingenstreich verwundete er den Riesen am Schenkel und drängte ihn mit unermüdlichen Attacken zum Seeufer. Ein Degenhieb verletzte ihn leicht am Arm, doch Rolando gab nichts darauf und setzte seinen Angriff fort, den der schwarze Ritter lediglich parierte. Mit einem Mal wurde Rolando schwarz vor Augen, und seine Beine gaben nach. Das Schwert in seiner Hand wurde immer schwerer. Dann stolperte er und fiel auf die Knie. Sein Gegner musterte ihn.

»Hat Annecy Euch nicht gelehrt, dass man Schlachten auch mit List gewinnt? ›Gewalt allein ist nicht genug‹, pflegte er zu sagen.«

»Was wisst Ihr von Annecy?«, fragte Rolando, während er strauchelnd versuchte, wieder auf die Beine zu kommen.

»Er hätte es Euch sagen müssen. Ich habe meinen Degen in das gleiche Gift getaucht, in das er seinen Dolch zu tauchen pflegte. Jetzt werden Euch die Kräfte verlassen, und Ihr werdet langsam sterben. Ich habe allerdings beschlossen, euch den Todeskampf zu ersparen und meinem Herrn Euren goldenen Kopf zu bringen.«

Er wollte gerade mit dem Schwert ausholen, als die Klauen des Falken sich in sein Gesicht gruben. Der schwarze Ritter packte den Raubvogel, drückte ihn zu einem blutigen Klumpen zusammen und schleuderte ihn fort. Giorgio nutzte die Gelegenheit, um sich auf ihn zu stürzen.

»Kommt mit mir in die Hölle, Elender!«

Die beiden stürzten in den See und versanken. In der verzweifelten Hoffnung, Giorgio wieder auftauchen zu sehen, behielten Bonaventura und Davide das Ufer im Blick. Doch offenbar hatte keiner der beiden es geschafft. Für Tränen blieb keine Zeit, da sie sich in Sicherheit bringen mussten. Sie luden sich den leblosen Rolando auf die Schultern, kehrten dem mit Leichen übersäten Schlachtfeld den Rücken und machten sich auf den Weg zum Hospiz.

HOSPIZ VON MONT CENIS

Stark wie der Tod ist die Liebe

In honore d. Die ac Salvatoris n. J. Christi seu et b. Virginis Mariae ad peregrinorum receptionem.

Eisverkrustet prangte der Schriftzug über dem schweren Holzportal des Hospizes. Der Mönch klopfte dreimal. Vergeblich.

Davide warf einen besorgten Blick zurück.

»Was zum Teufel ist da los, Meister? Ich fühle mich hier draußen nicht sicher.«

Bonaventura antwortete nicht. Er blickte sich um und entdeckte einen dicken Stamm, der auf einem Stoß Feuerholz an der Gebäudemauer lag.

»Helft mir, den Stamm dort herbeizuschaffen!«

»Was hast du vor?«

»Wir benutzen ihn als Rammbock.«

Rhythmisch ließen sie den Stamm gegen das Tor krachen, bis das Holz endlich nachgab.

»Wir haben es fast geschafft! Noch ein letztes Mal.« Mit einem lauten Knall barsten die Riegel, und die drei stürzten durch die Toröffnung.

Davide und Fleur schlossen die schweren Torflügel, und Luca und Bonaventura legten Rolando auf den Boden. Der Wind heulte um die Gebäudemauern herum.

»Verbarrikadiert den Eingang mit allem, was ihr finden könnt«, ordnete Bonaventura an. »Zum Glück sind die Fenster schwer vergittert. Die Tür ist jetzt nicht mehr sicher. Ein paar Mann genügen, um sie einzudrücken.«

»Ehe sie das fertigbringen, habe ich sie schon abgemurkst«, knurrte Davide. »Ich werde Giorgio rächen!«

»Was ist das hier für ein seltsamer Ort?«, fragte Luca, nachdem sie jeden schweren Gegenstand, den sie hatten finden können, gegen das Tor gestapelt hatten.

»Eine Zuflucht für Pilger, die diese Gipfel überqueren. Schutz für Männer und Frauen, die auf dem Weg nach Santiago sind.«

»Und wo sind die alle?«, fragte Luca.

»Ich weiß es nicht, und das gefällt mir nicht«, sagte Bonaventura. »Eigentlich lebt hier eine kleine Mönchsgemeinschaft. Es sieht allerdings so aus, als sei das Hospiz schon seit Langem verwaist.«

»Ich bezweifle, dass sich jemand in diesen Sturm wagt, doch wir müssen trotzdem abwarten, bis die Gefahr vorüber ist. Wir haben nicht alle Gegner bezwungen, und in der Zahl sind wir ihnen weit unterlegen«, sagte Davide. Obwohl ihn der Verlust Giorgios tief traf, würde sich seine Kämpfernatur niemals unterkriegen lassen.

Fleur hatte sich neben Rolando gekniet und streichelte sein Haar.

»Was ist passiert, Bonaventura? Diese Verletzungen sehen nicht tödlich aus.«

»Ich fürchte, etwas zersetzt seine Säfte. Diese Färbung habe ich bei vielen Männern gesehen, die vergiftet wurden. Die gegnerischen Waffen könnten ihm Verletzungen zugefügt haben, die für unser Auge nicht sichtbar sind.«

»Ich bitte dich, Frater, mach ihn wieder gesund. Du bist der Einzige, der das kann.«

»Es sollte hier eine Apotheke geben. Machen wir uns auf die Suche.« Bonaventura griff sich eine am Boden liegende Fackel und erkundete mit Fleur und Luca das Innere der Anlage, derweil Davide den Eingang bewachte. Sie durchquerten einen langen Korridor, stiegen ein paar grob behauene Steinstufen hinab und gelangten in einen großen Raum, von zahlreichen Borden gesäumt, auf denen sich Gefäße und Behälter unterschiedlichster Formen und Größen aneinanderreihten. In der Mitte stand ein großer Tisch mit mehreren Schüsseln und einer Flasche Wein sowie einem großen, bereits in Scheiben geschnittenen Laib Graubrot. Luca wollte sich gerade darauf stürzen, als Bonaventuras Stimme ihn zurückhielt.

»Halt!«

»Was ist?«

»Riechst du das nicht?«

»Was denn?«

»Es riecht nach Tod.« Jetzt nahmen auch die anderen den von der Eiseskälte gedämpften süßlichen Verwesungsgeruch wahr.

»Was ist das?«, fragte Luca bang.

»Nichts Gutes, fürchte ich«, sagte Bonaventura. Ein lautes, metallisches Klirren ließ sie zusammenfahren.

»Das kommt aus dem Dormitorium«, sagte der Mönch. »Folgt mir.«

Die von zahllosen Pilgerfüßen ausgetretene Treppe aus Tannenholz, die zum oberen Stockwerk führte, war vom Ruß der Fackeln geschwärzt. Sie endete auf dem Dachboden, auf dem sich rings an den Wänden zahllose Strohlager stapelten. Doch von Pilgern keine Spur. Langsam durchquerten die drei den kargen Raum bis zur hinteren Wand. Dort lag ein in eine grobe Wolldecke gewickeltes Bündel, dessen Formen sich nur erahnen ließen.

»Du da unter der Decke, hörst du mich?« Keine Antwort.

Mit seinem Stock lupfte der Mönch den Stoff, leuchtete mit der Fackel hinunter und erschauerte. Das Gesicht eines Mönches starrte ihnen entgegen. Es war voller Blut, das an einigen Stellen schwarz erschien und zu großen, festen Klumpen geronnen war. Die von einem dunklen, gallertartigen Schleier überzogenen

Augen stierten ins Leere. Die Hand tastete haltlos umher. Die Nägel waren ausgefallen, und aus den bläulichen Fingern sickerte zähes, übel riechendes Blut.

»Gott steh uns bei«, schluchzte Luca. »Wir müssen ihm helfen.«

»Rühr dich nicht vom Fleck. Dem kann niemand mehr helfen. Er ist bereits tot. Bete, dass unser gütiger Gott seine Seele so schnell wie möglich zu sich holt.«

»Was für ein übler Zauber mag ihn so zugerichtet haben?«, fragte Fleur.

»Die Pestilenz«, wisperte Luca.

»Du sagst es, kleiner Mönch. Der Odem des Teufels«, murmelte Bonaventura.

»Die Pestilenz? Was bedeutet das?«, fragte Fleur.

»Eine Seuche. Sie kommt von weither und kennt keine Gnade. Gut möglich, dass hier niemand mehr am Leben ist. Dieser Ort ist eine tödliche Falle. Wir müssen so schnell wie möglich die Apotheke finden und verschwinden, oder wir werden alle sterben …«

Sie hasteten die Treppe hinunter und gelangten an ein angelehntes Eisengitter, hinter dem sich ein winziger Raum mit drei Türen befand. Hinter der ersten lag ein Geräteschuppen. Die zweite führte zu dem Raum, den sie suchten. Bonaventura entzündete die Kerzen, die auf den Borden und Ständern standen. Ein Mönch lag auf dem Tisch, die Feder noch in der von Kälte und Verwesung gezeichneten Hand.

»Seine Haut ist ganz runzlig, wie ausgedörrter Lehm«, bemerkte Luca angewidert.

»Das ist die Kälte. Sie hält Speisen länger frisch, und Körper ebenso. Helft mir, ihn auf den Boden zu legen.«

Die drei hoben den Leichnam an und legten ihn behutsam auf den Boden.

»Holt Rolando, wir behandeln ihn hier«, sagte Bonaventura und machte sich in die Apotheke zu schaffen.

Beim Schein der Fackel las er die Beschriftungen auf den Gefäßen: Silbernitrat, Steinsalz, Salpeter. Dann die Namen bekannter Pflanzen: Malve, Queller, Mohn. Luca, Fleur und Davide kehrten mit Rolando zurück und hievten ihn mit Bonaventuras Hilfe auf den Tisch.

»Und jetzt verlasst den Raum.«

»Ich bleibe«, erklärte Fleur entschlossen.

»Ich kann keine Störungen gebrauchen, und das Spektakel wird dir auch nicht lange gefallen.«

»Bonaventura hat recht«, haspelte Luca verlegen. »Komm mit. Das ist nichts für Frauen.«

»Ich werde nicht gehen. Alles hat seine Zeit. Giorgio ist tot, und Rolando ist tödlich verletzt worden, um mich zu retten. Ich bleibe bei ihm.« Bonaventura warf dem Mädchen einen finsteren Blick zu, seufzte vernehmlich und schickte dann die anderen beiden hinaus.

»Dieses Mädchen ist störrischer als ein Maulesel. Davide, Luca, nehmt diese Eimer und füllt sie mit Schnee vom Dach.«

Als sie allein waren, wandte Bonaventura Fleur den Rücken zu.

»Zieh ihm das Hemd aus«, wies er sie an. »Er muss so nackt sein, wie Gott ihn schuf.« Behutsam streifte Fleur ihm die Schuhe ab, löste den Harnisch und legte beides auf den Boden. Das Gleiche tat sie mit den Arm- und Beinschienen. Als sie seinen Oberkörper entblößte, erschauderte sie. Ein unmerklicher, unsteter Atem regte die kräftige Brust, wie der einer Katze oder eines kraftlosen Greises. Die Verletzung an der Schulter hatte zu bluten aufgehört, doch der Körper war blutverschmiert, und schwarze Gerinnsel hatten sich auf der Haut gesammelt. Bonaventura drehte sich kurz um. »Alles, hatte ich gesagt, Mädchen«, schnaubte er und sah wieder weg. »Uns bleibt nicht viel Zeit.« Behutsam löste Fleur die Lederriemen hinter Rolandos Kopf und nahm ihm mit zitternden Fingern und pochendem Herzen die

Maske ab. Wie oft hatte sie sich diesen Augenblick ausgemalt. Erst jetzt wurde ihr klar, wie brennend sie sich gewünscht hatte, hinter diese goldene Mauer zu blicken. Das Gesicht, das dahinter zum Vorschein kam, war wunderschön. Eine gerade Nase, volle, von einem goldenen Bart umrahmte Lippen, die weite Stirn von ebenfalls goldenen Locken umkränzt. Doch auf der linken Gesichtshälfte, gleich über der Kehle, wich die samtene Haut einem Geflecht aus Narben, die sich bis zum Jochbein hochzogen und das Auge streiften. Bei dem Anblick schluchzte Fleur auf. Eine Träne fiel auf die halb geöffneten Lippen des Ritters.

»Dann wollen wir mal sehen«, sagte Bonaventura und trat heran.

»Was ist ihm zugestoßen?«

»Das sind die Spuren der Lepra, die ihn befallen hat. Eine freundliche Hand hat ihn geheilt, sodass nur der Schatten der Erinnerung an seiner Haut zurückgeblieben ist.«

»Er ist wunderschön.«

»Wir sind nicht hier, um einen Bräutigam zu bewundern, sondern um einen Sterbenden zu heilen, schon vergessen?«

»Natürlich. Verzeih.«

»Weiber, pah! Immer am Gängelband des Herzens. Mal sehen. Aha, so so.«

»Was siehst du?«

»Die Schulterverletzung ist nicht ernst. Die Klinge ist nicht sehr tief eingedrungen und hat Knochen und Nerven verschont.«

»Ist das gut?«

»Und ob. Aber hier am Arm …«

»Was ist da?«

»Die Wunde ist kleiner, aber tief.« Er schnupperte daran.

»Was riechst du?«

»Verdorbenes Blut.«

»Und das ist schlecht?«

»Sehr schlecht. Die Spitze, die ihn durchbohrt hat, war mit

einem Gift getränkt, das nun seine Wirkung entfaltet. Wenn wir es nicht aufhalten, wird er sterben.«

»Du musst ihn retten, Magier. Du kannst es. Ich weiß, dass du es kannst.«

»Ich werde mein Möglichstes tun.«

Davide und Luca kamen mit zwei Eimern Schnee herein. Als Luca Fleur neben dem nackten Rolando stehen sah, wurde er rot vor Scham und Eifersucht, und seine Hände begannen zu zittern. Er wollte etwas sagen, doch Fleurs stolzer Blick belehrte ihn eines Besseren. Er ließ den Eimer fallen und machte auf dem Absatz kehrt, als müsse er einem Sündenpfuhl entfliehen.

»Was hat das Mönchlein?«, fragte Davide verblüfft.

»Vielleicht hat er noch nie einen nackten Mann gesehen. Stell die Eimer dort unter den Tisch und kehre auf deinen Wachposten zurück. Und du, Mädchen, nimm die trockenen Zweige dort beim Kamin. Wir müssen ein kräftiges Feuer machen.« Fleur gehorchte, und Bonaventura begann, Pulver und Tinkturen zusammenzurühren.

»Misch dies hier sorgfältig mit dem Stößel«, sagte er und hielt ihr einen Behälter hin, aus dem ein durchdringender süßlicher Geruch aufstieg.

»Was ist das?«

»Alraunwurzel, Weide, Pappel. Und eine Prise Kleie und Senf. Das heilt Verletzungen und hilft dem Körper, schädliche Körpersäfte zu bekämpfen. Rühre daraus einen Brei an und trag ihn auf die weniger schwere Verwundung auf.«

»Und was ist mit dem Gift?«

»Eins nach dem anderen. Um dem Gift entgegenzuwirken, brauchen wir ein alchemistisches Präparat. Es ist nicht leicht herzustellen, und seine Wirkung ist nicht garantiert, doch ein anderes Mittel gibt es nicht.«

Sorgfältig vermengte Fleur die Mischung zu einer ockerfarbenen, butterähnlichen Creme.

»Gut so?«, fragte sie und hielt sie Bonaventura hin.

»Sehr gut. Jetzt nimmst du diesen Spatel, trägst sie auf die Verletzung auf und massierst sie gründlich ein.«

Fleur folgte seinen Anweisungen. Ein seltsames Gefühl durchströmte sie, als sie Rolandos Muskeln streichelte. Sein fester Brustkorb war so breit, dass sie ihn selbst mit beiden Armen nicht hätte umfassen können. Plötzlich ertappte sie sich dabei, dass sie für sein Leben betete.

Unterdessen machte sich Luca hungrig auf die Suche nach etwas Essbarem. Der Anblick, wie Fleur neben dem nackten Rolando stand, hatte ihn verstört. Wie konnte Bonaventura einem Mädchen, das sich einem Mann nur mit lauteren, ehelichen Gefühlen nähern durfte, etwas Derartiges zumuten?

So tief war er in Gedanken versunken, dass er stolperte und beinahe längs hingeschlagen wäre. Er griff nach der Kerze, die wundersamerweise nicht verloschen war, und begutachtete die Stelle, an der sein Fuß hängen geblieben war. Es war ein Eisenring, der in der Mitte einer steinernen Falltür lag. Kurz überlegte er, ob er Hilfe rufen sollte, doch dann besann er sich eines Besseren. Er stellte die Kerze ab, packte mit beiden Händen den Ring, stemmte die Füße in den Boden und zog mit aller Kraft. Anfangs rührte sich nichts, doch dann gab es einen winzigen Ruck. Ächzend legte sich Luca ins Zeug, und als hätte sie mit einem Mal jegliches Gewicht verloren, glitt die Falltür zur Seite und gab einen unterirdischen Gang frei. Für einen langen Augenblick hockte Luca mit brennenden Augen und klopfendem Herzen da, bis der Schmerz in Händen und Rücken der Genugtuung wich.

»Endlich werden sie erfahren, wer Luca wirklich ist!«, murmelte er zufrieden und stand auf.

Er leuchtete in die Öffnung hinein, aus der nur ein fernes Tröpfeln zu hören war. Die ersten Sprossen einer Holzstiege waren zu erkennen. Schließlich gab er sich einen Ruck und machte sich vorsichtig an den Abstieg, wohl darauf bedacht, dass ihm die Kerze nicht aus den Händen fiel. Nach einer kleinen Ewigkeit spürte er endlich Boden unter den Füßen. Er tastete sich zu einer Holztür mit einem in der Wand verankerten Eisenriegel vor. Langsam zog er den Riegel beiseite und öffnete, stets zur Flucht bereit, die Tür. Durchdringend süßlicher Todesgeruch schlug ihm entgegen. Weiter vorn waren mehrere kerkerähnliche Verschläge zu erkennen. Vorsichtig schlich er daran entlang und wollte gerade die Kerze heben, um hineinzuleuchten, als sich ein dunkler Schemen mit dämonisch aufgesperrtem Rachen auf ihn stürzte. Luca stieß einen gellenden Schrei aus und taumelte rückwärts, doch das Monster hatte ihn beim Ärmel gepackt und schleifte ihn mit sich. Ein Stoßgebet gen Himmel sendend, öffnete der Mönch die Lider und starrte in die blutunterlaufenen Augen eines riesigen Hundes, der ihn knurrend in den Zwinger zerrte. Ein halbes Dutzend anderer Hunde warf sich heißhungrig gegen die Gitterstäbe. Schluchzend vor Verzweiflung klammerte sich Luca an sein Gebet, derweil sein Arm zum Fraß für die Bestien zu werden drohte. Doch der barmherzige Gott erhörte sein Flehen: Plötzlich riss der Ärmel am Ellenbogen ab, und Luca tat einen Satz rückwärts. Dabei verlor er die Kerze, die am Boden verlosch. Jetzt war es vollkommen finster. Sein Herz pochte so laut, als wollte es ihm aus der Brust springen. Das Heulen der Hunde mischte sich mit noch entsetzlicheren Schreien, die aus der Zelle nebenan zu kommen schienen. Weinend kauerte sich Luca auf den Boden und robbte durch das Dunkel, als plötzlich ein Licht den Raum erhellte und eine vertraute Stimme ihn aus seinem Albtraum riss.

»Was zum Teufel machst du da, dämliches Mönchlein?« Davide reckte eine Fackel empor, packte ihn bei der Kapuze und zog ihn auf die Füße.

»Ich … ich habe mich nur ein wenig umgesehen. Ich wollte mich nützlich machen.«

»Tot bist du niemandem nützlich. Geht es dir gut?«

»Ich glaube schon.«

»Der Hunger hat die Hunde in Wölfe verwandelt. Sie hätten dich glatt verschlungen, um zu überleben. Denk immer daran, Mönchlein: Die Hand, die dich streichelt, kann dich auch umbringen.«

»Was ist in der Zelle dort?«, fragte Luca und deutete auf die Gitterstäbe neben dem Hundezwinger.

»Ich weiß es nicht.« Davide trat mit der Fackel heran und wich entsetzt zurück.

»Was ist da?«

»Nichts, was du sehen solltest. Dutzende verwesender Körper. Offenbar hat man sie zum Sterben hier eingesperrt, aber ein paar sind leider noch am Leben. Lass uns wieder nach oben gehen. Dies ist ein verfluchter Ort.«

»Wir können sie doch nicht hierlassen!«

»Wir können und wir müssen. Das gebieten uns das Leben und die Hoffnung, Franziskus wiederzufinden.«

Die Gruppe hatte sich um ein großes Feuer geschart. Luca war noch immer verängstigt und zitterte vor Kälte. Davide musterte Bonaventura, der in eine rätselhafte Meditation versunken schien. Fleur tigerte ruhelos auf und ab. Bonaventura brach das Schweigen als Erster.

»So muss es gewesen sein. Die Krankheit hat die armen Bewohner dieses Ortes heimgesucht. Mönche, Knechte, Soldaten, Pilger. Der Apotheker hat versucht, das Schlimmste zu verhindern. Dann hat er gemerkt, dass er selbst von der Seuche befallen ist, hat sämtliche Kranke in die Verliese gebracht und sie dort eingeschlossen.«

»Das ist entsetzlich«, sagte Luca.

»Doch wegen der Kälte oder irgendeiner Art von Resistenz sind manche nicht sofort gestorben. Jetzt schmachten sie in den Verliesen und verenden in der Finsternis.«

»Wir müssen etwas unternehmen!«, sagte Luca ganz aufgebracht.

»Nur Gottes Barmherzigkeit kann sie retten. Wir werden ihnen etwas zu essen hineinwerfen, und wenn wir gehen, öffnen wir die Tür. Sollte jemand überleben, was ich bezweifle, ist er frei. Davide, du gibst den Hunden zu fressen. Sie könnten uns noch nützlich sein. Neben den Käfigen habe ich Schlitten gesehen. Die alten Baumeister haben einen unterirdischen Fluchtweg angelegt, der womöglich über einen Umweg zur Hauptstraße führt. Luca, du übernimmst die erste Wachschicht. Der Sturm legt sich allmählich, und die Stille gefällt mir nicht. Fleur, du kommst mit mir mit, die Destillation sollte inzwischen abgeschlossen sein. Falls Rolando sich erholt, brechen wir so bald wie möglich auf.«

Die beiden standen auf und kehrten in die Apotheke zurück.

»*Falls* Rolando sich erholt, hast du gesagt«, murmelte Fleur.

»Wir müssen auf alles gefasst sein. Manche Gifte sind gnadenlos. Sie dringen bis zum Herzen vor, das man ihrer tödlichen Umklammerung nicht mehr entreißen kann.«

»Er wird nicht sterben. Ich weiß, dass er es schafft.«

»Das weiß Gott allein.«

»Siehst du Gott hier irgendwo? Ich sehe nur Tod und Schmerz.«

»Die Wege unseres Herrn sind unergründlich. Alle Seelen werden in eine bessere Welt eingehen.«

»Ich kann deine Märchen einfach nicht glauben. Aber ich glaube an dich. An deine Kunst. Tausendmal mehr als an Dämonen und Engel, die ich noch nie in meinem Leben gesehen habe. Was weißt du über diese Krankheit?«

»Bei uns hat man sie schon lange nicht mehr gesehen. Ich bin ihr in fernen Ländern begegnet. Die Alten nannten sie das große Sterben. Wo sie hinkommt, mäht sie Männer, Frauen und Kinder wie reifes Korn nieder.«

»Kann man nichts dagegen tun?«

»Nichts. Man kann nur auf Gottes Gnade hoffen. Halt das bitte mal.«

Bonaventura hielt Fleur eine große Kelle hin und goss vorsichtig den Inhalt eines Kolbens hinein, in dem die Essenzen mehrere Stunden lang destilliert hatten.

»Was machst du da?«

»Schöllkrautextrakt.«

»Und das wäre?«

»Ein Auszug aus Öl, Schöllkraut, Blut und Honig, mit einigen Geheimzutaten, die ich bei arabischen Ärzten kennengelernt habe.«

»Und wozu ist das gut?«

»Es absorbiert das Gift, weitet die Lungen, lindert die Schmerzen, stärkt das Blut und schützt es vor Fäulnis.«

»Glaubst du, es funktioniert?«

»Normalerweise wird es nur lokal angewendet. In diesem Fall zersetzt das Gift das Fleisch, und wir müssen es ihm zu trinken geben, auch wenn das nicht ohne Risiko ist.«

»Welche Art von Risiko?«

»Der Tod, würde ich sagen. Heb Rolandos Kopf an und stütze ihm den Nacken.«

Ehe Fleur etwas einwenden konnte, stand Bonaventura neben dem Ritter und gab ihr ein Zeichen. Behutsam hob Fleur Rolandos Kopf an, während der Mönch ihm eine Kanüle in den halb offenen Mund schob und den Inhalt hineingoss. Dann massierte er Rolandos Kehle, um die Flüssigkeit hinuntersickern zu lassen. Der Ritter schluckte das Gebräu bis zum letzten Tropfen.

»Solltest du nicht ein Gebet sprechen?«

»Das überlasse ich dir«, sagte Bonaventura und erhob sich.

»Wo gehst du hin?«

»Ich sehe nach den anderen. Meine Aufgabe hier ist erledigt, und ich warte nicht gern.« Fleur blieb neben Rolando sitzen. Eine Weile lang lauschte sie dem Knistern des Feuers, dem Tröpfeln der Kolben und den fernen Stimmen der Gefährten. Dann streckte sie sich neben dem Ritter aus und überließ sich dem Schlaf.

Die Lichtung war frisch und grün und roch intensiv nach dem Unterholz. Die Schlacht lag nunmehr hinter ihnen, das wusste sie, als sie beklommen die am Boden liegenden Ritter betrachtete. Manche waren noch am Leben und stöhnten. Andere lagen reglos und mit gebrochenen, verdrehten oder fehlenden Gliedmaßen auf der blutgetränkten Erde. Fleur konnte Rolando nicht entdecken. Sie war sich sicher, dass er dort war, doch sie konnte ihn nicht finden. Sie wich den Händen aus, die sich hilfesuchend nach ihr reckten. Plötzlich nahm sie in der Ferne ein Blinken wahr. Sie lief los, doch die Kleider blieben an den Wurzeln hängen und hielten sie zurück. Endlich erreichte sie eine so mächtige Weide, wie sie noch nie im Leben eine gesehen hatte. Am Stamm lehnte Rolando. Die langen Ruten bogen sich zu ihm nieder, als wollten sie ihm Erleichterung verschaffen. Lächelnd lief Fleur auf ihn zu. Er hatte die Augen geschlossen und trug noch den eisernen Harnisch. Sein Körper war blutüberströmt, doch sie konnte keine Verletzung entdecken. Sie streckte die Hände aus, um ihm die Maske abzunehmen. Als es ihr schließlich gelang, blickte sie in das Gesicht des Riesen, der hinter ihr her war, um sie zu töten, ein entstelltes und dennoch vertrautes Gesicht. Fleur wollte aufwachen, doch die Hände des Mannes hatten sie gepackt, und sie konnte sich nicht entwinden. Plötzlich umschlangen zwei Arme ihre Taille und rissen sie von dem Ungeheuer fort.

Fleur schreckte hoch. Um sie herum war es stockfinster. Dann gewöhnten sich ihre Augen an das spärliche Licht. Neben ihr lag der Ritter und blickte sie mit einem leisen Lächeln an.

»Hast du einen bösen Traum gehabt, kleine Fleur?«

»Rolando! Bist du es, oder ist das nur ein weiterer trügerischer Traum?«

Die Augen des Ritters waren klar wie der wolkenlose Himmel. Er hob seine große, warme Hand und streichelte ihr Gesicht.

»Ich bin es, Fleur, ich bin noch hier.«

»Du ahnst nicht, wie sehr ich um dich gebangt habe«, stammelte Fleur unter Tränen.

Das Mädchen gab sich der zärtlichen Berührung seiner großen Hand hin. Dann beugte sie sich über ihn und küsste ihn. Seine Lippen schmeckten salzig, der Bart war stachelig. Etwas nie Empfundenes zog sie zu ihm hin. Behutsam setzte sie sich auf ihn, nahm sein Gesicht in beide Hände, fuhr ihm mit den Fingern durchs Haar und küsste ihn abermals, auf die Augen, die Hände, die Lippen. Rolando blickte sie an, als wollte er etwas sagen, doch schließlich gab er sich ihren Zärtlichkeiten hin. Fleur schlüpfte aus ihren Kleidern. Rolandos Hände legten sich auf ihre Brüste, und seine Beine umschlangen ihre schmale Taille. Benommen vom Duft nach Honig und Gewürzen, überließ sie sich ihrem Begehren und half Rolando, in sie einzudringen. Von Verlangen und Lust überwältigt, vereinten sich ihre Herzen für immer. Fleur spürte, wie sie sich von ihrem Körper löste und mit der Dunkelheit verschmolz.

Heftiger Lärm weckte sie. Rolando war nicht mehr da. Sie lag angezogen unter dem Tisch. War alles nur ein Traum gewesen? Sie rannte hinaus. Davide stand vor dem großen Holztor, das von Schlägen erschüttert wurde. Luca und Bonaventura standen neben ihm.

»Was ist los?«, rief sie.

»Sie sind zurückgekommen.« Rolando kam mit dem Schwert in der Hand auf sie zu.

»Bald haben sie es geschafft«, rief Bonaventura. »Wir müssen uns etwas einfallen lassen.« Fleur erblickte den Hundeschlitten, vor den bereits Hunde gespannt waren.

»Ich bin bereit.«

»Nein, Fleur, das ist zu gefährlich. Wir können nicht das Risiko eingehen, dich zu verlieren«, sagte Bonaventura im selben Moment, als ein Torflügel krachend nachgab.

»Machst du Witze, Frater?«

»Nicht im Geringsten. Sie sind hinter dir her. Rolando und Davide bleiben bei mir, um diese Mistkerle niederzukämpfen. Luca und Fleur, ihr entkommt durch die Verliese und nehmt den zweiten Schlitten, den wir für euch vorbereitet haben. Er wird euch weit von hier fortbringen, in Sicherheit.«

»Wieso kommt ihr nicht mit?«

»Wir werden sie ablenken und den Haupteingang nehmen, so könnt ihr ungestört durch die Verliese fliehen.«

»Das ist nicht recht«, protestierte Fleur mit Tränen in den Augen.

»Hör zu«, sagte Rolando und streichelte ihr über die Wange. »Du musst dich jetzt in Sicherheit bringen. Wir sind schneller wieder bei euch, als du glaubst.« Er nahm die Maske ab, und sie gab sich seinem Kuss hin.

»Beeilung!«, rief Davide. »Sie sind gleich drin!«

»Luca, ich gebe sie in deine Hände«, sagte Rolando. »Beschütze sie bis zu unserer Rückkehr. Wir werden nicht lange getrennt sein.«

»Ich schwöre es, Rolando. Bei meinem Leben.« Luca nahm Fleur bei der Hand und zog sie mit sich fort.

Mit einem letzten Krachen fiel das Tor, und die gegnerische Horde stürzte herein. In irrwitzigem Tempo trieben Bonaventura und seine Gefährten ihren Schlitten zum Tor hinaus und schlugen mit Rolandos Schwert und Davides Armbrust jeden nieder, der sich ihnen in den Weg stellte. Pfeile zischten hinter ihnen her, während sich der beängstigend schlingernde Schlitten zu überschlagen drohte. Rolando und Davide ließen ihre Schwerter rotieren und hieben Köpfe und Arme ab. Plötzlich wurde der Abhang steiler. Ein schwarzer Schatten stürzte sich auf Rolando, packte ihn bei der Kehle und riss ihn vom fahrenden Schlitten. Dröhnend löste sich eine Schneelawine vom Berg. An den Feind geklammert, kugelte Rolando den Hang hinunter bis an den Rand eines verschneiten, mehrere Dutzend Ruten tiefen Abgrunds. Er rappelte sich hoch. Sein Gegner lag mit gebrochenem Genick im Schnee. Der Schlitten mit Davide und Bonaventura war jenseits eines riesigen Schneehaufens, der mit der Lawine niedergegangen war, verschwunden. Rund zwanzig schwarz gekleidete Männer umzingelten Rolando mit gezückten Schwertern. Ihm blieb kein Fluchtweg. Über ihm war der Berg, unter ihm der Abgrund.

Die Laute, die aus den Verliesen drangen, waren markerschütternd. Brüllend schlugen die wenigen Überlebenden gegen die Gitterstäbe. Von oben war das Jaulen und Kläffen der Hunde zu hören.

»Hier können wir nicht bleiben. Verschwinde, Luca. Ich kehre nach oben zurück«, rief Fleur.

»Das geht nicht! Wir müssen zusammenbleiben. Ich gehe nicht ohne dich.« Fleur war schon wieder auf den ersten Stufen, als schwarz gekleidete Männer den Kopf durch die Falltür steckten.

»Wir haben keine Zeit mehr, lass uns verschwinden!«, schrie Luca.

Fleur ließ sich den Korridor entlangzerren, an dessen Ende der Schlitten wartete.

»Sie sind schon hier unten. Wir müssen uns beeilen«, sagte das Mädchen.

Luca stieg als Erster auf, während Fleur das steif gefrorene Seil loszubinden versuchte. Ein Pfeil zischte über ihren Kopf und bohrte sich in die Mauer.

»Nun mach schon, Fleur!«

Das Mädchen packte seinen Dolch und wollte den Strick

durchsäbeln, als sich ein Verfolger auf sie warf. Blitzschnell wich sie aus, stellte ihm ein Bein und brachte ihn zu Fall. Der Strick war fast durchtrennt, da stürzte sich schon ein weiterer Mann auf sie. Sie verlor das Gleichgewicht, fiel aufs Eis, und der Strick gab nach. Schreiend packte Luca sie beim Kleid und zerrte sie auf den lossausenden Schlitten. Fleur starrte ins Dunkel. Ihre Hüfte blutete heftig, und sie spürte, wie sich die Kälte ihrer bemächtigte und ihre Kräfte schwanden. Luca sagte etwas, doch seine Stimme klang wie ein fernes Echo. Dann verlor sie das Bewusstsein.

IN DEN WÄLDERN VON MONT CENIS

Ihr werdet sein wie Gott und wissen, was Gut und Böse ist

Rastlos wie Bonaventuras Gedanken jagte der Schlitten über den Schnee. Donnernd war die zweite Lawine hinter ihnen niedergegangen und hatte Rolando von allem abgeschnitten. Die Schneeflut hatte sämtliche Orientierungspunkte und die Straße unter sich begraben. Bonaventura fürchtete um Rolandos Leben. Wenn nicht ihre Gegner sein Schicksal besiegelt hatten, so hatte es womöglich der Berg getan.

»Wir müssen umkehren«, sagte Davide und blickte zu der Schneewand zurück.

»Das ist unmöglich. Dann müssten wir erneut auf den Gipfel, was wegen der Lawine Tage dauern würde. Und der Abhang unter uns ist zu steil, da gibt es keine Wege, die zum Ende des Tals führen.«

»Willst du damit sagen, dass wir Rolando im Stich lassen sollen?«

»Wir lassen niemanden im Stich, aber wir haben eine Mission. Rolando würde niemals wollen, dass wir unsere Kräfte auf etwas anderes verwenden als auf die Suche nach Franziskus, Luca und Fleur.«

»Vielleicht hast du recht. Aber inzwischen ist mein Herz so schwarz wie ein versiegter Brunnen, in dem das Leben nur als dumpfes Echo widerhallt.«

»Sag so etwas nicht, Bruder. Dein Herz muss voll der Gnade Gottes sein, für den du zu kämpfen beschlossen hast. Du musst die Hoffnung verspüren, die uns antreibt, wenn wir am Ende einer blutigen Schlacht zwischen Leichenbergen umherstreifen und wissen, dass wir noch das eine oder andere Leben retten können. Nichts ist verloren, wenn man noch Hoffnung hat.«

»Das klingt sehr weise. Aber die Vorstellung, zwei Blutsbrüder verloren zu haben, die einzigen auf dieser Welt, erschüttert mich zutiefst. Beeilen wir uns, denn in einer Sache hast du recht: Stehen zu bleiben würde bedeuten, unsere Mission zu verraten, und dann wäre ihr Opfer umsonst gewesen.«

Nach rund einer Meile wurde der Schneesturm stärker und verdichtete sich zu einer weißen Wand. Beinahe wären sie gegen die Trümmer eines Schlittens geknallt, die halb zugeschneit auf dem Weg lagen. Bonaventura brachte die Hunde zum Stehen.

»Offenbar sind sie gegen einen Baum gefahren, sicher wegen des Sturms. Da sind Spuren, die in den Wald führen. Womöglich haben sie Schutz vor dem Schneesturm gesucht.«

»Es kann noch nicht lange her sein, die Spuren sind noch nicht völlig zugeschneit. Wir müssen die Hunde zurücklassen und ihnen folgen, solange es noch geht«, brüllte Davide gegen den Wind.

»Zwei nehmen wir mit, dann können wir uns an ihnen wärmen. Gehen wir!«, antwortete Bonaventura.

Sie versuchten dem Pfad zu folgen, doch schon bald hatten sie jede Orientierung verloren. Als es dunkel wurde, waren sie gezwungen, sich unter einer großen Tanne zu verkriechen, die unter der Schneelast umgestürzt war. Der Sturm hielt die ganze Nacht an. Die Flocken fielen dicht und schwer, wie ein aus Eis gewebter Stoff. Nur die Wärme der Hunde schützte die beiden Männer vor dem Erfrieren.

Kaum ging die Nacht mit den letzten schneereichen Böen zu Ende, nahmen sie ihren Weg wieder auf. Je weiter sie in den

Wald vordrangen, desto gnadenloser kroch ihnen die Kälte in die Knochen. Es war schwer, nicht an das düstere Schicksal ihrer Freunde zu denken. Plötzlich hallten Klagelaute durch die Eiseskälte des Waldes.

»Hast du das gehört?«

»Ja.«

»Was mag das sein?«

»Ich weiß es nicht. Halt die Augen offen.«

Abermals ertönte das Geräusch und ließ ihnen die Haare zu Berge stehen.

Davide schoss einen Pfeil in die Richtung, aus der das Geräusch zu kommen schien. Der Pfeil bohrte sich in einen Ast, an dem ein hölzernes, mit Löchern versehenes Rohr baumelte.

»Was ist das für ein Teufelsding?«, fragte Davide.

»Das soll unerwünschte Besucher abschrecken«, antwortete Bonaventura und deutete auf weitere Pfeifen, die ringsum in den Bäumen hingen. »Diese Dinger erzeugen Töne, die weniger beherzte Seelen für die Schreie von Dämonen oder anderen wilden Wesen halten.«

»Was bedeutet das?«

»Dass wir uns in der Nähe einer Siedlung befinden.«

Kurz darauf ertönte hinter ihnen ein weiteres Geräusch, diesmal Schritte im Schnee. Sie versteckten sich hinter zwei dicken Stämmen, bereit zum Überraschungsangriff.

»Keine Bewegung!«, sagte Davide und hielt dem Verfolger das Schwert an die Kehle.

»Immer mit der Ruhe, Davide. Ich bin starr wie eine Salzsäule.«

»Rolando, lieber Freund. Gott sei Dank, du lebst!«, rief Bonaventura und kam aus seinem Versteck.

»Ja, ich habe es geschafft.«

»Ich kann es kaum fassen, du bist es wirklich«, staunte Davide, steckte das Schwert ein und umarmte ihn.

»Ich bin es.«

»Wenn du nicht vor mir stündest und ich dich nicht mit eigenen Augen sehen könnte, würde ich denken, ich rede mit einem Geist.«

»Glaubt mir, es hat nicht viel gefehlt. Ich war von den Männern des schwarzen Ritters umzingelt, zu vielen, um sie allein erledigen zu können, daher habe ich mich in den Abgrund gestürzt und gehofft, dass die dicke Schneedecke den Sturz abfängt. So war es dann auch, Gott sei Dank. Dann bin ich mühsam wieder emporgekraxelt und habe euren Schlitten gesehen. Ich bin euch nachgegangen, und hier bin ich nun.«

»Ich habe wirklich nicht mehr geglaubt, dich je wiederzusehen.«

»Wir hatten Gewissensbisse, weil wir nicht nach dir gesucht haben.«

»Ihr hättet sowieso nichts tun können. Es war richtig, euch sogleich auf die Suche nach Fleur und Luca zu machen. Bitte sagt mir, dass sie sich in Sicherheit bringen konnten.«

»Wir haben ihren Schlitten gefunden, außerdem Fußstapfen im Schnee, die zwischen den Bäumen verschwanden. Doch dann wurden wir vom Schneesturm überrascht und haben ihre Spur verloren.«

»Schluss mit den Plaudereien. Wir sollten den Mund halten und jegliche Geräusche vermeiden«, sagte Bonaventura und deutete auf das entfernte Flackern von Feuerstellen. Vorsichtig schlichen sie sich näher, bis im rötlichen Schein der Flammen ein paar Hütten aus Holz und Stroh sichtbar wurden, die rings um eine kleine Holzkirche errichtet waren. Fern vom Lärm der Welt und für Wandersleute unsichtbar, erhob sich die kleine Siedlung auf einem niedrigen, dicht bewaldeten Hügel, als hätten ihre Bewohner der Menschheit den Rücken gekehrt.

»Halt!«, ertönte eine Stimme hinter ihnen.

»Egal wer Ihr seid, wir kommen in Frieden und suchen zwei unserer Reisegefährten«, rief Bonaventura und blickte sich um.

»Weiter oben, Fremder.«

Auf kleinen, durch Holzstege und Seile miteinander verbundenen Plattformen, die hoch oben in den Lärchen hingen, standen Wachtposten und Bogenschützen. Sie nahmen sie mit gespannten Bögen ins Visier.

»Wir sind nicht auf Streit aus«, sagte Bonaventura möglichst ruhig.

»Legt die Waffen nieder, dann werden wir sehen, was ihr im Schilde führt.«

Bonaventura bedeutete Rolando und Davide, den Befehl zu befolgen. Im Nu hatte ein Trupp Männer mit Äxten und grob geschmiedeten Schwertern sie umzingelt. Der Späher, ein großer, kräftiger Kerl mit schweren Knochen, kantigem Kiefer und schütterem Silberschopf, war von seinem Ausguck heruntergekommen und trat vor.

»Ihr habt bestimmt nichts gegen unsere Vorsichtsmaßnahmen«, sagte er, während er ihnen zusammen mit einem schmächtigen kleinen Kerl mit einem groben Strick die Handgelenke fesselte.

»Wir hegen keine feindlichen Absichten, sondern suchen nur unseren Weg. Wir wurden von einer Lawine überrascht, der wir wie durch ein Wunder entkommen konnten.«

»In letzter Zeit sind viele Dörfer geplündert worden, und an euren Kleidern klebt Blut. Das genügt, um an Euren Worten zu zweifeln. Solltet Ihr jedoch die Wahrheit sagen, dann habt Ihr und Eure Freunde nichts zu befürchten.«

Die drei wurden in eine klamme, von schweren Kerzenleuchtern spärlich beleuchtete Holzhütte geführt. Entlang der Wände standen zwei Bankreihen, auf denen sich Männer und Frauen unterschiedlichen Alters drängten und miteinander tuschelten.

Als ein alter Mann den Raum betrat, verstummten die Stimmen schlagartig. Ein grauer Wust aus Bart und Haaren umrahmte sein hageres Gesicht mit den nachtschwarzen Augen. Der

Alte trat auf die Gefangenen zu und ließ seinen Blick von den Rittern zu Bonaventura wandern.

»Ihr seht mir aus wie ein Mönch, ein Jünger des Predigers von Assisi. Und Eure Begleiter sind Tau-Ritter.«

»So ist es. Wir sind auf dem Weg nach Santiago, doch der Sturm hat uns überrascht.«

»Habt ihr kein Obdach im Hospiz gefunden?«, fragte der Alte argwöhnisch.

»Leider sind dort alle tot.« Ein Raunen ging durch den Raum.

»Ruhe«, rief der Alte. »Seit Tagen schon haben wir nichts mehr aus dem Hospiz gehört. Was ist dort passiert? Und wieso sind eure Kleider blutgetränkt?« Die Männer umringten die drei, und der Alte trat noch näher an sie heran.

»Eine entsetzliche Seuche, die keinen von ihnen verschont hat. Wir mussten fliehen. Auf dem Weg sind wir von einem Rudel Wölfe angefallen worden und mussten uns verteidigen.«

»Wieso habt ihr euch dann heimlich angeschlichen, die Waffen im Anschlag?«

»Wie ich bereits einem Eurer Männer sagte, wir sind einfache Pilger auf dem Weg nach Santiago. Wir suchen unsere Freunde, eine junge Frau und einen Mönch, die mit uns reisen.«

»Meint Ihr vielleicht eine Schwarzhaarige und einen jungen Frater?«

»Ganz genau, wo sind sie? Wenn ihr ihnen auch nur ein Haar gekrümmt habt, bekommt ihr es mit mir zu tun«, polterte Rolando und zerrte an seinen Fesseln.

»Kriegt Euch wieder ein, Ritter, Eure Wut ist grundlos. Wir sind gastfreie Leute und wissen, was es heißt, in Schwierigkeiten zu stecken und auf sich selbst gestellt zu sein. Was eure Freunde betrifft, so haben wir sie aufgenommen und ihnen Kost und Unterkunft gegeben. Die junge Frau, die sich beim Sturz von ihrem Schlitten verletzt hat, haben wir gepflegt. Doch wir müssen sichergehen, dass ihr in Frieden kommt. Eure Worte stimmen mit denen der Frau überein. Womöglich sagt Ihr also die Wahrheit.«

»Das tun wir, und ich danke Euch für Eure Gastfreundschaft. Wir würden unsere Freunde gerne sehen, wenn Ihr nichts dagegen habt«, sagte Bonaventura.

»Das sollt ihr. Wir bringen euch zu ihnen, dort werdet ihr auch etwas zu essen und ein warmes Feuer finden. Ihr bleibt bei uns, bis ihr wieder kräftig genug seid, um euren Weg fortzusetzen.«

Die Menschenmenge in der beengten Hütte teilte sich, und die drei wurden in eine andere Hütte gebracht. Bewaffnete Männer postierten sich davor, als wären sie Gefangene.

Drinnen war es dunkel. In einer Ecke drängten sich Ziegen, und auf einem Strohlager lagen Fleur und Luca. Der Mönch bemerkte sie als Erster.

»Meister Bonaventura! Wir dachten, ihr seid allesamt tot!«, rief Luca bewegt und umarmte ihn.

»Das Gleiche fürchteten wir auch von euch. Doch wie es scheint, hat der gute Gott über uns alle gewacht, und du hast deine Aufgabe erfüllt.« Rolando ging zu Fleur, die sich mühsam vom Lager erhob und ihn anlächelte.

»Ich dachte schon, ich würde dich nie wiedersehen.«

»Ich war mir sicher, dass du zurückkommst«, erwiderte Fleur und schluckte die Tränen hinunter.

Plötzlich waren von draußen panische Schreie, Pferdewiehern und knappe Befehle zu hören. Reiter mit dem Banner der Savoyer waren in das Dorf eingedrungen, hatten die wenigen kampffähigen Männer entwaffnet und hielten sie mit Armbrüsten in Schach, während der Alte mit den Frauen und Kindern danebenstand und dem Treiben wie versteinert zusah. Die Reiter stürmten in jede Hütte und scheuchten alle hinaus. Bonaventura und die anderen wurden ebenfalls auf den Platz gezerrt. Der größte der Soldaten, offenbar der Anführer, war auf eine Gruppe

Männer zugetreten, darunter ein Kahlkopf mit einem seltsamen, schwarzen Schulterschild. Bei ihm standen eine Frau und zwei Kinder, die auf die Knie gefallen waren und beteten.

»Was wollt ihr von uns?«, rief der Alte, der Bonaventura und die anderen empfangen hatte.

»Diese Männer sind katharische Ketzer, Alter. Ihr habt sie versteckt. Dafür werdet ihr bezahlen.«

»Davon wussten wir nichts! Sie sind friedlich in unser Dorf gekommen, und wir haben sie aufgenommen.«

»Ob du die Wahrheit sagst, werden wir gleich herausfinden.« Er trat zu Bonaventura und den anderen.

»Und wer seid ihr?«, fragte er mit prüfendem Blick.

»Pilger. Der Schneesturm hat uns überrascht, und wir haben uns hierher geflüchtet.«

»Mitten in den Wald, was für ein seltsamer Zufall. Vielleicht seid ihr ebenfalls Katharer. Vielleicht seid ihr allesamt Ketzer.«

»Wir glauben einzig an Gott und lassen uns stets vom Gehorsam gegenüber unserem Papst leiten.«

Als der gefesselte Kahlkopf an ihr vorbeigezerrt wurde, zuckte Fleur zusammen.

»Bonaventura«, wisperte sie.

»Was ist?«

»Dieser Mann tauchte in meinen Visionen auf. Er war in der Nähe des gefangenen Franziskus.«

Ehe Bonaventura darüber nachdenken konnte, hatten die Soldaten den Mann in die Knie gezwungen und verhörten ihn. Die Frau und ihre Kinder schluchzten leise.

»Wie heißt du?«, fragte der Hauptmann.

»Philippe.«

»Sag mir, guter Mann, warum hast du dich hier versteckt?«

»Ich bin Krämer. Meine Familie und ich sind auf dem Weg über den Pass.«

»Ein Krämer. Und mit was handelst du?«

»Mit Webwaren und Kleiderstoffen.«

»Merkwürdig, und wo sind deine Waren?«

»Ich habe sie wegen des Schneesturms bei den Tieren zurückgelassen.«

»Ach wirklich? Wie seltsam. Beim Aufstieg haben wir weder Tiere noch Waren gesehen.«

»Vielleicht sind sie weggelaufen. Und die Kisten sind vielleicht unter dem Schnee verschwunden.«

»Warum bin ich nicht selbst darauf gekommen? Bestimmt hast du recht. Dann warten wir auf Tauwetter und bringen sie dir zurück, in Ordnung?«

»Macht Euch keine Umstände, Herr.«

»Das sind doch keine Umstände. Wenn ich es allerdings recht bedenke, fehlt uns die Zeit für so etwas«, sagte der Soldat und riss dem Mann gewaltsam den Schulterschild herunter.

»Sag, Philippe, was ist das?«, brüllte er und hielt ihm den Fetzen vor die Nase.

»Nichts. Das ist nichts«, stammelte der Mann.

»Nichts? Ich hingegen glaube, es bedeutet, dass du zu den katharischen Ketzern gehörst. Doch es gibt eine einfache Methode, das herauszufinden.«

»Ich bitte Euch, Herr«, sagte der Mann, während der Hauptmann ein schwarzes Kruzifix unter seinem Wams hervorzog.

»Ich kann nicht … ich bitte Euch … ich kann nicht«, schluchzte der Mann und senkte den Kopf.

»Du kannst nicht? Was soll das heißen? Das ist doch das Einfachste von der Welt. Jedes Kind kann das. Schau her!« Er küsste das Kreuz, dann wanderte sein Blick abermals zu Bonaventura hinüber. Er ging auf ihn zu und starrte ihm in die Augen.

»Mönch, zeig diesem Mann, wie einfach das ist«, sagte er und streckte ihm das Kreuz hin.

»Das ist nicht nötig. Gott sieht in die Herzen der Menschen und erkennt, wer ihn liebt.«

»Gute Antwort, Mönch. Doch jetzt küss dieses Kruzifix. Gott mag verständig sein, aber ich habe weniger Geduld.«

»Tu es, dämlicher Betbruder«, zischte Rolando. »Das ist unser Leben nicht wert.«

Bonaventura starrte den Mann lange an, dann nahm er das Kruzifix in beide Hände, ging auf die Knie und küsste es.

»Ich glaube an den barmherzigen Christus, an die Jungfrau Maria und an unseren einzigen Gott. Im Namen unseres Herrn bitte ich Euch, diesen Menschen gegenüber Gnade walten zu lassen.« Mit einem zufriedenen Grinsen machte der Mann kehrt.

»Hast du gehört, wie ein guter Christenmensch spricht, Philippe? Das ist doch nicht schwer, oder? Also, ich sage es zum letzten Mal. Küss dieses Kreuz.«

»Tu es, um Gottes willen!«, schrie die Frau unter Tränen.

Der Mann erhob sich langsam von den Knien und blickte dem Hauptmann lächelnd in die Augen.

»Ich heiße Philippe, komme aus Montségur, der katharischen Festung, und glaube an einen einzigen Gott, der zwar nicht der Eure, aber unendlich gütiger und gnadenvoller ist. Ich vertraue auf ihn und seinen barmherzigen Blick.«

»Du gefällst mir, Philippe. Ich mag mutige Männer. Mit deinen Worten hast du dir einen gnadenvollen Tod verdient.« Mit diesen Worten zog er das Schwert und rammte es bis zum Schaft in den Bauch des Mannes, der lautlos zu Boden sackte. Die Frau stieß einen gellenden Schrei aus. Auf ein Zeichen des Hauptmannes zogen zwei Männer ihre Dolche und schlitzten den beiden Kindern die Kehle auf. Ohnmächtig brach die Frau zusammen.

»Errichtet einen Scheiterhaufen. Verbrennt diese Ketzerin und dann das ganze Dorf«, sagte der Hauptmann mit schneidender Stimme.

Alles ging sehr schnell. Die Soldaten lachten wie betrunken, während sie die ärmlichen Hütten in Brand steckten und mit ihren Pferden das große Feuer umkreisten, das die Frau verschlang. Wie versteinert sah Bonaventura zu. Die Flammen, der Rauch, die Schreie der Bewohner und das Johlen der Soldaten raubten ihm den Atem. Selbst Fleurs und Rolandos ohnmächtige Rufe drangen nicht mehr zu ihm durch. Ein dichter schwarzer Schleier legte sich über seine Augen und trug ihn weit fort.

UNWEIT DER PYRENÄEN

Eine Krähe hackt der anderen kein Auge aus

Er stand im Angesicht Christi, dem Bild seines früheren Glaubens, dem er seit Langem abgeschworen hatte, um im Namen des dunklen Ordens reuelos Verbrechen und Grausamkeiten zu begehen. Doch jetzt hatte eine seltsame Unruhe sein Herz ergriffen, als würde er sich plötzlich an den Mann erinnern, der er einst gewesen war. In seiner eigentümlichen Gemütsverfassung schien es ihm, als trüge selbst das Antlitz Christi nicht mehr den leidenden Ausdruck, den ihm sein Schöpfer gegeben hatte. Vielmehr schien es ihn streng und vorwurfsvoll anzublicken.

»Ich habe alles in deinem Namen geopfert, selbst das Liebste, was ich hatte, und was hast du für mich getan? Schau mich doch nur an! Schau an, was aus mir geworden ist. Ich verfluche dich!« Mit diesen Worten hackte er der Statue mit einem Schwerthieb den linken Fuß ab.

Der Ritter streifte die Kapuze ab, die stets sein Gesicht verhüllte. Das lange, dichte, rabenschwarze Haar fiel ihm über die breiten Schultern. Seit er ein Mörder des dunklen Ordens geworden war, hatte er nie gezweifelt oder gezaudert, doch nun hatte das Mädchen alte Gefühle in ihm geweckt, die er ein für alle Male überwunden zu haben glaubte. Seine von Feuer und Eis gestählten Gliedmaßen bebten vor Wut und Angst.

Schritte näherten sich. Männer in Schwarz, Schatten wie er.

Sie waren zu viert, lautlos und schnell, doch nicht lautlos genug, um seine geschärften Sinne zu täuschen, dachte er mit einem Anflug hochmütigen Stolzes.

»Du wirst erwartet, Ritter.«

»Ich weiß.«

»Was säumst du noch, du kennst den Weg. Wieso bist du noch hier?«

»Was ich tue, geht euch nichts an.«

»Und ob es das tut, wenn wir deinetwegen bestraft werden.«

»Gehen wir. Doch haltet den Mund, oder ich schneide euch die Zunge heraus und verfüttere sie an die Hunde.«

Als er die feuchten Stufen hinabstieg, die von einer Seitenkapelle zur Krypta führten, verspürte er keinerlei Widerwillen. Ihm war klar, dass ihn eine Abrechnung erwartete. An seinem Ziel gescheitert zu sein erfüllte ihn dennoch mit Zorn. Dieser verdammte Mönch war sein größtes Hindernis gewesen.

Die Treppe mündete in einen langen, schmalen Korridor, an dessen Ende ein runder, von einer doppelten Säulenreihe gesäumter Raum lag. Eiserne Kerzenleuchter malten Schatten an die mit alten Mosaiken bedeckten Wände. Im alles verschluckenden Schatten hinter dem Altar standen im Halbkreis vier Männer in schwarzen Kutten, die Gesichter von Kapuzen verhüllt. Der Ritter trat näher und kniete nieder, während sich die vier mit hallenden Schritten links und rechts von ihm aufstellten.

»Was hast du zu deiner Entschuldigung zu sagen?«

»Bis jetzt habe ich euch gut gedient.«

»Doch im Hospiz hast du kläglich versagt«, tönte der Größte der vier.

»Das stimmt. Es ist mir nicht gelungen, das Mädchen zu schnappen.«

»Du hast in Lucca versagt, und jetzt kommst du mit einer weiteren Niederlage zu uns. Pass von nun an gut auf, denn einen dritten Fehltritt werden wir dir nicht durchgehen lassen.«

»Dieser verfluchte Mönch ist schuld, Bonaventura d'Iseo. Er hat mich aufgehalten. Doch immerhin habe ich den Ritter mit der goldenen Maske ausgeschaltet. Er wird uns keine Schwierigkeiten mehr bereiten.«

»Es tut mir leid, dich enttäuschen zu müssen, aber er ist quicklebendig. Deine Männer haben gesehen, wie er mit seinen Kumpanen geflohen ist.«

»Wo sind sie jetzt?«

»Das wissen wir nicht. Unser Mann in San Michele hat uns allerdings wissen lassen, dass sie Franziskus suchen, der in der Provence verschwunden ist. Wir haben unsere Boten in der gesamten Gegend ausschwärmen lassen und eine stattliche Belohnung für denjenigen ausgelobt, der uns den Mönch und seine Gefährten bringt. Sie sind schließlich keine Gespenster. Früher oder später finden wir sie, und dann wird kurzer Prozess gemacht.«

»Dieses Mal werde ich keinen Fehler begehen, das schwöre ich Euch.«

»Wir wissen mit deinen Schwüren nichts anzufangen, Ritter. Vielleicht fällt es dir so schwer, unsere Forderungen zu erfüllen, weil du persönlich in die Sache verwickelt bist.«

»Ich gestatte Euch nicht, an meiner Entschlossenheit zu zweifeln.«

»Schweig, Narr! Und strapaziere unsere Langmut nicht. Dieses Mal wird einer von uns dich begleiten, um sicherzugehen, dass es dir nicht an Entschlossenheit mangelt.«

Der Kleinste der vier trat aus dem Schatten.

»Ich komme mit«, sagte er und streckte ihm seine Hand zum Kuss hin. Dem Ritter zogen sich vor Wut sämtliche Fasern zusammen. Wie gern hätte er diese Hand abgehackt, die sich seinen Lippen so vermessen entgegenreckte. Andererseits wusste er, dass er seinem Schicksal nicht entgehen konnte, daher kam er der Aufforderung widerstrebend nach. Der Mann, dem die

Ehrenbezeigung zuteilgeworden war, streifte die Kapuze ab. Ausdruckslos starrte ihn der päpstliche Gesandte an.

»Steh auf, Sohn und Bruder. Unsere Mission duldet keinen Aufschub.«

ÖSTLICHE PYRENÄEN

Am seidenen Faden

Es war nicht leicht gewesen, die Savoyer von ihrer Unschuld zu überzeugen. Zum Glück hatte ihre Königin Matilde Bekanntschaft mit Franziskus gemacht, der ihr sogar den Ärmel seiner Kutte geschenkt hatte. Sie vertraute seinen Jüngern, und so hatten sie ihren Weg mit königlichem Segen fortsetzen können.

Schließlich hatten sie eine Burg erreicht, die über einem der vielen Pyrenäentäler thronte. Rolandos Erzählungen zufolge war der Burgherr, ein Kreuzritter und Templer, ein alter Freund seines Vaters. Er entstammte einem edlen Geschlecht und war, zusammen mit einigen Gefährten, der Gräueltaten während der Plünderung Konstantinopels für schuldig befunden worden, weshalb man ihn aus dem Templerorden ausgestoßen hatte. Obwohl der Edelmann sämtliche Beschuldigungen bestritt, hatte er sich dem Urteil des Papstes gebeugt und wartete nun insgeheim auf die Gelegenheit, seinen guten Namen und den seiner Familie reinzuwaschen. Rolando hoffte, sich auf die Blutschuld berufen zu können, die der Mann bei seinem Vater hatte. In dem Krieg, der zu erwarten stand, wenn sie ihren Meister befreien wollten, war er ihre letzte Hoffnung. Franziskus war in Montségur in Gefahr. Sie mussten ihn retten, ehe er und die Reliquie in die Hände des dunklen Ordens gerieten, aber ohne Hilfe war das unmöglich.

Die Wachen hatten sie in einen Saal im Hauptturm geführt. In einem großen Steinkamin leckten die Flammen an dicken Holzscheiten und erfüllten den Raum mit angenehmer Wärme. So konnten ihre vom stundenlangen Marsch durch den Wald erfrorenen Glieder auftauen, während sie auf den Burgherrn warteten.

In der hinteren Tür des Saales erschien ein stattlicher Mann mit grau meliertem Bart, breiten Schultern, bulliger Brust und silbrigem Haar, das ihm lang über die Schultern fiel. Gemessenen Schrittes ging er zu einem intarsierten Eichenstuhl, dessen Armlehnen zwei Löwenmäuler zierten, setzte sich, stützte das Kinn auf die rechte Faust und musterte sie schweigend.

»Tritt vor, Junge«, sagte er schließlich zu Rolando, der auf seinen Gastgeber zuschritt.

»Dies ist das Siegel meines Vaters«, sagte Rolando und legte dem Mann einen goldenen Ring in die raue Hand.

Der Kreuzritter drehte den Ring zwischen den Fingern hin und her und betrachtete ihn prüfend.

»Du bist also der Sohn von Ruggero da Montefeltro«, sagte er, musterte Rolando und gab ihm den Ring zurück. »Tatsächlich siehst du ihm ähnlich. In deinen Augen liegt der gleiche Stolz wie in denen deines Vaters. Sag mir, Junge, was führt dich hierher?«

»Ich möchte Euch um Hilfe bitten. Ein Freund von uns schmachtet in den Verliesen von Montségur, und wir brauchen ein Heer, um ihn zu retten.«

Der Kreuzritter blickte Rolando und seine Gefährten lange an. Dann fuhr er sich mit der Zunge über die Lippen und schluckte, als hätte er einen Kloß im Hals.

»Junge, ich habe deinen Vater wie einen Bruder geliebt und verdanke ihm mein Leben. Womöglich ahnst du aber nicht, worum du mich bittest. Montségur ist uneinnehmbar. Wenn euer Freund dort gefangen ist, solltet ihr euer Vorhaben aufgeben.«

»Mein Vater hat Euch in den höchsten Tönen gelobt. ›Untadelig, standhaft und mit dem Schwert unerbittlich‹, so drückte er sich aus. Doch vielleicht sprach er von einem Mann, den es nicht mehr gibt«, sagte Rolando, rot vor Entrüstung.

»Was erlaubst du dir, Knabe!«, rief der Kreuzritter und erhob sich. »Wäre mir die Erinnerung an deinen Vater nicht heilig, würde ich dich mit Stockschlägen und Tritten aus dieser Burg jagen. In zwei Kreuzzügen habe ich für die Kirche gekämpft und dem Herrn unzählige Male mit dem Schwert gedient, und dennoch hat die Kirche beschlossen, mich mit dem Kirchenbann zu belegen.«

»Verzeiht Rolandos Worte, Herr. Er ist jung und ungestüm«, sagte Bonaventura und warf seinem Freund einen warnenden Blick zu.

»Und wer bist du, Mönch?«

»Bonaventura d'Iseo. Wir wissen von dem ungerechten Urteil, dem Ihr zum Opfer fielt. Aber womöglich ist es unser Herrgott höchstpersönlich, der Euch jetzt, nachdem Ihr ihm in der Vergangenheit so edel gedient habt, die Gelegenheit zur Reinwaschung Eures Namens schickt.«

»Ich habe nichts reinzuwaschen. Pass auf, was du sagst, Frater.«

»Der Mann, der in den Verliesen von Montségur schmachtet, ist Franziskus von Assisi, ein vom Papst hochgeschätzter Mann. Wenn er wüsste, dass Ihr ihn von den Ketzern befreit habt, würde er sein Urteil gewiss überdenken.«

Der Kreuzritter schwieg und blickte Bonaventura lange an.

»Ich habe schon viel von ihm gehört. Der Bettelmönch, der Prediger aus Assisi, der unserer Kirche so viel Kopfzerbrechen bereitet.«

»Der Papst hat ihm sein Vertrauen geschenkt.«

»Um Franziskus ranken sich seltsame Gerüchte. Es heißt, er sei ein Katharer geworden. Bist du sicher, dass er gefangen gehalten wird und nicht freiwillig nach Montségur ging?«

»Das sind Lügen. Franziskus ist aufrichtig in seinem Glauben.«

Der Kreuzritter trommelte mit den Fingern auf die Armlehnen seines Stuhls und ließ seine flinken grünen Augen über Bonaventura und seine Gefährten wandern.

»Ich soll mich also in ein wahnwitziges Unterfangen stürzen, um zwei Mönchen, zwei Tau-Rittern und einem kleinen Mädchen zu helfen?«

Der Kreuzritter musterte Fleur mit wachsender Neugier. Die Anmut des Mädchens ließ kaum einen Mann kalt.

»Ihr würdet es für die richtige Sache tun. Eure Unterstützung ist für uns unerlässlich. Ich bitte Euch, denkt gut darüber nach.«

»Das werde ich«, sagte der Kreuzritter und funkelte Rolando grimmig an.

»Ich bitte um Verzeihung, sollte ich Euch beleidigt haben«, erklärte Rolando, »doch wir benötigen dringend Eure Hilfe.«

Der Mann kratzte sich den Kinnbart.

»Entschuldigung angenommen, Junge.«

»Ihr werdet uns also helfen?«

»Wie gesagt, ich muss darüber nachdenken. Ihr verlangt von mir, das Leben meiner Männer für ein Unternehmen aufs Spiel zu setzen, das schier aussichtslos erscheint.«

»Wenn Ihr meinen Vater wirklich geliebt habt, so sage ich Euch: Er hätte uns seine Hilfe nicht verweigert.«

Der Kreuzritter wirkte sichtlich bewegt, seine Augen glitzerten feucht.

»Ich weiß, mein Junge, ich weiß. Ruggero hat sein Leben für mich gegeben.«

»Denkt gut über unsere Bitte nach, denn ohne Euch bleibt uns wenig Hoffnung«, sagte Rolando.

»Das werde ich tun.«

Der Kreuzritter senkte den Kopf und seufzte schwer. Abermals trommelten seine Finger auf die Armlehnen, dann blickte er Rolando väterlich an.

»Aber jetzt kommt mit«, sagte er und erhob sich. »Ich will

euch die Burg und das Leben zeigen, das meine Gefährten und ich hier führen.«

Er setzte sich in Bewegung, Fleur einen eindringlichen Blick zuwerfend.

Bonaventura und seine Leute folgten ihrem Gastgeber durch zahllose Gemächer bis zu einer großen Steintreppe, die in einen Hof führte. Die untergehende Sonne rötete den hellen, von Schneeflecken bedeckten Kies, auf dem sich über fünfzig Männer ertüchtigten und trotz der schweren Schwerter und Rüstungen blitzschnelle Hiebe und Stöße ausführten. Daneben schossen rund zwanzig Bogenschützen auf ebenso viele Zielscheiben. Es gab keinen, der nicht ins Schwarze traf.

»Man muss in Übung bleiben, auch wenn man nicht im Kampf ist. Unser Körper ist unsere wichtigste Waffe. Wenn er lange nicht benutzt wird, rostet er ein und altert vor der Zeit«, sagte der Kreuzritter.

»Ein tüchtiger Körper ohne wachen Geist ist nutzlos. Er ist wie ein wunderbares, aber stumpfes Schwert, pflegte mein Vater zu sagen«, entgegnete Rolando.

»Ruggero war ein großer Krieger. Wenn du nur halb so gut bist wie er, musst du ein großer Kämpfer sein. Bist du ebenso schnell?«

»War er schnell?«

»Verdammt schnell und unfehlbar. Er konnte dir ein Ohr abhauen und es aufheben, ehe dir auffiel, dass du blutest. Und was ist mit dir?«

»Ich tue mein Bestes.«

»Hm. Komm, Bonaventura, ich will dir etwas zeigen. Das ist unser ganzer Stolz.«

Auf der Rückseite der Burg befand sich ein großes, zweiflügeliges Holztor, das von vier Männern aufgezogen werden musste. Eine steinerne Treppe mit tiefen, breiten Stufen, die man zu Pferde hinabsteigen konnte, führte in einen Raum, der weit unter der ebenen Erde lag. Glühende Hitze schlug ihnen entgegen und steigerte sich mit jeder Stufe.

»Was für eine mörderische Hitze«, murmelte Luca schwitzend.

»Reiß dich zusammen, Mönchlein, oder willst du wie ein Weib in Ohnmacht fallen?«, wies Davide ihn zurecht.

»Von wegen Mönchlein. Hier ist es so heiß, als würde Luzifer einem seinen Atem in den Nacken blasen.«

Hinter einem Eisengitter, das von zwei Männern geöffnet wurde, loderten Holzfeuer in riesigen Kohlebecken und wurden von Blasebälgen angefacht, die so groß waren, dass vier Männer sie bedienen mussten. Wie in der Schmiede des Hephaistos war das. Die Flammen schmolzen Stahl, der glühend in steinerne Formen gegossen, zu neuen Klingen geschmiedet und in kaltem Wasser gehärtet wurde.

»Beeindruckend, nicht wahr?«

»Durchaus«, sagte Bonaventura. »Es scheint, als würdet Ihr Euch auf einen Krieg vorbereiten.«

»Nein, wir schmieden und verkaufen die Waffen nur. Wir haben uns einen gewissen Ruf erarbeitet, der bis in ferne Länder reicht. Das ist unsere Haupteinnahmequelle, die es uns erlaubt, unabhängig zu leben und uns aus Schwierigkeiten rauszuhalten. Jetzt folgt mir durch diesen Gang. Er führt zurück zur Burg und erlöst uns von dieser Hitze. Wie ich sehe, hat sie nicht nur dem Mönchlein, sondern auch eurem Weib zugesetzt. Sie sieht ein wenig blass aus.«

»Geht voran, wir folgen Euch.« Bonaventura legte Fleur, die kurz vor einer Ohnmacht schien, den Arm um die Taille und folgte den anderen aus der Höllenglut.

Der Gang führte in einen riesigen, von hölzernen Halterungen gesäumten Saal, in denen Hunderte von Schwertern unterschiedlichster Ausführung steckten, lange und kurze, einschneidige und zweischneidige, schwere und leichte, dazu andere, ungewöhnlichere Waffen: Knüppel, Dolche, Beile, Keulen und Speere. Rolando und Davide waren sogleich gebannt.

»Ihr dürft sie ausprobieren, wenn ihr wollt«, sagte der Kreuzritter.

»Mit Vergnügen«, erwiderte Rolando.

Die beiden griffen sich zwei leichte Schwerter und vollführten ein paar Schläge, zuerst langsam, dann immer schneller.

»Du bist wahrhaftig Ruggeros Sohn. Vielleicht bist du sogar noch schneller als er«, rief der Kreuzritter bewundernd.

»Das ist noch nicht alles«, entgegnete Rolando.

Die beiden wechselten zu Kurzschwertern mit Doppelklinge und vollführten einen kriegerischen Tanz. Fleur und Bonaventura waren bei einem Fenster stehen geblieben, das auf den Burghof hinausging. Das hereinfallende Mondlicht ließ Fleur noch blasser erscheinen. Bonaventura öffnete das Fenster, damit sie die frische Abendluft atmen konnte.

»Was ist mit dir, Fleur? Ich fürchtete schon, du würdest in Ohnmacht fallen.«

»Nichts, Bonaventura. Es wird die Hitze in dieser Schmiede gewesen sein. Wir haben den armen Luca aufgezogen, aber am Ende war ich es, die ihr nicht standzuhalten vermochte.«

»Vor Hitze in Ohnmacht zu fallen sieht dir gar nicht ähnlich.«

»Siehst du, ich kann dich noch überraschen.«

»Sobald wir ein wenig Zeit haben, würde ich dich gern untersuchen.«

»Das ist nicht nötig. Es geht mir gut, mach dir keine Sorgen.« Mit diesen Worten beugte sie sich aus dem Fenster und übergab sich in den Hof.

»Ich hoffe zu deinem Besten, dass du mir nichts verschweigst.«

»Wahrscheinlich habe ich etwas gegessen, das mir nicht bekommen ist. Was sollte ich dir verschweigen?«

»Ist zwischen dir und Rolando etwas vorgefallen, von dem ich wissen müsste?«

»Was sollte das sein?«

»Ich weiß es nicht. Sag du es mir.«

»Nein, nicht das Geringste. Er sieht mich nicht einmal an, so beschäftigt ist er damit, Krieg zu spielen.«

Sie beobachteten Rolando, doch als er Fleurs Blick auffing, schaute sie schnell weg. Unterdessen hatte ein Mann den Saal betreten und flüsterte dem Kreuzritter etwas ins Ohr.

»Liebe Freunde, meine Gefährten haben ihr Gebet in unserer Kapelle beendet. Die dort nun herrschende Stille möchte ich nutzen, um sie euch zu zeigen.«

»Sehr gern, vorausgesetzt Ihr gebt uns vor Tagesanbruch Bescheid. Wir können nicht länger warten, sonst müssen wir uns woanders Hilfe suchen.«

»Wie du wünschst, Frater. Vor Morgengrauen hast du meine Antwort. Und jetzt lasst uns gehen.«

Sie durchquerten mehrere Stuben, in denen die Waffengefährten des Kreuzritters zu viert oder sechst zusammenwohnten. Sie waren bis an die Zähne bewaffnet. Eine seltsame Spannung lag in der Luft, und Bonaventura beschlich das Gefühl dräuender Gefahr.

»Wir müssen die Augen offen halten«, sagte Davide. »Rolando sollte sich ebenfalls nicht ablenken lassen«, ergänzte er mit einem Blick zu seinem Freund, der Fleur gerade etwas ins Ohr flüsterte.

Eine Treppe führte in das obere Burggeschoss, dessen steinerne Wände mit kriegerischen Wandteppichen geschmückt waren. Schließlich gelangten sie in einen Gang, den das durch vier große Fenster fallende Mondlicht in silbriges Licht tauchte.

»Da sind wir. Eine Kapelle durfte in unserem Haus nicht fehlen. Wir haben den Orden verlassen, doch das Wort und das Schwert sind noch immer unsere geistigen Grundfesten.«

Sie traten ein. Bis auf das spärliche Licht einiger Kandelaber in den Seitenschiffen war der Raum in Dunkel gehüllt. Die schmucklosen Säulen aus glattem Stein trugen eine Empore. Am

Ende des Raumes befand sich ein marmorner Altar mit einem hölzernen Chor dahinter.

Plötzlich traten bewaffnete Männer hinter dem Chor hervor und verteilten sich auf die Seitenschiffe. Im nächsten Moment waren sie von Bogenschützen umzingelt, die von der Empore aus auf sie zielten.

»Was hat das zu bedeuten?«, fragte Rolando empört.

»Es bedeutet, dass ich eurer Bitte nicht nachkommen kann.«

»Seid Ihr wahnsinnig geworden?«

»Nein, mein Junge. Und jetzt bitte ich euch, die Waffen niederzulegen. Ich habe nicht die Absicht, euch etwas anzutun, doch ich muss euch ausliefern.«

»An wen?«

»An den päpstlichen Legaten. Er hat im ganzen Land Herolde ausgesandt und erklären lassen, dass es eine reiche Belohnung gibt, wenn man euch ausliefert.«

»Dann habe ich mich nicht geirrt. Mein Vater würde sich im Grabe umdrehen, wenn er davon wüsste.«

»Ihr seid ein feiger Verräter«, sagte Bonaventura wutentbrannt und versetzte dem Kreuzritter eine schallende Ohrfeige.

»Du hast einen harten Schlag, Frater«, sagte der Kreuzritter, ohne mit der Wimper zu zucken. »Doch ich hatte keine andere Wahl. Der Legat hat mir durch seine Herolde bereits eine von Innozenz III. unterzeichnete Bulle übermittelt, kraft derer meine Brüder und ich wieder in den Templerorden aufgenommen sind.«

»Ihr vertraut einer Schlange. Wer sagt Euch, dass dieses Dokument echt ist?«

»Ich habe keinen Anlass, das Gegenteil anzunehmen.«

»Ihr werdet es bereuen. Von diesem Mann, der Euch jetzt als Freund erscheint, kommt nichts Gutes.«

»Es tut mir leid. Und jetzt fordere die deinigen auf, die Waffen niederzulegen, wenn du nicht willst, dass ihnen ein Haar gekrümmt wird. Zwingt mich nicht zur Gewalt.«

»Tut, was er sagt«, zischte Bonaventura, und Rolando und Davide legten Schwert und Armbrust nieder.

Die Männer des Kreuzritters packten Davide, Luca und Bonaventura und legten sie in Ketten. Als sie sich Fleur näherten, warf Rolando sich ihnen entgegen.

»Fasst sie nicht an, ihr Mistkerle!«

Der Kreuzritter versetzte ihm einen Schlag in den Nacken, und er sank bewusstlos zu Boden.

»Besser ein Schlag in den Nacken als der sichere Tod, Rolando. Dein Vater wäre mir dankbar«, sagte der Kreuzritter. »Der Junge bleibt bei mir, Bruder. Das schulde ich dem Andenken seines Vaters.«

»Wo bringt Ihr uns hin?«, fragte Bonaventura.

Der Burgherr blickte ihn lange an.

»Nach Montségur.«

Der Mönch schwieg vor Wut und Verachtung. Als man ihn und seine Gefährten in Ketten abführte, blickte er zurück auf den am Boden liegenden Rolando.

MONTSÉGUR

Selig sind die Toten, die in dem Herrn sterben

Der Wechsel von Tag und Nacht ließ Bonaventura vermuten, dass gut drei Tage vergangen waren, seit die Karawane sich in Bewegung gesetzt hatte. Der Karren aus massiver Eiche, in den man sie gesperrt hatte, hatte winzige Seitenöffnungen und eine Dachluke. Zu essen hatte man ihnen nichts gegeben. Nur das Wasser, das ihnen durch eine Klappe auf der Rückseite gereicht worden war, hatte sie vor dem Kollaps bewahrt. Die Gerüche der Notdurft, die sie in einen Eimer verrichten mussten, machten die Reise noch unerträglicher. Bei jedem Stein oder Schlagloch, das unter ihre Räder geriet, wurden sie durchgerüttelt. Doch das war längst nicht das Schlimmste. Der Verlust von Vertrauen und Hoffnung ließ ihren Zusammenhalt schwinden. Nach und nach waren ihre Gespräche verstummt. Fleur hatte sich unterwegs mehrmals übergeben und wirkte düster und apathisch. Ihre übliche Zuversicht war verschwunden, und nur unwillig hatte sie ein paar Worte mit ihren Gefährten gewechselt.

»Ich halte das nicht mehr aus. Mir ist klar, dass ich sterben werde, aber ich weiß nicht, wie«, jammerte Luca.

»Und ich halte dein Gegreine nicht mehr aus, Mönchlein«, zischte Davide. »Ich hätte nicht schlecht Lust, dir die Kehle aufzuschlitzen, um es nicht mehr mit anhören zu müssen.«

»Na los, warum tust du es nicht? Das wäre immer noch besser, als vor Hunger und Kälte in diesem stinkenden Karren zu verrecken.«

»Und du sagst nichts, Fleur? Zehrt es etwa nicht an deinen Nerven?«

»Was ich denke, ändert nichts an unserem Schicksal.«

»Wir hätten es ändern können, wenn wir uns in dieser Kapelle nicht wie Feiglinge ergeben hätten. Es war falsch, auf dich zu hören, Bonaventura«, sagte Luca, der es nicht ertrug, Fleur in diesem Zustand zu sehen.

»Dem Mönch ist das herzlich egal. Er grübelt über die Reliquie nach«, meinte Davide.

»In der Kapelle hätten wir aufs Ganze gehen sollen.«

»Das Einzige, was wir erreicht hätten, wäre ein dummer und sinnloser Tod gewesen.«

»Und hier drin zu hocken wie krepierende Ratten ist klüger?«, blaffte Luca.

»Eure Gefühle vernebeln euch das Hirn. Wut und Angst hindern euch daran, das große Ganze zu sehen.«

»Und das wäre?«

»Erstens, wir sind noch am Leben, und das ist schon eine Menge. Zweitens, sie bringen uns genau dorthin, wo wir hinwollten, nach Montségur. Das ist von Vorteil für uns. Sie fühlen sich zu sicher, und wenn man sich zu sicher fühlt, macht man Fehler.«

»So wie du auf der Burg«, versetzte Davide.

»Diesmal werden wir es sein, die ihre Unaufmerksamkeit zu nutzen wissen.«

Plötzlich hielt der Karren. Morgenlicht sickerte durch die Gitterstäbe, zusammen mit einem kühlen Lufthauch. Ein Riegel knirschte, und die Flügeltüren des Karrens öffneten sich.

Weil ihre Hände und Füße in Ketten lagen, halfen ihnen zwei Schergen des Kreuzritters heraus. Im Morgennebel, der so dicht war, dass man ihn mit einem Messer zerschneiden könnte, erhob sich der stolze Gipfel des Montségur. Er wirkte noch ehrfurchtgebietender, als es die Schilderungen der Durchreisenden hatten erwarten lassen. Auf einem weiteren Berg mit bewaldeten Ausläufern und Felsenkuppe thronte ein mächtiger Turm aus hellem Stein. Bestimmt war Franziskus dort eingesperrt. Raymond de Péreille, der Herr dieses Ortes, war für seine Gerissenheit berüchtigt und hatte jegliche Versuche, den Turm zu erobern oder sein Geheimnis zu lüften, abwehren können.

Der steinige Weg wand sich in steilen Serpentinen durch einen Tannenwald, dessen Wipfel noch immer mit Schnee bedeckt waren. Eine dünne, weiche Schneedecke verschluckte ihre Schritte. Alles würde sich zu ihrem Vorteil wenden, wenn auch auf andere Weise als gedacht, davon war Bonaventura überzeugt.

Der Zug hatte einen Verteidigungswall erreicht. Hohe, spitze Holzpfähle versperrten den Zugang zu der kleinen Stadt.

»Raymond de Péreille erwartet uns. Wir müssen diese Männer ausliefern«, sagte einer der Getreuen des Kreuzritters.

»Gut, aber lass euren Trupp draußen. Nur ihr und die Gefangenen dürft passieren«, sagte eine der Wachen.

»In Ordnung.«

Sie wurden von rund dreißig bewaffneten Fußsoldaten empfangen, die sie zur Burg hinauf eskortierten.

»Wie es scheint, ist Péreille ein vorsichtiger Mann« raunte Bonaventura Davide zu.

Der Geruch nach Dreck, Viehmist, Tierhäuten und gekochtem Getreide erfüllte die Luft. Dutzende strohgedeckte Holzhäuser säumten die schlammige Gasse. Als sie vorübergingen, schauten die Bewohner kurz auf und wandten sich dann wieder ihrer Arbeit zu. Ein paar Schweine und Ziegen, die in den engen Dorfgassen grasten, lugten scheu um die Ecken. Die Straße führte zu einem runden Platz, auf dem mehrere Männer Wassereimer aus einem steinernen Brunnen zogen, um die Tiere zu tränken. Daneben standen in grobe Felle und Wolle gehüllte Frauen und Kinder.

»Sklaven Roms!«, brüllte ein zahnloser Alter mit weißem Flaumhaar aus voller Kehle.

»Verräter!«, echote ein dicker Schmied.

»Papsthure!«, schrie ein Junge Fleur ins Gesicht und riss ihr einen Fetzen vom Kleid ab, ehe er von einem von Péreilles Soldaten unsanft zurückgedrängt wurde.

Bonaventura spürte die Feindseligkeit der Menschen förmlich. Der päpstliche Legat musste sich dem Städtchen von seiner besten Seite gezeigt haben, wenn er dem Groll der Bewohner entgangen war. Gewiss hatten sie nicht die leiseste Ahnung, welche Vereinbarung er mit dem Burgherrn von Montségur getroffen hatte. Doch ehe er diesen Gedanken zu Ende führen konnte, strömten weitere Menschen auf den kleinen Platz, als wollten sie den Weg zur Burg versperren. Die Wachleute von Montségur mussten ein Spalier bilden, damit die Gruppe weiterziehen konnte, und drängten die Menge beiseite. Stumm und feindselig standen die Dorfbewohner da und hätten gewiss am liebsten einen Bannfluch ausgestoßen. Doch irgendetwas hielt sie davon ab und verwandelte ihre Wut in schweigende Anklage. Ein kleiner Junge schlüpfte zwischen den Soldaten hindurch und warf einen Mistklumpen, der Luca mitten ins Gesicht traf. Sofort packte ihn eine mittelalte, füllige Frau mit vor Kälte geröteten Wangen beim Ohr. »Wag das nicht noch einmal, wir sind schließlich nicht wie die, verstanden?«

Bonaventura empfand Schuldgefühle. Im Grunde waren diese Männer und Frauen gottesfürchtige Menschen, genau wie die vielen Männer und Frauen, die dem wahren Gott dienten. Sie mussten sehr gelitten haben, und dennoch wahrten sie ihren stolzen Glauben.

»Was hattest du gesagt? Wir sind genau dort, wo wir hinwollten? In was für eine Lage hast du uns bloß gebracht, Bonaventura«, stieß Luca unter Tränen der Wut und Verzweiflung hervor und wischte sich den Mist aus dem Gesicht.

»Hab Vertrauen, Luca.«

»Es schmerzt mich, das zugeben zu müssen, aber vielleicht hatte Angelo recht. Ich bin es leid, dir zu folgen. Wir werden alle sterben.«

Bonaventura wagte es nicht, etwas zu entgegnen. Das Volk von Montségur war voller Groll gegen Rom und den Papst, und nach dem Vorfall auf dem Mont Cenis hatte er die Gewalt und den Hass, die der Kreuzzug gegen die Ketzer heraufbeschworen hatte, noch lebhaft vor Augen. Während er, zu Tode erschöpft, noch darüber nachsann, erreichten sie einen zweiten Wall, der größer war als der erste. Diesmal war das Bollwerk von mehreren Dutzend Armbrustschützen bewacht, die auf sie zielten und ohne Weiteres ein Blutbad hätten anrichten können.

Das Tor öffnete sich. Dahinter lag ein weiter, von einer Handvoll Häuser gesäumter Platz. Der Wachhauptmann von Montségur und zwölf Ritter zu Pferde empfingen den Zug.

»Willkommen, wir haben euch erwartet«, sagte der Hauptmann zu einem Soldaten des Kreuzritters. »Folgt uns, wir haben noch ein Stück vor uns.«

Es ging einen langen Weg den Berg hinauf, bis zu einem dritten Schutzwall, der noch viel imposanter war als die ersten beiden. Sechs Soldaten öffneten das schwere Tor. Auf dem Wehrgang standen rund zwanzig Soldaten und Bogenschützen und bewachten den Durchgang. Die Palisaden waren vier Pfahlreihen dick. In der Mitte des Platzes erhob sich der Turm von Montségur: mehrere Stockwerke aus dickem, weißem Stein, ein zinnenbekröntes Dach, zahlreiche Schießscharten in unterschiedlicher Höhe und zwei große Fenster in der Mitte, die in das Tal hinunterblickten.

Sie hatten die Höhle des Löwen erreicht.

BURG VON MONTSÉGUR

Durch Feuer und Schwerter würd' ich wagen zu gehen

Am Ende des hohen, steingepflasterten Saales saß auf einem riesigen Stuhl Raymond de Péreille. Er war von kräftiger Statur und hatte langes, blondes Haar, das hier und da bereits silbrig schimmerte. Die vier Gefangenen wurden eingelassen. Sie waren in beklagenswertem Zustand. Der Hunger und die lange Reise hatten aus ihnen lebende Tote gemacht.

Péreille musterte sie aufmerksam, ehe er das Wort ergriff.

»Ihr seid also die Männer, die entsandt wurden, um Franziskus zu retten und unsere Festung zu zerstören?«

»Ihr irrt Euch. Wir suchen Franziskus, das stimmt. Doch wir haben nichts gegen Euch. Wir kommen in Frieden und werden auch in Frieden wieder gehen, wenn Ihr uns unseren Bruder aushändigt«, antwortete Bonaventura.

»Mir ist jedoch zu Ohren gekommen, dass ihr euch an einen Burgherrn gewandt hättet, damit er gegen unsere Festung marschiert und euren Franziskus befreit. Derselbe Herr hat euch in Ketten hierher gebracht. Willst du das leugnen?«

»Ja, das leugne ich«, sagte Bonaventura, der wusste, dass er lügen musste.

»Es tut mir leid, doch ich glaube nicht, dass ich euch trauen kann. Wie es scheint, wolltet ihr ein Heer gegen Montségur versammeln«, sagte der Burgherr und bedeutete den Wachen, eine

Tür zu seiner Rechten zu öffnen. Der päpstliche Gesandte und der schwarze Ritter traten ein. Bonaventuras Verblüffung verwandelte sich in Zorn, den er nur mühsam unterdrücken konnte.

»Da ist ja der Jünger Franziskus'. Ich hoffe, die Reise war angenehm« sagte der Legat spöttisch.

»Er ist ein Verräter«, sagte Bonaventura zu Péreille. »Hört nicht auf ihn!«

»Dieser Mann trägt einen Brief mit dem päpstlichen Siegel bei sich. Das Schreiben enthält das Versprechen, das Volk von Montségur vor den Kreuzzügen gegen die Katharer zu verschonen, wenn ich Franziskus und dic Rcliquie ausliefere. Und euch natürlich. Ich habe keinen Grund, ihn für einen Schwindler zu halten«, entgegnete Péreille barsch.

»Sagt eurem Herrn, der Papst wird euch für die Hilfe und Treue, die ihr der Kirche entgegengebracht habt, dankbar sein. Ein solcher Glaube wird angemessen belohnt werden«, sagte der Legat zu den Schergen des Kreuzritters, die Bonaventura und die anderen zur Festung gebracht hatten und sich nun auf den Rückweg machen wollten.

»Bonaventura, der Kämpfer, der Magier, der Gelehrte. Und doch hast du armer Narr nicht begriffen, dass du dich nun genau dort befindest, wo ich dich haben wollte. Unter allen gottesfürchtigen Menschen hatte ich die Kunde verbreiten lassen, dass sie sich erheblicher Vergünstigungen erfreuen dürfen, wenn sie dich ausliefern. Und so hat uns der Kreuzritter, den ihr um Hilfe ersucht habt, unverzüglich davon in Kenntnis gesetzt und euch an den Ort gebracht, wo wir seinen Worten zufolge auch unseren lieben Franziskus finden würden. Dank dir sind wir nun alle hier, mein lieber Alchemist.« Der Legat gab dem schwarzen Ritter ein Zeichen, woraufhin dieser sich Fleur zuwandte.

»Seid verflucht« sagte Bonaventura. »Wagt es nicht, sie mit euren blutbesudelten Händen anzufassen.« Ohne auf ihn zu achten, trat der Ritter so dicht an Fleur heran, dass er fast ihr Haar berührte. Dann griff er behutsam nach dem Medaillon, nahm es ihr vom Hals und reichte es dem Gesandten. Fleur wollte schreien, wollte sich wehren, doch irgendetwas an diesem Mann lähmte sie.

»Und so sind wir am Ende der Geschichte angelangt«, sagte der Legat und betrachtete das Medaillon.

»Herr«, sagte Bonaventura zu Péreille. »Ich weiß nicht, was dieser Mann Euch versprochen hat, doch ich weiß gewiss, dass er Euch ebenso betrügt wie uns alle. Ihm zu trauen ist ein großer Fehler.«

»Was er mir versprochen hat?«, entgegnete Péreille. »Im Austausch gegen die deinem Franziskus so überaus wertvolle Schatulle hat er die Aussicht auf Harmonie und Eintracht mitgebracht. Auf das Ende des Krieges. Auf die Zurücknahme des Ketzerurteils, unter dem unsere Brüder so leiden. Dieser Mann bringt das wertvollste Geschenk überhaupt: Frieden.«

»So ist es«, warf der Legat ein. »Frieden. Das ist alles, was wir wollen. Der Heilige Vater hat beschlossen, seine Ansichten über die Katharer zu überdenken, und ich bin der Botschafter seiner Vergebung. Schluss mit dem Blutvergießen. Schluss mit der Gewalt. Wenn du ein Diener Gottes bist, wie du es zu sein behauptest, Bonaventura, solltest du der Erste sein, der sich über diese Vereinbarung freut.«

»Glaubt ihm nicht«, beschwor Bonaventura Péreille. »Ich war dabei, als Frauen und Kinder im Namen Gottes niedergemetzelt wurden. Traut lieber mir, Péreille. Meine Augen haben die Scheiterhaufen und die Gewalt gegen Euer Volk mit angesehen. Damit wird es nicht sein Bewenden haben. Sie werden erst damit aufhören, wenn niemand mehr von euch am Leben ist.«

»Ein Jammer, Magier, dass du und deine Leute papsttreue Soldaten mit dem Schwert durchbohrt und eure Hände mit Blut besudelt habt. Das erhebt dein Wort nicht über das eines elenden Lügners«, zischte der Legat.

»Es reicht«, sagte Péreille und erhob sich. »Monatelang haben wir euren Bruder Franziskus davon zu überzeugen versucht, sich uns anzuschließen, doch er hat dem Papst unverbrüchliche Treue geschworen. Es gibt keinen Grund für die Annahme, dass er sich über diesen Pakt mit eurer Kirche nicht freuen würde. Bringt sie fort«, sagte er zu den Soldaten. »Dann können sie ihren geliebten Franziskus endlich wieder in die Arme schließen.«

Bonaventura wurde von Fleur, Luca und Davide getrennt, durch enge Gänge und über dunkle Treppen gestoßen und in eine Zelle geworfen. Das Sonnenlicht fiel durch die Gitterstäbe. Die Luft war vom Gestank der Notdurfteimer und der schimmeligen Steinmauern gesättigt. Dieser Ort lag mehr als zwei Ellen tief unter der Erde.

»Bist du das, Bonaventura?«

Eine schwache Stimme drang an sein Ohr. Ein neuer und dennoch uralter Laut. Er blickte sich um, konnte ihren Ursprung jedoch nicht entdecken.

»Wer bist du? Ich fürchte dich nicht.«

»Bist du es?«

»Ich bin es, wenn du es nicht bist.«

»Himmel, was haben sie mit dir gemacht?«

»Wo bist du, ich sehe dich nicht. Und deine Stimme ist kaum zu hören. Bist du vielleicht eine Ausgeburt meiner Fantasie? Eine mundlose Stimme?«

»Du erkennst mich also nicht? Ich stehe direkt neben dir, zu deiner Linken.«

Bonaventura drehte sich um und blinzelte, um den aus dem Halbdunkel auftauchenden Schemen besser erkennen zu können. Er wirkte vertraut. Die spitzen Züge, die dunklen Augen, die durch die Magerkeit noch größer und leuchtender geworden waren. Die ungewöhnlich weißen Zähne blitzten aus dem schwarzen, struppigen Bart hervor, der ihm bis auf die Brust reichte, und brachten das olivfarbene Gesicht zum Leuchten. Zaghaft strich Bonaventura mit den Fingerspitzen darüber, als könnte er nicht fassen, was er sah. Die Hand des anderen berührte ihn freundlich und warm, und ihm schoss eine jähe Wärme durch Kopf und Glieder. Im nächsten Moment waren die Schmerzen und Strapazen der Reise vergessen.

»Ich habe dich erwartet, Bruder. Ich habe gewusst, dass du kommen und mich retten würdest.«

»Franziskus, gelobt sei Jesus Christus.«

»Gelobt sei der Herr. Also hast du die Karte entdeckt und zu mir gefunden.«

»Das habe ich, Bruder. Verzeih, dass ich versagt habe.«

»Es gibt nichts zu verzeihen.«

»Ich sollte dir helfen, und jetzt verfaule ich zusammen mit dir hier unten und muss um das Schicksal meiner Gefährten fürchten.«

»Keine Sorge, ihnen wird nichts geschehen.«

»Welche Schmach, Franziskus. Ich konnte dich nicht retten und habe alle in diese tödliche Falle mit hineingezogen.«

»Es enttäuscht mich, dass du so leicht aufgibst, Bonaventura. Ich bin schon lange hier und habe mich nicht gebeugt.«

»Ich habe nicht deine Kraft, Franziskus.«

»Und ob du sie hast. Du bist stärker als all meine Brüder zusammen. Wieso hätte ich sonst darauf vertrauen sollen, dass du mich befreist?«

»Meine Seele schwankt.«

»Lass dich nicht täuschen. Sie wollten, dass ich meinem Glauben abschwöre, und ich habe es nicht getan. Vertrau auf unseren Herrn, und du wirst sehen, dass sie dich nicht brechen können.«

In der Dunkelheit wurden Schritte vernehmbar. Wie aus dem Nichts tauchte ein Schemen auf. Die beiden trennten sich.

»Du bist also der Mönch, der Montségur stürzen wollte«, sagte eine Stimme.

Ein hochgewachsener Soldat mit finsterem Gesicht betrat die Zelle.

»Du siehst gar nicht so gefährlich aus. Auf mich wirkst du wie ein Mönch, der wie ein Bettler rumläuft.«

»Und wer seid Ihr?«

»Ich bin der Wachhauptmann. Ich wollte persönlich mit dem Mann sprechen, der ein Heer gegen die Soldaten meines Herrn führen wollte.«

»Hat man Euch das gesagt?«

»Ganz genau. Bist du gekommen, um den Plan deines Freundes zu vollenden, diescs Spions von Innozenz?«

»Niemand hier ist ein Spion«, warf Franziskus ein.

»Schweig, Prediger.«

»Franziskus sagt die Wahrheit. Ihr irrt Euch, niemand ist gekommen, um Euch auszuspionieren oder gegen Eure Leute zu intrigieren«, sagte Bonaventura. »Ihr solltet lieber dem Legaten misstrauen, sonst endet ihr alle auf dem Scheiterhaufen, wie so viele Katharer vor euch.«

»Das wird nicht passieren. Meinem Herrn ist zugesichert worden, dass Innozenz Gnade walten lassen wird.«

»So wie Eva der Schlange nicht hätte trauen dürfen, dürft Ihr den Worten dieses verlogenen Mannes keinen Glauben schenken.«

»Die Worte werden begleitet von einem Brief mit päpstlichem Siegel, das ihre Wahrhaftigkeit belegt.«

»Dokumente lassen sich fälschen. So leicht wird Innozenz seinen Kreuzzug nicht aufgeben, es sei denn, Ihr schwört ab.«

»Niemals.«

»Dann wird der Legat Euch auf direktem Wege an Simon de Montfort ausliefern. Montségur wird dem Schicksal der anderen katharischen Burgen anheimfallen und geschleift werden.«

»Kannst du deine Anschuldigungen beweisen? Wohl kaum, Mönch. Auf mich wirkst du wie ein großer Schwindler, und ich hege nicht die Absicht, deinen Worten zu trauen«, sagte der Mann und verschwand im Dunkeln.

»Richtet das, was ich Euch gesagt habe, Eurem Herrn aus. Er soll sich gut überlegen, wem er Glauben schenkt, mir oder dem Legaten«, rief Bonaventura ihm nach.

Der Mann verschwand durch einen Geheimgang gegenüber der Tür, durch die Bonaventura in die Zelle gebracht worden war.

»Du hast dich nicht verändert«, murmelte Franziskus.

»Was meinst du, Bruder?«

»Die Worte kommen dir ebenso mühelos über die Lippen wie früher. Du hast die Zweifel in seinem Herzen gelesen.«

»Ich wünschte, ich hätte deine Zuversicht.«

»Hellsichtigkeit, Bruder. Von dir erwarte ich nicht weniger als das.«

»Was meinst du damit?«

»Dass Péreilles Vertrauen in den Legaten bereits wankt. Sonst hätte er seinen Mann nicht zu uns geschickt.«

»Da wäre ich mir nicht so sicher.«

»Wieso sollte er sich gleich nach deiner Ankunft zu uns stehlen? Gebrauche deinen Verstand! Du lässt dich von den Ängsten leiten, die dein Herz verschlingen, Bruder. Ich habe die Bilder gesehen, die deinen Willen schwächen.«

»Von welchen Bildern redest du?«

»Von der Vergangenheit und der Gegenwart. Von der toten Frau auf dem Scheiterhaufen und von Fleur, dem Mädchen, um das du dich sorgst. Du hast Angst um sie. Das ehrt dich, hilft dir jetzt aber nicht weiter.«

»Ich habe sie und meine Gefährten in den Tod geführt, wie kann ich da unverzagt sein? Was kannst du sehen?«

»Das, was Gott mir schickt. Die Zukunft steht nicht geschrieben, sondern ist immer in Bewegung. Der freie Wille, den Gott uns geschenkt hat, ist auch die Quelle unseres Zauderns. Er ist Geschenk und Verdammnis zugleich.«

»Was soll ich tun?«

»Du musst die heilige Reliquie wiederbeschaffen. Sie ist in ihren Händen.«

»Das Antlitz unseres Herrn?«

»Und noch sehr viel mehr. Wer immer in ihren Besitz gelangt, wird seinen Heeren große Kraft verleihen. Fällt sie in die falschen Hände, wird alles sich zum Schlimmsten wenden.«

»Du glaubst also an ihre Macht?«

»Für mein Dafürhalten ist sie die greifbarste Verbindung, die wir zu unserem Herrn haben. Der Beweis für seine Göttlichkeit. Stell dir vor, was passieren könnte, wenn diese Leute sie hätten. Oder schlimmer noch, wenn sie beschlössen, sie zu zerstören.«

»Ich begreife nicht. Welche Macht sollte eine Reliquie haben?«

Franziskus antwortete nicht. Das Geräusch von Schritten und Metall war zu hören. Fackeln erhellten den Zellengang. Franziskus zog sich ins Dunkel zurück. Vier Wachen von Montségur traten herein, um Bonaventura zu holen.

IM FESTUNGSVERLIES

Jedem die Folter für seine begangenen Sünden

onaventura wurde von den Wachen in den Raum gestoßen. Der schwarze Ritter stand neben einem Kohlebecken, der päpstliche Gesandte saß vor einem seltsamen, dunklen, offenbar metallenen Gegenstand.

»Überrascht?«, fragte der Legat mit spöttischer Miene.

»Wovon redet Ihr?«

»Dies ist die Schatulle, die Franziskus bei sich hatte.« Der Legat deutete auf den metallenen Gegenstand von der Größe eines kleinen Tabernakels.

»Dass sie sich in Eurem Besitz befindet, ist ein Sakrileg.«

»Und wenn sie sich in den Händen dieses Tiara tragenden Tölpels befände, wäre das etwa kein Sakrileg?«

»Ihr sprecht von unserem Papst.«

»Er wird es nicht mehr lange sein.«

»Was habt Ihr vor?«

»Nicht so hastig, Bonaventura, darüber sprechen wir noch.«

»Ich wüsste nicht, was ich Euch zu sagen hätte.«

»Sieh dir die Schatulle genau an. Sie trägt keine Gravierung, abgesehen von einem kleinen Kreis mit den Buchstaben des Alphabets rundherum. Péreille hat gesagt, keinem Alchemisten, keinem Schmied und nicht einmal dem Schwert seines stärksten Ritters sei es gelungen, dieser Oberfläche eine Kerbe zuzufügen, und auch die heißesten Schmelzöfen haben dem Artefakt nichts anhaben können. Das Medaillon, welches das Mädchen trug, passt perfekt in die Vertiefung. Doch wir wissen nicht, mit welchem Trick es sich öffnen lässt. Das Geheimnis ist unserer Ansicht nach in der Schatulle enthalten, die du in Lucca gestohlen hast. Verrat es uns, und du bist frei, zusammen mit Franziskus und deinen Freunden.«

»Die Schatulle war leer. Ich kann Euch nicht helfen.«

»Eine leere Schatulle! Nimm mich nicht auf den Arm, Bonaventura, das wäre keine gute Idee. Ein Pergament muss sich darin befunden haben, eine Inschrift, irgendetwas, das uns hilft, dieses Ding zu öffnen. Bestimmt hast du dich des Inhalts entledigt, aber du weißt sicher, was darin enthalten war.«

»Ihr redet wirres Zeug. Die Schatulle war leer, wie gesagt.«

»Dann werde ich dir wohl auf die Sprünge helfen müssen. Los, verabreich ihm einen kräftigen Schluck.«

Ein Soldat flößte Bonaventura einen großen Schluck eines übel schmeckenden Gebräus ein.

»Ihr könnt mit mir machen, was ihr wollt. Ich habe euch nichts zu sagen.«

»Nun, Bonaventura, mit dieser Antwort hatte ich gerechnet, daher schwebt mir ein anderer Weg vor. Bring sie her«, sagte der Legat zu dem Soldaten.

Der Mann kam mit der geknebelten Fleur wieder herein.

»Fleur? Wehe, Ihr tut ihr etwas zuleide!«

»Das hängt von dir ab.«

Ein Soldat fesselte das Mädchen an ein aus zwei Stämmen gezimmertes griechisches Kreuz. Auf Fleurs Gesicht lag der schicksalsergebene Ausdruck einer Märtyrerin, die weiß, dass sie sterben muss. Ihre Augen waren blicklos und stumpf. Offenbar hatten sie ihr dasselbe Gebräu verabreicht.

»Ich kann Euch nicht sagen, was ich nicht weiß.«

»Gut, dann werden wir mit dem Mädchen reden. Wenn wir

ihr ein wenig auf die Sprünge helfen, erweist sie sich vielleicht als gesprächiger.«

»Wartet«, dröhnte der schwarze Ritter. »Bist du dir wirklich sicher, Mönch? Willst du wirklich, dass eine weitere unschuldige Frau deinem hartnäckigen Trotz zum Opfer fällt?« Er schlug ihm mit aller Wucht ins Gesicht.

Bonaventura stürzte zu Boden, und der Ritter stellte sich über ihn. Womöglich wäre es besser zu sterben, als den Schmerz der Niederlage ertragen zu müssen. Er spürte, wie ihm die Sinne schwanden. Hitze schoss durch seine Glieder, dann vernebelte ihm Rauch die Sicht. Flammen umhüllten Isabellas Körper und fraßen ihn auf, während sie unter gellenden Schmerzensschreien seinen Namen rief. Aber er konnte nichts tun. Ihre herrliche rote Mähne in Flammen, ihr Schädel verkohlt, die Knochen wie glühende Scheite in einem Kohlebecken. Erinnerung und Wirklichkeit verschwammen, während Bonaventura mit aller Kraft versuchte, bei Bewusstsein zu bleiben.

»Und, Mönch, redest du jetzt?« Die Stimme des Legaten schien von weither zu kommen.

»Seht Ihr denn nicht, dass er nicht bei sich ist«, sagte der Ritter hörbar gereizt.

»Ich bitte euch, tut dem Mädchen nichts«, wisperte Bonaventura.

»Wenn du redest, hat das alles ein Ende.« Die abstoßende Fratze des Legaten schwebte dicht vor seinem Gesicht. Seine Stimme klang verzerrt und hatte sich von der Bewegung der Lippen gelöst.

»Du hast zwei Möglichkeiten: Entweder du gibst nach, oder du siehst deinen kleinen Schützling deinetwegen leiden.«

»Tut mit mir, was ihr wollt, aber verschont das Mädchen.«

»Es ist deine Schuld, wenn Fleur gefoltert wird. Die Frauen, die deinen Weg kreuzen, sind offenbar zu Schmerzen verdammt. Mach weiter!«, herrschte er den Soldaten an.

Der näherte sich dem Mädchen mit einer glühenden Zange, doch als er kurz davor war, ihren Körper zu versengen, packte der Ritter seinen Arm, drehte ihn dem Soldaten auf den Rücken und zwang ihn, das Werkzeug fallen zu lassen.

»Bist du wahnsinnig geworden?«, brüllte der Legat.

»Nicht im Mindesten. Seht Ihr nicht, dass der Mönch in Ohnmacht gefallen ist? Er kann gar nicht gestehen. Wenn Ihr es nicht schafft, werde ich das Erforderliche schon aus ihm herauspressen. Aber das Mädchen wird nicht angefasst.«

»Dafür werde ich dich umbringen lassen«, knurrte der Legat, doch der Ritter packte ihn bei der Kehle und hob ihn langsam in die Höhe.

»Hört mir genau zu. Ich bin es leid, nach Eurer Pfeife zu tanzen. Ihr seid nicht mehr als eine erbärmliche Schachfigur. Ein Verräter der Kirche. Und wer einmal zum Verräter wird, wird es wieder. Das Mädchen kommt mit mir mit. Ich werde sie Euren Männern außerhalb der Stadt übergeben. Ihr habt zwei Stunden, um den Mönch zum Reden zu bringen, sonst tu ich es.«

Der puterrot angelaufene Legat strampelte hilflos mit den Beinen und deutete ein Nicken an, worauf der Ritter den Griff lockerte und ihn zu Boden fallen ließ. Wie eine versengte Eidechse krümmte er sich zusammen. Mit blitzschnellen Bewegungen löste der Ritter Fleurs Fesseln und machte sich unbehelligt davon. Bonaventura spürte, wie er wieder zu Kräften kam. Sein Körper hatte das Gebräu unbeschadet verkraftet. Da er genau wusste, dass es bei Gift auf die Dosis ankam, hatte er bereits als junger Mann die Substanzen zu sich genommen, die er den Kranken als Schlafmittel verabreichte. Jetzt begann das Blut wieder zu fließen, und sein Geist nahm die Umgebung deutlich wahr.

»Nimm diesen verfluchten Mönch«, zischte der Gesandte den Soldaten an, während er sich mühsam aufsetzte und seine Kehle massierte, »und quäl ihm die Seele aus dem Leib.«

Der Soldat packte Bonaventura unter den Armen. Kaum

näherten sie sich dem Kreuz, an das man Fleur gefesselt hatte, schnappte sich der Mönch die schwere Zange aus dem Kohlebecken und versetzte dem Mann einen so heftigen Schlag auf den Hinterkopf, dass er wie ein Mehlsack zusammenbrach. Mit wenigen Schritten war Bonaventura beim Legaten und zerrte ihn zu den rot glühenden Kohlen.

»Lass mich gehen, ich bitte dich. Ich führe doch nur Befehle aus«, stammelte der Gesandte flehend.

»Wessen Befehle?«

»Ich weiß es nicht. Ihre Gesichter habe ich nie gesehen.«

»Ihr lügt!«

»Nein, bitte, das ist die Wahrheit. Die Sekte gebietet Geheimhaltung. Nur ihre Gründer kennen einander.«

»Was wollt ihr? Wieso hintergeht ihr den Papst?«

»Innozenz ist krank. Er hat nicht mehr lange zu leben. Das Konklave wird einen von uns wählen. Wenn wir in den Besitz der Reliquie gelangen, wird sich alles ändern.«

Kaum löste Bonaventura den Griff, zog der Legat ein scharfes Stilett unter seinem Gewand hervor. Bonaventura, der die Bewegung aus dem Augenwinkel wahrnahm, fiel ihm in den Arm. Die Klinge verfehlte seine Kehle und schlitzte ihm die Wange auf, ohne ihn jedoch lebensgefährlich zu verletzen. Mit einer Hand packte Bonaventura den Arm des Legaten und rammte ihm das Stilett ins angstvoll aufgerissene Auge. Um den Todeskampf des Mannes unter ihm nicht mit ansehen zu müssen, kniff er die Lider zusammen und öffnete sie erst wieder, als das letzte Zucken aus den Gliedmaßen gewichen war. Langsam stand er auf und ließ das Stilett fallen. Von nun an würde es für ihn kein Zurück mehr geben, das wusste er. Er hatte sein Wort gebrochen. Er war wieder zu dem geworden, der er im dunkelsten Grund seines Herzens immer gewesen war. Ein Mörder. Doch jetzt blieb keine Zeit zum Nachdenken. Er musste das Leben seiner Freunde und Franziskus' Geheimnis retten.

Ehe die Wachen auftauchten, durchwühlte er die Kleider des Legaten und nahm das Medaillon an sich. Er trat an das kleine Kästchen heran und befühlte die Oberfläche. Sie war glatt und schwarz. Aus Metall, jedoch aus einem, das vom Himmel kam. Wer immer diesen Gegenstand gefertigt hatte, verfügte über außergewöhnliches Wissen. Der Deckel ließ sich vom Rest der Schatulle nicht unterscheiden. Einzig eine runde Vertiefung unterbrach die glatte Oberfläche. In der Vertiefung war ein Adler abgebildet. Bonaventura legte das Medaillon hinein und drehte, doch es passierte nichts. Nachdem er einen Moment überlegt hatte, fiel ihm das Bild auf dem Medaillon wieder ein. Der Adler mit dem Kreuz in den Fängen. Er holte das Kruzifix heraus, das er in der Schatulle aus Lucca gefunden hatte. Seine schlichte Form hatte das Interesse der Feinde nicht geweckt. *Alter Christus* – so lauteten die Worte auf der Rückseite des Kreuzes. Wieder drehte er das Medaillon, bis die kleine Kerbe an seinem Rand auf die einzelnen Buchstaben zeigte. Zuerst das A von »Alter«, dann das L und so weiter, bis er die beiden Worte vervollständigt hatte. Bei jedem Buchstaben war ein leises Klicken zu hören. Ein letztes Klicken, und unter dem Medaillon öffnete sich ein winziger Spalt, der wie für das Kruzifix geschaffen schien. Bonaventura schob es in den Schlitz. Nach einer kleinen Ewigkeit ertönte ein abermaliges, lauteres Klicken. Jetzt ließ sich die Schatulle mühelos öffnen und gab einen seltsamen Mechanismus aus Spiralfedern und metallenen Behältern preis. Ganz unten lag etwas, das wie ein mit Hanfkordel zusammengebundenes Tuch aussah. Bonaventura nahm es heraus, legte es auf den Boden, zog an der Schnur und faltete es auseinander, einmal, zweimal und noch zwei weitere Male, bis es in seiner ganzen Länge vor ihm lag. Auf der Treppe waren Schritte und Stimmen zu hören. Hastig rollte er das Tuch wieder zusammen und stopfte es unter seine Kutte. Die Soldaten stürzten herein und ergriffen ihn. Er leistete keinen Widerstand. Dann betrat Péreille den Raum.

»Schön, Frater, du hast mir die halbe Arbeit abgenommen«, sagte er und blickte auf den Legaten, der in einer Blutlache am Boden lag.

»Was meint Ihr?«

»Der schwarze Ritter ist mit dem Mädchen geflohen. Ein papsttreues Heer steht vor der Festung. Offenbar hattest du recht.«

»Ihr habt mir spät Glauben geschenkt, Péreille.«

»Die Fakten sprachen für sich. Aber als ich von dem Heer erfuhr, das nur wenige Meilen vor der Festung steht, hatte ich die Gewissheit, dass du die Wahrheit gesagt hast.«

»Jetzt wird es Krieg geben, macht Euch keine Illusionen.«

»Wir werden bis zum letzten Mann kämpfen.«

»Ich helfe Euch.«

»Wir brauchen deine Hilfe nicht.«

»Meine Männer und ich ersetzen zehn Krieger. Gebt uns die Chance, an Eurer Seite zu kämpfen.«

»Wer sagt mir, dass ich dir trauen kann?«

»Meine Feinde sind zu den Euren geworden. Der Legat ist ein Verräter. Wenn Ihr mir helft, wird der Papst sich erkenntlich zeigen.«

»So, wie er es mittels seines Gesandten tat?«

»Der Papst weiß nichts von seinen Machenschaften. Ihr müsst mir vertrauen. Was habt Ihr zu verlieren?«

»Einem Mönch vertrauen?«

»Ich bin kein Mönch mehr. Meine Hände sind mit Blut befleckt. Ich bin jetzt nichts weiter als ein Mörder.«

»Der mich meucheln könnte, sobald ich ihm den Rücken kehre.«

»Wir werden Euch nicht hintergehen, Ihr werdet sehen.«

Péreille überlegte einen Moment, dann bedeutete er seinen Männern, Bonaventura loszulassen.

»Was ist mit der Schatulle?«

»Es ist unmöglich, sie zu öffnen, selbst für mich«, sagte Bonaventura und deutete auf das geschlossene Kästchen hinter sich.

»Wir werden bald sehen, ob deine Worte nicht falsch sind, Frater.«

LAGER DES SCHWARZEN RITTERS

Sage mir, mit wem du umgehst, und ich sage dir, wer du bist

Als Fleur die Augen öffnete, konnte sie ihre Umgebung nur mühsam erkennen. Sie hatte nur eine vage Erinnerung an das Vorgefallene. Nachdem sie das Gebräu getrunken hatte, war alles unscharf geworden, wie in einen seidenen Schleier gehüllt. Jetzt lichtete sich der Nebel, und sie setzte sich auf ihrem Heulager auf. Sie befand sich in einem von einer Fackel erhellten Zelt. Ihre Handgelenke waren nicht gefesselt. Sie trug ein einfaches, sauberes Kleid aus weißer Wolle. Draußen war Pferdegewieher zu hören, außerdem Stimmen. Der Eingang des Zelts öffnete sich, und aus der nächtlichen Dunkelheit trat ein hochgewachsener, edel gewandeter Mann mit einem Umhang: der schwarze Ritter.

»Du? Wo bin ich?«

»In meinem Zelt, in Sicherheit.«

»Wo sind die anderen?«

»Im Turm, wo sie bald wie Ratten krepieren werden.«

»Was willst du damit sagen?« Fleur wollte aufstehen, doch sie war zu schwach und fiel ins Heu zurück.

»Du darfst dich nicht anstrengen. Das Gift in deinem Körper hat sich noch nicht vollständig verflüchtigt.«

»Seit Lucca verfolgst du mich. Du hast versucht, meine Freunde umzubringen, die mir das Liebste auf der Welt sind. Wieso tust du das? Was bezweckst du damit?«

»Ich wollte nur dich. Immer nur dich.«

»Du lügst. Du wolltest nur mein Medaillon. Du hättest jeden umgebracht, um es zu bekommen.«

»Zügle deinen Zorn, wilde kleine Fleur. Ich hätte getötet und würde es wieder tun, das stimmt. Doch ich tat es nur, um dich bei mir zu haben.«

»Du bist verrückt.«

»Wer, glaubst du, hat dich vor der Folter gerettet? Nicht dein Bonaventura, der gewiss nicht. Er hätte dich lieber tot gesehen, als uns die Reliquie auszuhändigen. Und dem vertraust du?«

»Bonaventura würde niemals zulassen, dass mir etwas zuleide getan wird.«

»Er hat es aber zugelassen. Als der päpstliche Gesandte deinen Körper malträtieren wollte, um dich zum Sprechen zu bringen, hat Bonaventura nicht einen Finger gerührt. Die Wahrheit ist, dass für ihn nur Franziskus und die Reliquie zählen.«

»Du lügst!«

»Nein, das tue ich nicht, Fleur. Was hat er dir von sich erzählt? Nichts, nehme ich an. Wusstest du, dass er seine Zauberei und seine gewalttätigen Neigungen in den Dienst eines Herrn gestellt hat, der nur Krieg und Unzucht kannte? Nein, das wusstest du nicht, das sehe ich deinen Augen an. Er war schon immer ein gottloser, treuloser Mensch. Sogar die Frau seines Herrn hat er begehrt und die Todsünde begangen, bei ihr zu liegen. Der Fürst kam ihm auf die Schliche, doch Bonaventura hat geleugnet und zugelassen, dass sie in den Flammen starb. Bis zuletzt hat sie seinen Namen gerufen. Ich habe mit jemandem gesprochen, der seine Bekehrung miterlebte, als er um Vergebung für seine Sünden bat.«

»Das stimmt nicht, hör auf!«, rief Fleur, schien aber zu zögern. Sie hatte Bonaventuras Blick gesehen, als die katharische Ketzerin brannte, seine Qual und seine Angst.

»Sie hieß Isabella und war wunderschön. Genau wie du.«

»Deine Worte sind so falsch wie die des Teufels. Kehr in die Hölle zurück, aus der du gekommen bist.«

»Ich habe die Hölle gesehen, kleine Fleur. Mit eigenen Augen. In Konstantinopel. Abgeschlachtete Kinder. Mädchen wie du, vergewaltigt und halb tot am Straßenrand liegend. Unschuldige, die verbrannt, enthauptet und kopfüber erhängt wurden, die Augen von Krähen ausgehackt. Die Soldaten, die es taten, lobten den Papst und kämpften für ihn.«

»Auch du bist ein Diener des Papstes. Du und dein schmieriger Legat.«

»Ich hätte nicht zugelassen, dass diese Bestie dir ein Haar krümmt.«

»Das glaube ich nicht.«

»Ich würde alles tun, um dich zu schützen, Fleur. Ich diene nicht dem Papst. Ich diene Menschen, die im Dunkeln wirken. Wir sind dazu berufen, eine neue Kirche zu gründen, eine andere als die korrupte, verkommene Kirche Roms. Eine Gemeinschaft, die den Geboten Christi folgt, gegründet auf das Fundament seines Leichentuchs.«

»Ich will nichts mehr hören, lass mich gehen!«

»Hast du schon vergessen, dass die Mönche dich verbrannt und der Legat dich gefoltert hätte? Wo willst du hin, einzig beschützt von einem Magier, der schon bald auf dem Scheiterhaufen enden wird? Du wirst dein Lebtag keinen Frieden finden. Nur, wenn du diese Kirche niederreißt, die euch beide für die Reliquie zu opfern bereit ist, hast du noch Hoffnung.«

»Ich habe Franziskus gesehen.«

»Ich weiß. Und fragst du dich nicht nach der Bedeutung deiner Visionen? Du warst es, kleine Fleur, die mich zu ihm geführt hat.«

»Ich bin nicht klein.«

»Doch du warst es einmal. Klein und so mutig. Mutiger als meine besten Soldaten. Mutiger als der Falke, der deinem Blick gehorchte. Du warst immer in meinem Herzen. Ich hätte dich nie verlassen sollen, doch ich war in Konstantinopel, inmitten des Grauens. Nur ein Gedanke hat mich gerettet: dich wiederzusehen. Mein kleines, mutiges Mädchen wiederzusehen.«

Der Ritter trat dicht an sie heran.

»Ich begreife nicht«, murmelte Fleur verwirrt.

»Du bist ein Teil von mir«, sagte der Ritter, nahm die Kapuze ab und zeigte sein Gesicht.

»Nein, du bist nicht wirklich«, wisperte Fleur unter Tränen.

»Nicht weinen, mein Kind«, sagte der Ritter und streichelte ihre Wange. »Ich bin nicht mehr der, den du einst kanntest. René d'Annecy wäre vor langer Zeit auf dem Rückweg fast gestorben. Hinterrücks überfallen von den Männern des Papstes, die sich die Reliquie aneignen wollten«, log er. »Mein Gesicht ist nicht mehr das von einst, doch das Herz schlägt noch in meiner Brust.« Er nahm Fleurs Hand und legte sie sich an die Rippen. »Es ist das Herz des Vaters, der dich heimlich geliebt hat.«

»Du bist mein Vater?« Fleur zitterte und weinte wie ein kleines Kind.

»Ja. Ich habe dich Duccio überlassen, damit er dich großzieht. Diesen Fehler werde ich mir nie verzeihen. Ich hätte es dir von Anfang an erzählen sollen, doch ich hatte Angst. Angst vor den Folgen meines Tuns. Weil ich eine nicht adelige Frau geliebt habe, die mir das kostbarste Juwel meines Lebens schenkte.«

»Ich … ich habe es so sehr gehofft. Jede Nacht habe ich geträumt, deine Tochter zu sein und nicht die dieses Monsters«, schluchzte Fleur.

»Weine, mein Kind«, sagte der Ritter. »Auch ich habe viele Tränen vergossen, wenn ich an dich gedacht habe. An meine Fehler. Doch diese Tränen haben mich bis heute am Leben gehalten.«

»Wieso hast du es mir nicht gesagt?«

»Ich wollte dich schützen.«

»Wovor?«

»Ich spürte, dass dein Schicksal mit der Prophezeiung und der Reliquie verknüpft ist, deshalb habe ich dir vor meinem Aufbruch das Medaillon geschenkt. Hätte ich versagt, hättest du mein Werk zu Ende bringen können.«

Fleur sah das Gesicht vor sich, das sie durch ihre Kindheit begleitet hatte, und jetzt erkannte sie es auch. Sie spürte, wie ihr Herz mit dem von Annecy in Einklang schlug, genau wie vor langer Zeit. Doch nun fühlte sie sich mit ihm durch das stärkste aller Bande verbunden. Nie hätte sie so etwas für möglich gehalten.

»Mein Vater. Ich habe so sehr gelitten. Ich habe um dich geweint. Jede Nacht. Verborgen vor den Blicken dieses Schweins, das vorgab, mein Vater zu sein. In meinem Herzen wusste ich, dass er es nicht war. Er konnte es nicht sein. Wieso, wieso nur hast du mich allein gelassen?«

»Blick nicht zurück, mein Kind. Was verloren ist, ist für immer verloren. Jetzt hat das Schicksal uns wieder vereint. Und wird uns nie wieder trennen.«

FESTUNG VON MONTSÉGUR

Ohne Blutvergießen geschieht keine Vergebung

In tiefster Nacht hatte die letzte Schlacht zwischen Licht und Schatten begonnen. Das Heer des dunklen Ordens war zum Angriff übergegangen. Auf beiden Seiten gab es zahlreiche Gefallene. Vom Dachfenster des Turmes aus konnte Bonaventura sehen, wie die Männer des schwarzen Ritters tief unten das erste Bollwerk erstürmten. Eine Hundertschaft Fußsoldaten rannte mit schweren Rammböcken dagegen an, um es niederzureißen. Vom Wehrgang aus schleuderten die Bogenschützen und Fußsoldaten von Montségur Felsbrocken und Pfeile gegen den Eindringling. Das Tor gab nach, und in dem dahinter liegenden Dorf brach die Hölle los. Während zwischen der Kavallerie des Feindes und den Reitern des Hauptmannes von Montségur die Schlacht wütete, flüchteten die Bewohner der Festung aus ihren brennenden Häusern. Der schwarze Ritter warf sich dem Hauptmann im Galopp entgegen. Mehrmals kreuzten sie die Schwerter, ehe der Ritter seinem Gegner den Kopf abschlug.

Unterdessen war es in den Turmgängen laut geworden. Bogenschützen hasteten zu den Schießscharten, und Reiter bewaffneten sich, um in die Schlacht zu ziehen und ihren Kampfgenossen beizustehen. Das Schauspiel, das sich Bonaventura von hoch oben bot, war ein Gemetzel von Unschuldigen. Es marterte sein Gewissen, doch es wäre sinnlos gewesen, sich zu ergeben. Man hätte sie nur alle hingeschlachtet. So konnte man bis zum letzten Mann kämpfen und hoffen, dass Gott mit ihnen sein und sie nach dieser Blutnacht den Morgen sehen lassen würde.

»Mein Heer ist nunmehr führungslos. Das Dorf liegt in Schutt und Asche. Sie haben den ersten Verteidigungsring erobert, und der Ritter hat ein Ultimatum gestellt: Entweder ich liefere Euch aus, oder er wird uns vernichten«, sagte Péreille, der gänzlich verstört in Bonaventuras Kammer gestürzt war.

»Himmel, nein. Davide, du bleibst hier und bewachst die Treppe, die nach oben führt. Sollten die anderen Verteidigungslinien fallen, musst du Franziskus und Luca zusammen mit Péreilles Leibwache verteidigen.«

»Wie du willst, Frater«, entgegnete Davide. »Wenn alles fällt, werden wir hier im Turm bis zum letzten Blutstropfen kämpfen.«

Bonaventura und Péreille rannten in die Ställe hinunter, schnappten sich zwei Rappen und sprengten in vollem Galopp zum zweiten Befestigungsring. Als sie die Palisade erreichten, hatte sich der Großteil von Péreilles Männern bereits dort versammelt. Die Katapulte waren zur Verteidigung bereit.

Wie ein Fliegenschwarm stürmte ein Trupp schwarz gekleideter Männer auf sie zu. Die gegnerischen Reiter wurden von Fußsoldaten angeführt, die mit schweren Rammböcken bewaffnet waren. Bonaventura hatte das Kommando über die Männer von Montségur übernommen. Die Schützen hatten ihre Bögen gespannt, und die Soldaten an den Katapulten harrten seiner Befehle.

»Wartet auf mein Kommando!«, rief der Mönch. »Lasst sie noch näher kommen.«

Der Feind war nur noch wenige Schritte entfernt.

»Jetzt!«, brüllte Bonaventura, und ein Pfeilregen ging auf die Fußsoldaten nieder, die in Scharen zusammenbrachen. Jene, die versuchten, den Rammbock von den Gefallenen zu übernehmen, wurden mit siedendem Öl übergossen und erlitten das gleiche Schicksal wie ihre Gefährten.

»Jetzt die Katapulte!«

Auf ein Zeichen Bonaventuras hin wurde die Luft vom Surren der großen Steine erfüllt, die den Feind vernichtend trafen. Kopflos ob des erlittenen Schlags gelang es einigen, den Rückzug anzutreten.

Das Tor des zweiten Bollwerks öffnete sich. Im Galopp setzten die Reiter von Montségur dem fliehenden Feind nach und überrollten ihn wie eine Flutwelle. Köpfe flogen, manche endeten unter den Hufen der Pferde oder wurden von den langen Lanzen der Reiter aufgespießt. Andere wurden von den Steinen getroffen, die von den Katapulten mit ihrer großen Reichweite geschleudert wurden. Als am Horizont der erste Morgen graute, stieß Bonaventura einen Seufzer der Erleichterung aus: Die Kavallerie von Montségur war ohne größere Verluste zurückgekehrt. Die aufgehende Sonne spendete neue Hoffnung.

Doch obwohl sie den Feind zurückgeschlagen hatten, wollte die Todesahnung, die den Turm umwehte, nicht weichen. Bonaventura fürchtete, dass ein zweiter Angriff des Ritters fatal sein könnte.

»Frater, auch du solltest etwas in den Magen kriegen. Mit vollem Bauch denkt es sich besser«, sagte Péreille, der den Appetit wiedergefunden zu haben schien.

»Eure Zuversicht möchte ich haben.«

»Das solltest du auch. Wir haben sie niedergemetzelt. In diesem Moment werden sie sich die Wunden lecken. Sie haben begriffen, dass man Montségur nicht ungestraft angreifen kann wie eine beliebige Zitadelle.«

»Ihr unterschätzt ihre Kräfte und Absichten.«

»Deine Furcht hingegen ist übertrieben, Frater. Sollten sie nach diesem Schlag wirklich erneut angreifen wollen, was ich nicht glaube, müssten sie sich erst neu formieren. Und dann sind wir bereit, sie zu empfangen.«

»Ihr Heer ist sehr viel größer als unseres. Wieso sollten sie bis zu einem neuen Angriff so lange warten? Die Sache schmeckt mir ganz und gar nicht.«

In dem Moment begann die Glocke von Montségur wie wild zu läuten. Wie bei einer Sturmflut, wenn auf eine Welle sogleich eine noch viel heftigere folgt, erfüllten Schreie und Radau den Gang vor ihrem Zimmer.

»Sie sind hier!«, schrie Davide, der hereinstürmte. »Sie haben den Berg überquert und die Tore mit einer List geöffnet. Die Invasion hat begonnen.«

Péreilles Gesicht wurde rot vor Aufregung. Verdattert starrte er Bonaventura an.

»Davide, hol Franziskus. Schließt euch ins Turmzimmer ein und übernimm die Führung von Péreilles Leibwache. Sollten wir fallen, wirst du die letzte Bastion sein.«

Auf dem Platz vor dem Hof entbrannte die Schlacht. Rund fünfzig Männer des schwarzen Ritters hatten den Berg überquert und die Tore geöffnet, um ihre Armee hereinzulassen. Jetzt kämpften sie mit Péreilles Fußsoldaten. Im vergeblichen Versuch, den Ritter und seine Männer aufzuhalten, hatten sich die Berittenen zum zweiten Schutzwall begeben. Unter dem Turm schienen die katharischen Krieger im Vorteil zu sein, doch sie würden nicht lange durchhalten. Von oben behielt Bonaventura den Fortgang der Schlacht im Auge. Der schwarze Ritter hatte die Verteidigungslinien durchbrochen und stürmte mit einem Teil seiner Männer auf den Turm zu. Hinter ihm entdeckte der Mönch eine zierliche Figur, hoch zu Ross, im Kettenhemd und mit langem, rabenschwarzem Haar.

»Das kann nicht sein«, murmelte er.

Mit klopfendem Herzen stieg Bonaventura die Turmstufen hinab. Ein Gedanke ließ ihn nicht los. Er mochte nicht glauben, dass es dem Ritter gelungen war, Fleur auf seine Seite zu ziehen. Wenn er das geschafft hatte, könnten all ihr Bemühen und all das vergossene Blut umsonst gewesen sein. Er musste das Mädchen der Finsternis entreißen. Und dann war da noch etwas, das ihn jenseits aller Vernunft um Fleurs Schicksal bangen ließ, etwas, das er zu verdrängen und mit aller Macht zu ersticken versuchte. Er hoffte, er irrte sich und seine Augen hätten ihn getäuscht.

Als er das Turmtor aufstieß, wich die Hoffnung der Verzweiflung. Mit blutgetränkter Mähne kämpfte Fleur wie eine Löwin an der Seite der Feinde und durchbohrte jeden, der sich ihr in den Weg stellte. Sie war wie ein blutdurstiges, mordlüsternes Tier, besessen von dem Trieb, der sich auf dem schneebedeckten Weg Bahn gebrochen und auf der Flucht aus Perugia entladen hatte.

»Fleur, um Gottes Willen, halt ein!«

Nur einen Schritt von ihren Opfern entfernt, hielt das Mädchen inne, sodass einige Soldaten von Montségur sich in Sicherheit bringen konnten. Bonaventura war jetzt dicht bei ihr.

»Endlich stehen wir uns ohne Lügen gegenüber, Frater.«

»Fleur! Was tust du?«

»Das, was eine Tochter tun muss. Ihrem Vater zur Seite stehen.«

»Wer hat es dir gesagt?«

»Mein eigen Blut, Annecy.«

»Und du glaubst ihm?«

»Ja, denn im Grunde meines Herzens habe ich es immer gewusst. Er hat mir auch gesagt, dass ihr davon wusstet. Deinem Gesichtsausdruck nach zu urteilen, hat er nicht gelogen.«

»Wir wussten, dass René d'Annecy dein Vater ist. Aber was aus ihm geworden ist, wussten wir nicht.«

»Du hast es mir trotzdem nicht gesagt.«

»Es ist nicht so, wie du denkst Fleur, hör zu. Ich verstehe, dass du aufgebracht bist …«

»Ich habe keine Lust mehr, dir zuzuhören, Frater. Verteidige dich, oder du wirst sterben.«

Mit schnellen Hieben ging Fleur zum Angriff über. Bonaventura parierte und wich aus, sorgsam darauf bedacht, das Mädchen nicht zu verletzen.

»Los, in den Turm!«, rief Bonaventura einer Gruppe Soldaten zu, die an seiner Seite kämpften.

Wenn sie draußen blieben, wären sie so gut wie tot, das war ihm klar. Er wich zurück, die Stufen zum Turmtor hinaufsteigend. »Du entkommst mir nicht«, rief Fleur und hieb wie eine Besessene auf ihn ein.

»Warte, Fleur!«, schrie der Ritter aus einiger Entfernung und versuchte, zu ihr durchzudringen.

Unterdessen hatten ihn zahlreiche Fußsoldaten von Montségur umzingelt und wollten ihn aufhalten. Sie griffen von allen Seiten an, doch obwohl sie sein Fortkommen erschwerten, war er zu stark und zu schnell für sie. Sein Schwert fuhr in ihre Leiber, als wären sie aus Butter, und sein Dolch stach beim kleinsten Fehltritt zu.

Bonaventura hatte es mittlerweile in den Turm geschafft. Er ließ das Tor einen Spaltbreit offen, durch den sich Fleur eilends hindurchdrängte. Ein knapper Schlag in den Nacken, und das Mädchen ging ohnmächtig zu Boden.

»Verzeih mir, Fleur, ich hatte keine andere Wahl«, sagte der Mönch und warf sie sich über die Schulter.

Annecy, der seine Tochter im Turm hatte verschwinden sehen, war außer sich vor Wut. Je mehr Männer von Montségur sich auf ihn stürzten, desto schneller und brutaler schlug er zurück, als kennten seine Kräfte keine Grenzen.

»Verfluchter Mönch, ich werde dich holen und dir das Herz aus der Brust reißen«, fauchte er, ehe er dem letzten überlebenden Ritter von Montségur den Kopf abhieb.

IM TURM VON MONTSÉGUR

Was wir wollen, ist heilig

Ein Krug eiskaltes Wasser riss sie jäh aus der Ohnmacht. Ihr Kopf war bleischwer, und der beißende Geruch von verbranntem Holz stieg ihr in die Nase. Als sie die Augen aufschlug, blickte sie in einen lodernden Kamin. Die zunächst unkenntlichen Schatten neben ihr entpuppten sich als Bonaventura und Davide. Schweigend blickten die beiden Männer auf sie herab.

»Wie fühlst du dich?«, fragte Bonaventura.

»Ihr elenden Mistkerle«, knurrte sie und wollte aufstehen, doch Lederriemen fesselten sie an den Stuhl.

»Ganz ruhig, Fleur, wir wollen dir nichts zuleide tun.«

»Das habt ihr längst getan, vor allem du, dem ich mehr als jedem anderen vertraut habe. Seit wann wusstest du, dass er mein leiblicher Vater ist?«

»Seit jenem Abend am Feuer. Rolando hat es in San Giustino erfahren.«

»Ich habe euch vertraut, und ihr habt mir die Wahrheit so lange verschwiegen.«

»Um dich zu schützen.«

»Mich? Wohl eher deine Leute.«

»Was redest du da?«

»Wegen Menschen wie dir ist mein Vater fast gestorben!«

»Dieser Mann will dich in die Irre leiten, merkst du das nicht?«

»Das käme dir und deinen Leuten, die mich auf den Scheiterhaufen bringen wollten, sicher gelegen. Die Kirche will die Reliquie. Du willst die Reliquie. Alle hier wollen sie.«

»Hat er dir das erzählt?«

»Ist es nicht so?«

»Wir haben dich vor den Reliquienjägern geschützt und gegen Männer wie deinen Vater verteidigt. Er ist zu einem erbarmungslosen Mörder im Dienste dunkler Mächte geworden.«

»Mein Vater kämpft für eine neue Welt.«

Hinter Bonaventura waren Franziskus und Luca aufgetaucht.

»Es kann keine neue Welt geben, wenn sie aus Blut und Gewalt geboren ist.«

»Meister, ich hatte dich gebeten, im sicheren Zimmer zu bleiben.«

»Ich habe ihre Gegenwart gespürt. Die Ankunft der Blume.«

»Bist du es wirklich?«, fragte Fleur, als sie in dem schwarzhaarigen, bärtigen Mönch mit den wachen dunklen Augen den Mann erkannte, der ihr in ihrer Vision erschienen war, um sie zu seinen Brüdern in der Portiuncola zu schicken.

»Ja, Fleur, ich bin es wirklich. Ich danke dir, denn ich weiß, wie viel es dich gekostet hat, mir zu glauben. Und wie viel es dich noch kosten wird.«

»Ich … ich weiß nicht …«

»Sag nichts, ich bin jetzt hier«, sagte Franziskus mit sanfter Stimme und legte Fleur die Hand auf den Bauch. »Jetzt musst du an das kleine Wesen denken, das du in dir trägst. Dein Kind wird fern des Waffenlärms aufwachsen. Es ist die einzige Hoffnung auf eine bessere Welt.«

»Ich verstehe nicht. Willst du damit sagen, dass …«

»Ja, und du weißt selbst, dass es so ist. Du spürst es«, sagte Franziskus und drückte Fleur die Hand. »Es wird ein wunderschönes Kind sein, eine Frucht der Liebe, nicht des Hasses.«

Fleur brach in ein haltloses Weinen aus. Ihr ganzer Leib wurde von Schluchzern geschüttelt. Franziskus streichelte ihr übers

Gesicht und malte ihr das Kreuzzeichen auf die Stirn. Langsam fasste sie sich wieder. Ihr Atem ging ruhiger, und das Zittern legte sich. Als Franziskus ihr etwas ins Ohr flüsterte, deutete sie ein Lächeln an, blickte ihm in die Augen und murmelte etwas. Dann sackte ihr Kopf nach vorn, und sie fiel in einen tiefen Schlaf.

»Erlöst sie von diesem Stuhl und nehmt ihr die Fesseln ab.«

»Wir können ihr nicht trauen«, raunte Bonaventura. »Das Mädchen steht noch zwischen Licht und Schatten, da ist Vorsicht geboten.«

»Von ihr haben wir nichts mehr zu befürchten. Sie hat das Geschenk der Wahrheit zurückerhalten. Machen wir uns zum Aufbruch bereit, wir werden nicht mehr lange hier sein«, sagte Franziskus zu Bonaventura, der ihn ungläubig ansah.

»Ich traue meinen Augen nicht.«

»Das ist deine Gabe und deine Schwäche, Bruder.«

»Was meinst du damit?«

»Dein wacher Verstand ist ein kostbares Geschenk, das Rätsel löst und Ränke aufdeckt. Doch vergiss niemals, dass der Quell deines Wissens stets derselbe ist: Gott, unser Vater.«

»Die Wissenschaft hat mich hierher zu dir geführt.«

»Das mag sein. Doch wenn sie nicht im Dienste Gottes steht, kann sie auch dem Bösen dienen oder im glimpflichsten Fall ein Baum ohne Früchte sein.«

»Meister, ich weiß nicht …«

In dem Moment stürmte Péreille herein. »Sie durchbrechen das Eingangstor!«

»Meister, du musst auf das Dach des Turms. Luca, kümmere dich um Franziskus, ich nehme Fleur. Du, Davide, musst uns Zeit verschaffen. Bleib mit Péreille und seinen Männern hier. Sollten sie die Soldaten am Fuße des Turms überwinden, bereite ihnen einen gebührenden Empfang.«

»Wir werden bis zum allerletzten Blutstropfen kämpfen, Frater.«

»Geh nur, Frater«, sagte Péreille, »wir werden unsere Haut teuer verkaufen.«

Während Davide den Flur bewachte, nahm Bonaventura die abermals bewusstlose Fleur und stieg, gefolgt von Luca und Franziskus, die Treppe zum Dach hinauf. Am Fuße des Turms war das Krachen des Rammbocks zu hören, mit dem die Männer des schwarzen Ritters immer wieder gegen das berstende Festungstor anrannten. Ein letztes, entsetzliches Krachen, und der schwarze Ritter betrat den Turm.

Während er die Stufen erklomm, erschallte vom Waldrand her der laute Ruf eines Horns. Mit jäher Erleichterung sah Bonaventura durch die Schießscharten ein kreuzritterliches Banner in der Morgenbrise flattern. Ein beträchtlicher Reitertrupp durchbrach die feindlichen Linien und kam in ihre Richtung galoppiert. Offenbar hatte Rolando den Kreuzritter davon überzeugen können, in die Schlacht zu ziehen. Die Erde am Fuße des Berges bebte unter ihren Hufen, als sie die Männer des schwarzen Ritters von hinten angriffen. Schon bald würden sie beim Turm sein.

Während das Licht die Dunkelheit vertrieb, stießen Bonaventura und seine Freunde die kleine Holztür zum Dach auf. Unterdessen hatte sich Davide mit sechs Festungsleuten zu ihnen gesellt.

»Wo ist Péreille?«

»Bei seinen Leuten. Er kämpft wie ein Löwe und hat darauf bestanden, dass ich mit ein paar seiner Männer zu euch stoße.«

»Schnell, verbarrikadieren wir uns.«

Davide und Bonaventura blockierten die Tür mit einem Signalfeuerbecken. Von oben sahen sie Rolando und den Kreuzritter, die den Fuß des Turms erreicht hatten.

»Noch ist nicht alles verloren«, sagte Bonaventura.

Hinter der Tür war das Klirren von Schwertern zu hören, dann wurde es totenstill. Kurz darauf wurde die Tür mit Axthieben zertrümmert, und der Ritter drängte zusammen mit einem Dutzend Männer auf das Turmdach.

»Etwas Besseres hättest du kaum tun können, dämlicher Mönch. Jetzt sitzt du in der Falle«, höhnte der Ritter. »Das ist das letzte Mal, dass du mir meine Tochter entreißt.«

Davide und die Festungswachen stellten sich ihnen entgegen, und Luca und Bonaventura machten sich zur Verteidigung von Franziskus und Fleur bereit. Davide streckte mehrere Gegner mit der Armbrust nieder, derweil die Männer von Montségur den Ritter in Schach hielten, der wie ein Besessener vorwärtsdrängte, Leiber durchbohrte und Köpfc rollen ließ. Dann war er bei Bonaventura und ließ das Schwert auf ihn niedersausen. Der Mönch parierte den Schlag, verlor das Gleichgewicht und entblößte die rechte Flanke zum Todesstoß.

»Sprich dein Gebet, Frater.«

Wenige Fingerbreit vor Bonaventuras Hals wurde der Schlag von einer kunstreich geschmiedeten Klinge aufgehalten. Was da im ersten Morgenlicht glänzte, war ein leicht gekrümmtes Langschwert, von Rolando geführt.

»Stahl und Gebet leiten auch mich, doch meiner Ansicht nach wird heute jemand anders sterben.«

»Gut. Es wurde auch Zeit, dass wir ein für alle Mal klären, wer von uns der Stärkere ist. Bei unserer letzten Begegnung am Fluss bist du noch einmal davongekommen, jetzt gibt es kein Entrinnen mehr.«

»Dasselbe könnte ich auch behaupten, doch ich bevorzuge den Kampf.«

Es war ein Gefecht mit allen Finessen. In seinem leichten Kettenhemd bewegte sich Rolando flink und unberechenbar, doch sein Gegner stand ihm in nichts nach. Abermals waren sie einander ebenbürtig.

Fleur, die wieder zu sich gekommen war, wurde von Franziskus und Luca festgehalten und musste dem Duell, aus dem sie in jedem Fall als Verliererin hervorgehen würde, ohnmächtig zusehen. Dieses Mal kämpfte auch Rolando mit zwei Klingen. In der Linken hielt er ein breites Kurzschwert, mit dem er den Degen des Ritters konterte. Sie bewegten sich gefährlich nah auf die Turmzinnen zu, von denen es steil in die Tiefe ging. Plötzlich traf die kurze Klinge des Ritters Rolando an der ungeschützten Achsel und fuhr ihm geschmeidig in die Brust. Rolando krümmte sich, und der Ritter riss sein Schwert zum vernichtenden Schlag hoch, als ihm plötzlich ein markerschütternder Schrei entfuhr. Bonaventura hatte ihm die rechte Achillesferse durchtrennt, und nun ging er vor Rolando in die Knie. Der nutzte den Augenblick und rammte ihm das Schwert ins Herz. Das Schwert in der Brust, erhob sich der Ritter mit letzter Kraft und schleppte sich zu den Zinnen.

»Nun hast du mich erwischt, verrückter Junge. An jenem Abend in der Hagia Sofia hätte ich es wissen müssen: Ein Wahnsinniger, der für eine gerechte Sache kämpft, ist gefährlich.«

»Annecy?«

»Ja, Rolando, ich bin es.« Der Ritter streifte die Kapuze ab und zeigte sein Gesicht. »Und was dich angeht, Frater, solltest du Folgendes wissen: Obwohl du mich geschlagen hast, hat euer Krieg gerade erst begonnen. Der dunkle Orden, der hinter euch her ist, wird sich von meinem Tod gewiss nicht beeindrucken lassen. Er wird so lange weitermachen, bis er hat, was er will. Lebewohl, Fleur, mein Kind.« Mit diesen Worten stürzte er sich von den Zinnen.

»Nein!« Fleur riss sich von den beiden Mönchen los und musste mit ansehen, wie ihr Vater leblos aufs Pflaster stürzte.

»Rolando!« Davide eilte seinem Freund zu Hilfe, der zusammengebrochen war und in einer Blutlache am Boden lag.

»Geh nicht, ich bitte dich«, flehte Fleur und ergriff seine Hände. »Dein Kind wächst in mir heran«. Verzweifelt klammerte sie sich an ihn und musste mit ansehen, wie das Leben aus dem starr in die Sonne gerichteten Blick des Geliebten wich.

Bonaventura drückte ihm sanft die Lider zu.

»Mögen die Engel dich zur verdienten Ruhe geleiten, edler Ritter.«

»Du! Es ist deine Schuld, dass ich alles verloren habe! Mein Vater hatte recht!« Fleur war aufgesprungen, wild entschlossen, sich ebenfalls von den Zinnen zu stürzen, doch Bonaventura packte sie und drückte sie an sich.

»Davide, kümmere dich um sie«, sagte er und überließ ihm Fleur, die lautlose Tränen vergoss.

»Was habe ich bloß getan, Meister?«, fragte Bonaventura an Franziskus gewandt. »So habe ich der Kirche nicht dienen wollen. Ich bin es nicht würdig, dies hier bei mir zu tragen.« Wortlos zog er das heilige Leintuch unter der Kutte hervor und rollte es vor den ungläubigen Blicken der Anwesenden aus.

Der Anblick raubte ihnen den Atem. Rot wie das von ihm vergossene Blut schimmerte auf dem Tuch das lebensgroße Abbild eines Mannes mit leidendem, bärtigem Antlitz. Ein ebenso roter Fleck leuchtete auf seinem Brustkorb. Dies war kein Gemälde, sondern das Leichentuch mit dem Abdruck des gekreuzigten Leibes Christi.

»Er ist es«, sagte Franziskus ergriffen.

»Er ist es wahrhaftig. Ich habe es geschafft, die Schatulle zu öffnen. Der Herr hat uns sein Bild gegeben und seinen Segen für die Schlacht. Nun ist es an dir, Franziskus, uns zum endgültigen Sieg zu führen.«

»Wieder einmal verwechselst du deinen Willen mit dem unseres Herrn.«

»Was willst du damit sagen, Meister?«

»Es gibt eine Zeit zu beten und eine zu kämpfen, und diese Zeit verlangt, dass selbst ein Kirchenmann wie du die Kutte ablegt, um wieder zum Schwert zu greifen.«

»Du wirfst mich aus dem Orden?«

»Nein, mein Freund, ich betraue dich mit einer Mission.«

»Was soll das heißen?«

»Lug und Trug haben die Mauern Roms durchseucht. Diese Schlacht ist gewonnen, doch der Krieg ist noch lange nicht zu Ende. Wehe, wenn die Feinde der heiligen Mutter Kirche in den Besitz dieses Leichentuchs gelangen. Ihr müsst unverzüglich aufbrechen.«

»Wohin?«

»Nach Jerusalem. Dort werdet ihr die Antworten finden, nach denen wir suchen.«

»Du musst uns begleiten.«

»Nein, ihr reist hin. Ihr habt die Reliquie besser beschützt als ich.«

»Und was machst du?«

»Ich werde zum Papst nach Rom gehen. Auf uns beiden lastet seit geraumer Zeit der Verdacht der Ketzerei. Innozenz wird auf mich hören, zumindest hoffe ich das.« Er trat dicht an Bonaventura heran. »Du musst jetzt zwei Seelen beschützen«, flüsterte er. »Wir wissen nicht, ob es Fleur ist, mit der das Schicksal der Reliquie verknüpft ist, oder das Kind in ihrem Schoß. Du musst beide schützen, mit aller Kraft und dem inbrünstigsten Glauben, zu dem du fähig bist, Bruder.«

»Dessen bin ich nicht würdig, Meister. Zu viele sind durch meine Schuld gestorben.«

»Nicht durch deine Schuld. Sie sind gestorben, weil sie an dich glaubten.«

»Sie haben sich geirrt.«

»Sie haben sich nicht geirrt. Ich glaube an dich. Ich glaube an deinen Glauben. Der Weg eines Mannes führt durch sonnige Wiesen mit klaren Bächen und durch finstere, gefährliche Wälder.«

»Ich kann die Vergangenheit nicht vergessen, Meister. Meine Sünden quälen mich.«

»Befreie dein Herz, Bruder.« Franziskus legte Bonaventura

die Hand aufs Haupt. Sogleich durchströmte ihn ein warmes Gefühl.

»Du wirst noch zahlreiche finstere Wälder durchwandern müssen, doch am Ende siehst du das Licht, und alle, die du geliebt hast, werden dort auf dich warten. Lass dich von meiner Berührung begleiten. Und nun geh. Der Weg ist noch weit.«

EPILOG

ROM, LATERANSBASILIKA

Gott erkennst du an seinen Werken

Noch einmal stieg Innozenz III. die heilige Treppe empor. Seine Fesseln waren geschwollen und schwer, als klebte Blei daran. Wie ein Schwarm Fliegen hing ein seltsamer schwarzer Staub in der Luft. Das Surren wich einem Krächzen, als vier fette Krähen seinen Kopf umflatterten und mit ihren spitzen Schnäbeln nach ihm hackten, bis das Krächzen schließlich in kreischendes Hohngelächter umschlug. Gluthitze und gleißendes Licht senkten sich herab. Während er Stufe um Stufe erklomm, rieselten die vier Krähen als Ascheregen zu Boden. Das Licht sammelte sich zu einem nebulösen Schemen, verlosch und ließ die Gestalt des Predigers von Assisi hervortreten, der ihm die Hand reichte, um ihm die letzten Stufen hinaufzuhelfen. Von den Krähen und der Angst, die sich seiner Seele und seines Körpers bemächtigt hatten, war nichts mehr geblieben.

Schweißnass erwachte er in seinem Bett. Das Fieber, das seinen Körper stets aufs Neue niederdrückte, erschwerte das Erwachen zusehends. Mit jedem Tag leistete sein Leib der Krankheit weniger Widerstand. Er spürte, dass seine Zeit gekommen war, dabei gab es noch so viel zu tun. Der Mord am Kämmerer kündete von dunklen Machenschaften, die sich hinter seinem Rücken vollzogen. Die Krähen, die an seiner Tafel schmausten, waren stärker als geahnt, hatten sie doch eine derart ruchlose Tat vollbracht, ohne seinen Zorn zu fürchten. Doch in den Palastmauern verbreiteten sich Gerüchte schneller als Gedanken. Offenbar hatte seine Krankheit die Verschwörer so übermütig werden lassen, dass sie ihren Dolch mit dem Blut seines engsten Vertrauten zu benetzen wagten. Mühsam schälte sich Innozenz aus dem Bett. Zum Knirschen der nunmehr greisen Knochen hatte sich eine eigentümliche Mattigkeit gesellt.

»Hochlöblicher Vater, Ihr seid erwacht?« Eine Stimme, die ebenso krächzend und misstönend klang wie die der Krähen.

»Was gibt es Dringendes, dass man mich aus meinem ohnehin so kurzen Schlaf reißen muss?«, fragte Innozenz laut.

»Es ist bereits Mittag, Heiliger Vater.«

»Dann komm herein, worauf wartest du noch!«

Mit gesenktem Kopf betrat der Sekretär das Zimmer, wohl wissend, dass sein Anliegen den in letzter Zeit überaus reizbaren Pontifex empfindlich treffen würde.

Hinter dem Sekretär stand der Dominikaner, mit dem er bereits zu tun gehabt hatte.

»Hatte ich Euch nicht gebeten, unsere Entscheidung abzuwarten?«

»Verzeiht, Heiliger Vater, doch es ist mehr als ein Monat vergangen, seit Ihr mir die Ehre erwiesen habt, mich anzuhören.«

»Und?«

»Es handelt sich um wichtige Neuigkeiten bezüglich der katharischen Ketzer, Dinge, die mir aus Montségur zu Ohren kamen.«

»Aus der uneinnehmbaren Festung? Haben wir sie erobert?«

»Leider nein.«

»Und warum stört Ihr mich dann?«

»Es scheint, als sei Franziskus tatsächlich dort. Offenbar hat ihn ein ganz bestimmtes Ziel dorthin geführt.«

»Dann sprecht frei heraus.«

»Meine Informanten sprachen von einer Reliquie. Einer Reliquie, die dieser Mönch bei sich hatte, um sie den Ketzern zu übergeben.«

»Eine Reliquie? Welche? Und wieso hätte dieser Mönch sie den Katharern bringen sollen?«

»Mehr weiß ich nicht. Die Kunde diesbezüglich war vage. Ich beschränke mich darauf, Euch verlässliche Gewissheiten zu übermitteln.«

»Und wo sind Franziskus und seine Reliquie jetzt?«

»Eben deshalb habe ich mir erlaubt, Euch zu stören, Vater. Ich möchte Euch um Erlaubnis bitten, diesen Gerüchten persönlich nachgehen zu dürfen. Wo bisher nur Dunkel und Verdacht herrschen, würde ich gerne Gewissheit erlangen.«

»Ihr wisst sehr wohl, dass dies die Aufgabe des Bischofs oder des päpstlichen Gesandten ist, der just in jener Gegend eine Mission erfüllt.«

»Was das anbelangt, so dauert es mich, Euch mitteilen zu müssen, dass der päpstliche Gesandte verschwunden ist.«

»Verschwunden? Was soll das heißen?«

»Wie es scheint, hielt er sich in der Nähe der Festung auf, um einige edle Ritter zur Belagerung des Feindes zu überreden. Er brach zu Pferde auf, um sie zu treffen, und kehrte nicht zurück.«

»Dieses gottlose Land hat sich den Verrat und den Mord selbst an Mitgliedern der Kirche auf die Fahnen geschrieben. Das ist uns wohlbekannt.«

»Mit Eurer Erlaubnis möchte ich eine Bitte äußern.«

»Ich höre.«

»Ich würde gern persönlich an den Ort des Geschehens reisen und Nachforschungen anstellen, um zu ergründen, was sich tatsächlich dort zugetragen hat.«

»Sehr löblich. Ihr erhaltet die Erlaubnis und müsst uns über alles, was Ihr herausfindet, so bald als möglich Bericht erstatten.«

»Ich werde unverzüglich aufbrechen, Heiliger Vater. Erteilt mir Euren Segen«, bat der Dominikaner und kniete nieder.

»Gehet hin«, sagte der Papst und segnete ihn. »Und lasst uns alsbald verlässliche Neuigkeiten zukommen.«

Mit einem Anflug von Zufriedenheit, die seine düstere Seele ein wenig aufhellte, verließ Roderigo den Raum. Die Bestrafung, die er seinem Leib wegen der Niederlage in Montségur auferlegt hatte, war entsetzlich gewesen, doch am Ende hatte er gespürt, dass Gott ihm vergab. Als er ins Freie trat, blieb der Dominikaner noch einmal vor dem Reiterstandbild des großen Konstantin stehen. Das Käuzchen hatte die Apokalypse nicht verkündet. Es war noch Zeit. Dieser verfluchte Bonaventura hatte dem dunklen Orden Einhalt geboten und war spurlos aus Montségur verschwunden. Doch er würde ihn finden, ganz gleich, wo er sich verkrochen hatte. Und er würde die Reliquie zurückholen. Noch war nicht alles verloren. Der Krieg hatte gerade erst begonnen.

ANMERKUNG DER AUTOREN

Bonaventura d'Iseo, der Held unserer Geschichte, war nicht nur ein hochgesinnter Franziskanermönch, sondern auch ein Mann der Wissenschaften und der Verfasser alchemistischer Texte. Er gilt als Autor des *Liber Compostella*, einer medizinisch-alchemistischen Abhandlung aus der zweiten Hälfte des XIII. Jahrhunderts. Die Charakterstärke, mit der er dem ehrwürdigen und gefürchteten Elias von Cortona die Stirn bot, hat uns neugierig gemacht. Bonaventuras Geburt und seine erste Lebenshälfte sind in Dunkel gehüllt, was es uns erlaubt hat, die in diesem Buch geschilderten Abenteuer zu ersinnen. Bonaventura lebte zu einer Zeit, in der Alchemie, Medizin und andere Wissenschaften dank der von großen Denkern aus dem Arabischen angefertigten Übersetzungen zu neuem Leben erwachten. Zugleich war die Gefahr, bei Ausübung dieser Künste der Ketzerei bezichtigt zu werden, überaus groß. Es ist nicht bekannt, ob der Mönch jemals in Mantes war, wo sein Namensvetter Bonaventura da Bagnoregio die Zerstörung sämtlicher Texte über das Leben des Franziskus anordnete. Die Vorstellung, er könnte dort gewesen sein, um das Unvermeidliche zu verhindern, gefiel uns aber.

Innozenz III. gilt als einer der größten Päpste der Kirchengeschichte. Dennoch war er es, der zu den Kreuzzügen gegen die Albigenser aufrief. Einerseits zögerte er nicht, Krieg gegen jeden anzuzetteln, der wegen der Abkehr von den orthodoxen Vorstellungen der römischen Kirche als Ketzer gebrandmarkt wurde, andererseits erkannte er den berechtigten Wunsch derer an, die nach dem Wort der Evangelien leben wollten. So war es denn auch Innozenz III., der Franziskus' erste Regel mündlich anerkannte. Mit ihm begann die Geschichte eines Ordens, der die Kirche grundlegend verändern sollte. Um die Figur des Pontifex zu umreißen, haben wir uns von verschiedenen Quellen inspirieren lassen, insbesondere von seiner Schrift *De miseria humanae conditionis*, die zu seiner Zeit überaus verbreitet war und ein so düsteres wie getreues Bild menschlicher Sünden, Laster und Schwächen zeichnete.

Franziskus als Romanfigur darzustellen, hat uns Herzflattern beschert. Wir waren mit einer vermeintlich wohlbekannten und dennoch zutiefst geheimnisvollen Figur konfrontiert. Selbst über sein Aussehen gibt es keine Gewissheit: Ist er der engelhafte, göttergleiche Blonde aus Giottos herrlichen Fresken oder die bescheidene, überaus menschliche Gestalt Cimabues, beide in Assisi zu sehen? Ebenso nebulös ist sein Leben. Wem sollten wir glauben? Der erbaulichen Darstellung des Bonaventura da Bagnoregio oder der handfest irdischen des Thomas von Celano? Also haben wir auf unsere Weise versucht, das Bild eines charismatischen Mannes und großen Mystikers nachzuzeichnen, des ersten Heiligen, bei dem die Kirche das Wunder der Stigmatisierung offiziell anerkannte.

Die meisten der in diesem Roman geschilderten Orte gibt es wirklich: das Hospital von Altopascio, Sitz der tapferen Tau-Ritter; die ebenso majestätische wie geheimnisvolle Sacra di San Michele; die Abtei San Colombano von Bobbio, die über drei Jahrhunderte eine wahre Hochburg des Wissens war. Andere sind wirklichkeitsgetreu erfunden. Dasselbe lässt sich über die Charaktere sagen. Unsere Hauptfigur hat es wirklich gegeben. Die Gefährten, die ihn auf seinem Abenteuer begleiten, sind, ebenso wie viele andere Protagonisten des Buches, frei erfunden. So haben wir einer fiktiven Geschichte einen wirklichkeitsnahen historischen Hintergrund verliehen.

Das Abenteuer, das die Protagonisten durchleben, entspringt

unserer Fantasie. Franziskus ist tatsächlich nach Spanien gereist, auch wenn sich die Quellen über das genaue Jahr uneins sind. Die Historiker wissen nicht, ob er dem schon damals berühmten Weg nach Santiago folgte oder eigentlich arabische Länder bereisen wollte. Die Kirche neigt zu ersterer Annahme und hat den Jahrestag dieses Ereignisses im Jahr 2014 gefeiert. Der Grund, weshalb diese Reise ein unerwartet jähes Ende fand, ist nicht bekannt. Natürlich wurde Franziskus nie in Montségur gefangen gehalten, und auch einen dunklen Orden gibt es nicht.

Fest steht, dass sich unsere Geschichte in einer Zeit großer gesellschaftlicher und religiöser Umbrüche ereignet. Die Kreuzzüge wurden nicht nur gegen die Gottlosen im Heiligen Land geführt, sondern auch diesseits des Mittelmeers im entstehenden Europa, wo die Kirche gegen vielfältige Ketzereien zu Felde zog. In jene Zeit fällt auch die Verbreitung der Bettelorden, die Armut und Abkehr vom Reichtum predigen und einen neuen Lebensstil nach dem Wort des Evangeliums verfechten. Das Leben war von eschatologischen Vorstellungen geprägt. Bald darauf sollten die Ideen des Joachim von Fiore große Verbreitung finden. Er beschreibt den Anbruch eines dritten Zeitalters, einer Zeit der Spiritualität, in der das weltliche, verdorbene Wesen der Kirche überwunden wird, um einer Zeit der Freiheit, Nächstenliebe und absoluten Spiritualität Platz zu machen. An der Spitze sollte ein vollkommener religiöser Orden stehen, und schon bald hielten sich die Franziskaner für die Auserwählten. Aus diesem Grund wurden viele als Ketzer verurteilt. Ohnedies war die Grenze zwischen Mystizismus und Ketzerei damals fließend.

Schließlich ist da noch die Reliquie, die im Mittelpunkt unseres Abenteuers steht. Wir haben versucht, dem Kriterium der fiktionalen Wahrscheinlichkeit zu folgen. Auslöser für die Geschichte des Grabtuchs ist die Identifizierung dieses beeindruckenden Tuchs mit dem wirklichen Abdruck des Leibes Christi. Einige Gelehrte sind der Ansicht, dass diese einzigartige Reliquie mit dem heiligen Antlitz von Konstantinopel übereinstimmt. Ihnen zufolge war es nichts anderes als das Grabtuch Jesu, das so gefaltet war, dass nur das Gesicht sichtbar blieb. Das Tuch war als Mandylion von Edessa bekannt, woher es ursprünglich stammt. Während der entsetzlichen Plünderung Konstantinopels durch die Kreuzzügler im Jahr 1204 verschwand die Reliquie, um über hundert Jahre später in Frankreich wieder aufzutauchen. Unsere abenteuerliche Rekonstruktion dieses Verschwindens ist indes frei erfunden.

DANK

Ein Buch zu schreiben genügt nicht. Es müssen viele an die Kraft der Geschichte glauben und Energie und Leidenschaft investieren, um sie zum Blühen zu bringen. Deshalb möchten wir dem gesamten Team von Newton Compton danken, insbesondere unserer Lektorin Alessandra Penna, die stets an den Roman geglaubt und uns mit ihrem kostbaren Rat zur Seite gestanden hat. Dank an unsere Agentin Juliane Roderer, ohne die wir es nie bis hierher geschafft hätten. Unseren Freunden danken wir für all die Male, die wir nur körperlich anwesend waren, derweil unsere Gedanken in irgendeinem düsteren Kloster weilten. Und nicht zuletzt Dank an Felicia und Elena, denn nichts gedeiht ohne die Liebe.

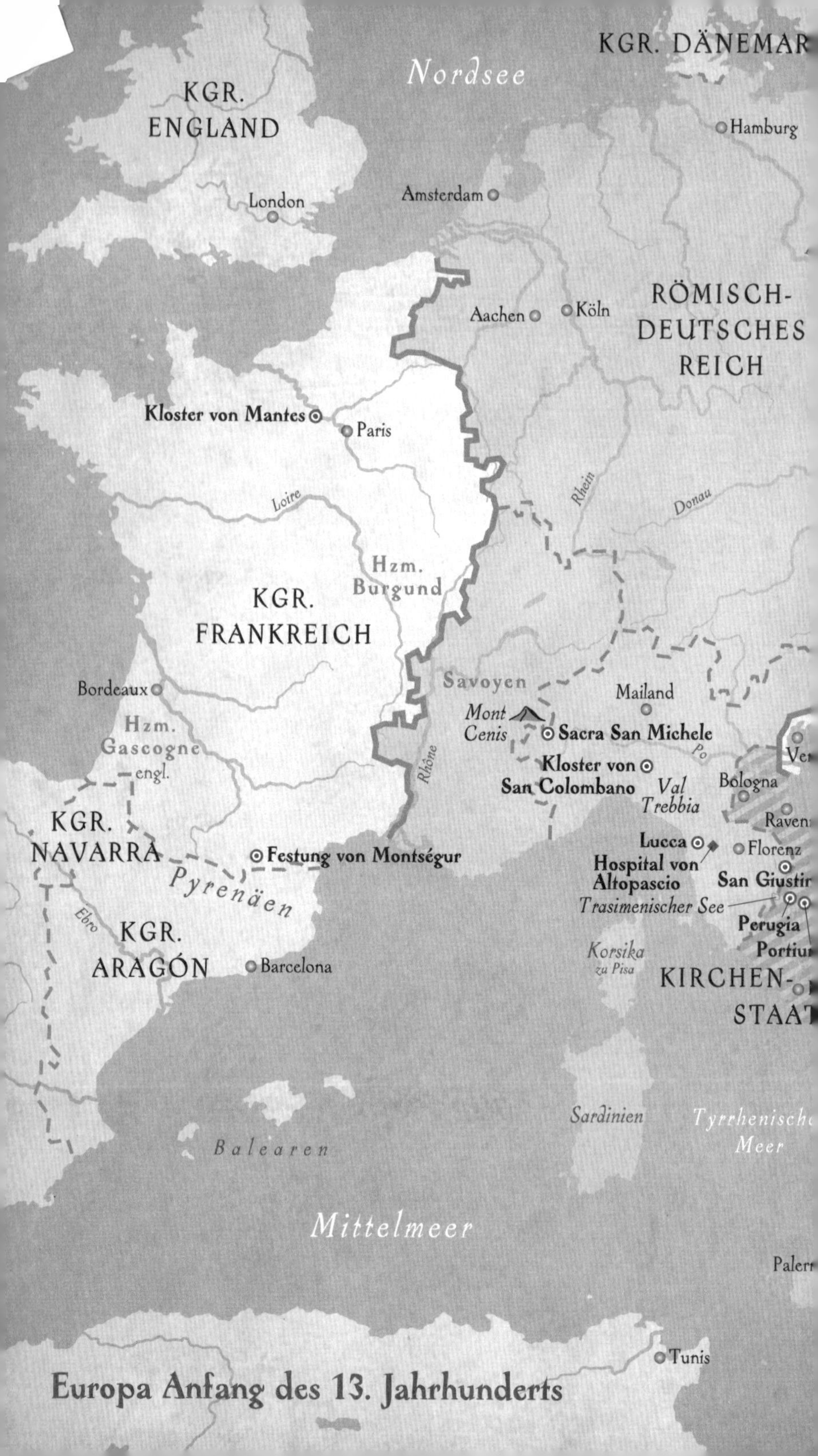
Nordsee
KGR. DÄNEMAR
KGR.
ENGLAND
Hamburg
London
Amsterdam
RÖMISCH-
DEUTSCHES
REICH
Aachen
Köln
Kloster von Mantes
Paris
Rhein
Donau
Loire
Hzm.
Burgund
KGR.
FRANKREICH
Savoyen
Mailand
Mont
Cenis
Sacra San Michele
Po
Kloster von
San Colombano
Val
Trebbia
Rhône
Bordeaux
Hzm.
Gascogne
engl.
Bologna
Raven
KGR.
NAVARRA
Festung von Montségur
Lucca
Florenz
Hospital von
Altopascio
San Giustir
Pyrenäen
Trasimenischer See
Perugia
Portiu
Ebro
KGR.
ARAGÓN
Barcelona
Korsika
zu Pisa
KIRCHEN-
STAAT
Sardinien
Tyrrhenisch
Meer
Balearen
Mittelmeer
Paler
Tunis

Europa Anfang des 13. Jahrhunderts